EXPOSITION

De la conduite du Marquis de CASAUX *dans tou-*
tes les circonstances relatives à ses affaires avec
M. le Marquis de ROUX *son gendre.*

INTRODUCTION.

L'OBJET que je soumets à la censure du
Public, seroit peu digne de son attention, s'il ne conduisoit à l'examen d'une question nouvelle, & certainement intéressante :

L'esprit des Loix seroit-il d'autoriser le crime, de l'en-
courager, & d'imposer aux Juges l'obligation de le récom-
penser ?

Sous ce point de vue, *l'exposition de ma conduite* ac-
quiert le degré d'intérêt qu'on ne peut refuser à la
question importante qu'elle invite à discuter, & le répand jusques sur les faits & les détails qui peuvent
servir au développement & à l'application du principe.

Dans les cas hypothétiques un auteur se met toujours
à son aise par quelque circonstance qui lui donne le
moyen d'éluder une difficulté qu'il croiroit dangereux
de résoudre, présente celle dans la discussion de la quelle
il se flatte de briller sans danger, & devient là base d'une
décision qui n'intéresse que par la singularité d'un
évènement qui n'arrivera peut-être jamais. Ici les
faits qu'on va lire, quelque incroyables qu'ils soient,
sont réels ; & le résultat du jugement auquel ils donneront lieu, sera nécessairement en dernière analyse:

A   *Que*

Que le crime doit être puni, du moins par la privation des avantages dont la perspective a determiné le coupable à le commettre :

OU BIEN

Qu'il suffit de poursuivre l'innocence jusqu'au tombeau, pour être sûr d'en triompher, & de recueillir enfin le fruit des calomnies les plus affreuses, & des atrocités les plus révoltantes, qu'il ne s'agit que de savoir accumuler jusqu'au nombre suffisant pour arriver à ce but.

C'est donc relativement à-la-liaison nécessaire entre le choix de l'un des deux résultats dont je viens de parler, & les faits dont je vais rendre compte, que j'ose supplier qu'on examine, s'il est bien vrai que je sois un des hommes les plus vils, & que ma fille fût une malheureuse que la vengeance du ciel, aujourd'hui moins tardive & bien plus sévère que celle des hommes, vient de punir de ses indignités. Il n'est rien du moins dans ce tableau de turpitudes, qui répugne à l'idée qu'on peut se faire des excès dont l'humanité n'est malheureusement que trop capable. . . . Mais est-il possible qu'il existe sous une figure humaine, un être capable de fonder l'espoir de sa fortune sur le déshonneur de son beau-père, la diffamation de sa femme, & la dégradation de son enfant ? Est-il possible que l'espoir du jugement qui attesteroit à jamais ce déshonneur, cette diffamation, cette dégradation, n'ait été fondé que sur des imputations atroces, dont cet être inconcevable connoissoit la fausseté, dont il avoit déjà reconnu la fausseté, dont personne dans sa propre ville n'ignoroit qu'il avoit déjà reconnu la fausseté ? . . . . . .

Je commencerai par un *Précis historique du Procès criminel* que M. le Marquis de *Roux* m'a intenté. La discrétion qui dicta ce précis, pour sauver à M. le Marquis de *Roux* des détails qui l'eussent accablé, & la modération qui ne me permit d'en donner que trois copies, dans un tems où il m'étoit essentiel de répandre

MÉMOIRE

JUSTIFICATIF

DU

Marquis de CASAUX,

DE LA

SOCIÉTÉ ROYALE DE LONDRES.

J'appréciai pour la première fois la crainte, le defir, l'efpérance, les hommes ; je me vis feul dans la Nature ; je. . . . . .

A LONDRES,

De l'Imprimerie de T. Spilsbury, Snow-hill.

MDCC LXXXIV.

dre le plus grand jour fur tous fes procédés, prouveront combien je defirois d'enfevelir cette affaire fcandaleufe.

Je donnerai en fuite une *Lettre* que j'écrivis *au R. P. Jaquier* dans un moment où la plus jufte douleur eût autorifé tous les excès du reffentiment. La demande à laquelle je me bornois dans ce moment fi critique, ne laiffera aucun doute fur mes difpofitions, dans toutes les circonftances moins impérieufes : d'ailleurs ces deux pièces forment un abrégé des opérations de M. de *Roux*, & l'hiftoire du premier fuccès qui les à couronnées.

Enfin je donnerai quelques Lettres adreffées à deux hommes d'un tel caractère, d'un tel poids reconnu, qu'un feul mot de leur part, fi je le mérite, me couvre à jamais d'ignominie. Ces lettres contiendront tous les détails de cette étrange affaire, & feront voir fi c'étoit la crainte, ou quelque fentiment plus noble, qui m'avoit impofé filence jufqu'à ce moment-ci.

PRECIS HISTORIQUE

DU PROCÈS CRIMINEL,

Intenté par M. le Marquis de ROUX, *au Marquis
de* CASAUX, *son beau-père.*

LE Marquis de *Casaux*, de la *Grenade*, ci-devant Député
des *François* de cette colonie auprès de Sa Majesté *Britannique*, & membre de la Société *Royale de Londres*, s'étoit
retiré à *Avignon* pour y passer en paix, les restes d'une vie souvent traversée, mais toujours honorable & sans reproche.

Trop indifférent sur l'article de la fortune, il négligea des
recherches qui l'eussent conduit à la découverte de points plus
essentiels, & donna, le 18 Décembre 1782, sa fille en mariage
à M. le Marquis de *Roux*, dont l'âge très-fait (40 ans) le
propos honnête, & la physionomie douce, le séduisirent.

Le Marquis de *Roux* auroit sans doute désiré qu'il lui fût
possible de soutenir long tems le personnage auquel il devoit
un établissement avantageux ; mais l'énergie de son caractère
ne lui permit de différer que peu de jours après son mariage,
à se faire parfaitement connoître. Enfin après plusieurs traits
qu'on ne veut point qualifier, il lui en échappa, le 5 Février
1783, un de ceux qui obligent une femme à s'occuper des
moyens d'en prévenir de plus fâcheux.

La jeune Marquise ne pouvoit procéder contre son mari,
sans être *assistée* de son père. Or son père étoit parvenu à l'âge
de 55 ans, sans avoir eu, pour ses propres affaires, la moindre
difficulté avec qui que ce soit ; & c'étoit par un procès en
séparation de corps, de bien, de lit, & de table, qu'il se voyoit
obligé de signaler, pour autrui, ses premiers pas dans la carrière
de la chicane. Pour l'éviter, il proposa tout, il se soumit à tout,
excepté aux conditions humiliantes & trop injustes. Ce qu'il
y a de plus respectable à *Avignon*, témoin de sa conduite, chargé
même de ses propositions, d'abord acceptées, puis refusées,
puis acceptées encore, & bientôt après rejettées avec une
morgue insultante, rendra justice à la noblesse & à la franchise
de ses procédés : on en trouvera d'ailleurs la preuve dans les

réflexions

réflexions que fera tout homme impartial, qui voudra prêter l'attention la plus légère aux faits suivans, & sur-tout à leurs dates.

1º. C'étoit le 5 Février, que la Marquise de *Roux* avoit été outragée par son mari ; ce ne fut que le 1 de Mars, que la perfidie qui signala certain procédé des conseils du Marquis de *Roux*, obligea cette malheureuse femme à porter sa plainte, que l'espoir d'un arrangement raisonnable avoit engagé le Marquis de *Casaux* à différer jusqu'alors.

2º. Le même jour que la plainte est portée, M. le Dataire d'*Avignon* promet de veiller à ce que les conseils de M. de *Roux* procèdent avec plus d'honnêteté. Le Marquis de *Casaux* engage aussi-tôt sa fille à suspendre l'audition des témoins, qui suffisoit, comme on verra bientôt, pour obtenir dans le moment la séparation provisoire.

3º. L'indignité se joint à la perfidie ; & enfin le 25 Avril, le Marquis de *Casaux* se voit dans la nécessité de faire entendre les quatre témoins de la scène du 5 Février : ils sont assignés à trois heures ; & le même jour, 25 Avril, à cinq heures, l'Official ordonne la séparation provisoire de corps, de biens, de lit & de table, ainsi que la sequestration de la jeune Marquise dans la maison de son père, *pendant procès*.

4º. Le lendemain, 26, le Marquis de *Casaux*, loin de tirer avantage de la séparation obtenue, offre encore les conditions déjà acceptées par M. de *Roux* en présence d'arbitres, avec proposition de retirer la plainte de sa fille. Le tout est rejetté avec hauteur. Le Marquis de *Casaux* donne ordre à son Avocat de poursuivre le jugement définitif.

La séparation provisoire ordonnée par l'Official, mettoit la Marquise de *Roux* à l'abri des violences de son mari ; mais elle ne la garantissoit pas des désagrémens & des humiliations que lui procuroit journellement sa qualité d'étrangère, femme d'une citoyen assez peu délicat pour se servir en toute rigueur de cet avantage. Le M. de *Casaux*, pour sauver à sa fille, enceinte de quatre mois, les effets que devoit produire sur elle, & sur son fruit, une continuité de procédés odieux & révoltans, l'emmène à *Agen*, chez Mde. la Baronne de *Clairfontaine*, sa tante, une des femmes les plus respectables qu'il y ait dans le monde entier, & nièce de M. l'Archevêque de *Lyon*.

Quoique le Marquis de *Casaux* ait quelques sujets de se plaindre de son gendre, il seroit cependant fâché qu'on le jugeât rigoureusement sur ses actions : il n'hésite donc point à reconnoître que M. le Mis. de *Roux* est un de ces hommes à qui l'on ne pourroit, sans une espèce d'injustice, imputer tout le mal qu'ils qu'ils ont fait, qu'ils font, & qu'ils ont deſſein de faire. Le M. de *Roux* eſt rarement coupable d'un projet un peu compliqué: il a beſoin d'être aidé à cet égard ; mais il ne ſe refuſe pas à la partie de l'exécution, dont il n'eſt pas poſſible de le diſpenſer. M. *de Caſaux* ſe borne donc à dire, que cette même cupidité, auſſi aveugle qu'effrénée, qui avoit porté les conſeils du Marquis *de Roux* à rejetter, par ſa bouche, des propoſitions auxquelles il n'auroit jamais dû s'attendre, leur préſenta la démarche du Marquis *de Caſaux*, c'eſt-à-dire ſon départ d'*Avignon*, comme une de ces occaſions que la fortune n'offre jamais deux fois : ils la ſaiſiſſent avec tranſport, décident le M. *de Roux* à attaquer courageuſement, *dans le plus grand ſecret*, ſon beau-père, *en crime d'enlèvement* d'une perſonne ſequeſtrée, & trouvent un juge qui *ajourne perſonnellement* M. *de Caſaux* pour avoir à déduire ſes raiſons, & le dépouille cependant de la ſequeſtration de ſa fille, comme s'il n'avoit aucune raiſon à déduire. L'Avocat du Mis. *de Caſaux* appelle de ce décret au Vice-Légat, qui, ſur le ſimple rapport des Commiſſaires, confirme tout ce qui regarde la ſpoliation du ſequeſtre, & *modère* ſimplement l'ajournement perſonnel, en un décret d'aſſigné pour être oui. L'Avocat du Marquis *de Caſaux* appelle le même jour, 5 Juin, de ce décret à *Rome*, où il obtient un bref, qui défend au Marquis *de Roux*, ſous peine d'attentat, de rien intenter contre ſon beau-père.

Ce bref arrive très-à-propos à *Avignon*, le 26 Juin, & eſt ſignifié le même jour au Marquis *de Roux*, qui déjà muni, di-ſoit-on publiquement dans ſa propre ville, des lettres du grand *Sceau de France*, que le concordat entre les deux Cours ne per-met pas de refuſer, envoyoit le lendemain un Huiſſier pour prendre à *Agen*, traduire à *Avignon, décemment*, diſoit le décret, par une route de 56 poſtes, la jeune Marquiſe *de Roux*, ſa femme, enceinte de ſept mois, & la dépoſer *dans la maiſon d'un Accoucheur*, où elle devoit demeurer ſequeſtrée juſqu'à nouvel ordre.

Le décret avoit même prévu qu'il ſeroit poſſible que le Marquis *de Caſaux* trouvât fort *indécent*, malgré l'avis de l'Offi-cial, que ſa fille courût les grands chemins ſous les ordres d'un Huiſſier, tout décoré qu'il fût d'une commiſſion très-reſpecta-ble; & il avoit en conſéquence ordonné, que dans le cas où le Marquis *de Caſaux* feroit quelque difficulté de livrer ſa fille, il y ſeroit *contraint par ſaiſie & empriſonnement de ſa perſonne.*

C'eſt ce procès criminel, porté à *Rome*, qui a mis le Marquis *de Caſaux* dans la néceſſité de s'y rendre avec ſa fille, *quoique enceinte de huit mois.* Quand l'Honneur parle, toute autre conſidération

dération doit fe taire. Il n'a dû fe repofer fur qui que ce foit, du foin de diffiper les ténèbres qui obfcurciffent encore une affaire auffi étrange ; il ne demande d'autre grace, que le tems néceffaire pour inftruire fon Juge, & même le Public, (s'il y eft malheureufement obligé.) Il peut donner à l'un & à l'autre des moyens infaillibles pour apprécier ces mémoires fecrets, ces imputations d'infamie, répandues d'abord en confidence, puis publiquement, à *Rome*, à *Paris*, à *Avignon*; & les mettre à portée de décider, s'il eft bien vrai que le Marquis *de Cafaux* foit un homme vil, digne de la flétriffure d'un jugement ignominieux, configné dans des regiftres publics ; ou fi fon gendre eft un homme foible, violent, dupe & victime de fes confeils.

P. S. Lorfque le Marquis *de Cafaux* écrivoit ce *Précis Hiftorique*, il n'avoit pas encore lu *la Plainte criminelle* portée par fon gendre, la communication des griefs lui avoit été conftamment refufée : il vient de lire cette *plainte*. Il fera grand-père de l'enfant du Marquis *de Roux* : il fait des vœux au ciel, que l'honneur, qui commande à tout, ne l'oblige pas à difcuter rigoureufement, à la face de l'*Italie*, de la *France*, & de l'*Angleterre*, cette pièce inconcevable qui feroit le chef-d'œuvre de l'impudence, de l'impofture & de l'atrocité, fi elle n'étoit vifiblement le produit de l'extravagance & du défefpoir.

SUITE DE L'INTRODUCTION.

DU premier au 10 Septembre, après plufieurs combats entre une délicateffe ridicule, & les loix de la défenfe naturelle, je me déterminai enfin à préfenter le *Précis hiftorique*, qu'on vient de lire, à *Sa Sainteté*, à *M. fon Auditeur*, & à *M. le Cardinal de Bernis*.

Je fupplie qu'on veuille fufpendre, jufqu'après la lecture de la *Plainte criminelle* du Marquis *de Roux*, toute efpèce de jugement fur un *P. S.* dont on eft peut-être tenté de cenfurer l'énergie : j'efpère qu'alors on me pardonnera la différence de ftyle qu'on vient de remarquer entre le *P. S.* & le *Précis*. Mais que dira-t-on quand on obfervera par la fuite, les rapports & la liaifon fecrette entre les allégations de la

Plainte

Plainte, fur-tout fes infinuations, & les propos affreux dont je parlerai dans ma Lettre au R. P. *Jaquier*, & certains autre propos, que je n'oublierai pas, antérieurs à la plainte de près de deux mois: ce rapprochement fait frémir ; l'enfemble formoit une chaîne d'abominations fi artificieufement tendue depuis *Paris* jufqu'à *Rome*, que rien dans le monde n'étoit capable de fouftraire ma fille aux conféquences que les amis de M. *de Roux* en déduifoient contre elle, fi ce n'eft ce voyage de 300 lieues, qu'ils avoient jugé impraticable dans la circonftance où elle étoit, d'une groffeffe auffi avancée. Je doute que dans les deux Royaumes où l'on avoit diffamé cette malheureufe femme, il fe fût trouvé un feul homme de bien, capable de fe refufer au plaifir que je pouvois lui procurer, *alors !* de voir le triomphe de l'innocence, & l'humiliation du crime : j'eus au contraire la foibleffe, ou la grandeur d'ame, comme on voudra, d'écrire à M. le Marquis *de Chaylus*, & à différentes perfonnes d'*Avignon*, pour les fupplier d'engager M. *de Roux* à ne pas m'obliger de mettre une plus grande publicité dans cette affaire, & à renoncer enfin à des prétentions devenues révoltantes, par des excès dont il ne pouvoit plus fe promettre aucun fruit. J'attendois leur réponfe ; j'ai fu depuis que le courroux de cet homme incompréhenfible, augmentoit en raifon des obftacles qui s'oppofoient à fes vues : je l'ignorois, lorfque le plus affreux évènement m'arracha la lettre fuivante.

Lettre au R. P. JAQUIER, *Minime à Rome*, (a)

Sienne, 1 Octobre 1783.

Vous favez, mon R. P. que vous êtes la feule perfonne à *Rome*, dans le fein de qui nous ayons trouvé, ma fille & moi, une vraie douceur à répandre tous nos fentimens ; vous les

---

(a) Tous les favans de l'Europe connoiffent le R. P. *Jaquier* ; tous les malheureux de *Rome* le connoiffent encore mieux.

trouviez

trouviez fondés fur la nature, la raifon, l'honneur, & la juftice; vous les partagiez, vous vous applaudiffiez de travailler à les rendre univerfels.

Elle n'étoit pas encore fonnée pour moi, cette heure fatale, qui devoit me livrer à des fentimens d'une autre efpèce; efpèce nouvelle fans doute par l'horreur des circonftances qui en augmentent l'amertume : pardonnez à la foibleffe d'un père, le trifte foulagement qu'il trouvera peut-être à vous les raconter.

Ma fille avoit été provifoirement féparée de fon mari, & fequeftrée dans mes mains, par un décret de l'Official d'*Avignon*; je l'avois conduite, en attendant le jugement définitif, chez Mde la Baronne *de Clairfontaine*, fa tante, où je reftois avec elle.

Mde la Comteffe *de Guifcard* lui écrivit d'*Avignon*, il y a environ quatre mois, *fi vous pouvez, Madame, vous juftifier fur un point, vous regagnerez beaucoup de partifans.* Ce point-là, quelque inftance que ma fille eût faite, quelques moyens que j'euffe employés, il n'avoit pas été poffible de le découvrir. Une calomnie auffi dégoûtante qu'atroce, dont mon fils fut informé dans le même tems, & me fit part, nous donna le change; je lui recommandai d'aller à la fource : fes peines furent à peu près inutiles.

Cependant un décret diffamatoire rendu *fecrètement* par l'Official d'*Avignon*, fur une plainte criminelle, portée *fecrètement* auffi, contre moi, par le mari de ma fille, venoit d'être confirmé par le Vice-Légat. Trop heureux, à ce que je croyois, d'avoir obtenu un bref d'appel qui portoit cette étrange affaire à *Rome*, je ne comprenois abfolument rien, dans ce cahos d'abominations fourdes, que la néceffité de me rendre avec ma fille au lieu de l'appel, pour nous juftifier, *quand nous faurions fur quoi*, & fouftraire, du moins jufqu'au jugement définitif, une innocence abfolue fur tous les points, à l'exécution de décrets iniques, qui ne coûtoient à mon gendre que la peine de les demander.

Nous étions au moins de Juin; ma fille alloit entrer dans fon feptième mois de groffeffe; comment rifquer un voyage de 300 lieues? Je ne vous dirai point tout ce que je fis inutilement en *France* pour l'éviter; mais j'écrivis dix lettres à *Rome*, pour fupplier qu'on retardât le jugement de cette affaire jufqu'au mois d'Octobre : j'ignorois qu'en fuivant les formes ordinaires, il y avoit une impoffibilité abfolue, à ce que l'affaire commençât à être examinée avant la fin de Novembre : croiriez-vous, mon R. P. que dans le nombre de ceux à qui j'écrivis, je ne trouvai pas une ame charitable & jufte, qui eût le cou-

age

age de m'apprendre qu'elle exiſtoit cette impoſſibilité abſolue, &
que je n'aurois obligation qu'à elle ſeule du retardement que
je demandois ? Je ne la trouvai pas cette ame charitable &
juſte.... Quel a été le fruit de leur ſilence ?.... Que les voies de
la Providence ſoient toujours adorées !.... Sur la parole des
Agens de M. *de Roux*, ceux à qui j'avois écrit, nous croyoient,
ma fille & moi, indignes d'être informés d'une circonſtance
qui favoriſoit un projet abominable dont ces mêmes Agens
nous avoient accuſés.

Expoſés à toutes les indignités poſſibles du côté d'*Avignon*,
deſtitués de tout eſpoir de protection en *France*, privés de lumières du côté de *Rome*, le parti que nous avions à prendre, ma
fille & moi, n'étoit plus libre ; & nous ſuivîmes certainement
les règles de la prudence, en préférant les haſards d'un voyage
à *Rome*, ſous la conduite de l'eſpérance la plus raiſonnable,
au péril éminent d'être traînés à *Avignon*, par l'ignominie &
le déſeſpoir. Nous partîmes : les plus ſages précautions avoient
été priſes, les premiers Médecins de la province conſultés ;
d'ailleurs le courage étoit unique, ma voiture excellente, &
pendant toute la route, mes bras paſſés ſous les reins de ma fille,
dans tous les endroits pierreux, formoient une eſpèce de ſeconds
reſſorts, qui lui ſauvoient ce reſte de dureté dans les mouve-
mens, qui par l'aſpérité des chemins échappoit quelquefois
aux premiers. Enfin le ſeizième jour de notre départ de *Bordeaux*, où j'avois été obligé de paſſer, nous arrivâmes à *Rome* ;
& nous dûmes nous féliciter du parti que nous avions pris :
la joie & la ſurpriſe qu'on y témoigna de voir ma fille encore
enceinte, quoiqu'elle ne fût qu'à la fin de ſon huitième mois de
groſſeſſe, nous découvrirent auſſi-tôt le mot de l'énigme de
Mde. la Comteſſe *de Guiſcard :* bientôt les propos public de M.
l'Abbé *Péru*, chargé des affaires de M. *de Roux*, propos dont
on ne nous fit plus un myſtère, enſuite des lettres d'*Avignon*,
qu'on étoit chargé de nous communiquer, puis celles de *Paris*
que je reçus, me dévoilèrent enfin que le plan concerté, arrêté,
pourſuivi par les Conſeils de M. *de Roux* depuis ſept mois,
étoit qu'on perſuaderoit à *Rome*, & à *Paris*, comme on avoit
fait à *Avignon:*

1º. Que ma fille étoit groſſe de deux ou trois mois, lorſqu'elle
s'étoit mariée.

2º. Que j'avois préparé & déterminé ſa rupture avec ſon
mari, pour avoir ce prétexte de la conduire chez ſa tante, où
elle accoucheroit ſecrètement, & où il me ſeroit aiſé de ne
produire l'enfant qu'après les neuf mois de mariage expirés.

3º. Que

3°. Que c'étoit *par ces moyens obliques & tortueux que je prétendois forcer mon gendre à reconnoître un enfant qui n'étoit pas de lui.*

4°. Qu'ainfi donc je devois m'exécuter *d'une façon ou d'une autre,* pour *fléchir* cet honnête homme, & le dédommager fuivant la force de fes protections, la grandeur de fes alliances, & l'énormité de mes attentats.

L'imputation d'une groffeffe anticipée, démontrée fauffe par la groffeffe fubfiftante, il falloit abandonner le diffamateur ; on n'héfita pas ; il n'y eut qu'une voix pour crier à l'infamie, à l'atrocité, à l'impoffibilité d'aucune efpèce d'accommodement.

Jufques-là, mon R. P. comment ne pas s'applaudir d'un voyage, hardi fans doute, mais qui renverfoit le fyftême fur lequel on avoit fondé l'efpoir de dépouiller ma fille pour revêtir fon mari ? Il me reftoit une inquiétude : on fait bien qu'il eft poffible d'accoucher au commencement comme à la fin du neuvième mois ; mais M. *de Roux* étoit fi bien fervi, fes amis étoient fi exigeans, qu'un jour trop tôt, il lui eût abfolument fallu la dot entière de ma fille pour le confoler : le dernier foir du neuviève mois arrive, ma fille n'eft pas accouchée ; je bénis le ciel ; le lendemain une autre inquiétude commence, ou peut accoucher quinze jours après le neuvième mois expiré, & ma fille avoit dit hautement à *Avignon,* dans un moment d'indignation très-jufte contre fon mari, que fi elle fe trouvoit groffe d'après le 27 Décembre, ce n'étoit pas de lui ; propos inconfidéré, mais qui annonçoit une femme très-fage, & très-fûre de continuer à l'être. Vous favez, mon R. P. combien de fois ma fille m'a plaifanté fur cette viciffitude de craintes.

Enfin je fuis au comble de mes vœux, ma fille va être pleinement juftifiée des calomnies qui l'ont conduite à *Rome* ; elle avoit été mariée dans la nuit du 18 ou 19 Décembre, le 19 Septembre les premières douleurs fe font fentir, elles continuent jufqu'au 21, à des diftances qui annoncent que le moment décifif n'eft pas éloigné : enfin le 22, on l'accouche... ou, pour mieux dire, on la délivre de toutes les horreurs paffées, préfentes, futures, & toute l'opération fe fait fous mes yeux, afin que j'aie toute ma vie les objets auffi préfens que s'ils les frappoient encore.

Je n'ai pas honte de l'avouer, je ferois mort ou devenu fou, fi je n'avois pas vu avec quel courage, quelle fermeté, quelle tranquillité, quelle fimplicité, cette malheureufe femme a foufcrit à fon fort.... Elle venoit de plaifanter fur une douleur affez forte qu'elle avoit eue : une autre fuit de près ; on lui dit de l'aider par quelques efforts ; le Chirurgien prend ces efforts, que cette femme étonnante n'accompagne d'aucun cri, pour une convulsion qui annonce le besoin immédiat du secours de l'art ; il demande le malheureux siége : ma fille, dit en baissant le ton de sa voix, *Je suis morte* ; & la femme la plus vive se laisse transporter, arranger, rompre, fixer enfin sans dire un mot... Qu'ajouterai-je ? Après vingt minutes d'une opération que je renonce à décrire, après une demi-heure d'un profond évanouissement qui succéde à l'opération, elle respire enfin, & me dit, *Mon papa, le Curé* ; elle l'attend sans rien dire, sans témoigner d'inquiétude, le voit arriver sans émotion, ordonne qu'on ferme la porte, reste seule avec lui jusqu'à un second évanouissement ; les secours la raniment ; elle me dit encore, *Mon papa, le Curé* ; elle ordonne de nouveau qu'on ferme la porte ; toujours une seule parole pour ce qu'elle demandoit, & toujours cette parole adressée à son père : quand elle eut satisfait sa conscience, je m'approchai de son lit ; ses yeux étoient fermés ; je lui demandai si elle me connoissoit ; elle me fit un signe de la tête, mais sans ouvrir les yeux ; je tenois sa main ; je la laissai ; je me détournois ; elle m'appelle ; je repris sa main : un instant après, sans serrer la mienne, sans prononcer mon nom, sans me regarder, sans la moindre émotion visible, elle me dit, *Faites ce que je vous ai demandé* ; je n'ai compris qu'aujourd'hui le sens de ces paroles, qui retentissoient nuit & jour dans mon cœur, sans que je pusse les expliquer : elle est morte le 22 Septembre : *Agnès*, sa femme-de-chambre, qui arrive de *Rome*, où je l'avois laissée, m'a remis aujourd'hui 1er Octobre un billet d'elle, écrit du 8 Septembre, 14 jours avant sa mort, cacheté de noir, avec cette adresse, *Pour mon papa*. Je l'ai lu, ce billet... C'est le résultat de réponses à cent questions faites depuis le jour de notre arrivée à *Rome*, jusqu'à celui où elle écrivoit : du moment qu'elle eut écrit, elle n'a pas dit un mot, sur l'objet qui l'avoit tourmentée pendant trois semaines ; trois lignes & demie de ce billet (je l'ai sous les yeux) supposent deux évènemens, & fixent le remède ; le reste du billet présente les conséquences du tout. En prononçant ces paroles, *Faites ce que je vous ai demandé*, sa voix fut ferme, sans être forcée : je serrai sa main avec encore plus d'expression ; la sienne ne fit aucun mouvement ; je baisai ses yeux & sa bouche, vous savez comme elle recevoit la moindre de mes caresses, elle ne répondit à celle-ci par aucun témoignage de sensibilité ; je lui demandai si elle vouloit voir son enfant ; vous n'avez point oublié les respectables extravagances que vous lui avez vu faire pour cet enfant avant qu'il existât,

elle

elle ne répondit rien, ne fit aucun figne, elle attendoit le Viatique, qu'elle avoit demandé; il arriva... Ma fille venoit de
m'apprendre comment je devois recevoir les arrêts du Ciel;
je me proſternai; j'appuyai mon front fur cette terre à laquelle
ma fille alloit fe rejoindre, dans laquelle ma fille alloit trouver
le repos que fon mari lui avoit refufé: elle reçut le Viatique,
comme elle avoit fait tout le refte, ne difant que les mots qu'il
falloit dire, & ne cherchant à démontrer rien, à fe fatisfaire
fur rien : on commençoit à lui donner l'extrême-onction ; je
me retirai ; je me proſternai encore ; je ne demandai rien ; je
ne defirai rien ; j'appréciai, pour la première fois, la crainte, le
defir, l'efpérance, les hommes ; je me vis feul dans la nature ;
je retournai vers ma fille ; je pris fa main ; je la ferrai encore
en regardant fes yeux ; ils étoient ouverts ; ils étoient ternes ;
je les confidérois toujours : *Agnès* les ferma ; je baiffai la tête.
Le Curé fe mit à genoux & récita le *de Profundis* ; je me mis
à genoux, & je récitai le *de Profundis* pour ma fille, comme je
l'aurois récité pour un autre ; fon exemple m'avoit élevé au-
deſſus de moi-même, le Curé fe retira; je l'accompagnai juſqu'à
l'efcalier ; en revenant, *Agnès* me dit :—*Ah ! Monſieur, on l'a
tuée....* Je montrai le Ciel ; je rentrai dans ma chambre,
où je pris mon chapeau, & je fortis pour aller prier le Chirurgien de procurer une nourrice à l'enfant. Vous favez que ma
fille vouloit le nourrir, & avec quelle vivacité elle rejettoit l'idée
de la poſſibilité que le lait pût lui manquer pour nourrir fon
enfant. Cet ordre donné, j'allai chez M. *Digne*, qui voulut
bien me fupporter juſqu'au 24 à midi; je compris alors, par quelques paroles échappées, qu'on difoit ouvertement ce qu'*Agnès*
n'avoit pu me cacher : fort peu de tems après une autre perfonne me parla plus pofitivement ; j'ai dit plus haut ce que je
penfois de la conduite du Chirurgien; & je fuis fûr que fon
cœur a bien expié la faute de fa tête : auffi je montrai encore
le Ciel ; mais je me décidai auffi-tôt à fortir d'un pays où je
n'étois venu, que forcé par la néceffité d'y conduire ma fille
pour la juftifier, & où j'allois être en quelque façon accufé
de l'avoir conduite à la mort. Je partis effectivement le foir,
après avoir pris toutes les mefures que je pus imaginer, pour
que les difpofitions teftamentaires de ma fille fuffent exécutées.
Je laiffai auffi par écrit mes intentions, par rapport à fon enfant.
Celui qui a perfécuté ma fille juſqu'au tombeau, la perfécu-
tera-t-il au-delà ? Celui qui m'a ravi ma fille, par un effet de
fes indignités, ofera-t-il me difputer l'unique objet qui puiffe
adoucir le fouvenir de fa perte ?.... Celui....?

Je

Je n'ai pas encore eu le bonheur de verser une larme ; je dirai plus, je ne suis pas le maître d'un mouvement qui me décide toujours à reprimer, à dévorer la moindre de celles qui se présentent à mes yeux.

Que mon gendre & ses amis jouissent du triomphe le plus complet & le plus digne d'eux ; qu'ils sachent que ce n'est pas assez pour moi d'avoir perdu la fille la plus tendre, la plus passionnément attachée à son père ; qu'ils sachent que l'horreur de cette perte se renouvelle à chaque instant de ma vie ; qu'à chaque instant de ma vie, je vois cette malheureuse femme enlevée de son lit, portée sur le siége fatal, placée, brisée, fixée, se roidissant contre la douleur, étouffant les cris, & tout signe de sensibilité ; que je vois les mains du Chirurgien forçant tout ; que je l'entens demander des ligatures, que je le vois les attacher, tirer, forcer sur les attaches, & travailler dans le sein de cette infortunée, jusqu'à sa délivrance assurée dans le sens le plus funeste. Dieu m'est témoin que je ne lui fais aucun reproche ; il sait lui-même s'il en a vu l'apparence sur mon visage ; ce n'est pas lui qui est le bourreau de ma fille ; c'est celui dont les calomnies l'ont arrachée de l'asile où de tendres parentes, plus instruites que moi, & entourées de gens de confiance, auroient sans doute . . . Oui, je vois tous ces objets comme s'ils étoient encore sous mes yeux : la quantité des détails ne me fait rien confondre ; je vois tout à la fois & toujours distinctement chaque partie de cet affreux tableau, comme si je la considérois seule ; je vois même dans le moment où l'on saisit ma fille, l'Accoucheuse ouvrir la bouche & n'oser parler ; qu'elle eût dit un mot . . . Croyez-vous, mon Révérend Père, qu'il reste dans le fond du calice, une seule particule dont le Ciel ait voulu m'épargner l'amertume ? Cruelle imagination, qui saisis tout avec autant de rapidité qu'une glace, & qui conserves tout comme l'airain !

Communiquez, je vous prie, ma lettre à M. *Digne* & à M. *Barazzi*, afin qu'ils sachent l'un & l'autre ce qui se passoit dans mon ame, lorsque je prononçois, & si souvent, *Ah ! mon Dieu !* Il vous diront que la qualité de mon accent n'a jamais varié, mais le degré de sa force étoit soumis à celui d'affaissement où la machine, très-négligée, se trouvoit quelquefois. *Ah ! mon Dieu !* Que dire autre chose, quand on ne peut, ni nuit ni jour, arracher ses yeux d'un spectacle aussi cruel, & qu'on ne peut s'empêcher de reconnoître la main de ce Dieu, dans cette multiplicité de circonstances, & de circonstances aussi étranges, que celles qui devoient se réunir pour m'accabler ?

bler? Qu'un feul anneau de cette chaîne horrible eût manqué, ma fille vivroit. Oui, Mon R. P. un feul, elle vivroit.

Mon R. P. j'ai écrit à *Avignon*, j'ai demandé mon enfant, l'enfant de ma fille ; la feule chofe qui me refte d'une malheureufe qui eût fait la confolation de ma vieilleffe. . . . . . .

. . . .
. . . .
. . . .

SUITE DE L'INTRODUCTION.

M. *de Roux* a refufé ma demande ; il a joint l'outrage au refus. Ses amis continuent à me dénigrer. Les miens ne font pas inftruits, & fe taifent. Le Public doit me croire coupable ; je dois l'éclairer.

M. *de Roux* voudra bien confidérer aujourd'hui, que le plan de défenfe auquel il m'a réduit, le réduit enfin lui-même à des armes pareilles à celles que je vais lui préfenter. Il lui feroit déformais inutile de recourir à des délations fecrettes, & de s'étayer de noms obfcurs ou tarés, que le Public ne verroit qu'avec indignation, oppofés à ceux des deux hommes refpectables, dont le filence feul va le couvrir de honte, fi leur réclamation formelle & publique ne me couvre moi-même d'ignominie.

M. *de Roux* obfervera auffi qu'en citant des témoins à *Rome*, à *Avignon*, à *Paris*, à *Agen*, à *Bordeaux*, à *Londres*, en *Amérique*, je prétens m'affurer dans chacun de ces endroits, des garans de ce que j'aurai dit fur les autres : fi j'en impofe fur un feul point de ce que je dirai de *Rome*, tout *Rome* doit croire que j'en impofe

fur

fur tout ce que je dirai d'*Avignon*, d'*Agen*, &c. Si je fuis exact dans le récit des abominations que je rapporterai de *Rome*, *Rome* ne doutera pas des horreurs que je raconterai d'*Avignon*. M. *de Roux* fe plaindra-t-il ? N'a-t-il pas eu affez de tems pour conjurer l'orage ? & s'il faut contre lui des déclarations formelles, *quel eft l'homme qui refufera fon témoignage à la vérité, lorfque fon filence favoriferoit le crime, & contribueroit à fa récompenfe ?*

EXPOSITION

De la conduite du Marquis DE CASAUX *dans toutes les circonstances relatives à ses affaires avec* M. le *Marquis* DE ROUX.

PREMIERE LETTRE

DE M. DE CASAUX à M. le Marquis de CAMBIS, & M. le Marquis DESACHARS.

EXPOSITION *de la conduite du Marquis* DE CASAUX *depuis le* 15 *Octobre* 1782, *jusqu'à son départ d'*Avignon, *le* 29 *d'Avril* 1783.

J'OSE, Messieurs, vous citer pour témoins de quelques faits essentiels, que l'honneur m'ordonne de constater. Je ne vous cacherai point qu'une forte raison doit vous décider à réclamer formellement, & *publiquement*, contre toute assertion inexacte. Si je suis digne d'estime, un autre a bien des reproches à se faire, & vous ne devez votre appui qu'à la justice & à la vérité.

Le malheureux état de ma santé depuis plusieurs années, tant à *Londres* qu'à *Paris*, m'avoit obligé de chercher un climat plus doux : la beauté de celui d'*Avignon*, l'effet qu'il produisit sur moi, le ton vraiment admirable de la compagnie nombreuse qu'on y trouve, & plus que tout cela peut-être, les témoignages distingués d'estime, & les bontés singulières dont vous m'honorâtes, Messieurs, pendant les deux mois de la belle saison que j'y passai, me décidèrent à y finir le peu de jours qui me restoient à vivre.

C

J'avois

J'avois laiffé ma fille à *Paris*, à l'*Abbaye de St. Antoine* ; on m'avoit propofé pour elle, dans le *Poitou*, un établiffement avantageux, tant pour la naiffance que pour la fortune ; mais je fentois trop vivement le prix des foins que je pouvois me promettre, pendant ma vieilleffe, de la tendreffe d'une fille qui ne pouvoit fupporter l'idée de vivre féparée de moi ; certain d'ailleurs de l'établir avantageufement, par-tout où je voudrois me fixer & la faire jouir, indépendamment de la fortune que je lui donnerois, de l'état que mes facultés me permettoient de tenir, je n'héfitai point à partir dans les premiers jours de Septembre, pour l'aller chercher; & le 15 d'Octobre nous arrivâmes à *Avignon*.

Je ne prétends pas juftifier la précipitation avec laquelle je la donnai à M. le Marquis *de Roux* ; il m'a formellement accufé *d'avoir eu le deffein de le tromper dès avant le mariage* ; il ignore que j'ai un écrit de la main de fon Confeil principal, qui prouve plus que la négative ; mais je me bornerai dans ce moment-ci à rendre un compte auffi court qu'exact de la manière dont cette affaire fut traitée.

M. le Marquis *de Roux* dit à ma fille qu'il avoit actuellement huit à dix mille livres de rente, & qu'il en auroit dix mille autres après la mort de fa mère ; M. le Comte *du Roure*, intime ami de M. *de Roux*, l'attefta; ma fille réduifit le mécompte à la moitié, & crut qu'en joignant fa propre fortune à celle de fon mari, la perfpective de 25,000 liv. de rentes après ma mort, avec l'avantage de partager mes jouiffances pendant que je vivrois, étoit tout ce qu'il falloit pour être heureufe avec un homme, *dont l'âge mûr, la douceur & l'honnêteté, la garantiffoient*, difoit-elle, *de tout ce qu'elle auroit à craindre, fi elle époufoit un homme plus jeune, plus riche, mais dont le caractère feroit moins affuré.* Ce fut ainfi qu'elle me parla. Mon indécifion ne fut pas longue; elle portoit uniquement fur la fortune, que j'ai toujours envifagée un peu trop philofophiquement. J'avouerai auffi que la douceur apparente de M. *de Roux* m'avoit féduit, & le calcul de ma fille me paroiffoit jufte ; d'ailleurs avec plus de force réelle que je n'en avois eu depuis long-tems, j'étois cependant cloué fur mon lit par des douleurs affreufes qui attaquoient fucceffivement différentes parties de mon corps, & paffoient avec une rapidité inexplicable de l'une à l'autre, fans y laiffer aucune altération vifible. Un état auffi fingulier, après celui de valétudinaire auquel j'avois été réduit depuis fi long-tems, annonçoit dans la machine une révolution qui pouvoit auffi bien être funefte qu'avantageufe, & je defirois

d'affurer

d'aſſurer à ma fille un protecteur, avant que la nature lui enlevât celui qu'elle lui avoit donné.

M. le Comte *du Roure* me fit la propoſition du mariage, & ajouta *qu'il étoit expreſſément chargé de ſouſcrire à tout ce que je propoſerois* ; je dis mes intentions, M. *du Roure* me dit celles de M. *de Roux* ; il n'y eut de part ni d'autre aucune objection. M. *de Roux* vint auſſi-tôt me faire les proteſtations de forme ; je lui dis qu'il faiſoit un bon choix, ſi un fond inépuiſable de gaieté, une ſenſibilité extrême, une franchiſe unique, beaucoup d'eſprit, de vivacité, d'élévation dans les ſentimens, ſuffiſoient pour le rendre heureux ; que ces grandes qualités n'étoient pas chez ma fille ſans les inconvéniens qui les accompagnent toujours, mais que je pouvois lui certifier avec la plus grande vérité, que je n'avois pas eu une ſeule fois à me plaindre d'elle, que bientôt après le plus grand attendriſſement ne l'eût précipitée dans mes bras. M. *du Roure* & M. *de Roux* m'aſſurèrent que tout *Avignon* voyoit ma fille telle que je la dépeignois ; & M. *de Roux* ajouta que s'il avoit jamais quelque tort à lui reprocher, ce ne ſeroit pas celui de l'avoir trompé ſur ſon caractère ; il répéta enſuite le conte de ſes huit à dix mille livres de rente, & finit par dire que Madame ſa mère lui aſſureroit 140,000 liv.

Le lendemain Mde. la Marquiſe *de Roux* vint elle-même, avec M. le Comte *du Roure*, me demander ma fille ; je répétai ce que j'avois dit la veille ; j'indiquai des ſources où l'on pourroit puiſer toutes les lumières dont on auroit beſoin ſur mon compte & ſur celui de ma fille ; l'une de ces ſources étoit la maiſon de *Conflans* & de la *Rochefoucault-Bayer*, avec qui M. *du Roure* m'avoit déjà dit avoir des alliances. L'on me répondit des choſes trop obligeantes ; & malheureuſement on agit comme ſi on les penſoit. Enfin, Meſſieurs, nous ſomes aux points déciſifs, connus de tout *Avignon*.

Ce fut le Conſeil de M. *de Roux* qui ſe chargea de rédiger le modèle des articles à ſigner, en attendant l'arrivée de mon fils pour le contrat, qui demandoit beaucoup de réflexions, relativement à la circonſtance de la rétroceſſion très-probable de la *Grenade* aux *Anglois*. Or dans ces articles Mde. la Marquiſe *de Roux* n'aſſuroit à M. ſon fils que 100,000 liv. au lieu des 140,000 liv., que M. ſon fils m'avoit annoncées ; & je ne dis pas un ſeul mot.

Ce fut Mde. la Marquiſe *de Roux* qui me pria de ne pas différer ce qu'elle appelloit le bonheur de ſon fils ; & je n'avois beſoin que d'un délai de douze jours pour avoir de *Paris* l'extrait-baptiſtaire de ma fille.

Ce fut Mde. la Marquife *de Roux* qui fe chargea de lever toutes les difficultés que le défaut de cette pièce pouvoit occafioner ; & ce fut en conféquence de fes démarches à cet égard, démarches connues de toute la ville, que tout fut confommé dans la nuit du 18 au 19 Décembre, quatre jours après la fignature des articles, & pendant que j'étois encore fouffrant, & hurlant fur mon lit : la goûte s'étoit enfin déclarée.

Voilà, Meffieurs, tout l'art que j'ai mis dans cette affaire ; perfonne ne l'ignore dans votre ville : ce n'eft pas tout ; il faut maintenant nous juger par nos intérêts. Si M. *de Roux*, au lieu de preffer le mariage, eût bien voulu prendre des informations fur notre compte, comme je l'en avois prié, s'il eût accordé à ma fille les 12 jours de délai qu'elle lui demanda pour avoir fon extrait-baptiftaire, que feroit-il arrivé ? Je paffe condamnation fur toutes les infamies dont il m'a accufé, s'il rapporte un feul trait qui l'eût empêché de defirer la conclufion de fon mariage ; & s'il eût été retardé feulement de huit jours, quelles lumières n'aurois-je pas infailliblement acquifes fur la profondeur de l'abîme où nous allions nous précipiter ! les alentours de M. *de Roux !* fes Confeils !

M. *de Roux* ne tint pas long-tems ma fille dans l'obfcurité. Je ne vous fatiguerai point du détail des extravagances, des groffièretés, des ridicules, des petiteffes, des fcandales qui fe fuccédèrent fans interruption depuis le lendemain précis du mariage, jufqu'au 6 Janvier ; j'ai ce détail écrit en entier de la main de ma fille, mais il a perdu le feul intérêt dont il étoit fufceptible ; ma fille n'exifte plus : je ne parlerai des abfurdités dont elle fut la victime que lorfqu'il faudra difcuter *la Plainte criminelle* deftinée par M. *de Roux* à les juftifier ; cependant je ne dois pas fupprimer une fcène qui peut d'avance donner quelque idée de ces abfurdités, & mettre en évidence le caractère du mari & de la femme.

(*) Le 6 Janvier, ma fille, qui jufqu'alors avoit tout fouffert fans fe plaindre, fans me dire un mot, (je n'ai été inftruit que par Mde. *de Chambrun*,) excédée enfin, crut devoir inftruire Mde. la Marquife *de Roux* de la conduite de fon fils ; elle alla chez M. le Comte *du Roure*, & ne le laiffa pas long-tems en fufpens fur

le

(*) Je crois qu'il fuffit d'avoir lu comment cette femme eft morte, pour imaginer avec quelle force, quelle confcience de fupériorité, elle devoit s'exprimer dans ces momens de révolte naturelle qu'excite un jufte reffentiment ; ceux qui l'ont connue favent de plus que cette pétulante énergie fe terminoit toujours

le sujet de sa visite ; elle circonstancia tous les faits, cita ses témoins, & pria M. *du Roure*, auteur du malheureux mariage qu'elle avoit fait, d'écrire à Mde. la Marquise *de Roux* pour la supplier d'avoir égard à des plaintes aussi justes. M. *de Roux* avoit tout entendu d'une chambre voisine où il s'étoit caché. Prêt d'étouffer sous le poids de tant de misérables petites vérités, il sort enfin de sa retraite, & se présente : ma fille lui dit, *je ne suis point fâchée, Monsieur, que vous ayez entendu ce que je viens de dire ; j'en avois déjà dit la plus grande partie à M. le Comte du Roure, afin qu'il vous aidât de ses conseils ; il vous les a donnés ; vous n'en avez pas profité, & c'est pour cette raison que je comptois vous répéter tout ce que vous avez entendu, en présence de Mde. votre mère, que j'ai prié M. le Comte du Roure d'engager à se rendre ici. Si vous avez perdu quelques mots, je vais recommencer avec le même ordre & la même tranquillité ; niez ce qu'il vous plaira, & justifiez le reste. Est-ce la jalousie qui vous tourmente ? Mais osez me reprocher un mot, un geste, un coup-d'œil, qui puisse vous donner la moindre inquiétude raisonnable. Je veux être honnête ; mon orgueil m'y porte : une autre raison plus puissante encore suffiroit pour m'arrêter, même à l'instant où vos folies me serviroient de justification ; mon père cessera de vivre avec moi aussi-tôt que je cesserai d'être irréprochable ; vous connoissez aussi bien que moi sa façon de penser ; mais si jamais je change la mienne, n'est-ce pas vous qui m'y aurez déterminée par votre conduite ? Après avoir fait tout, inutilement, pour être estimée de vous, que m'importera si les autres me méprisent ? D'ailleurs vous aviez un si bon moyen pour vous tranquilliser, & c'étoit moi-même qui vous l'avois donné ce moyen, sans imaginer qu'il pût être considéré comme tel ; sans l'imaginer, car je ne vous l'aurois pas donné ; c'étoit de tout mon cœur, de toute mon ame, que je vous avois prié d'être toujours avec moi ; & pourquoi vous en avois-je prié ? parce que je n'avois intention de rien faire que vous ne pussiez voir ; & combien de fois vous en ai-je prié ? Vous ne l'avez pas voulu, & c'est la seule chose dont je me suis plainte à mon père ; & pourquoi ne l'avez-vous pas voulu ? On vous prendroit, disiez-vous, pour un jaloux ; & dans cette idée, aussi-tôt après nos visites rendues, vous n'avez*

---

jours par un trait de sensibilité, ou par un trait original, qui faisoit rire malgré lui le coupable sur qui il tomboit ; mais alors tout étoit fini ; plus de ressentiment, & son cœur voloit sur ses lèvres, si l'on avoit quelques droits pour oser l'y chercher. On aura par la suite plus d'une preuve de ce que je viens de dire.

plus

plus voulu paroître avec moi ; vous êtes sûr d'être bien reçu partout ; vous n'allez nulle part que pour une minute, & vous vous mettez au lit pour vous tourmenter, quand je me mets à table dans des maisons où vous pourriez être tranquille avec moi, sans vous compromettre, puisque vous y seriez avec toute la ville.

M. de Roux voulut s'excuser sur ce qu'il étoit sûr que ma fille ne l'aimoit pas.

Je ne vous aime pas, Monsieur ? Mais me direz-vous pourquoi je vous ai épousé ? Est-ce pour votre fortune ? Je n'ai pas voulu que mon père prît des informations qui lui auroient appris ce que personne n'ignore. Est-ce pour votre jeunesse ? Vous avez quarante ans. Non, Monsieur, je vous croyois doux, honnête, raisonnable, plein d'estime & de vénération pour mon père, & je ne demandois rien de plus dans mon mari. Seroit-ce de l'amour que vous exigeriez ? Dites, Monsieur, dites, vous en ai-je jamais promis ? Je vous ai dit affirmativement avant mon mariage, que j'en étois incapable ; mais je vous promis alors mon amitié, ma confiance, mon estime, si vous les méritiez. Vous me faites aussi un crime d'une autre espèce d'insensibilité ; mais est-ce ma faute si j'ai reçu de la nature une indifférence très-grande pour ce qui fait le bonheur de tant d'autres ? Je suis vive, & j'ai ouï dire que toutes les femmes de ce caractère avoient le défaut que vous me reprochez ; cependant vous vous plaignez chaque jour de cette froideur à mon père ; vous vous en êtes plaint à M. du Roure, à M. de Calviere qui m'en a plaisanté, à Mde. de Calviere, à toute votre société ; vous n'avez pas eu honte de me citer l'exemple de vos maîtresses ; & c'est à ce point de dégradation que vous prétendez réduire votre femme ! Une autre fois c'est ma vivacité qui vous confond, ma gaieté qui vous suffoque ; ne connoissiez-vous pas l'une & l'autre avant de vous marier ? Pourquoi me preniez-vous ? Cependant il faut que je me refonde, il faut que je change de tête, ou que je dise pourquoi ; mariée le 19, vous m'y avez condamnée le 24 : Mde. de Larche vous le dira.

M. de Roux avoit jusqu'alors trouvé dans sa femme une soumission assez implicite, pour se flatter effectivement qu'il la changeroit en automate ; il resta interdit. Bientôt après il porta ses deux poings à son front, comme s'il méditoit sur ce qu'il venoit d'entendre, & sur ce qu'il devoit faire ; ma fille reprit, je vous laisse, Monsieur, à vos réflexions & à celles de M. du Roure. Elle se retiroit : M. du Roux se jette sur l'épée de son ami, qui l'arrête, & faillit, en l'arrêtant, d'être percé lui-même ; il faudra entendre M. de Roux expliquer dans sa plainte ce trait sublime de

politique

politique & d'amour, dont il veut bien se féliciter ; il suffit maintenant de dire que M. le Comte *du Roure*, après avoir désarmé M. *de Roux*, courut à ma fille à qui la vue d'une épée nue avoit arraché un cri; qu'il la trouva dans l'anti-chambre évanouie *par terre*, n'ayant pas eu la force d'aller plus loin ; que plusieurs personnes montèrent au bruit; qu'on donna à ma fille des secours qui la ranimèrent, & qu'après quelques nouveaux traits, parfaitement analogues aux deux caractères, ma fille finit comme elle avoit toujours fait, elle pardonna, & alla dîner chez Mde. *de Chambrun*, afin que je ne m'apperçusse pas de l'état où elle étoit, & qu'elle ne fût pas obligée de m'en dire la raison.

Vous jugez, Messieurs, que je ne serois pas aussi positif sur cette étrange scène, malgré le compte que j'en exigai de ma fille, lorsque je l'eus apprise par le Public, si M. le Comte *du Roure* ne m'en eût confirmé toutes les particularités ; si M. le Comte *du Roure* ne l'eût également racontée à M. le Marquis *de Cambis* de manière à lui faire admirer son impartialité ; si je ne trouvois dans la déposition de M. le Comte *du Roure*, quelques traits encore plus saillans que ceux dont j'ai parlé, & très-capables de justifier l'espèce d'enthousiasme qu'il voulut bien me témoigner de la conduite de ma fille, & le sentiment très-différent que lui inspira celle de son mari, & si je ne trouvois pas enfin, *dans la plainte même de M. de Roux*, infiniment plus que je n'aurois osé desirer, pour le confondre sur un fait aussi grave, par son propre aveu, & par le panégyrique même de ses Avocats. Vous le verrez par la suite, Messieurs.

M. *de Roux* avoit promis résipiscence ; cela dépendoit-il de lui ? Quatre jours après, une autre scène, quatre jours après, une autre encore ; je passe à celle du 5 Février, scène d'autant plus étrange, plus inattendue, que M. *de Roux* prétextoit depuis long-tems des coliques, des maux de tête, qui ne lui permettoient que rarement de sortir de sa chambre, & ordinairement pour aller dîner ailleurs : mais il faut sur-tout observer, que le jour dont il s'agit, il y en avoit au moins deux (cela est prouvé par les dépositions) qu'il n'avoit jugé à propos de paroître chez moi ni chez ma fille ; vous trouverez, Messieurs, le détail de cette scène, dans la déposition que je priai M. *Deleutre*, prêt à partir pour *Paris* le 17 Avril, de remettre cachetée entre les mains de M. *Faulcon*, Notaire : j'étois obligé de prendre cette précaution pour n'être pas tout à fait la dupe des ménage-

mens

mens que j'avois eus pendant six femaines, fi M. *de Roux* fe refufoit à un arrangement dont il étoit convenu, mais fur lequel il avoit élevé de nouvelles difficultés.

Copie de la Dépofition de M. DELEUTRE.

Je fouffigné déclare fur mon honneur en faveur de la vérité, & fuis prêt à affirmer, fi j'en étois requis, par-devant tous les Tribunaux Publics, que dans les premiers jours de Février, le jour que Mgr. le Duc de Chartres paffa par cette ville, je fus chercher M. le Marquis de Cafaux pour me rendre avec lui dans une maifon où nous avions affaire ; je le trouvai à table avec M. & Mde. de Roux ; j'affiftai à leur dîner, qui dura environ trois quarts d'heure, & qui fe paffa très-gaiement. *M. de Cafaux fe leva, & fut pour prendre fa canne & fon chapeau ; nous le fuivîmes, M. de Roux & moi, & laiffâmes Madame à table fe rinçant la bouche :* elle vint en chantant quelques minutes après, *dans fa chambre à coucher, où j'étois avec M. de Roux, & adoffé à la cheminée ;* il y avoit en outre, dans cette même chambre, la femme de chambre de Madame, un perruquier dont je ne fais pas le nom, & fon laquais nommé Antoine. *Mde. de Roux dit entrant :* Allons, fortez Meffieurs, je veux m'habiller ; *je fortis, & M. de Roux, qui me fuivoit, dit,* oui fi nous voulons. *Mde. de Roux répondit,* fi vous ne le vouliez pas, je ferois porter ma toilette ailleurs. *M. de Roux rentra de fuite en difant,* eh bien, Madame, puifque vous le prenez fur ce ton, je refterai. *Je retournai dans la chambre, & je vis que M. de Roux prit très-vivement un fauteuil, & s'affit près du feu. Mde. de Roux dit alors,* Antoine, portez ma toilette de l'autre côté, *& me demanda où étoit fon père. Alors M. de Roux fe leva très-brufquement, & dit,* facrédié, cette femme ne fera pas contente que je ne lui aie caffé les bras. *Comme je vis que cette altercation pouvoit être portée plus loin, je courus en mettant les mains fur mes yeux, pour chercher M. de Cafaux, & j'entendis en fortant que M. de Roux difoit,* vous êtes une infolente, vous dis-je, vous vous en repéntirez. *Je trouvai M. de Cafaux qui venoit au bruit, & cette fcène finit par le départ du Marquis de Roux. En foi de quoi, &c.* Avignon, 17 Avril 1783, *figné* DELEUTRE.

Vous voyez par cette dépofition, Meffieurs, qu'il n'y avoit pas quatre minutes que j'avois laiffé M. *de Roux*, M. *Deleutre*, & ma fille, *dans la gaieté :* Quelle fut ma furprife, lorfque je rentrai dans l'appartement, & que ma fille me demandà très-
férieufement

férieufement, & très-tranquillement, *fi mon intention étoit que M. de Roux lui caffât les bras*. Je regardai M. *de Roux* fans dire un mot ; il prit fort vîte fon chapeau, gagna de même la première pièce, & enfin l'efcalier, qu'il defcendit très-promptement. Je l'avois fuivi fans lui parler, & je m'appuyai fur la rampe, les yeux fixés fur lui pendant qu'il defcendoit ; lorfque je l'eus perdu de vue, je rentrai, & je priai M. *Deleutre* de me raconter exactement tout ce qui s'étoit paffé ; il le fit : vous venez auffi, Meffieurs, d'en être inftruit par lui-même ; je n'ai pas befoin de vous faire obferver le ton de candeur & d'honnêteté qui règne dans fa dépofition : vous la comparerez bientôt avec celles des témoins de M. *de Roux*.

J'étois pétrifié : nulle apparence de provocation, nul prétexte. Tel avoit donc été le fruit d'une violence réprimée, concentrée pendant quelques jours, après vingt fcènes choquantes & fcandaleufes que j'avois engagé ma fille à pardonner ! Quelle reffource ? & quelle perfpective !

M. *Deleutre* fortit. Je reftai avec ma fille pour la confoler, & délibérer fur le parti le plus fage ; c'étoit celui qu'elle vouloit prendre : j'eus le malheur de choifir le plus doux, le plus modéré ; & j'eus là folie de le choifir, parce qu'il rendoit le moins improbable la poffibilité d'une réconciliation. Quelle autre raifon pouvoit m'y déterminer ? cependant M. *de Roux* m'accufe d'avoir *imaginé & fufcité* tous les évènemens qui pouvoient conduire à une rupture : vous venez de voir fi j'avois quelque part à celui-ci, caufe de la rupture.

La fcène dont je viens de vous entretenir, Meffieurs, eft décifive fur M. *de Roux* : le détail que je vous ai épargné de vingt autres extravagances qui l'avoient précédée, vous auroient également préfenté cet homme toujours entraîné par l'impétuofité irréfiftible de fon caractère : vous allez maintenant le voir livré à la phrénéfie de fes Avocats & de fes confeils.

J'avois donné à M. *de Roux* tout le tems néceffaire pour inftruire Mde. fa mère ; mais l'expérience m'avoit appris à me défier de l'exactitude de fa mémoire ; j'aurois été furpris fi je n'avois pas trouvé Mde. la Marquife *de Roux* prévenue de quelques circonftances qui avoient échappé à M. *Deleutre* & aux autres témoins : effectivement lorfque je lui demandai (M. le Comte *du Roure* étoit préfent) fi Monfieur fon fils l'avoit inftruite de ce qui s'étoit paffé, elle me dit auffi-tôt, *comment voulez-vous, Monfieur, qu'un fils entendît patiemment les propos les plus malhonnêtes fur le compte de fa mère ? ... Encore des inventions, Madame !* répondis-je, *votre fils eft prodigieux; mais heureufement il y a des témoins de la fcène depuis le com-*

D

mencement jusqu'à la fin ; ils vous instruiront, si vous avez
deffein d'être instruite; ils n'ont aucun intérêt à déguiser la vérité:
d'ailleurs je ne viens pas ici pour justifier ma fille, ni pour accuser
M. de Roux; je viens uniquement pour vous repréfenter la necef-
fité très-urgente de les féparer ; ils ont befoin de fe perdre de vue ;
je vous prie, Madame, d'y réfléchir ; je viendrai demain prendre
votre réponfe. M. du Roure me dit alors qu'il y avoit un préa-
lable à remplir ; que nous n'avions encore qu'un fous feing-
privé, & qu'il falloit le rédiger en contrat ; je répondis qu'il
y avoit évidemment deux objets effentiels à remplir, favoir un
fous feing-privé à rédiger en contrat, & des mefures à prendre
relativement à la nouvelle circonftance ; que ces deux objets
devoient aller de front, puifqu'il étoit poffible de pourvoir à
tous les deux par le même acte. Rien de plus jufte, ce me femble, ni de plus fimple : M. le Comte du Roure fut d'un avis
contraire; je ne me rendis point, & je dis que je reviendrois le
lendemain prendre la réponfe de Mde. la Marquife de Roux.
Je me retirai.

Permettez-moi, Meffieurs, quelques obfervations & quelques détails fur une miférable négociation, qui, fuivant les propres expreffions de M. de Roux, doit me convaincre de la noirceur de mes projets & de ma perfidie. Il me femble que fi j'avois
eu d'autre deffein, que de chercher amicalement & honnê-
tement les mefures néceffaires pour donner à M. de Roux, le
tems de réfléchir fur les fuites de fes excès, je me ferois
rendu aux inftances de ma fille, qui vouloit porter immédiatement fa plainte en juftice: vous verrez au contraire dans toutes
mes démarches, dans toutes mes propofitions, jufques même
dans mon oppofition à certains points fur lefquels M. de Roux
a toujours infifté, vous y verrez, dis-je, un plan fuivi, un defir
invariable de réunion; & vous verrez, de la part de M. de Roux,
l'opiniâtreté la plus inflexible, à exiger toutes les claufes qui
devoient faire trembler ma fille à l'idée feule d'une réconciliation.

Je comptois donc en allant chez Mde. la Marquife de Roux,
que l'affaire s'arrangeroit entre elle, M. du Roure & moi, de
manière à ce qu'elle fît le moins d'éclat poffible, mais elle avoit
jugé à propos d'appeller à la conférence, M. le Comte de Calviere, fon parent ; & je fentis auffi-tôt que tout feroit difcuté
plus à fond que je ne l'avois imaginé. Déterminé cependant
à préfenter l'objet fous l'afpect le plus bonnête, je ne parlai
que d'incompatibilité, & de la néceffité d'y remédier de la manière qui pût offrir le plus de reffource pour une réconciliation;
je me flattois encore que la naiffance de l'enfant en feroit probablement

bablement l'époque. M. *du Roure* répéta ses preuves de la
nécessité de rédiger préalablement le sous seing-privé en contrat;
je répétai les miennes de l'inutilité de faire en deux actes, ce
qu'il étoit possible de faire en un seul ; & il me parut d'autant
plus essentiel d'annoncer la plus invariable détermination sur
ce point, qu'il étoit évident que si ma fille établissoit M. *de
Roux*, son Procureur général & spécial, par un contrat pos-
térieur aux excès sur lesquels elle devoit porter sa plainte, elle
ne seroit plus autorisée à alléguer ces mêmes excès, pour disputer à son mari un droit auquel elle se seroit soumise, depuis
l'époque dont elle auroit prétendu se plaindre : on voit même
qu'avec tout autre que M. le Comte *du Roure*, j'aurois pu
suspecter l'honnêteté d'une pareille proposition. De la part de
tout autre, c'eût été visiblement un piège, & un piège horrible.

Quoique ce point fût resté indécis, M. le Comte *de Calviere*
établit pour principe, que M. *de Roux* étoit le maître de toute
la dot de ma fille ; & dit qu'elle devoit être fort contente, s'il
ne la réduisoit qu'à la moitié de son revenu : je niai le principe ; j'alléguai les moyens d'une séparation en justice, qui
pouvoit anéantir toutes les prétentions de M. *de Roux*; j'offris
*cependant le tiers du revenu actuel de ma fille, & la moitié, quand
son enfant auroit quatorze ans.* Je vous étonnerois, Messieurs,
si je vous rapportois la plus forte des raisons qui me furent
alléguées, pour me prouver que M. *de Roux*, qui n'avoit pas
donné un chiffon à ma fille, étoit en droit de la dépouiller puisqu'elle refusoit de vivre avec un homme qui n'avoit encore
fait que la menacer de lui casser les bras : on ne me persuada
point ; & M. *de Calviere* dit enfin *qu'il n'avoit aucun pouvoir
pour conclure* : nous renvoyâmes la conférence au lendemain
7 Février.

Il ne falloit pas beaucoup réfléchir sur tout ce qui venoit de
se passer, pour sentir que j'avois besoin d'un témoin, & d'un
juge de ma conduite ; j'étois déterminé à faire tout ce que
l'honneur & le bien de la paix pouvoient exiger; & j'étois bien
sûr d'être aussi invariable sur mes propositions que sur mes
principes ; j'allai chez M. le Marquis *de Cambis*; je le priai de
venir à la seconde conférence, & je ne lui cachai aucune des
raisons que j'avois de le desirer ; il n'hésita point à me le promettre ; nous nous rendîmes effectivement ensemble à l'heure
indiquée.

M. *de Galviere* commença par nous dire *qu'il avoit carte-
blanche*; je réitérai en présence de M. *de Cambis*, les propositions que j'avois faites la veille ; M. *de Cambis* m'a dit depuis
qu'il

qu'il les avoit trouvées généreuses. Après de fort longs débats,
M. *de Calviere* termina la conférence en nous difant *qu'il ne
favoit pas les intentions de M. de Roux*, cependant les intentions
de M. *de Roux* nous avoient paru foumifes à la *carte-blanche*
que M. *de Calviere* nous avoit annoncée : le foir il me dit
à la Comédie, qu'il ne vouloit plus fe mêler de cette affaire ;
j'en fus très-fâché ; je le fuis encore : M. le Comte *du Roure*
s'en chargea, & protefta de la candeur avec laquelle les confeils de M. *de Roux* alloient la traiter. Sur la parole & les
inftances de M. *du Roure*, ma fille différa fa plainte ; voici quelques obfervations qui auroient dû la précipiter : je les fupprimerois, fi elles n'étoient une preuve évidente de mon opiniâtreté à fuir ce que M. *de Roux* m'accufe d'avoir pourfuivi.

PREMIERE OBSERVATION.

J'étois étranger. Un des hommes de la ville que vous eftimez
le plus, Meffieurs, me confeilla auffi-tôt, fans s'expliquer davantage, d'obtenir fans délai la féparation provifoire, d'emmener
immédiatement après, ma fille à *Paris*, & d'y attendre tranquillement le retour du bon fens de M. *de Roux*, pendant que
mes Avocats pourfuivroient le jugement définitif : dix autres
me donnèrent le même confeil ; aucun ne m'en dit la raifon,
mais tous fuppofoient fans doute que M. *de Roux* ne s'oublie-
roit pas jufqu'à me pourfuivre *au criminel* pour ce prétendu
enlèvement ; probablement il ne l'eût pas ofé alors, fes mefures
n'étoient pas encore prifes ; & le bruit public d'*Avignon* fur fa
dernière fcène, étoit trop perçant & trop uniforme pour entreprendre de l'étouffer ; on ne voyoit que les faits, fans égard
aux titres d'étranger & de citoyen. Le premier cri du peuple
n'eft jamais celui de la cabale ; il eft toujours celui de l'équité :
fouftraire une malheureufe femme, aux emportemens & à la
violence de celui qui eût dû la protéger, n'eut été, dans un père,
qu'un acte du devoir le plus facré de la nature, & du droit le
plus imprefcriptible aux yeux de la loi. C'eft ce premier cri
du peuple qui me fixa au parti de la modération. Tout le monde
condamnoit M. *de Roux*, je ne pus me déterminer à l'accabler.

DEUXIEME OBSERVATION.

Depuis la fcène dont M. *Deleutre* avoit été témoin, les amis
déclarés de M. *de Roux* avoient totalement ceffé de venir chez
moi ; ils n'avoient pas même obfervé à cet égard, une forte de
bienféance à laquelle devoient s'attendre, *quoique étrangers*,
des

des gens qui avoient tout fait pour mériter leurs bontés, des gens qu'ils avoient, *jusqu'à ce moment préfix*, comblés des marques de leur eftime, & honorés de vifites très-fréquentes.

TROISIÈME OBSERVATION,
LA PLUS IMPORTANTE.

M. *de Roux* n'avoit paru qu'une feule fois aux foupers de M. le Chevalier *de Javon*, qui en donnoit deux par femaine, auxquels ma fille ne manquoit jamais ; c'étoit pour cette malheureufe femme, après fa rupture avec fon mari, quelques heures de diffipation affurées ; M. *de Roux* crut devoir les lui ôter ; elles lui étoient néceffaires dans fon état de groffeffe ; mais il étoit bien plus effentiel de lui faire vivement fentir, qu'elle ne pouvoit déformais efpérer, dans la patrie de fon mari, aucune des confolations qu'il pourroit lui enlever : en conféquence il prévient un jour M. le Chevalier *de Javon* qu'il ira fouper chez lui ; ma fille l'ignoroit, & s'y rendoit à l'ordinaire ; fa voiture étoit renvoyée, déjà nous étions au haut de l'efcalier, lorfque M. *de Roux* s'annonce au bas par les éclats de rire les plus immodérés ; ma fille fe retourne, l'apperçoit, ordonne une chaife à porteur, ne fait que fe montrer dans l'appartement, fort, & fe rend chez moi. J'avois entendu l'ordre pour la chaife, & j'en avois auffi aifément compris la raifon, que celle de cette vifite extraordinaire de M. *de Roux* ; il étoit évident que ce n'étoit qu'une manœuvre qu'on lui avoit foufflée pour qu'il pût certifier & prouver, qu'il n'y avoit point eu de rupture entre lui & fa femme ; on verra dans *la plainte de M. de Roux* un trait d'impudente unique à cet égard, & qui juftifie pleinement l'idée dont je viens de parler. Je fuivis ma fille : quand elle fut à ma porte, elle envoya fon laquais prier M. le Comte *du Roure* de paffer chez elle : auffi-tôt qu'il fut arrivé, elle lui porta les plaintes les plus amères fur la conduite de fon mari, fur le peu d'égards qu'il avoit pour fa fituation ; fur ce deffein vifible de lui interdire jufqu'aux maifons où il n'alloit jamais avant leur rupture ; fur ce reproche odieux fait de fa part à M. le Marquis *de Brantes*, de ce qu'il continuoit à la voir ; fur cette affectation indécente de fe placer au fpectacle vis-à-vis d'elle, d'y étaler & par-tout, lui qui jufqu'alors n'étoit allé prefque nulle part, la gaieté la plus choquante, dans la circonftance la plus trifte. *S'il me fait mourir de chagrin & de défefpoir, que gagnera-t-il?* ajouta-t elle. *Sa fortune n'eft-elle pas*
attachée

attachée à ma vie ? La plainte fut longue & vive : ma fille ne la termina, qu'en proteftant qu'elle ne différeroit plus d'en porter une plus efficace à la juftice.

Je crus devoir m'expliquer fur tous ces points ; je dis à M. le Comte *du Roure* que je n'avois pas encore proféré une fyllabe depuis le moment où les éclats de rire de M. *de Roux* avoient frappé mon oreille ; que depuis ce moment-là, j'avois été uniquement occupé à réfléchir ; qu'ainfi ma fille ignoroit encore ma façon de penfer fur le dernier procédé de fon mari, mais que je ne prétendois pas la cacher ; que j'étois auffi indigné qu'elle de la conduite de M. *de Roux* ; qu'il étoit odieux d'afficher cet air de triomphe & d'infouciance, pendant qu'il favoit fa femme & fon beau-père plongés dans la douleur, par la perfpective des fuites que devoient néceffairement avoir les torts qu'il avoit eus, & qu'il aggravoit journellement, au lieu de chercher à les réparer ; que je voyois qu'il falloit renoncer à toute efpérance, avec un homme capable d'envier à fa malheureufe femme, quelques momens de diffipation que fa groffeffe lui rendoit fi néceffaires ; un homme capable de fe flatter qu'il la réduiroit par des manœuvres auffi baffes, à préférer les chagrins domeftiques qu'elle auroit à dévorer fi elle retournoit avec lui, aux défagrémens & aux humiliations de toute efpèce, dont il fauroit l'accabler fi elle ofoit s'en féparer : que M. *de Roux* avoit tort, s'il s'imaginoit que j'étois un de ces hommes qui fe croient débarraffés de leurs filles par un mariage quelconque, & fe contentent de lever les mains au Ciel pour les recommander à l'affiftance divine ; que je protégerois la mienne *jufqu'à la mort*, & que j'y confacrerois fans héfiter toutes mes facultés dans tous les genres ; que je ne m'oppoferois plus à ce qu'elle portât fa plainte ; qu'il n'y auroit déformais que de la foibleffe à la différer ; que je le priois d'engager M. *de Roux* à fortir dès le jour même de chez moi ; que c'étoit fans doute pour quelque projet pareil à celui qui venoit d'échouer, qu'il s'y rendoit toutes les nuits comme un ferpent, mais avec l'attention de fortir tous les matins avant que je fuffe levé ; que j'étois d'ailleurs fatigué de ces précautions de verroux, que ma fille, perpétuellement dans les convulfions de la frayeur, fe croyoit obligée de prendre toutes les nuits, contre les rufes ou les violences de fon mari.

M. le Comte *du Roure* n'aura point oublié cette converfation ; elle dura depuis neuf heures du foir jufqu'à cinq heures du matin ; fon amitié pour M. *de Roux* ne l'empêchera pas de rendre hommage à la vérité ; il vous dira, Meffieurs, de quelle manière ma fille fe juftifia de certains propos, les uns affreux,

les

les autres malhonnêtes, qui lui avoient été prêtés pour la brouil-
ler avec lui Comte *du Roure*, avec la société de son mari,
avec sa belle-mère ; il vous nommera l'auteur de ces propos ;
& je ne parle pas de certaine calomnie odieuse chez M. le
Marquis *de Veri*, je la reserve pour le moment où j'aurai à
prouver que le complot affreux qui devoit perdre ma fille, étoit
déjà concerté, arrêté par les conseils de M. *de Roux*, dès le
8 de Février, trois jours après la scène qui justifioit & fondoit
la demande en séparation. Quelle habilité ! mais quelle horreur !

M. le Comte *du Roure* obligé d'abandonner la défense de
son ami, se réduisit à supplier ma fille de différer encore sa
plainte, & à promettre une prompte décision sur l'arrangement
proposé ; ma fille se rendit encore à ses instances & à ses pro-
messes. M. *de Roux* sortit enfin de chez moi. Mes amis sans
s'expliquer aussi clairement qu'ils l'auroient dû avec un homme de mon espèce, me répétèrent plus fortement, que j'avois
tort de retarder la plainte de ma fille : enfin, enfin, je crus voir
une duplicité marquée dans les conseils de M. *de Roux*, je
demandai affirmativement une réponse définitive, & M. le
Comte *du Roure* me remit comme telle, le 22 Février *en présence de* M. *le Marquis de Cambis*, une note de la main de M.
de Roux, par laquelle il demandoit 4000 liv. du revenu de ma
*fille dès à-présent, & 5000 liv. aussi-tôt que l'enfant qui naîtroit
auroit huit ans*. Observez que je cite M. *de Cambis* comme
témoin. (*Voyez Pièces Justificatives*, N°. 1.) Je répondis
sur le champ par une répétition exacte, & par écrit, des mêmes
offres que j'avois faites le 6 & le 7, & je demandai absolument,
en présence de M. *de Cambis*, pour toute réponse, *oui* ou *non*. Le
24, M. le Comte *du Roure* vint chez moi, uniquement pour me
dire que M. *de Roux avoit accepté mes propositions, & qu'il me
prioit de nommer un Avocat pour travailler avec le sien à la rédac-
tion des articles* ; j'en reçus le même jour les complimens de
presque toute la ville, & le lendemain 25, M. le Chevalier
de Saint-Cyr vint m'apprendre que M. *de Roux* lui avoit dit
dans le moment même, *qu'il n'y avoit rien de fait*. Le détail de
cette indignité n'est ignoré d'aucun de vous, Messieurs ; M.
de Saint-Cyr en fit part à qui voulut l'entendre ; je l'en avois
prié ; il a été porteur des explications, il ne fera point de difficulté de les répéter ; le détail en est vraiment curieux, mais
infâme, si M. *de Saint-Cyr* a de la mémoire.

Il fallut donc se décider au grand remède. Je ne connoissois point d'Avocat plaidant, M. *le Dataire* aussi indigné, *alors*,
que tous les gens de bien de votre ville, m'indiqua M. *Betrand*,
dont

dont il répondit, & qui, fous mon autorifation, porta le 1er Mars, par-devant l'Official, la plainte de ma fille, fi long-tems différée. (*Voyez Pièces Juftificatives*, N°. 2.) Il la conclut par *une demande en féparation de corps, de bien, de lit & de table.*

Le même jour l'Official ordonna l'information ou audition des témoins : on alloit y procéder : l'opinion, claire, pofitive, tant de fois & fi publiquement articulée de M. le Dataire, fur celui des confeils de M. *de Roux*, qui jufqu'alors, fuivant le bruit public, avoit dirigé fes manœuvres, ne me permit pas de me refufer à la propofition qu'il me fit, de chercher lui-même des moyens de conciliation, & aux inftances qu'il y ajouta, de fufpendre encore cette audition des témoins, qui eût opéré, dès le 1er Mars, la féparation provifoire qu'elle opéra le 25 Avril, ou je fus enfin obligé de m'y déterminer.

Vous voyez, Meffieurs, que la moindre lueur d'efpérance m'aveugloit toujours ; je craignois plus que le feu une voie de rigueur qui devoit me plonger dans l'efclavage pour le refte de mes jours ; & il me femble que la perfpective d'un procès tel que celui qu'il falloit entreprendre à l'âge de 56 ans, moi qui jufqu'à 55 n'avois eu pour mes propres affaires aucune difficulté avec qui que ce foit au monde, demande quelque indulgence pour la répugnance que j'avois à faire les premiers pas dans cette odieufe carrière ; la néceffité, l'affreufe néceffité pouvoit feule m'y décider : je me contentai donc de recommander au *Dataire* de ne fe charger que de propofitions *claires & écrites.*

Quelques jours après il m'en porta dix, dont le plus grand nombre portoit vifiblement, honteufement, tous les caractères de la mauvaife foi : mais fur la promeffe du *Dataire, que les Avocats trouveroient du remède à tout ce qui me paroiffoit infidieux,* je confentis à les examiner. Elle furent difcutées pendant plus de quatre femaines ; en voici la fubftance.

Projet d'accommodement préfenté par M. DE ROUX.

Il y aura deux actes. Dans le premier, on rédigera les articles du fous feing-privé ; dans le fecond, les deux époux conviendront de fe feparer, moyennant telle difpofition des revenus.

OBSERVATION.

M. *de Roux* commence par propofer deux actes ; *le premier,* qui intéreffoit fa cupidité, & l'eût mis en poffeffion de toute la
fortune

fortune de fa femme, eut été indifputable dans tous les tribunaux du monde. *Le fecond* acte, qui mettoit quelques bornes
à cette cupidité, en affurant à fa femme les deux tiers, & bientôt après la moitié feulement, du revenu d'une fortune qui
lui appartenoit toute entière, ne pouvoit avoir d'exécution que
durant le bon plaifir de M. *de Roux, à moins d'une formalité à
laquelle vous verrez bientôt qu'il refufa de fe foumettre.* Voilà fa
candeur. La propofition fuivante décèle une ame d'une trempe
peu commune & difficile à définir.

*L'enfant dont Mde. de Roux accouchera, fera remis à M. de
Roux, immédiatement après fes couches.*

OBSERVATION.

Immédiatement ! Vous favez, Meffieurs, que ma fille ne
vivoit, ne refpiroit que pour nourrir fon enfant; elle l'appelloit
fon Dieu, dans quelques-uns des ces refpectables délires dont
il étoit l'objet. M. *de Roux* n'ignoroit pas cette phrénéfie: que
devoit-il donc arriver lorfqu'on lui arracheroit fon enfant,
immédiatement après fes couches ? Obfervez de plus que M. *de
Roux* avoit déjà eu la précaution de lui enlever tout ce qui eût
dédommagé une mère ordinaire du plaifir d'allaiter fon enfant;
il s'étoit introduit dans des maifons où il n'alloit jamais, uniquement pour en exclure fa femme ; il ne reftoit à ma fille
que les fociétés qu'il n'avoit pu lui ôter.

Ce n'eft pas tout : M. *de Roux* eft d'une jaloufie effrénée ;
vous le verrez bientôt s'en applaudir. Mais fa femme, en nour-
riffant fon enfant, ne fe dévouoit-elle pas au genre de vie le
plus refpectable, le plus à defirer pour un mari de cette efpèce ?
Ne donnoit-elle pas même la preuve la plus complette, de re-
folutions capables de tranquillifer l'homme le plus fauvage
fur l'article de la jaloufie ?

Prononcez maintenant fur l'ame de M. *de Roux*; eft-ce la folie ou la cruauté qui domine dans fa propofition, ou plutôt dans
l'ordre qu'il vient de dicter : *l'enfant lui fera remis immédiatement
après les couches.* Ajoutez que cet ordre eft directement contraire
aux Loix. Voilà cependant la juftice, la fageffe, l'honnêteté & la
douceur des moyens que vous verrez conftamment employés
par les confeils de M. *de Roux,* pour arriver à leurs fins, & notamment à celle de regagner le cœur d'une époufe juftement
ulcérée : ma fille eut le courage de fe foumettre à cet acte de
barbarie; après quatre jours de débats, après toutes les expreffions du défefpoir, elle s'y décida, & dit froidement, *cet homme*

E

*a peur que je m'attache trop à son enfant ; qu'on le lui donne
avant que je l'aie vu.*

A l'égard du placement de la dot, ce ne fut aussi qu'après
plusieurs jours de la chicane la plus opiniâtre, que j'obtins enfin
qu'il seroit fait à la satisfaction des intéressés ; à la reserve cependant du premier terme de 20,000 liv. que j'avois offert, *dès
le 6 Février,* de payer à son échéance à *M. de Roux,* sur les
tristes hypothèques, & de sa maison déjà hypothéquée à Mde.
sa mère, & des autres biens qu'elle n'a fait que lui assurer après
sa mort.

Un autre article sur lequel il fut impossible de fléchir M.
de Roux, fut, que *dans le cas d'une réunion des deux époux, ma
fille seroit exactement renvoyée aux termes du sous-seing-privé.* Or
le sous-seing-privé n'avoit pas prévu la possibilité d'un caractère
aussi fougueux que celui de son mari ; il la laissoit entièrement
à la discrétion d'un homme dont la violence reconnue, éprouvée, demandoit un frein qui pût la contenir. J'eus beau représenter, *que cette clause élevoit une barrière eternelle contre la réunion si désirable, si nécessaire à tout le monde ; que ma fille ne pourroit se dissimuler que dès le lendemain de cette réunion, M. de Roux,
en s'observant un peu mieux sur les témoins, pourroit se rendre coupable d'excès encore plus grands que ceux qu'il avoit commis, sans qu'il
fût possible de les prouver ; & conséquemment d'y porter remède ; & que
cette considération suffiroit pour faire trembler sa femme à l'idée seule
d'une réconciliation.* Toutes ces représentations furent inutiles ;
il fallut se soumettre, & renoncer à tout espoir de réunion.

Au moyen de notre acquiescement formel à toutes ces conditions révoltantes, l'on étoit enfin convenu de tout ; il n'y
avoit d'ambiguité sur rien ; il n'étoit plus question que de procéder à la séparation par-devant l'Official, reconnue par les
Avocats *pour indispensable si l'on vouloit que le second acte* (qui
assuroit l'existence de ma fille,) *ne fut pas parfaitement illusoire
& révocable à la première phantaisie de M.* de Roux. M. *de Roux*
répondit que *l'honneur* lui défendoit de se soumettre à une séparation juridique. Appréciez, Messieurs, cette espèce d'honneur qui interdit à M. *de Roux* l'unique moyen qui puisse donner
de la solidité aux clauses qu'il a lui-même dictées ; & n'oubliez pas que c'est moi qui suis accusé de perfidie. Il fallut
s'occuper d'un autre plan.

Premier Projet d'accommodement que j'ai présenté.

M. *de Roux* parloit *d'honneur,* mais il étoit évident que *l'argent,* l'argent seul l'occupoit ; je proposai à M. *Astier,* Avocat
de

de M. *de Roux*, & à M. le Dataire, 1º. D'examiner à quoi pouvoient monter les avantages que M. *de Roux* s'étoit fait donner par le sous seing-privé (tout se calcule.) 2º. De les balancer par un semblable examen de ceux de ma fille. 3º. Enfin, de faire un seul acte par lequel ma fille donneroit, à pur & à plein à M. *de Roux*, l'excédant de ses avantages sur ceux de ma fille, sous la condition qu'elle auroit la libre jouissance du reste, sans pouvoir cependant dissiper le capital. J'ajoutai, *que si l'excédant qui seroit reconnu appartenir justement à M.* de Roux, *n'étoit pas aussi considérable qu'il s'en flattoit, j'y suppléerois noblement & généreusement.*

Ce projet parut raisonnable à M. *Astier* & à M. le Dataire ; ils le proposèrent.

Après quelques jours de calculs, & de réflexions sur les limites que devoit avoir toute générosité qui ne seroit pas extravagante, ou plutôt, après un mûr examen des effets que devoient produire contre moi & contre ma fille, les calomnies répandues à *Paris* & à *Rome*, dont nous n'avions pas encore le moindre soupçon, M. *de Roux* me fit dire que l'*honneur* l'empêchoit de recevoir un don de sa femme.

Ce fut à peu près vers ce tems que j'écrivis à ma sœur & à Mess. *Simond* & *Hankey* de *Londres*, deux lettres qui ne sont jamais parvenues à leurs adresses ; j'aurai occasion de revenir à ces deux lettres.

Second Projet d'accommodement que j'ai présenté.

Je demandai qu'on prît pour base d'un arrangement, tous les articles dont on étoit d'accord, suivant l'écrit que M. le Dataire avoit entre ses mains ; & comme il sembloit que la séparation juridique avoit été le seul point auquel l'*honneur* prétendu de M. *de Roux* se fut opposé, le seul qui eut empêché l'exécution du premier projet, j'offris de m'en départir sous les deux conditions suivantes.

1º. Qu'il n'y eût qu'un seul acte qui établît comme pactes de mariage, tous les articles convenus sous la médiation du Dataire.

2º. Que les autres articles du sous seing-privé, sur lesquels il n'y avoit point de difficulté, fussent insérés mot à mot dans cet acte unique, après la signature duquel le sous seing-privé devenu inutile seroit déchiré.

Je consentis, sous ces conditions, à ce qu'il y eût un acte de séparation pur & simple, pour cause d'incompatibilité, & que la plainte de ma fille fût retirée du Greffe de l'Officialité.

M.

M. l'Evêque *de Cavaillon*, qui entendit parler de cette proposition, dit que c'étoit le seul moyen solide, honnête, & sans inconvénient; ce moyen avoit un autre avantage bien précieux pour moi ; il conduisoit infailliblement, & sans risque, à tenter une réconciliation entre le mari & la femme, aussi souvent que la conduite de M. *de Roux* donneroit la moindre espérance d'amendement. Je priai M. le Marquis *Desachars*, frère de M. l'Evêque *de Cavaillon*, de se charger de cette négociation.

Observez, Messieurs, que dans tous ces arrangemens que je proposois, il n'y avoit pas un seul mot qui tendit à faire la moindre altération dans mes propres engagemens, c'étoit toujours la même dot, payable aux mêmes termes tirés du sous seing-privé; il n'étoit absolument question de rien de nouveau, si ce n'est d'assurer à ma fille une existence paisible, & indépendante des caprices d'un homme, contre la violence duquel je devois, comme père, prendre les précautions les plus solides ; d'un homme d'ailleurs notoirement livré à des conseils contre lesquels j'avois été, pendant quatre mois, le seul homme d'*Avignon* qui n'eut pas les préventions les plus fortes, & conséquemment les plus justes. Mais l'intervention de ces redoutables conseils paroissoit désormais impossible ; le point de simplicité auquel j'avois réduit l'affaire, ne permettoit même pas de croire que sa conclusion exigeât au-delà d'une heure de conférence ; & ce fut pour y procéder définitivement que Mess. *Desachars*, de *Cambis*, & le Dataire, comme Médiateurs, Mess. *Balts* & *Teste*, comme mes Avocats s'il y avoit quelque difficulté de forme ou de loi, & enfin M. *Astier*, Avocat de M. *de Roux*, se rendirent chez moi vers le 15 d'Avril.

M. *Astier*, après un long discours, dans lequel il avoit entrepris de prouver méthodiquement que M. *de Roux* avoit été guidé dans tout ce qu'il avoit fait, 1º. par la religion, 2º. par l'honneur, 3º. par la justice, &, 4º. par la délicatesse, dit enfin que M. *de Roux* exigeoit *une caution pour les sommes que je devois lui compter* ; il n'y eut qu'une voix contre l'injustice & la malhonnêteté. M. le Dataire se chargea d'aller chez M. *de Roux*, pour lui dire que sa demande d'une caution, avoit été unanimement condamnée, & qu'il falloit qu'il y renonçât.

En attendant le retour du *Dataire*, je priai M. *Astier* de m'apprendre sur quoi fondé M. *de Roux* faisoit aujourd'hui une demande de caution, qui eût suffi pour rompre le mariage, s'il l'eût faite quatre mois plutôt : M. *Astier* répondit, que j'avois manqué à payer le premier terme, échu depuis trois semaines, & qu'ainsi M. *de Roux* étoit en droit d'exiger une caution pour tous les engagemens que je prendrois désormais avec lui. Je

demandai

demandai à M. *Aſtier* s'il n'y avoit pas eu quelque circonſtance inattendue, qui autoriſât ce non-paiement, & ſi par mon ſous ſeing-privé, je m'étois obligé de payer à M. *de Roux* la dot de ma fille, *ſoit qu'il l'eût, ou qu'il ne l'eût pas menacée de lui caſſer les bras.* M. *Aſtier* ne répondit point. Vous croyez, Meſſieurs, que ce fût parce que l'objection étoit viſiblement ſans réplique: point du tout : c'eſt qu'il m'en préparoit une *ad hominem*, pour le Lundi d'après la *Quaſi modo*, attendu que toutes les meſures étoient enfin complètement priſes à *Paris* & à *Rome*; & que la ſeule raiſon qui obligeât de continuer à négocier, étoit, qu'à *Avignon*, théâtre néceſſaire des premières hoſtilités, le canon des prétendues alarmes de M. *de Roux* ne pouvoit encore ſe faire entendre, parce que les cours de juſtice étoient en vacance. N'anticipons rien ; *à chaque jour ſuffit ſa noirceur*, & le nuage qui venoit de s'élever, ne paroiſſoit pas aſſez conſidérable pour déſeſpérer que le jour actuel en fût exempt ; en effet M. le Dataire revint, & dit que M. *de Roux* renonçoit à la caution qu'il avoit demandée.

Il reſtoit à traiter la queſtion des avantages que M. *de Roux* avoit faits à ma fille. M. *Aſtier* prétendoit qu'ils devoient être réduits, proportionnellement à la ſomme dont l'acte propoſé alloit lui aſſurer la jouiſſance libre & indépendante. Remarquez, Meſſieurs, que M. *Aſtier* ne demandoit qu'une diminution... Je dis que ma fille renonceroit à tous ſes avantages quelconques, ſavoir, diamans promis & jamais donnés, montant à 12,000 liv. penſion viduelle de 2,000 liv. gain de ſurvie de 6,000 liv. logement, meuble, vaiſſelle, enfin à tous ſes avantages ſans exception, pourvu qu'on expliquât poſitivement, que *dans le cas de mort ſans enfans, ou d'enfans ſans enfans, les biens de M.* de Roux *& ceux de ma fille retourneroient chacun à leur ſource;* cette clauſe prévenoit toutes les difficultés ſur les placemens, qui par ce moyen pouvoient ſe faire par-tout *à la ſatisfaction des* principaux *intéreſſés.* Enfin tout parut ſi parfaitement éclairci & décidé, que je reçus dans le moment, & avec grand plaiſir, les complimens & les embraſſades de Meſſ. *de Cambis, Deſacbars, Balts, Teſte,* & le *Dataire,* qui tous avoient coopéré à ce grand œuvre. M. *Aſtier* eut aſſez de franchiſe pour s'en diſpenſer.

Le lendemain j'allai chez le Dataire, pour le prier de demander à M. *de Roux,* que ma fille pût diſpoſer de 5,000 liv. de ſa dot, pour acheter des meubles, ſi par ma mort elle étoit obligée d'aller au couvent (5000 liv. ſur une dot de cent mille écus). Le ſoir même le Dataire vint chez moi, me ſignifier de la part de M. *de Roux,* qu'il rejettoit ma demande, *parce que c'étoit une innovation.* Le Dataire avoit déjà inſéré cette demande dans l'écrit à figner : je le pris, & j'effaçai auffi-tôt l'article innové. Après que j'eus effacé, le Dataire me dit que M. *de Roux* exigeoit que je changeaffe la claufe qui portoit expreffément, *Que la dot feroit placée à la fatisfaction des intéreffés*, & que j'y fubftituaffe fimplement celle de fon placement à *Avignon :* je répondis que cette dernière claufe étoit auffi une innovation, & que je la rejettois comme M. *de Roux* avoit rejetté la mienne. Le Dataire répliqua que M. *de Roux* avoit dit, *Qu'il porteroit plutôt fa tête fur un billot que de figner le contrat, fi la claufe qu'il exigeoit n'y étoit pas expreffément ftipulée :* je dis que dans ce cas tout étoit rompu entre nous.

Quelque faftidieux que foient ces détails, il en feroit peu d'auffi capables de dévoiler parfaitement le caractère de M. *de Roux*, & l'éfprit qui anima toujours fes confeils, fi j'ajoutois deux circonftances que je répugne à caractérifer, & dont je fouhaite n'être jamais obligé de rendre compte : je pourrois cependant, Meffieurs, citer un de vous pour témoins, & j'ofe croire que vous futes tous les deux auffi indignés que moi ; mais il ne s'agit maintenant que de la valeur intrinsèque des trois différens projets d'accommodement que je viens de vous expofer : le premier appartient à M. *de Roux* ; je fuis l'auteur des deux derniers. Je les foumets tous trois au jugement du Public : j'ai donné toutes les circonftances. Je me déclare maintenant convaincu de la perfidie dont on m'accufe, fi un homme droit dit qu'il propoferoit le projet de M. *de Roux*, fi un homme de bon fens dit qu'il l'accepteroit, tel que l'*honneur* prétendu de M. *de Roux* l'avoit dicté, fi un homme jufte dit qu'il rougiroit d'avoir propofé les deux miens, fi un homme raifonnable dit qu'il les eût refufés.

Avant d'aller plus loin, permettez, Meffieurs, que je vous arrête un inftant pour obferver la différence frappante entre ce ton de dictateur & de defpote inique, que M. *de Roux* ofoit enfin prendre avec moi, & ces inftances fi amicales, fi preffantes, fi honnêtes fur-tout, que M. le Comte *du Roure* (abufé fans doute lui-même) avoit fait journellement à ma fille, pour l'engager à différer fa plainte. La raifon en eft palpable aujourd'hui ; toutes les avenues de la juftice étoient enfin pré-occupées, nul fentier pour y parvenir qui ne fut obftrué, hériffé de ronces & femé de précipices, nul homme en place qui ne fut prévenu, tranfpofitions de faits, altérations de circonftances, interprétations horribles de propos gais, franches & atroces calomnies ; voilà, Meffieurs, à quoi les Confeils de M. *de Roux* avoient habilement & utilement employé tout leur tems, depuis certaine calomnie chez M. le Marquis *de Veri*, dont il n'eft pas encore

tems

de vous parler. Mais j'ignorois toutes ces infamies, & j'aurois eu horreur de moi-même, si j'en avois admis la possibilité.

Le but de *l'innovation* exigée par M. *de Roux*, avec tant de hauteur, n'échappa sans doute à aucun de vous, Messieurs ; & j'en savois assez moi-même pour être indigné de la détermination, si absolue, que M. de *Roux* m'avoit fait signifier par le Dataire, *de porter sa tête sur un billot, plutôt que de signer un contrat où cette innovation,* (c'est-à-dire *la clause pure & simple du placement à* Avignon) *ne seroit pas stipulée.* Oui, Messieurs, M. le Comte *du Roure* m'avoit appris, il avoit appris à ma fille, dans une circonstance dont j'ai déjà parlé & dont je parlerai encore, que dans votre pays, un homme qui après avoir eu le malheur de perdre sa femme, a le malheur aussi de perdre les enfans qu'elle lui avoit laissés, s'empare, pour se consoler, au préjudice des représentans maternels, de tous les biens que la défunte avoit dans le Comtat, à moins qu'il n'y soit autrement pourvu. Il falloit donc y pourvoir, avant d'y placer les biens de ma fille, afin que la coutume du pays où l'on feroit ce placement, n'en disposât pas contre son intention formelle & contre la mienne, c'est-à-dire contre la volonté du propriétaire & du donateur ; je pouvois donc, ou plutôt je devois dans toute la rigueur de la justice, rejetter tout ce qui pourroit servir de prétexte à des prétentions iniques ; c'est-à-dire insister sur toutes les clauses nécessaires pour que l'intention des vrais propriétaires du bien ne fût pas frustrée. D'ailleurs, Messieurs, vous avouerez que le transport de mes biens dans la famille de M. de *Roux*, au préjudice de la mienne, sans mon consentement formel, étoit injuste par lui-même, & que dans la circonstance actuelle, il étoit odieux, & pouvoit devenir le prix du crime & de la mauvaise foi.

(*Je déclare sur mon honneur que j'écrivois l'article qu'on vient de lire, & les trois suivans, à la fin de Juillet* 1783, *chez M. le Baron de* Clairfontaine, *dans sa terre près d'*Aiguillon, *que je lui en fis alors la lecture, que je l'ai faite également au R. P.* Jaquier *à* Rome *vers le* 20 *d'Août de la même année : je déclare aussi que je repris & abandonnai vingt fois la tâche avant de l'avoir remplie, que vingt fois un frémissement universel fit tomber la plume de mes mains, & m'obligea d'aller en plein air, chercher un remède à une suffocation dont je n'étois pas le maître, & dont je crois que peu de mes lecteurs se garantiront entièrement, sur-tout après les deux évènemens qui ont justifié cette révolte de la nature, savoir la mort de ma fille, & la demande faite par M.* de Roux *en cassation de son testament.*)

Comment, Messieurs, on prétendoit me contraindre de placer sans restriction la dot de ma fille à *Avignon* ; & si j'avois eu la foiblesse d'y consentir, & qu'à force d'horreurs, d'injustices, d'humiliations d'humiliations accumulées par M. *de Roux*, sur son beau-père & sur sa femme, cette malheureuse vienne enfin à périr de chagrin & de désespoir, une heure après ses couches, il suffira que son enfant n'ait pas été totalement desséché dans le sein de cette infortunée par une suite des indignités dont elle aura été la première victime, il suffira, dis-je, que cet enfant lui survive d'une minute pour que M. *de Roux* ait incontestablement le droit d'envahir sa succession !.... Et je n'ai pas dû m'opposer à un placement qui m'offroit une perspective aussi révoltante ?

Comment, si j'avois laissé ma fille à *Avignon* après qu'elle eût été sequestrée dans mes mains, comme M. *de Roux* ose prétendre que j'aurois dû le faire, & que le désespoir d'être si lâchement abandonnée par son père, après avoir été, si indignement traitée par son mari, lui eût ôté la vie avant le terme fixé par la nature pour son accouchement, on se seroit hâté de lui ouvrir le sein, on auroit cru indispensable de se hâter de lui ouvrir le sein, pour en arracher son enfant, dont le moindre signe de vie, après la mort de sa mère, (bien constatée par l'opération) eût suffi pour assurer à M. *de Roux* & à sa famille, à perpétuité, une succession acquise par des moyens aussi abominables, & j'aurois souscrit à un placement qui eût légitimé, prétexté du moins, des prétentions aussi odieuses ?

Comment, Messieurs, dans ce moment-ci même, (*) où j'avois tant de raisons de croire cette malheureuse femme à l'abri de ces horreurs, dans l'asyle respectable que je lui avois choisi, dans la maison de sa tante, l'abandon général, & le refus de protection qu'elle éprouve, abandon & refus qu'elle ne doit qu'aux plus affreuses calomnies répandues contre elle par les amis de son Mari, cet abandon & ce refus, dis-je, vont donc la livrer aux suites inévitables du désespoir d'être ignominieusement traînée à *Avignon*.... sous les yeux de son mari qui en a sollicité l'ordre.... & traînée dans la maison d'un accoucheur, au nom duquel son mari n'a pas ignoré qu'elle frémissoit, & qu'elle avoit tant de raison de frémir... La révolution est inévitable.... Il faudra sauver l'enfant.... Et bientôt le son de la cloche qui annoncera la mort de la mère, seroit aussi le signal du triomphe de son persécuteur.... Et je n'aurois pas été son complice, si j'avois consenti à un placement qui eût assuré la récompense de ses cruautés ?

(*) J'ai déjà dit que j'écrivois ceci en Juillet 1783.

Oui,

Oui, Messieurs, vous m'approuvez ; j'ai dû rejetter avec horreur une proposition dictée par la bassesse, la cupidité, & la
barbarie ; & voilà pourquoi dans l'espérance de la prévenir,
j'avois insisté, si opiniâtrement, pendant quatre jours (& enfin
obtenu, comme vous pouvez le voir dans l'écrit qui existe encore
entre les mains du *Dataire*) *Que les placemens seroient faits à la*
satisfaction des intéressés, ce qui détruisoit l'idée de tout placement, dont il eût été possible d'abuser, & prouvoit la nécessité
de la clause générale que j'avois exigée *de la reversion des biens à*
leur source en cas de mort sans enfans, ou d'enfans sans enfans; à moins
qu'on ne voulût s'astreindre à la spécifier dans chaque placement.

Je crois avoir justifié à votre satisfaction mon attachement à
des mots *spécialement convenus*, & d'où dépendoit peut-être la
vie de ma fille. J'ai sans doute dévoilé en même tems, mais
d'une manière moins honorable pour M. *de Roux*, les raisons
de l'opiniâtreté avec laquelle il exigeoit une *innovation* si importante pour lui, & si redoutable pour sa femme : *si redoutable*,
car un jour (c'étoit celui de la scène chez M. le Chevalier de
Javon, dont j'ai parlé *pages* 29 & 30,) elle se plaignoit, comme
vous avez vu, des indignités de son mari; avec tout le feu qu'une
femme de son caractère étoit capable de mettre dans des plaintes aussi justes : *S'il me réduit au désespoir*, disoit-elle à M. le
Comte *du Roure, si je meurs, ne perd-il pas tout ?* . . . . *Vous vous*
trompez, Madame, répondit M. *du Roure*, effrayé sans doute de
l'idée que sembloient annoncer de pareils mots dans la bouche
d'une femme de cette énergie : *Vous vous trompez, Madame ; si*
vous mouriez dans un tems où votre grossesse seroit assez avancée
pour que votre enfant eût vie, l'on vous ouvriroit, & un seul mou-
vement du doigt de votre enfant, suffiroit pour assurer sa succession à
votre mari. J'étois présent, & je rendrai justice à M. le Comte
du Roure, il est visible que son discours ne signifioit pas autre
chose si non, *Conservez-vous bien pour frustrer votre mari de votre*
succession ; mais ce discours, tout innocent qu'il étoit, & tenu
même avec l'intention la plus louable, fit une impression très-
fâcheuse & très-vive sur l'esprit de ma fille; & pour la rassurer, du
moins contre la crainte d'une équivoque, je lui donnai ma parole, de poignarder celui qui se présenteroit pour l'ouvrir avant
qu'elle fût froide. Vous voyez, Messieurs, comme tout s'ar-
rangeoit depuis long-tems, pour me familiariser avec les idées
les plus noires, & me préparer par degrés, à voir enfin massa-
crer ma fille, sans que je pusse m'y opposer, parce qu'elle seroit
massacrée par un homme qui donneroit aujourd'hui, j'oserois en
jurer, ses deux bras pour lui rendre la vie. Pardonnez cet

F

écart,

écart, Meffieurs ; je reviens à ce qui fuivit immédiatement
l'étrange déclaration de M. *de Roux* intimée par le Dataire.

Nous étions vers le 20 d'Avril. Du 22 au 23, on m'avertit de
me munir *contre les coups d'authorité*. Quels coups d'authorité ?
On me preffa d'écrire à *Rome*, & fur-tout à *Paris*. Ecrire quoi ?
*Que j'avois été un imbécille ; qu'il y avoit deux mois qu'on me trai-
toit ouvertement comme tel, fans que je m'en fuffe douté ; mais qu'enfin je venois de m'appercevoir, & que je me recommandois à la compaffion des honnêtes gens, fi les fourbes entreprenoient de me repréfenter comme un fripon.* Voilà exactement la fubftance de tout
ce que je pouvois écrire, ne fachant rien de ce qu'on avoit
écrit, & ne pouvant rien imaginer à cet égard, parce que je
n'avois abfolument rien à me reprocher, fi ce n'eft de la grandeur d'ame & de la générofité. Je n'écrivis point, ou, pour
parler plus exactement, j'écrivis fi peu & fi mal, & M. *de Roux*,
fes confeils, fes amis, avoient déjà écrit fi longuement & fi bien,
que perfonne n'a daigné me répondre.

Cependant, Meffieurs, vous ferez peut-être bien aife de
favoir jufqu'où les derniers efforts de mon génie peuvent m'élever lorfque mes amis m'obligent d'écrire, & qu'il m'eft impoffible d'imaginer fur quoi. Voici la copie de la lettre que j'écrivis à M. le Comte *de Vergennes* :

MONSEIGNEUR,

*Je prie mon ami M. . . . . de vous fupplier de m'accorder
une lettre pour M. le Vice-Legat d'Avignon, auprès de qui je fuis
fur le point d'avoir quelques affaires de la dernière importance. Il
feroit fâcheux que ma qualité feule d'étranger donnât gain de caufe
à un habitant de la ville: M. le Cardinal de Bernis vous avoit
prié, Monfeigneur, de m'accorder votre protection. L'on m'a dit qu'elle
me fera néceffaire, parce que j'avois à redouter des coups d'authorité
de toute efpèce : je ne crains que l'artifice, dont l'honnête fimplicité a
tant de fois été la dupe & la victime.*

Je fuis, &c.   LE M. DE CASAUX.

AVIGNON, 22 Avril, 1783.

Il fe trouvera fans doute aujourd'hui beaucoup de gens, qui
diront qu'au lieu de ces quatre mots qui difent fi peu de chofe, il
falloit un mémoire terrible. Mais encore une fois, Meffieurs,
fur quoi étois-je attaqué ? auprès de qui étois-je attaqué ? de
quelle manière étois-je attaqué ? Falloit-il fuppofer la plus
infernalle

infernalle, & m'avilir par le même procédé ? Aujourd'hui même, si le Ministre à qui j'avois pris la liberté d'écrire, veut bien comparer ces quatre mots, avec quelque volume que ce puisse être d'horreurs écrites contre moi, & qu'il me permette de prouver *que je suis l'homme honnête & simple qui n'avoit à craindre que l'artifice*; croyez-vous, Messieurs, que s'il étoit possible qu'il fallût être protégé dans une affaire de cette nature, les protecteurs même de M. *de Roux* hésiteroient long-tems entre le beau-père irréprochable & victime, qui même en se plaignant répugne à désigner son gendre, & le gendre coupable, qui nomme, poursuit, calomnie & déshonore son beau-père ?

Enfin le 25 d'Avril, j'appris que le 28 suivant, jour de la rentrée des Cours de Justice à *Avignon*, jour pris *in petto* par M. *Astier*, pour la réponse *ad hominem* dont j'ai parlé *page* 37, M. *de Roux* feroit donner à sa femme *injonction* de le rejoindre, & à moi, *sommation* de payer le terme échu de puis cinq semaines, & de donner caution pour les suivans, attendu ma qualité d'étranger, que celle de beau-père ne garantissoit pas des effets *d'un statut d'Avignon* que M. *de Roux* réclamoit contre moi. J'allai aussi-tôt chez mon Avocat, qui me dit que tel étoit le bruit public de la veille ; il ajouta que je n'avois pas une minute à perdre, & qu'il falloit au plutôt faire entendre mes témoins. Je les fis sommer à deux heures, & le même jour, à cinq, l'Official rendit le décret suivant :

L'an 1783 & le 25 d'Avril, M. le Grand Vicaire ayant vu & lu l'information sommaire ci-dessus, a admis la Dame Marquise de Roux au jugement, & demande de séparation de corps, de bien, de lit & de table, & cependant a ordonné icelle, être & rester sequestrée provisoirement, & pendant procès, dans la maison de M. le Marquis de Casaux son père; décernant pour raison de ce toute provision. Signé Bonneau, Vicaire Général & Official d'Avignon.

Ce décret, Messieurs, que j'obtins le 25 d'Avril, l'aurois-je obtenu plus difficilement le 5 Février, dans le moment de la fermentation générale contre M. *de Roux*? dans un tems où ses parens eux-mêmes disoient *qu'il s'étoit comporté comme un portefaix*? Il lui fut signifié le jour suivant 26, à dix heures du matin; & dans le même tems, je me rendis chez M. le Comte *de Mons* son parent, pour lui en faire part, & le prier de dire à M. *de Roux*, & à toute sa famille, *que je n'en étois pas moins dans l'intention de remplir l'engagement que nous avions pris l'un & l'autre le 20 Avril*, en présence de Mess. de Cambis, Desachars, le Dataire, Test & Balts. Ce procédé annonce-t-il de la perfidie ?

J'allai ensuite chez M. le Marquis *de Cambis*, à qui je fis les mêmes assurances, & delà chez M. *Desachars*, que je char-

F 2   gei

geai fpécialement, *de parler lui-même à la famille de M.* de Roux, *de lui faire en quelque façon des excufes de la néceffité qui m'avoit contraint à une démarche à laquelle je m'étois fi long-tems refufé ; j'ajoutai que tout indifpenfable qu'elle étoit pour l'intérêt de ma fille & pour ma tranquillité, j'avois eu foin de m'informer avant de la faire, s'il feroit poffible, dans le cas d'un accommodement, d'anéantir toutes les pièces de la procédure, & qu'on m'avoit répondu que cela pourroit fe faire du confentement de toutes les parties.* Je priai enfuite M. *Defachars* de dire à M. *de Roux*, *que j'étois bien éloigné de prendre avantage de la nouvelle circonftance pour demander quelque altération en ma faveur, dans ce que j'avois propofé & dont on étoit convenu en fa préfence & fous fa médiation; que je voulois au contraire accorder plus que je n'avois promis alors ; que je confentois que la fomme, dont M.* de Roux *devoit toucher l'intérêt, fût placée à* Avignon, *ou dans le Comtat, où fur les états de Lan*guedoc, *pourvu toutefois qu'il fût ftipulé formellement, que dans le cas de mort fans enfans, ou d'enfans fans enfans, tous les biens de M.* de Roux *retourneroient à fa famille, & tous ceux de ma fille retourneroient à la mienne.*

Vous favez, Meffieurs, qu'à l'occafion de cette clauſe fi juſte, fi fage, fi honnête, fi indifpenfable après tout ce que vous venez de lire, on avoit pris la liberté de fcruter les raiſons qui engageoient M. *de Roux* à la rejetter, & qu'un des plus refpectables hommes de votre connoiffance, n'avoit pas héfité à dire, qu'il étoit abominable de fpéculer fur la mort de fa femme & de fon enfant. Si les confeils de M. *de Roux* s'étoient encore contentés de la prévoir ! mais avoir tout fait, comme vous verrez bientôt, pour la néceffiter !

M. *Defachars* écrivit dans le moment même à M. *de Roux* : J'attendois le foir fa réponfe chez M. le Marquis *de la Cha*pelle: vous n'y étiez pas, Meffieurs; mais il vous dira que j'avois à peu près l'air que M. de *Roux* auroit dû avoir ; les humiliations qu'on ne mérite point, ne pénètrent jufqu'à l'ame que pour la roidir ; mais il eſt bien difficile qu'un homme honnête, franc, & fenfible, réuffiffe à défendre parfaitement fon vifage contre toutes les empreintes de ce redoutable cachet: j'étois tranquille cependant, ce n'étoit point dans la maifon de M. *de la Chapelle*, que je craignois de trouver des gens incapables de diftinguer, fi je rougiffois pour moi-même, ou pour le compte d'un autre. La réponfe que j'attendois fut différée jufqu'au lendemain ; j'allai la chercher chez M. *Defachars*, qui me dit que M. *de Roux* acceptoit mes propofitions, mais qu'il exigeoit une caution de mon exactitude à payer : je répondis que cette propofition, déjà fi indécente & fi injufte par elle-même, n'étoit pas
pas

pas devenue plus acceptable, depuis que M. *de Roux* y avoit renoncé en préfence des plus refpectables témoins. Il ne me parut point que M. *Defachars* fût d'un avis différent, ni qu'il deféfperât de faire renoncer une feconde fois M. de *Roux*, à une propofition auffi infultante, & je me retirai auffi perfüadé de l'accommodement, que fi M. de *Roux* s'étoit jufqu'alors (à cette bagatelle près) toujours gouverné d'après les règles de l'honnêteté, de la décence & de la juftice.

Je me rendis chez moi, où je trouvai un fort honnête homme qui m'y attendoit. Si je ne m'étois impofé la loi de ne tirer aucun avantage des noms que je pourrois citer, lorfque je parle d'actions auxquelles on ne pouvoit être déterminé que par un principe de juftice, & par le fentiment très-vif d'un intérêt dont on me croyoit digne, je nommerois l'homme refpectable dont il eft ici queftion ; je le nommerois, & mon cœur faigneroit en prononçant fon nom : il me dit qu'il avoit appris que M. *de Roux* devoit me faire arrêter, qu'il ne favoit point fur quel prétexte, parce qu'on en parloit diverfement ; mais que je pouvois rompre toutes fes mefures, en me retirant dans l'*île de Pio*, qui appartenoit à la *France*, & qui n'étoit qu'à une portée de fufil d'*Avignon* fur le *Rhône* ; là je pourrois à chaque minute avoir mes Avocats pour conférer avec eux. Je le remerciai comme je le devois, d'un témoignage auffi pofitif de fon eftime & de fon amitié; & je lui dis de la meilleure foi du monde, que M. *de Roux*, depuis la féparation obtenue, n'étoit plus en droit de rien exiger avant la décifion du procès ; que d'ailleurs il n'étoit maintenant attaché, qu'à fa ridicule demande d'une caution, & qu'il y avoit apparence que M. *Defachars* le convertiroit à l'égard d'un article fur lequel une plus longue opiniâtreté le déshonnoreroit, après la renonciation qu'il y avoit faite.

L'avis que je venois de recevoir, me paroiffoit le même que celui fur lequel mon Avocat m'avoit confeillé d'obtenir la fentence provifoire de l'Official ; j'étois dans l'erreur : la féparation provifoire n'avoit pas détruit le plan de M. *de Roux*, il étoit indeftructible : mais elle avoit anéanti le plus fpécieux des moyens qui devoient prétexter fa première attaque, & juftifier, felon lui, toutes celles qui devoient fuivre ; c'eft-à-dire, que M. de *Roux*, ne pouvant plus, après la féparation provifoire, alléguer en juftice, comme un trait de mauvaife foi de ma part, mon refus de lui payer une fomme qu'il n'avoit plus le droit de me demander, il falloit fubftituer à ce moyen anéanti, quelque autre mefure qui produifît le même effet; celle que les Avocats & les Confeils de M. *de Roux* fe

hâtèrent

hâtérent d'adopter, étoit neuve, *odieuse*; mais elle tendoit parfaitement au but qu'ils n'ont jamais perdu de vue, & qu'ils ont atteint; je ne puis en rendre compte que dans ma troisième lettre : on y verra que cette mesure exigeoit pour son exécution, des Juges d'une complaisance rare ; on n'avoit pas négligé les tentatives à cet égard, on avoit *péroré pendant deux heures* pour obtenir l'ordre de l'exécuter, cette mesure *odieuse* ; & malgré le silence que les Juges prétendent être obligés de garder, même lorsqu'on leur demande une infamie que leur délicatesse les oblige de refuser, il avoit cependant transpiré dans le Public, autant qu'il falloit, des tentatives qu'on avoit faites auprès de M. *Emeric*, l'un de ces Juges, pour décider l'honnête homme dont je viens de parler, à la démarche généreuse qu'il avoit faite, & que je n'oublierai de ma vie.

Après qu'il m'eut quitté, j'allai dans deux maisons, où l'on me parla encore du statut : *Il seroit ridicule, affreux*, disoit-on, *de s'en servir; mais M.* de Roux *est si horriblement conseillé !* L'on verra bientôt si le mot *horriblement* étoit une exagération.

Vous concevez, Messieurs, qu'après les différens avis qu'on m'avoit donnés, la réponse finale que j'attendois de M. *de Roux* étoit devenue bien plus intéressante : M. *Desachars* étoit parti pour la campagne, & l'avoit laissée à M. le Comte de *Mons*, qui me l'apporta le même jour à quatre heures ; c'étoit une lettre de M. *de Roux* lui-même, qui portoit en substance, que *sa famille exigeoit que je donnasse une caution, & qu'il se tenoit invariablement à la décision de sa famille*.

Croire que toute une famille exige d'un homme qu'il se déshonore, en manquant hautement à la parole qu'il a donnée ! cela est impossible.

Avant de répondre à M. *de Mons*, je le priai de venir avec moi chez M. le Marquis *de Cambis* ; j'espérois qu'après que M. *de Cambis* lui auroit dit qu'il avoit été témoin de la renonciation que M. *de Roux* avoit faite à cette demande d'une caution, M. *de Mons* voudroit bien se charger de représenter à son parent, l'indécence qu'il y auroit à insister sur une proposition injuste & malhonnête, qu'il avoit si notoirement rétractée. Nous ne trouvâmes point M. *de Cambis*, & M. *de Mons* me demanda définitivement ma réponse ; je ne la lui fis plus attendre ; la voici : *Je vous prie, Monsieur, de dire à la famille de M.* de Roux, *que je suis tout ce que j'étois quand M.* de Roux *voulut bien me demander ma fille*, & *charger M. le Comte du Rouré de souscrire à tout ce que je proposerois: M.* du Rouré *vous dira, Monsieur, que je n'offris point de caution,* & *qu'il n'eut pas l'indiscrétion d'en demander.*

Je

Je ferois bien fâché, Messieurs, d'avoir nommé M. le Comte *de Mons* dans une circonstance aussi critique, sans rendre l'hommage que je dois à son esprit, à son cœur, à son ame. M. *de Mons* ne se sera point mépris sur le motif qui me détermina, si peu de tems après mon départ d'*Avignon*, à ne pas continuer avec lui une correspondance qui eut été l'une de mes principales consolations : il n'ignore point que mon cœur vola au-devant du sien dès notre première entrevue ; il n'a point ignoré que la perspective d'une espèce de lien de plus avec lui, a été celui de tous les avantages qui m'a le plus séduit dans la proposition du mariage de ma fille avec un homme qui lui appartenoit : je me hâte cependant d'ajouter que jamais il ne m'a dit un mot qui pût me décider à ce mariage ; il n'étoit pas obligé de me dire des vérités que je ne lui demandois pas.

Tout étoit donc rompu ! Quelle foule de réflexions se présenta ! Ce fut alors que je commençai enfin à croire à la possibilité de ces projets, que j'avois traités de chimères parce qu'ils étoient odieux, malhonnêtes, inutiles, & de ces coups d'authorité contre lesquels on m'avoit tant de fois conseillé de prendre des mesures, mais qu'il est impossible de parer, quand on n'y a pas donné le moindre prétexte, & qu'on ignore duquel côté ils doivent partir. Mon esprit se dédommagea cruellement de la contrainte où je l'avois tenu ; rien ne lui échappa de ce qui pouvoit l'accabler ; tout s'y offrit accompagné des plus funestes effets, sur une malheureuse femme accablée par trois mois d'humiliations, & par l'abandon général de tout ce qui n'avoit pas eu assez d'honnêteté, de courage, de justice, & de discernement pour résister aux sollicitations, aux reproches, à la calomnie. Les maisons de *Cambis*, de *Chaylus*, de *la Chapelle*, de *Michel*, étoient presque les seules où l'on osât nous témoigner un véritable intérêt ; là ma fille, accablée par-tout ailleurs de dégoûts sous le poids desquels son courage succomboit insensiblement, trouva les consolations d'une amitié généreuse aussi long tems que son cœur put y être sensible ; mais depuis quelques jours, combien de fois l'y avoit-on vue, à peine arrivée, tomber après quelques foibles efforts, d'une gaieté que jusqu'alors elle avoit crue inépuisable & capable de triompher de tout, d'une gaieté qui jusqu'alors s'étoit répandue sur tout ce qui l'avoit environnée, tomber, dis-je, dans un abattement dont elle n'étoit plus maîtresse, & s'échapper bientôt dévorant des larmes qu'elle n'osoit même répandre devant moi; elle avoit fait son malheur, elle ne vouloit pas combler le mien ; j'aurois aussi comblé ses peines en lui témoignant que j'en sentois toute l'étendue, je le lui laissois ignorer. Quel devoit être cependant la fuite de l'état où je la voyois, dans la nouvelle crife dont nous étions menacés ? J'ignorois ce qui fe tramoit; mais il étoit évident qu'on nous préparoit quelque indignité dont on fe promettoit le fuccès le plus complet ; car fans la certitude d'un pareil fuccès, comment M. *de Roux* fe feroit-il décidé auffi courageufement, à fe déshonorer en manquant à fa parole ? comment s'opiniâtreroit-il encore à refufer ce que je propofois, s'il ne fe croyoit pas affuré de m'arracher le refte ? Oui, Meffieurs, il étoit trop évident que la demande d'une caution n'étoit qu'un préfexte qui couvroit quelque projet inique, ou que M. *de Roux* fe flattoit d'extorquer cette caution, toute injufte qu'elle étoit, par quelqu'un de ces moyens odieux, dont les effets pouvoient être fi funeftes à ma fille.

Je vous épargnerai, Meffieurs, le détail des idées qui m'occupèrent depuis le moment où je quittai M. *de Mons* le Dimanche au foir 27, jufqu'au Mardi 29, à onze heures du matin, que je le trouvai chez M. *de la Chapelle*, après avoir été inutilement le chercher chez lui : & pourquoi le chercher ? pour lui demander fi M. *de Roux* étoit toujours invariable dans fa demande d'une caution. J'avois encore la foibleffe d'efpérer de fa part un retour d'honnêteté ou de raifon ; M. *de Mons* me dit qu'il ne favoit rien de nouveau. Sur fa réponfe, après avoir admiré la fingularité de mon étoile, je me rendis chez moi, & je dis à ma fille, que je partois le même jour immédiatement après dîner, & que je l'emmenois.

Ce départ eft devenu le pivot de toutes les machinations de M. *de Roux* ; cependant j'étois en droit de partir, & je le devois. Telle a été l'opinion des Avocats d'*Agen*, de *Bordeaux* & de *Paris* ; vous le verrez dans ma feconde lettre : vous verrez dans la troifième, que ceux de *Rome* ont traité de ridicule le projet de m'en faire un crime.

En partant je remis à mon fils une lettre pour M. le Marquis *de Cambis*, & je le chargeai de lui dire que j'allois refpirer à *Agen* chez Mde. la Baronne *de Clairfontaine*, ma coufine germaine. La lettre que j'écrivois à M. *de Cambis* portoit que *fous peu de jours j'inftruirois M. de Roux de l'afyle où j'allois donner à ma fille quelque relâche des humiliations dont la mauvaife politique de fon mari, l'avoit abreuvée depuis fi long-tems ; que je le priois de dire à M. de Roux, qu'il feroit contraire à fes intérêts de fuivre avec trop de précipitation les confeils qu'on lui donneroit ; que j'étois encore capable d'écouter la magnanimité, mais que s'il faifoit une démarche hoftile, la Juftice feule décideroit entre nous.* Je terminois ma lettre en réclamant auprès de M. *de Cambis*, les

droits

droits de l'hospitalité, si indignement violés à mon égard par M. *de Roux* & par tous ses amis.

Je chargeai aussi mon fils de faire part à MM. *de Mons, Desa-chars, de Chaylus, de la Chapelle*, de la démarche forcée à laquelle je m'étois décidé, bien persuadé qu'il n'y avoit pas un homme honnête dont je n'emportasse les vœux, bien sûr qu'il n'y avoit pas un homme juste qui ne m'approuvât, sur-tout en voyant que je laissois mon fils pour caution que je ne partois qu'afin d'ôter à M. *de Roux*, l'espoir de m'extorquer des choses injus-tes, par des moyens aussi odieux qu'indécens, & que je n'en étois pas moins invariablement décidé à finir à l'amiable & sur des principes d'honneur & d'équité.

Vous savez, Messieurs, que mon fils exécuta ponctuellement mes ordres : l'un de vous me fit même la grace de me l'écrire quelques jours après ; je n'ai donc aucun reproche à lui faire, & ce n'est pas sa faute si M. *de Roux* a persisté dans la pour-suite du projet le plus affreux qui jamais ait été conçu.

Permettez-moi de terminer ma lettre par une question. Qu'ai-je pu faire, qu'auriez-vous désiré que je fisse, pour con-vaincre M. *de Roux* de la pureté, & j'ose dire de la noblesse de mes intentions ? Que pouvois-je faire, au-delà de ce que j'ai fait, pour lui inspirer à lui-même des sentimens raisonnables, & dé-truire dans son esprit & dans son cœur tous ces projets odieux, dont ses conseils ne pouvoient espérer un succès supérieur à mes offres, qu'en se promettant de m'étouffer avant que j'eusse le tems de me reconnoître ? Et je me dis à moi-même, que pouvois-je faire, au-delà de ce que j'ai fait, pour sauver ma fille ? Mais ce n'étoit pas avec un homme conseillé comme M. *de Roux*, qu'aucune démarche pût la garantir du malheur que je voulois éviter ; malheur que les Conseils de M. *de Roux*, regardoient comme décisif pour sa fortune ; malheur nécessaire, vous le verrez bientôt, pour leur propre justification : vous verrez bientôt aussi que cette infortunée n'a pas eu même le triste honneur du choix entre l'ignominie & la mort.

Je suis avec respect,

MESSIEURS,

Votre très-humble & très-obéissant Serviteur,

DE CASAUX.

G

SECONDE LETTRE

De M. de CASAUX à MM. le Marquis de CAMBIS,
& le Marquis DESACHARS.

EXPOSITION

De la conduite de M. de CASAUX *depuis son départ d'*AVIGNON, *le 29 d'Avril 1783, jusqu'à son départ pour* Rome, *le premier Août, même année.*

CE seroit, Messieurs, une étrange façon de raisonner, que de juger impitoyablement une démarche sur les évènemens qui l'ont suivie. Qu'on trouve à *Avignon* un homme impartial, qui instruit de la considération qu'on y avoit eue pour ma fille & pour moi, avant que nous connussions M. *de Roux*, de l'abandon presque général que nous devions à ses manœuvres, & des affronts qu'il nous préparoit, n'ait pas, en apprenant notre départ de cette ville, éprouvé un mouvement de satisfaction, je dirai que j'ai eu tort de partir. Qu'on trouve à *Avignon* un honnête homme, qui en apprenant mon départ, ait jugé que cette démarche m'attireroit un procès criminel, je dirai que j'ai péché contre les règles de la prudence, si cet honnête homme ne confesse pas en même tems qu'il connoissoit à fond le caractère de M. *de Roux*, & toute la perversité de ses conseils. Quant à moi, Messieurs, je vous protesterai avec autant de candeur que si je parlois à celui qui lit dans les replis les plus secrets de nos ames, que je me serois regardé comme un monstre, si j'avois été capable de supposer possible, ce qui néanmoins est arrivé : quel excès de méchanceté & d'extravagance il falloit réunir, pour entreprendre de diffamer par

un

un jugement public, le père de sa femme, le grand-père de son enfant! Aussi, Messieurs, en nous éloignant d'*Avignon*, ma fille & moi, nous respirions dans la sécurité de l'innocence; & pendant toute la première journée, nous ne nous occupâmes que du plaisir de respirer: c'étoit le seul que nous eussions éprouvé depuis long-tems.

Le lendemain ma fille me réveilla par un de ces traits qui dévoilent un caractère; il n'est pas une seule personne de sa connoissance, qui n'y retrouve exactement l'ame de cette malheureuse femme, & qui peut-être ne s'attendrisse sur un sentiment si noble, auquel dans le même instant on répondoit si mal à *Avignon*. *Savez-vous*, me dit-elle, *ce que fera M.* de Roux, *s'il lui reste un peu de bon sens? Il prendra la poste sans rien dire à personne, & viendra nous trouver à Agen, où je suis bien sûre que nous ne serons pas long-tems à nous arranger; mais il ne retournera plus à* Avignon; *ces Monstres de . . . . & de . . . . lui tourneroient encore la tête. . . . Qu'il fasse mieux*, répondis-je, *qu'il amène M.* de Mons *avec lui*.

Telles furent les idées qui adoucirent la fatigue de la dernière partie de notre route, & telles furent les espérances que nous donnâmes à nos bons parens d'*Agen*, après les avoir affligés par le récit de nos peines.

Je sens, Messieurs, qu'un simple propos ne doit pas suffire pour vous convaincre de la constante générosité de nos sentimens, dans un tems où sans inquiétude, comme sans reproche, ils ne pouvoient plus être que le fruit de principes indépendans de toute espèce de circonstances; mais si les faits que j'alléguerai font concluans sur un point de cette importance; s'ils prouvent qu'arrivé dans le port, j'ai renouvellé les offres que j'avois faites au milieu de la tempête; s'ils prouvent que M. *de Roux* les a de nouveau rejettées; si les circonstances de son dernier refus, ne laissent aucun doute sur la profondeur & l'iniquité de ses vues, de quel œil envisagerez-vous l'auteur de la proscription inouie qui devoit lui assurer le succès de tant d'odieuses manœuvres, lorsque vous réfléchirez à chaque preuve que je vous donnerai de cette proscription, qu'elle n'étoit fondée que sur des assertions contraires aux faits dont vous serez garans, & sur des imputations atroces, dont la fausseté n'est que trop démontrée? Sous quels traits cet homme se présentera-t-il à votre esprit, lorsque vous me suivrez au milieu des efforts que l'honneur & l'amour paternel vont m'inspirer pour sauver une innocente, & que vous la verrez, dès ma première démarche, victime dévouée à la calomnie, déjà ceinte irrévocablement du bandeau fatal; abandonnée de ses amis qui rougis-

sent

sent de l'avoir connue, implorant en vain des protections dont
on la croit indigne; rejettée comme étrangère par le pays de sa
naissance ; frustrée, dans le centre de la civilisation, des droits
les plus communs de l'humanité ; menacée dans sa retraite ;
bientôt sûre d'en être arrachée avec scandale; obligée d'en sortir
comme une fugitive ; tremblante d'être arrêtée quand elle court
à la mort ; approchant de l'autel à chaque pas qui l'éloigne de
l'ignominie; luttant toujours avec courage contre une destinée
qu'elle ignore, & présentant son sein avec respect, à l'instant
où le glaive paroît dans la main du Maître de la vie.   Ah !
Monsieur *de Roux*, niez tout ce que je vais dire, ou frémissez,
si vous êtes capable de frémir !

Le 7 Mai, deux jours après celui de notre arrivée à *Agen*,
j'écrivis à M. le Comte *de Mons* (*), *que j'étois toujours dans
l'intention de faire un accommodement, si M. de Roux prenoit le
seul parti qui lui convenoit, celui de ne demander que des conditions
qui pussent s'accorder avec mon honneur & la tranquillité de ma
fille; que M. de Roux avoit eu tort de se promettre un grand succès
de son habileté à nous susciter à Avignon, toutes les espèces imaginables de désagrémens ; qu'il n'avoit réussi qu'à nous faire trop
sentir les avantages que sa position lui donnoit là sur des étrangers,
& à nous convaincre de la nécessité de changer le lieu de la scène.*

J'écrivis le même jour à M. le Marquis *de Cambis*, *qu'il eût
été bien différent pour M. de Roux & pour ma fille, si j'avois
suivi le conseil qu'on m'avoit donné, de demander dès le 7 Février la
séparation provisoire, qu'un ménagement mal entendu ne m'avoit
permis de demander que le 25 d'Avril; que ma fille n'avoit dans
ces premiers tems à reprocher à son mari, que des torts de caractère,
qu'une suite de procédés honnêtes lui auroient certainement fait oublier ; car il étoit probable que M. de Roux, étonné de l'effet de ses
premières violences, auroit pris alors le sage parti de se remettre à
ma prudence, du soin de déterminer le tems & les moyens de préparer & d'effectuer une réunion si désirable pour toutes les parties,
au lieu de chercher malhonnêtement, comme il avoit fait depuis, des
motifs de justification dans de prétendus propos de ma fille, ou totalement
supposés, ou méchamment exagérés; que si cette affaire ne s'accommo-
doit pas, & que ma fille succombât sous les manœuvres de M. de
Roux, il n'y avoit pas d'étranger, instruit de la vérité dans tous ces
détails, qui ne frémît en approchant d'une ville où la perspective du
moindre démêlé avec un de ses habitans, seroit nécessairement accom-
pagnée de la certitude d'y voir le plus grand nombre s'y réunir pour
l'opprimer.*

(*) Parent de M. *de Roux*, comme on a déjà vu.

l'opprimer ; que tous les moyens avoient paru bons à M. de Roux pour m'accabler du poids des avantages qu'il avoit sur moi dans sa patrie; mais que j'espérois que 50 postes entre nous deux, lui rendroient la liberté de jugement dont il avoit besoin pour mieux apprécier la situation des affaires.

Le même jour 7 Mai, j'écrivis aussi à M. le Marquis *Desachars*, combien j'avois été humilié en apprenant que *les premières bontés d'un grand nombre de personnes, dont je m'étois si fort énorgueilli, ne me seroient rendues qu'après que j'aurois souscrit aux conditions humiliantes que M. de Roux jugeoit à propos de me dicter ; que je ne savois point acheter une montre de considération, à un prix qui me dégraderoit à mes propres yeux ; que j'espérois qu'un peu de réflexion convaincroit M. de Roux qu'il étoit contre la nature, la justice & la décence, que je reçusse de lui aucune espèce de loi ; que le mal ne seroit pas sans remède, pendant qu'il n'y auroit de sa part aucune démarche relative au sous seing-privé ; mais que s'il en faisoit une à cet égard, il n'y auroit plus de possibilité d'accommodement ; qu'enfin j'osois espérer que M. Desachars voudroit bien engager M. de Roux à prendre toutes ces idées en considération, & à ne se décider qu'après le plus mûr examen.*

Ces lettres n'étoient pas équivoques ; elles annonçoient de ma part la détermination la plus précise, la plus soutenue, d'arranger cette malheureuse affaire, sur des principes de justice & d'honnêteté réciproques ; ce n'est pas tout cependant.

Lorsque mon fils apprit mon départ à M. *Desachars*, il lui dit expressément, que j'étois, à *Agen* comme à *Avignon*, prêt à souscrire à l'arrangement convenu en sa présence ; il le dit à M. *de Cambis*, à M. *de Mons*, à M. *de la Chapelle*, à tous ceux qui l'ayant appris par d'autres, & croyant que je pouvois m'en dispenser, voulurent savoir de lui-même ce qui en étoit. Enfin il pria M. *Desachars* d'en faire part à M. *de Roux* ; M. *Desachars*, avant de se rendre à ses instances, le pria de ne pas l'exposer à une démarche de cette importance, s'il n'étoit pas positivement sûr de mes intentions : mon fils donna à M. *Desachars* sa parole d'honneur *que je ne changerois absolument rien aux propositions qu'il avoit eu la bonté de porter lui-même à M.* de Roux. Voyez pages 43 & 44. Sur la parole de mon fils, M. *Desachars* voulut bien les renouveller. Quelle fut la réponse de M. *de Roux*, & de tout ce qui l'entouroit ?

TOUT OU RIEN.

Une réponse laconique peut être équivoque ; celle de M. *de Roux* n'avoit pas ce défaut. Le masque tomboit enfin, & le grand secret étoit mis en évidence avec ce front d'airain qui annonce l'infaillibilité des mesures prises pour réussir. M. *Desachars*

Defachars ne connoît pas encore toute l'indignité de cette réponfe ; il ne fait pas que dans le même tems où M. *de Roux*
refufe avec tant de hauteur le tiers du revenu de ma fille qu'il lui
offroit en mon nom ; dans ce même tems où M. *de Roux* affiché
avec tant d'ingénuité, qu'il n'y a que le *tout* qui puiffe le fatisfaire ; il ne fait pas, dis-je, que dans ce même tems, l'impudence
lui avoit manqué à cet égard dans *la plainte criminelle* qu'il
venoit de porter contre moi : il n'avoit ofé la conclure, même
après les allégations les plus fauffes, que par la demande que
j'affuraffe la légitime de l'enfant. Or cette légitime, quand
même la dot eût déjà été placée à *Avignon*, n'eût monté qu'au
tiers qu'il refufoit. Telles étoient les circonftances de fon
dernier refus, telle étoit la candeur & l'honnêteté d'un homme
qui m'accufoit de perfidie ; & cependant, Meffieurs, je vais
être pourfuivi criminellement par M. *de Roux*, pour lui avoir
enlevé ce tiers, que M. *Defachars* prouvera qu'il n'a pas voulu
recevoir; nous allons être, ma fille & moi, flétris conjointement
par deux décrets, pour lui avoir enlevé ce tiers qu'il n'a pas
voulu recevoir ; nous allons être privés de toute efpèce de protection en *France*, parce que nous y ferons cenfés ma fille & moi,
convaincus par deux décrets, d'avoir enlevé à M. *de Roux* ce
tiers qu'il n'a pas voulu recevoir ; il faudra que ma fille parte
pour *Rome* dans fon huitième mois de groffeffe, pour y chercher l'afyle & la juftice que fon mari lui enlève par-tout ailleurs, & prouver que nous ne fommes pas des fripons, des perfides, &c.... Et M. *de Roux* ofera réclamer la récompenfe
du malheur qui a été la fuite de tant d'impoftures, & de cupidité ! Et j'avois fi long-tems douté de fes vues fecrettes ! & j'en
doutois encore, lorfque j'appris fa réponfe ! Mais du moins
j'aurois dû les foupçonner, lorfque je reçus le 9 une lettre de
mon fils, qui m'apprenoit que les Confeils & les amis de M. *de*
Roux travailloient à donner auprès de l'Official les couleurs
les plus noires à ce qu'ils appelloient, difoit-il, *enlèvement*
d'une perfonne fequeftrée. Il me fembla qu'il y avoit encore plus
de folie que de méchanceté dans cette imputation ; cependant
j'écrivis le lendemain la lettre fuivante à M. l'Archevêque
d'*Avignon.*

MONSEIGNEUR,

La fequeftration de ma fille entre mes mains, ayant été ordonnée
par un décret de Monfieur votre Official, & mes affaires m'ayant
appellé à Agen chez Mde. la Baronne de Clairfontaine, ma coufine
germaine, & nièce de M. l'Archevêque de Lyon, je n'ai pas héfité à y
mener ma fille avec moi. Si vous êtes inftruit, Monfeigneur, des
peines que cette malheureufe femme a foufertes depuis trois mois,

&

& de son état de grossesse, qui demande beaucoup de ménagemens, & plus de tranquillité d'esprit qu'elle ne pouvoit en espérer éloignée de moi, dans un pays qui ne lui présentoit plus que les objets les plus tristes, sans aucune espèce de consolation, j'ose espérer que Votre Grandeur approuvera une démarche si nécessaire à la conservation de la mère & de son enfant.

J'ose vous supplier, Monseigneur, de m'honorer d'un mot de réponse.

J'ai prévenu M. l'Evêque d'Agen, que vous pourriez lui écrire, pour lui demander tous les éclaircissemens qui peuvent intéresser M. de Roux.

Je suis, &c.

DE CASAUX.

Agen, 10 Mai 1783.

Je n'ai pas besoin, Messieurs, de vous faire observer que cette lettre méritoit une réponse, & que les trois dernières lignes, principalement, seront pour M. l'Archevêque d'*Avignon*, jusqu'à sa mort, un cruel sujet de reproche pour tant d'horreurs & tant de scandale, qu'il eût pu éviter par un seul mot à son Official, en attendant qu'il eût reçu les informations que je le priois de prendre auprès de M. l'Evêque d'*Agen*. Ah ! Monsieur *de Roux*, si vous n'aviez du moins intéressé à vos projets, que des gens déjà couverts d'opprobre, ou d'autres déjà notés par des injustices domestiques presque aussi criantes !

Le même jour, mon fils arriva en poste, pour m'apprendre que M. *de Roux* avoit porté contre moi, une plainte criminelle *pour cause d'enlèvement de ma fille, & de sa soustraction à la Justice d'Avignon*; c'étoit les seuls griefs qu'on laissât transpirer de cette plainte scandaleuse.

Mon fils me remit en même tems une lettre qu'un de mes intimes amis m'écrivoit de *Paris*; elle contenoit huit pages d'écriture, portant en substance que *j'étois déshonoré; que j'avois perdu dans un jour une réputation de 40 ans*; & que si je ne voulois pas qu'on restât convaincu, que malgré mes folles dissipations, je n'étois qu'un homme fastueux, je n'avois pas d'autre parti à prendre que celui de donner bien vîte à M. de Roux *tout l'argent qu'il demandoit*. Comment trouvez-vous, Messieurs, que M. *de Roux* avoit employé le tems que M. le Comte *du Roure* avoit demandé à ma fille, pour engager son mari à se contenter du tiers de sa fortune ? Ne trouvez-vous pas aussi qu'il y a trop d'injustice à condamner son ami sans l'entendre, & trop de cruauté à le conseiller d'après une condamnation aussi légèrement prononcée ?

prononcée ? Que dira l'auteur d'un jugement auſſi précipité, lorſqu'il verra que je ſuis innocent ; que ma fille étoit innocente, & qu'il pouvoit la ſauver ? Je le plains ; car je ne connois perſonne de plus honnête, de plus ſenſible, & de plus ſerviable.

Ces huit pages d'écriture étoient la réponſe d'une lettre que je lui avois écrite le 25 d'Avril, pour lui donner une idée de la poſition où j'étois, & le prier de remettre à M. le Comte *de Vergennes*, celle dont vous avez vu la copie dans ma première lettre, *page* 42.

Ma réplique à ces huit pages d'écriture fut à peu près (car je n'en ai pas de copie,) *qu'il avoit raiſon de ne pas s'intéreſſer pour un homme qu'il croyoit ſi complettement déshonoré ; mais que n'exigeant plus qu'il ſe compromît en mendiant pour moi une protection dont il me déclaroit indigne, ſans m'avoir entendu, je le priois de me diſpenſer de ſes conſeils, qui portoient ſur de fauſſes ſuppoſitions.*

Cette lettre ne lui étoit pas encore parvenue, lorſque j'en reçus huit autres pages pour me déclarer, & toujours péremptoirement, *que je ne devois plus héſiter à abandonner une malheureuſe, qui indépendamment de ſes autres torts, avoit été capable d'engager ſon frère à ſe couper la gorge avec ſon mari.* Vous connoiſſez, Meſſieurs, le fondement de cette atroce accuſation. Quel art il a fallu pour tirer des faits réels, quelques conſéquences glorieuſes & utiles à M. *de Roux*, honteuſes & funeſtes pour ma fille ! Les forces me manquèrent pour répondre à ce ſecond volume d'outrages, ainſi qu'à un troiſième qui m'arriva le courier d'après ; j'en parlerai bientôt : je me contentai d'inſtruire M. le Comte *de Bruni*, à *Paris*, & M. *Digne*, Conſul de *France*, à *Rome*, de la vérité dans toutes ſes circonſtances, avec prière d'en faire uſage pour nous juſtifier : j'ai lieu de croire qu'ils n'héſiteront ni l'un ni l'autre à communiquer ma lettre à quiconque pourroit y prendre le moindre intérêt ; l'on verra que je cite encore des témoins irrécuſables.

Je vous avoue, Meſſieurs, qu'après ce torrent d'invectives, la plainte de M. *de Roux*, qui juſqu'alors ne m'avoit frappé que par ſon ridicule, me parut enfin mériter des réflexions hors de ma ſphère ; j'allai chez M. *Bory*, le plus célèbre Avocat d'*Agen* ; je lui remis la copie du décret de ſequeſtration, en vertu duquel je m'étois cru autoriſé à conduire ma fille chez ſa tante ; & je lui parlai de la plainte criminelle portée contre moi par mon gendre ; il n'héſita pas une minute à répondre *qu'une pareille plainte n'avoit pas le ſens commun ; qu'un Juge qui la recevroit en* France, *ſeroit dans le cas d'être pris lui-même à partie ;*

partie ; & qu'il étoit impossible qu'elle fût suivie d'aucun jugement
contre moi, dans tout pays où l'on auroit le moindre respect pour les
mœurs (*).

Tranquillisé par l'opinion de M. *Bory*, je renvoyai aussi-tôt mon
fils à *Avignon*; ma lettre pour M. l'Archevêque n'étoit pas encore
partie, je la lui donnai ; j'écrivis aussi à M. le Vice-Légat que
j'admirois l'intrépidité avec laquelle M. de Roux, après avoir traité
sa femme avec indignité, osoit me poursuivre criminellement, pour
avoir emmené avec moi chez de respectables parentes, ma fille, dont
j'avois été établi le séquestre ; ma fille dont je répondois à la Justice ;
ma fille enfin que je n'aurois pu laisser à Avignon, sans trahir mon
devoir comme séquestre & comme père, c'est-à-dire sans l'exposer à
tout ce que les mauvais procédés de son mari m'obligeoient de crain-
dre de la part d'un homme capable de tout ce qu'il avoit fait, &
laissé faire en son nom ; que je le suppliois de se rappeller que je ne
lui avois point été présenté comme un homme de la lie du peuple, &
d'être persuadé que ma conduite tant privée que publique, dans tous
les pays où j'avois été, pouvoit être exposée au grand jour, & ne servir
qu'à confondre tous ceux qui auroient dessein de m'humilier.

Cette lettre étoit du 12 Mai.

Enfin pour détruire toute espèce de prétexte à l'imputation
de quelque motif malhonnête de ma part en sortant d'*Avignon*,
je remis aussi à mon fils, pour M. *Palun* mon Avocat & celui
de ma fille, une procuration d'elle & de moi, très-étendue, &
revêtue de toutes les formes nécessaires pour constater l'authenticité de ma demeure chez M. le Baron *de Clairfontaine*,
où je n'étois pas difficile à trouver.

Mon fils arrive à *Avignon* le 15 suivant, muni de toutes ces
pièces, & je me hâte d'observer que mes lettres à M. le Vice-Légat
& à M. l'Archevêque furent remises à leurs adresses, le jour de
son arrivée, & que la procuration dont j'ai parlé, fut dûment
signifiée par notre Avocat à M. *Roux*, le 17, avant que celui-ci
eût lui-même constitué de Procureur. Comment M. *de Roux*
pourra-t-il

H

(*) M. *Palun*, mon Avocat à *Avignon*, à qui je fis part de
l'opinion de M. *Bory*, m'écrivit également que suivant la loi
Romaine établie dans le Comtat, *une accusation criminelle por-*
tée par un fils contre son père, dans tout autre cas que celui où le salut
de l'Etat seroit compromis, étoit punie de l'exhérédation, Authent.
Chap. 3 ; & qu'un beau-père, aux yeux de la loi, n'étoit pas
différent d'un père.

pourra-t-il déformais pourfuivre contre moi l'accufation d'avoir
fouftrait ma fille à un tribunal auprès duquel nous venons,
ma fille & moi, de le fommer de conftituer un Procureur, fous
peine de fe voir condamner par défaut ? comment le même
Juge pourra-t-il déformais accueillir cette accufation, dont la
fommation de notre Avocat lui démontre la fauffeté ? En effet,
mon fils m'écrivit le 19, *que les Confeils de M. de Roux fem-*
bloient avoir perdu la tête : aujourdhui une réfolution, demain une
autre, difoit-il : il fe trompoit ; ou du moins la profondeur de
l'abîme n'étonna qu'un inftant le courage du Juge & des
accufateurs ; le Rubicon étoit paffé, la plainte criminelle
avoit été portée & reçue ; failloit-il délibérer ? A quoi donc
auroient abouti tant de mefures prifes, tant de calomnies répandues & accréditées ? Effectivement, le 23, huit jours après
que mes lettres à M. le Vice-Légat & à M. l'Archevêque
eurent été remifes à leurs adreffes, M. *de Roux* obtient, dans
le plus grand fecret, un décret de l'Official, conçu dans ces
termes :

En la caufe criminelle du Marquis de Roux, Citoyen d'Avignon,
contre le Marquis de Cafaux, fon beau-père, de la Grenade, vu les
actes, je requiers que le Sr. Marquis de Cafaux foit tenu de fe
conftituer fous les arrêts de la Cour, pour répondre fur les charges
réfultantes de la procédure, & y refter jufqu'à ce qu'autrement foit
dit & ordonné ; je requiers en outre que ledit Marquis de Cafaux
fera tenu de réintégrer fous la jurifdiction de M. le R. Official, la
Dame Marthe de Cafaux fa fille, époufe de M. le Marquis de Roux,
& de remettre tout incontinent & fans délai, ladite Dame fa fille,
en mains de l'Officier qui fera porteur de la Commiffion, & en cas
de refus y être contraint par faifie & emprifonnement de fa per-
fonne, pour ladite Dame être fûrement & décemment conduite dans
ladite ville d'Avignon, & dans la maifon du Sieur Brunel,
Accoucheur, & de la Dame fon époufe, pour y refter féqueftrée juf-
qu'à ce qu'autrement foit dit & ordonné, fauf de prendre toute autre
conclufion que de droit & fans difcontinuation. Le 23, Mai 1783.
Tefte, Avocat & Promoteur Fifcal, ainfi figné. *Exequatur juxta*
conclufiones. Vifé *Bonneau,* Prévôt d'*Avignon,* Vicaire-Official-
Général, ainfi figné. *Collet,* Notaire-Greffier (*).

   Le lendemain 24, un honnête homme, indigné du décret, &
prévoyant l'effet qu'il devoit produire fur une femme enceinte,
                                                    furprife,

---

(*) Il eft effentiel d'obferver que cet accoucheur *Brunel,* entre
les mains de qui M. *de Roux* faifoit féqueftrer fa femme, s'étoit
                                                    fignalé,

surprife, & juftement prévenue contre l'Accoucheur qu'on lui
deftinoit, en donne avis fous le fecret à mon fils, & lui dit
qu'il n'a pas un inftant à perdre pour appeler de ce décret, &
en empêcher ainfi l'exécution, qui fans cela auroit infailliblement lieu, au moment où ma fille s'y attendroit le moins. Mon
fils doute de l'exiftence de cet œuvre de ténèbres : l'honnête
homme lui dit d'aller chez le Greffier, & de parler en homme
certain qu'il exifte : mon fils va chez le Greffier, & demande
la copie du décret *laxé* contre fon père ; *le Greffier la refufe* ; le
lendemain il y retourne, parle plus affirmativement ; on la lui
donne ; il va chez M. le Vice-Légat & demande un cartel
d'appel ; *le Vice-Légat le refufe* : mon fils prie M. le Marquis
de Chaylus d'appuyer une demande auffi jufte ; M. *de Chaylus* dit
à M. le Vice-Légat qu'il s'il n'accorde pas le cartel, ce fera la
première injuftice que Son Excellence aura faite, & qu'elle tom-
bera fur l'un des hommes qui lui a été le plus fortement & le
plus juftement recommandé. Croiriez-vous, Meffieurs, qu'il
fût néceffaire d'avoir recours à mon Avocat pour prouver qu'il
y auroit réellement de l'injuftice à me refufer, quoique je fuffe
étranger, une chofe du droit le plus commun : mon Avocat le
prouve enfin, & M. le Vice-Légat accorde le cartel d'appel.

Je reçois le 30 la nouvelle de l'étrange décret de l'Official,
& de l'appel au Vice-Légat, ainfi que des difficultés qu'on
avoit eues à l'obtenir. Je ne m'attendois pas à des graces ;
cependant je fus étonné, & je vis ce que je pouvois efpérer
d'*Avignon* : le fuccès de ma première tentative avoit auffi fixé
mes idées fur ce que je pouvois me promettre de *Paris* ; cependant la nouvelle circonftance parut aux refpectables parens chez
qui j'étois, exiger que je furmontaffe la répugnance que j'avois
à m'expofer à de nouveaux refus ; & ce que je leur devois ne me
permit pas de fuivre plus long-tems le fyftème du Mifanthrope,
auquel je m'étois formellement décidé après les injuftices fcan-

H 2   daleufes

---

fignalé, il n'y avoit encore que trois mois, par un accouchement
femblable à celui dont ma fille a été la victime à *Rome* ; il eft
vrai que M. *Brunel* avoit donné pour raifon de ce malheur
un prétendu défaut de conformation dans fa patiente, une des
femmes les plus fortes & les mieux faites que j'aye vues ; mais
j'ai de la peine à croire qu'il fe trouve à *Rome*, un mari capable de
forcer aujourdhui fa femme à fe faire accoucher par celui qui
a fi mal réuffi avec ma fille, quand bien même il affureroit,
comme l'Accoucheur Avignonois, que ma fille étoit auffi très-
mal conformée. Un pareil trait étoit réfervé à M. *de Roux*.

daleufes d'*Avignon*, & l'abandon injurieux de l'ami fur lequel j'avois le plus compté, parce qu'il étoit le plus à portée de me rendre fervice ; j'écrivis donc à plufieurs perfonnes ; j'écrivis longuement ; je priai même qu'on écrivît : là fimplicité & la vérité conduifirent ma plume, & l'intérêt le plus touchant anima celle des perfonnes qui écrivirent en ma faveur. Je ne vous ferai part des réponfes, Meffieurs, qu'à l'époque où je les reçus: voici ce qui fe paffa jufqu'alors.

Le 4 Juin ; obfervez s'il vous plaît, le 4 Juin, mon Avocat d'*Avignon* m'écrit que M. le Vice-Légat, à fon audience du 2, a nommé deux Commiffaires pour examiner le décret de l'Official, & lui en faire leur rapport. Sa lettre étoit longue & contenoit différens avis ; il me demandoit auffi des inftructions ; je répondis courier par courier. Je fupprimerois ma réponfe, s'il n'étoit pas effentiel de prouver que je n'ai négligé aucun moyen capable de m'épargner l'ignominie d'un jugement diffamatoire, & à ma fille le malheur qui en a été la fuite; ce ne font pas les raifons qui m'ont manqué, mais des Juges qui vouluffent les entendre.

Je priois M. *Palun de* repréfenter à M. le Vice-Légat *que fi un compte exact des faits pouvoit influer fur fon jugement, je demandois qu'il voulût bien recevoir les dépofitions de M. le Marquis de* Cambis *& de M. le Marquis* Defachars, *témoins l'un & l'autre de ma conduite, des facrifices que j'avois voulu faire à la paix, & de la condition injufte & humiliante qu'avoit exigé M. de Roux ; que je n'étois parti d'*Avignon *que le 29 d'Avril, & que dès le 12 de Mai j'avois écrit à Son Excellence pour lui donner avis de mon arrivée & de celle de ma fille à* Agen ; *qu'indépendamment des affaires qui m'y avoient conduit, j'y aurois été déterminé par le feul motif de fauver à ma fille le fpectacle de manœuvres iniques, encore plus dangereufes pour elle que pour moi* (*) ; *que dans cette lettre du 12, j'avois inftruit Son Excellence que c'étoit chez Mde. la Baronne de* Clairfontaine, *fa tante, & nièce de M. l'Archevêque de* Lyon, *que je l'avois conduite, & qu'elle réfidoit avec moi ; qu'ainfi il ne pourroit confirmer le décret de l'Official, fans prononcer que ma fille étoit moins décemment chez une auffi refpectable parente, qu'elle ne le feroit courant les grands chemins fous la conduite d'un Huiffier, & à* Avignon *dans la maifon d'un Accoucheur ; abfurdité à laquelle M. l'Official n'avoit pas fans doute fait attention, & qui fuffiroit pour*
déterminer

(*) On verra par la fuite s'il étoit poffible que les inventeurs des pareilles manœuvres euffent d'autre deffein que celui d'occafionner une révolution à cette malheureufe femme.

déterminer *M. le Vice-Légat* à casser son décret, quand il n'y seroit
pas obligé par une considération qui intéresse la vie de l'enfant &
celle de la mère ; que *M. le Vice-Légat* ne pourroit confirmer le
décret, sans se charger des suites que devoit avoir presque nécessairement un voyage aussi ignominieux, aussi long, auquel on condamne-
roit, pendant les chaleurs de l'été, une malheureuse femme, qui
entrera dans son septième mois de grossesse, lorsqu'on pourra lui
signifier le décret.

Que M. de Roux, ajoutois-je, qui, après la conduite la plus
étrange, avoit regardé comme le procédé le moins répréhensible, de
menacer sa femme de lui casser les bras, eût également regardé
comme une bagatelle, de manœuvrer pour faire arrêter son beau-père,
s'il restoit à Avignon; de lui faire un procès criminel, parce qu'il
en étoit forti, de se munir d'un décret, pour l'y retenir lorsqu'il y
sera (voyez le décret) ; & d'arranger le décret de manière à le faire
emprisonner, s'il n'y revient pas ; cela étoit tout simple ; & qu'un
homme impartial ne verroit dans ces excès qu'une chaîne d'extravagances, dont la première exposée avec simplicité, conduisoit à
toutes les autres, mais qu'un Juge, un Juge supérieur ne se pré-
toit point à de pareilles monstruosités, & que de toutes les monstruosités, la plus étrange sans doute, seroit d'entendre d'un côté la loi prononcer l'exhérédation contre un fils qui poursuit criminellement son
père, & de voir de l'autre, un Juge qui ordonneroit l'emprisonnement
du père sur la simple dénonciation du fils.

*Que la question dégagée de tout ce que la folie, la cabale & la
cupidité, intéressées à tout embrouiller, voudroient y mêler d'étranger, se réduisoit à statuer.*

Si c'est un crime d'avoir emmené avec moi, ma fille, évidemment réintégrée sous mon autorité, par le décret qui suspendoit celle de son mari, & de lui avoir procuré dans sa famille
les consolations & les ménagemens que les manœuvres de son
mari lui avoient enlevés à *Avignon*, & qu'on ne pouvoit sans
barbarie lui refuser dans son état de grossesse :

Ou en d'autres mots,

Si c'étoit aux murs de ma maison ou à ma personne, que la
Justice avoit confié la protection de ma fille, dont le protecteur présumé étoit devenu le persécuteur.

*La simple possibilité de jouer sur le mot, ajoutois-je, a donc suffi
pour me condamner & me déshonorer ; j'espère qu'elle ne suffira pas
pour confirmer la partie du jugement qui intéresse ma fille : on ne tran-
che pas du moins sur la vie d'une femme à la faveur d'une équivoque.
Je suis bien éloigné, disois-je enfin, de vouloir donner de la
publicité à une affaire aussi scandaleuse : voici donc mes intentions*
bien

bien précises : Vous aurez la bonté de communiquer ma lettre à M. *le Vice-Légat, à M. l'Archevêque, à MM. les Commissaires ; mais* *s'ils ne se rendent pas à mes raisons, si le décret est confirmé, vous* *appellerez à Rome, & vous ferez imprimer ma lettre.* (*)

Il me semble, Messieurs, que je munissois mon Avocat d'assez bonnes raisons, & je ne les lui avois pas fait attendre ; il m'avoit écrit le 4 ; j'avois reçu sa lettre le 9 : ma réponse partit le 12... Eh bien, Messieurs, le 12, il y avoit justement huit jours que j'étois jugé & condamné : cela mérite des détails.

Je vous ai priés d'observer que le 4 Juin précisément, mon Avocat m'avoit écrit pour me donner avis du cartel d'appel qu'il avoit obtenu, & pour me demander mes instructions à cet égard ; mais on prouva sans doute à M. le Vice-Légat, que cette cause, dans laquelle il s'agissoit de l'honneur d'un homme, de la réputation d'une femme, de sa vie même, & de celle de son enfant, ne méritoit pas la moindre préparation ; en conséquence, la poste qui devoit m'apporter cette lettre du 4 Juin, étoit à peine partie, que M. *Palun*, mon Avocat, qui l'avoit écrite, *fut avisé par MM. les Commissaires* d'aller plaider devant eux, le même jour, & dans le même moment ; & ce ne fut qu'à cette audience qu'il apprit enfin *les crimes* dont j'étois accusé, & dont il ne conserva pas même des idées assez exactes pour entreprendre de m'en rendre un compte précis ; les trois seules choses qu'il put me dire bien positivement, furent ;

1º. Qu'entre autres délits, M. *de Roux* m'avoit attaqué en crime de calomnie ; accusation dont la fausseté fut démontrée, & démontra, en même tems que M. *de Roux* étoit un calomniateur lui-même. Mais c'étoit moi qu'il falloit flétrir.

2º. Qu'il n'y avoit rien de prouvé contre ma fille ; mais il falloit la déshonorer.

3º. Qu'on n'avoit rapporté aucune loi, aucun statut, aucun réglement qui empêchât un sequestre de sortir du Comtat, comme effectivement il n'en existe pas. Mais quel besoin avoit-on de réglement ou de loi, pour opprimer un étranger ?

MM. les Commissaires furent donc d'avis que le décret devoit être confirmé dans tout ce qui regardoit la spoliation du sequestre, la traduction ignominieuse de ma fille enceinte,

d'*Agen*

(*) Il étoit défendu aux Imprimeurs d'*Avignon* de rien imprimer sur cette affaire, ni de part ni d'autre : cette précaution devoit entrer nécessairement dans le plan de M. *de Roux* ; il falloit sur-tout que le public ne fût instruit que par les calomnies de ses *Agens*.

d'*Agen* à *Avignon*, fa nouvelle fequeſtration chez le redoutable Accoucheur *Brunel*, & l'empriſonnement de ma perſonne, ſi je ne livrois cette malheureuſe victime *incontinent & ſans délai*.

Au lieu de l'Ajournement perſonnel, ſtatué contre moi par l'Official, les Commiſſaires opinèrent, pour *la modération* d'un aſſigné pour être ouï. Le lendemain 5, ils firent leur rapport, & dans le même inſtant, M. le Vice-Légat le convertit en un *décret*, qu'on trouve conſigné à perpétuité dans les archives d'*Avignon*, pour la ſatisfaction de M. *de Roux*, la honte de ſes deſcendans, & l'ignominie de ſon beau-père & de ſa femme ; j'ajouterois, *& pour la terreur des étrangers*, ſi je ne pouvois pas dire pour ma conſolation, ſi la juſtice ne m'obligeoit pas de publier, qu'il n'eſt pas un homme impartial dans votre ville, Meſſieurs, qui n'ait été indigné des horreurs où les Conſeils de M. *de Roux* l'ont contraîné, & que *le moment où l'on y apprit la mort de cette malheureuſe femme, fut véritablemeut celui de ſon triomphe, puiſqu'il fut celui de l'expreſſion des ſentimens publics à ſon égard, & de l'exécration générale contre tous les monſtres, qui avoient contribué à ſa perte*. Je ne fais que tranſcrire quelques phraſes de deux lettres qu'on a daigné m'écrire ſur cet évènement.

Auſſi-tôt que M. le Vice-Légat eut rendu ſon décret, mon Avocat m'écrivit pour m'en donner avis ; ſa lettre ne m'arriva que quatorze jours après ſa date ; c'eſt encore une obſervation que je vous prie de faire, Meſſieurs ; j'y reviendrai. Mon fils m'en donna avis le même jour 5, & ſa lettre m'arriva le 10 ; il avoit eu la précaution de *faire charger ſa lettre ſur la feuille de la poſte*.

Je ne fais, Meſſieurs, ſi vous ferez ſurpris que juſqu'alors, il ne me fût pas venu dans l'idée de conſulter ſur cette affaire d'autres Avocats que M. *Palun*, d'*Avignon*, & M. *Bory*, d'*Agen*, & même vous avez vu que ce n'avoit été qu'après coup : voici ma raiſon. Lorſque je vois le ſoleil, jamais je ne ſonge à demander s'il eſt jour : ce ne ſera que lorſque je trouverai une certaine quantité d'opinions contre moi, que je commencerai à douter ſi je dors, ou ſi je ſuis tombé en démence : ce fut donc ſeulement en apprenant la confirmation du décret de l'Official, que mes notions les plus claires, me parurent devoir être ſoumiſes au jugement d'autrui ; je fis auſſi-tôt un mémoire très-exact des faits ; j'y joignis le décret de la ſéparation proviſoire & de la ſequeſtration, & ceux que l'Official & M. le Vice-Légat avoient rendus ſur la plainte criminelle portée par M. *de Roux* ; je ne copie point ici mon mémoire ; mais comme je rapporterai l'avis des Avocats, & que je les nommerai, ils pourront crier à l'impoſture, ſi les faits que je raconte ici ſont différens de ceux

que

que je leur ai expofés ; ils devront même dans ce cas crier à l'impofture, car ils obferveront que par la voie que j'ai prife, il ne peut y avoir rien de perdu, ni filence, ni réclamation de gens cités ; s'ils fe taifent M. *de Roux* eft confondu. Qui le plaindra ? S'ils réclament, je tombe dans l'opprobre, & je l'aurai mérité.

Le mémoire dont je viens de parler partit vers le 15 de Juin pour *Paris* & pour *Bordeaux*.

Je réfléchis enfuite que l'opinion verbale que M. *Bory*, d'*Agen*, m'avoit donnée, pourroit être altérée d'après une expo-fition plus détaillée des faits, & l'addition des circonftances poftérieures dont j'avois été informé, je lui envoyái donc auffi la copie du mémoire que j'avois envoyé à *Bordeaux* & à *Paris*, & je le fis prier d'y donner toute fon attention.

Enfin le 21, je reçois la lettre de mon Avocat, partiele même jour que celle de mon fils, que j'avois reçue il y en avoit déjà huit ; vous trouverez ci-après la raifon de cette fingularité. Mon Avocat m'écrivoit qu'il ne tenoit plus qu'à moi d'aller à *Avignon* fans crainte d'y être emprifonné ; pour m'en con-vaincre, il m'envoyoit un fauf-conduit de M. le Vice-Légat, & m'exhortoit à en profiter. L'hiftoire de ce fauf-conduit mérite d'être racontée.

Mon Avocat plaidant devant les Commiflaires pour me juf-tifier fur l'accufation de ce crime horrible de mon départ d'*Avi-gnon*, au lieu de dire que j'étois parti, en conféquence du droit qu'a tout homme libre de fe tranfporter où il lui plaît, quand il n'y a aucune loi, aucun ftatut, aucun réglement qui l'en em-pêche, répondit que j'étois parti d'*Avignon* parce que je crai-gnois d'y être arrêté par mon gendre ; auffi-tôt un des Commif-faires, c'eft-à-dire un de mes Juges, fe transforme en Avocat de M. *de Roux*, & prouve au mien que fa raifon n'eft pas rece-vable, parce que fi j'avois eu peur d'être arrêté, j'aurois pu me mettre à l'abri de cette crainte, en demandant à M. le Vice-Légat un fauf-conduit, qui ne coûtoit que deux ou trois louis ; mon Avocat fe promet *in petto*, de profiter de l'idée ; & après ma condamnation, il demande le fauf-conduit, l'obtient, le paie, & me l'envoie par le premier courier. Un fauf-conduit, Mef-fieurs, eft un des plus charitables expédiens qu'on ait jamais imaginé pour l'avantage des malheureux & honnêtes banque-routiers qui ont befoin de fe montrer pour arranger un peu leurs affaires ; il eft vrai que par-ci par-là quelques fripons en ufent pour éviter les fuites des friponneries qu'ils ont faites, & pour en faire de nouvelles ; je n'étois ni dans l'un, ni dans

l'autre

l'autre cas ; je répondis *que j'étois trop vieux pour apprendre à marcher sous la protection d'un sauf-conduit.*

La lettre de M. *Palun* contenoit aussi les raisons les plus fortes pour déterminer ma fille à se rendre incessamment à *Avignon, afin d'éviter,* dit-il dans une seconde lettre, *sa traduction forcée & ignominieuse par un huissier & autres satellites, traduction capable* (ce sont les termes de sa lettre) *de produire sur elle, une révolution dangereuse tant pour elle-même, que pour l'enfant qu'elle portoit dans son sein.* Il insistoit d'autant plus sur son avis, qu'il pensoit que le gain du procès en *séparation,* étoit peut-être attaché à son prompt retour à Avignon.

Remarquez, Messieurs, qu'on ne s'abusoit pas dans cette ville, sur les effets que devoit produire sur une femme enceinte, l'exécution d'un décret aussi cruel que déshonorant, & accordé à la poursuite d'un mari ? . . . Comment les conseils de M. *de Roux* se justifieront-ils du dessein formel de procurer une révolution à cette malheureuse femme, lorsque son Avocat ne peut se justifier lui-même du conseil qu'il lui donne de se rendre volontairement à *Avignon,* qu'en lui représentant cette révolution, comme une suite nécessaire de sa traduction forcée & ignominieuse ? . . . Mais quand on réfléchira que cette révolution étoit nécessaire aussi, pour justifier les agens de son mari de la calomnie la plus atroce ! . . . . Quand on réfléchira que cette révolution, suivant l'opinion des conseils de son mari, suffisoit pour assurer la fortune de leur pupille ! . .

Je remis à ma fille la lettre de M. *Palun,* sans dire un mot, afin qu'elle se décidât elle-même sur ce qui la concernoit ; voici la réponse qu'elle y fit. Cette réponse fera peut-être sur vous, Messieurs, la même impression qu'elle fit sur moi ; j'avoue qu'elle m'arracha des larmes.

Lettre *de ma fille à* M. Palun, *du* 26 *Juin,* 1783.

J'attendrai tranquillement, Monsieur, la signification du décret que M. *de* Roux *a obtenu contre moi. Je serois sa complice, & je partagerois son crime, si je partois sans y être forcée, & qu'il m'arrivât au malheureux enfant que je porte dans mon sein. Je réponds à Dieu de cet enfant qu'il a bien voulu me donner. Il n'en est pas moins à moi, quoiqu'il soit le fils d'un homme dont j'ai tant à me plaindre. Je ne sacrifierai donc point l'existence de mon enfant à mon propre avantage ; & même quand je serois sûre de gagner, comme vous me l'écrivez, mon procès en me rendant à* Avignon, *& de le perdre en refusant de m'y rendre, je n'hésiterois pas un instant, dans la persuasion où je suis qu'un pareil voyage seroit nuisible à celui pour qui je sacrifierai toujours ma fortune & mes intérêts.*

M. de Roux *a raison ; ses torts ne sont pas encore à leur comble ; il lui manquoit de me faire ramener ignominieusement par un huis-*

I   *sier,*

fier, dans une ville où je fus si fêtée avant de le connoître. Exposer
une femme de mon âge, à la honte & aux risques d'un pareil voyage,
dans son septième mois de grossesse ! c'est une atrocité qui révoltera
tous ceux à qui elle sera racontée, sur-tout lorsqu'on saura que
l'homme dont j'avois fait la fortune, après m'avoir fait horriblement
souffrir pendant que j'ai vécu avec lui, a fini par vouloir faire
emprisonner mon père, sous prétexte qu'il étoit étranger & son débi-
biteur, quoiqu'il y eut une séparation provisoire qui suspendit tous
ses droits.

Je ne me repose donc pas seulement sur mes premiers motifs, pour
gagner ma cause, mais encore sur les procédés affreux de M. de
Roux, à qui j'aurois pu pardonner sa conduite envers moi, mais à
qui je ne pardonnerai jamais le procès criminel qu'il a intenté à mon
père. Je vous prie, Monsieur, d'aller vous-même communiquer ma
lettre à M. le Vice-Légat ; vous la donnerez ensuite à mon frère,
pour la communiquer aux personnes dans l'esprit desquelles il m'est
essentiel de me justifier ; si elle est sans effet aujourd'hui, j'en garde
la copie, elle pourra me servir dans la suite (*).   J'ai l'honneur
d'être, Monsieur, &c.

CASAUX DE ROUX.

P. S.   Le Commis du bureau de la poste est sans doute un fort
honnête homme, mais je dois vous dire, Monsieur, que la lettre que
vous m'avez écrite le 10 Juin, ne m'est arrivée qu'après une
lettre de mon frère datée du 18 du même mois ; il est vrai que la
lettre de mon frère étoit chargée sur la feuille de la poste, & que
la vôtre ne l'étoit pas ; mais comme c'est la quatrième fois, depuis
quinze jours, que je m'apperçois de cette inexactitude, je vous prie
de ne jamais manquer à faire charger vos lettres ; j'en ferai autant
de mon côté. Vous ferez aussi attention à la date, les lettres ne peuvent être au-delà de cinq jours en route.

Je ne ferai encore aucune réflexion sur cette lettre ; d'ailleurs
en a-t-elle besoin ?   Je ne le crois pas ; & je suppose que dans
le danger affreux où vous voyez l'infortunée qui fut capable de
sentir si profondément, & de s'exprimer avec tant de noblesse
& d'intérêt sur sa situation, vous attendez avec la plus vive
impatience,

(*). Oui, ma fille ; ton corps sera détruit alors ! mais elle
fera connoître ton ame, qui subsistera toujours ; elle prouvera
quelle mère, quelle fille tu étois ; quelle femme, par conséquent, tu aurois été, avec tout autre que cet être prodigieux
qui te punit si cruellement de l'avoir cru digne de toi.

impatience, la réponſe aux lettres que j'avois écrites, & prié qu'on écrivît, dans les premiers jours de Juin, pour donner une juſte idée de cette affaire, aux perſonnes qui pouvoient s'y intéreſſer avec ſuccès ; mais vous n'avez point oublié avec quelle répugnance j'avois écrit ; je commencerai par juſtifier cette répugnance.

Le troiſième volume d'outrages de l'ami dont j'ai parlé page 56, contenoit un article qui mérite d'être particulièrement remarqué. Il étoit allé, diſoit-il, chez une perſonne de ma connoiſſance ; il y avoit dîné avec trois de mes amis ; on y avoit traité mon affaire à fond ; chacun refuſoit d'ouvrir un avis ſur ce que j'avois à faire ; il s'en étoit enfin chargé, & avoit dit, *que je n'avois pas d'autre parti à prendre que de rame-*
ner ma fille à Avignon, *& de donner à M. de* Roux *tout ce qu'il demandoit.* Auſſi-tôt qu'il eût parlé, mes trois autres amis dirent qu'il avoit raiſon, & il ſe chargea de m'apprendre leur ſentiment & le ſien. Il ajoutoit *qu'il ne ſe poſſédoit pas de colère de me voir héſiter.*

Cette étrange lettre ne fut pas ſans utilité ; elle me prépara aux réponſes que je recevrois de ceux dont j'allois réclamer le ſecours ; voici la ſubſtance de ces réponſes, je la rends dans leurs propres expreſſions.

L'un diſoit *qu'il étoit bien fâché de n'être pas en relation avec les perſonnes qui pouvoient avoir quelque influence dans mon affaire.*

L'autre écrivoit *qu'il ne devoit pas confier au papier, les rai-*
ſons qui le mettoient dans l'impoſſibilité d'écrire, de parler, encore moins d'agir pour moi.

Un troiſième m'aſſuroit *que je ne devois pas me flatter que le Miniſ-*
tre voulût enfreindre pour moi le droit de pareatis reſpectif, qui me livroit en France, *à l'exécution de tout décret* Avignonois *lancé con-*
tre moi & contre ma fille ; que d'ailleurs je n'étois plus Fran-*
çois, puiſque la Grenade *étoit cédée à l'Angleterre ; & que M.*
le V. de G. *avoit donné dans les bureaux des Miniſtres, contre moi perſonnellement, des impreſſions qui avoient fait du chemin, & qu'on avoit de la peine à combattre.*

Un quatrième mandoit, *que l'affaire étoit ſi extraordinaire,*
& qu'on parloit de circonſtances ſi ſingulières, qu'il n'oſoit s'expoſer ſeul, contre tous les propos & les mémoires dont on lui avoit parlé.

Un cinquième & un ſixième diſoient *qu'ils ne pouvoient parler pour moi, ſans ſe compromettre.*

Un ſeptième, un huitième m'écrivoient *de ne pas perdre une minute pour fléchir mon gendre.* Fléchir, oui, Meſſieurs, fléchir.

I 2　　　　　　　　　Un

Un neuvième, après avoir gémi sur mes torts, m'offroit les protections dont il pouvoit disposer, pourvu que je renvoyasse bien vite ma fille à Avignon, & que je donnasse à M. de Roux l'argent que je lui devois, & dont il avoit besoin pour arranger ses affaires.

Un dixième, un onzième m'écrivoient affirmativement que toutes les loix étoient contre moi, à Paris comme à Rome.

On ne soupçonnera personne d'avoir eu dessein de voler une femme innocente, pour enrichir son coupable mari ; il est donc évident pour moi, maintenant mais trop tard, que toutes ces loix qu'on prétendoit être contre ma fille & contre moi, à Paris comme à Rome, étoient celles qui dans tous les pays ont été faites contre les adultères & les suppositions d'enfant : on croyoit ma fille coupable de l'un, moi tout prêt à être convaincu de l'autre, & l'on me conseilloit amicalement de fléchir mon gendre, & de ne pas m'exposer à la rigueur des loix qu'il invoquoit. Lorsque j'ai parlé, dans mon Introduction, de cette chaîne d'abominations, si artificieusement tendue depuis Paris jusqu'à Rome, à laquelle il étoit impossible que ma fille échappât, on avoit cru sans doute que j'exagérois.

M. le Baron de Clairfontaine a vu la plus grande partie de ces lettres ; il est peu d'exemple d'une proscription aussi complette. Je reconnus mon néant, & j'en fais ici l'aveu public, afin qu'on ne m'accuse pas de dérober à M. de Roux quelque partie de la gloire qui lui est due. J'écrivis à quelques-uns de ceux qui avoient eu la bonté de me répondre (car tous ceux à qui j'avois écrit, ne l'avoient pas eue cette bonté-là) ; j'écrivis, dis-je, que j'étois vraiment fâché d'être obligé de prendre le public pour juge entre mon gendre & moi, mais que je saurois me soumettre à cette dure nécessité. J'écrivis à Rome avec plus de fierté, à celui qui m'avoit pressé de travailler à fléchir mon gendre, je lui mandai que je l'écraserois ; jamais, depuis Adam, trait d'orgueil n'a été puni avec plus de sévérité. Cependant l'alternative existoit ; il falloit que je restasse dans l'avilissement, ou y plonger.. : qui ? & jusques-là, que d'injustices à supporter ! Mais comment sortir de cet avilissement ? car observez, Messieurs, qu'il est peu de circonstances aussi étranges, que celle d'être irréprochables & complettement déshonorés, sans avoir la moindre idée des motifs sur lesquels on avoit pu fonder une diffamation aussi absolue. Heureusement j'avois assez vécu, assez réfléchi, pour savoir que dans la supposition même d'une culpabilité réelle, un homme est toujours mieux justifié par une exposition naïve des passions qui l'ont entraîné, ou des sophismes qui l'ont séduit, que par aucun prétexte dont il

est

eſt toujours facile de découvrir la fauſſeté. Ce principe pouvoit encore moins m'égarer dans le cas de l'innocence, même
au milieu de l'obſcurité où j'étois; & je ne doutai point qu'une
expoſition exacte & détaillée *de ma conduite dans toutes les circonſtances relatives à mes affaires avec* M. de Roux, ne répondît à
toutes ſes allégations, parce qu'il étoit impoſſible qu'il ne ſe fût
ſervi, pour les prouver, de quelques faits réels dans leſquels il ſe
trouveroit enlacé, par le faux narré qu'il en auroit fait lui-même,
& dont il me ſeroit facile de le convaincre par une citation
publique, qui n'admettroit aucune évaſion ; cette meſure étoit
terrible, mais infaillible, & juſtifiée par la néceſſité.

Il fut aſſez ſingulier, que je conçuſſe encore l'eſpoir d'é-
chapper à cette néceſſité, lorſque je reçus une lettre de mon fils
qui m'apprenoit que M. *de Roux*, & Mde. la Marquiſe *de Roux*
ſa mère, avoient daigné inſtruire le Public d'*Avignon*, que le
Miniſtre faiſant droit ſur leurs mémoires, leur avoit promis
toute ſa protection dans une affaire aſſez criante, pour avoir
attiré l'animadverſion de la juſtice ſur les deux coupables dont
ils s'étoient plaints. Effectivement à l'aſpect de deux décrets,
l'un confirmé par l'autre, comment révoquer en doute les imputations atroces dont un jugement ſuppoſe toujours la preuve ?
M. *de Roux* avoit réellement en ſa faveur le mot ſublime de
Rouſſeau ſur la divinité de Jeſus Chriſt : les deux héros de M.
de Roux, c'eſt-à-dire ſon beau-père & ſa femme, auſſi coupables, auſſi vils qu'il les avoit dépeints, paroiſſoient beaucoup
moins monſtrueux qu'un gendre inventeur des infamies dont il
accuſoit ſa femme & ſon beau-père ; ils paroiſſoient plus faciles
à ſuppoſer que deux juges capables de les condamner & de les
diffamer ſur la ſimple réquiſition d'un pareil gendre & d'un pareil
mari : mais dira-t-on, M. *de Roux* ne partageoit-il pas l'ignominie
dont il les couvroit ? n'étoit-ce pas de la part de M. *de Roux*, le
comble de la baſſeſſe, que d'entreprendre d'intéreſſer par de
ſemblables moyens ? Sans doute ; mais c'étoit une raiſon de
plus, pour ne pas douter des faits les plus graves ; & le tort
conſidérable que M. *de Roux* prétendoit en recevoir, ſembloit
d'ailleurs diminuer l'infamie à laquelle il ſe dévouoit : ajoutez
que l'honnête précaution qu'il avoit priſe d'accuſer *ſecrettement*
auprès du Miniſtre à *Paris*, de demander que l'inſtruction du
procès fût *ſecrette* à *Avignon*, & d'y obtenir le jugement diffamatoire dans le plus grand *ſecret* auſſi ; lui donnoit un air de
modération juſques dans les excès auxquels il ſe livroit. *Toutes
mes meſures ſont ſecrettes,* diſoit ſans doute M. *de Roux, & mon
beau-père n'en ſera même inſtruit qu'au moment où l'Huiſſier exécutera ſa commiſſion contre lui & contre ſa fille, dans la province où*
ils

ils se croyent en sureté. Il étoit visible que le Ministre, en laissant opprimer l'innocence, croiroit contribuer à la punition du crime, & protéger du moins les intérêts d'un malheureux dont il n'étoit plus possible de sauver l'honneur ; il ne s'agissoit donc que d'éclairer le Ministre qu'on avoit abusé.

La lettre que ma fille avoit écrité à son Avocat (voyez page 65) m'avoit paru si touchante, & dictée par des sentimens si vrais, si profonds, si héroïques ! Enfin, Messieurs, je l'ai déjà dit, & je le répète, elle avoit fait sur moi une de ces impressions qui semblent répondre du même effet sur-tout autre : je la portai à mes bons parens, qui en furent aussi attendris que moi ; & comme moi ils furent d'avis que ma fille en envoyât une copie à M. le Comte *de Vergennes*, & qu'elle le suppliât d'examiner lui-même, les raisons du refus qu'elle faisoit de se rendre à *Avignon*, dans la circonstance où elle étoit. Quelle folie de prétendre balancer par une lettre, des décrets prononcés par deux Juges ! cependant ma fille écrivit à M. le Comte *de Vergennes* la lettre suivante.

LETTRE *de ma fille à* M. *le Comte de* VERGENNES.

MONSIEUR,

Je sais qu'on m'a noircie dans votre esprit ; j'ignore sur quels points ; j'ose vous assurer qu'il me seroit aisé de me justifier ; je n'ai aucun reproche à me faire. M. de Roux se vante de la protection que vous avez promise à Madame sa mère, & s'enyvre des effets qui doivent en résulter contre moi ; je suis tranquille, vous êtes juste.

Il n'est point vrai que je me sois soustraite à la jurisdiction d'Avignon, puisque j'y poursuis contre mon mari, une séparation de corps & de biens, qui a déjà été provisoirement ordonnée, & que par une contradiction presque incroyable, les mêmes Tribunaux qui ont supposé cette prétendue soustraction de ma part, ont admis les Avocats chargés de ma procuration, à la preuve des faits sur lesquels j'ai fondé cette demande ; j'ai suivi mon père, entre les mains de qui j'ai été sequestrée jusqu'à la décision du procès ; ce procès pouvoit être si-tôt jugé, si M. de ROUX l'eût voulu ! Les faits allégués dans la plainte que j'ai portée il y a près de quatre mois, étoient vrais ou faux ; s'ils étoient faux, ma demande étoit rejettée ; s'ils étoient vrais, il falloit de plus qu'ils fussent suffisans pour opérer une séparation. Je conviens que s'ils sont vrais & suffisans, ma dot échappe à M. de ROUX ; je ne vois que ce mot à l'énigme de sa conduite, sans cela incompréhensible ; Il sait bien que les faits sont

vrais

vrais & suffisans ; & dans l'impossibilité d'objecter de ma part aucun trait qui puisse les justifier, encore moins les authoriser, son premier plan a été de les excuser du moins par des propos qu'il a recueillis depuis la scène qui a occasionné la demande en séparation ; je prouverai que les propos graves qu'il me prête, sont absolument faux, & que les autres sont ridiculement exagérés ou indignement commentés. D'ailleurs, si M. de Roux n'a été instruit de ces propos qu'après la scène, comment des propos qu'il ignoroit pouvoient-ils le justifier ? & s'il prouve qu'il a été instruit de ces propos avant la scène, qu'ils faisoient tort à ma réputation, qu'il les a soufferts sans faire éclatter son indignation contre ceux qui l'estimoient assez peu pour les lui rapporter, & que sans oser m'en faire des reproches qui m'auroient donné les moyens de confondre la calomnie, ils n'en ont pas moins été la cause secrette des procédés dont il s'est rendu coupable à mon égard, craindrai-je qu'on me remette à la discrétion d'un homme capable de dissimuler une prétendue injure sans oser la vérifier, & qui se venge cependant, comme s'il l'eût vérifiée ?

Le second plan de M. de Roux lui réussira-t-il mieux ? Après avoir mis mon père, mon unique appui, dans la nécessité de sortir d'Avignon, & dans l'impossibilité d'y retourner avec honneur, il veut me traduire ignominieusement dans cette ville, où il lui est si aisé d'accabler une malheureuse étrangère, d'humiliations, de dégoûts, & j'ose dire d'injustices.

Daignez lire, Monsieur, ce que je viens d'écrire à mon Avocat d'Avignon ; je ne songeois certainement pas à vous en faire part lorsque je l'écrivois ; mon père l'a cru capable de faire quelque impression sur l'auteur d'une lettre à laquelle une mère Angloise a dû la vie de son fils ; je vous devrois l'honneur de mon père ; peut-être même la vie de mon enfant est-elle attachée à la grace que je sollicite.

Je ne demande autre chose après six mois de tribulations de toute espèce, que la liberté de respirer chez de respectables parentes dont l'amitié me console, & d'y attendre en paix, ou bien un jugement définitif de Rome, qui décidera si je dois habiter avec le diffamateur de mon père, ou bien du moins, la confirmation du décret d'Avignon, qui ordonne que je sois honteusement traduite dans la ville où mon père a été flétri à la poursuite de son gendre, pour y rester sequestrée dans la maison d'un Accoucheur.

Je suis avec respect, &c.

CASAUX DE ROUX.

Aiguillon, 29 Juin, 1783.

Si

Si ma fille eût dit un mot sur le choix affreux de cet Accoucheur, ce mot eût été une accusation indirecte & bien sévère contre son mari ; elle ne le dit pas. Observez aussi qu'en parlant des torts que son mari lui reproche, elle ne se justifie que de propos, qu'elle dit être faux ou indignement commentés ; effectivement jusqu'alors nous n'avions entendu parler d'aucune autre espèce d'imputation ; ce ne fut qu'à *Rome* que nous apprîmes les accusations de faits, dont elle a été si cruellement justifiée ; mais dans le tems dont je parle, toutes les facultés de nos esprits, mises en action pendant quatre jours consécutifs, n'avoient pu entrevoir une accusation de cette espèce, au travers des expressions de Mde. la Comtesse *de Guiscard*, que j'ai déjà rapportées, *si vous pouvez, Madame, vous justifier sur un certain point, vous regagnerez beaucoup de partisans, &c.*,

Quel étoit ce point ?

Jamais femme accusée ne subit du Juge le plus sévère, un interrogatoire pareil à celui auquel j'eus l'injustice de soumettre ma fille. J'en dois convenir aujourd'hui pour la satisfaction de tous ceux qui séduits par les horribles calomnies qu'on avoit répandues contre elle, n'ont pas hésité à l'abandonner, quand ils pouvoient la secourir. Comment se seroient-ils garantis des impressions de tant d'infamies accumulées, lorsque moi, son père, sûr de son innocence puisque je l'avois toujours eue sous mes yeux, troublé cependant, hors de moi-même, à chaque insinuation qui me donnoit lieu de soupçonner quelque nouveau propos, (car jamais mon imagination n'a été au-delà,) je tombois malgré moi dans un état dont j'ai honte aujourd'hui ; *je tremble*, me disoit M. *de Clairfontaine, pour vous & pour votre fille, à chaque lettre que je vous vois ouvrir.* Oh ! mon enfant ! je n'ai jamais pensé qu'il fût impossible d'avoir tort avec les malheureux que le ciel soumit à nos caprices & à nos méprises, aussi souvent au moins qu'à notre raison ; j'ai tant de fois senti le contraire ! Pardonne, oh ! mon enfant, pardonne à ton père toutes les injustices qu'il t'a faites ; tu ne les connois pas toutes, mais tu les as toutes soupçonnées ; & il ne te manqua souvent, pour n'en pas douter, que la possibilité de le supposer trop injuste ; il ne peut s'abuser sur ce point, jamais tu ne pensas rien en sa présence, jamais tu ne fus sur le point de rien penser, qu'il ne t'eut déjà pénétrée ; & souvent il avoit déjà rougi ; ses injustices à ton égard, comme tes fautes

tes

tes envers lui, ne pouvoient être que les erreurs d'un moment;
plus à plaindre que toi, plus réservé parce qu'il étoit ton père,
jamais il ne t'apprit ta juftification dans fon efprit, que par
fon filence & la férénité de fes regards; plus heureufe que lui,
lorfque tu avois eu quelque reproche à te faire, tu t'abandon-
nois à ton cœur, & des preuves qu'il favoit bien apprécier,
d'un fentiment que tu ne fus jamais exprimer par des paroles,
le faifoient bientôt héfiter s'il defireroit que tu n'euffes pas
été coupable.

　　Le courier d'après celui qui avoit porté à ma fille la lettre de
Mde. *de Guifcard*, m'en porta une de mon fils, qui me parut
jetter quelque lumière dans cette obfcurité; elle m'apprenoit
un trait d'une abomination unique. Je connois affez bien
ma langue, pour me flatter de rendre avec décence tout ce
qu'il eft poffible d'imaginer fans horreur; j'avoue cependant,
Meffieurs, que les expreffions me manquent pour vous faire
comprendre la teneur d'une lettre qu'on prétendoit adreffée à
ma fille, & qui annonçoit la correfpondance la plus fcandaleufe & la plus dégoûtante. Je n'héfitai plus à croire que
c'étoit de cette abomination, que Mde. *de Guifcard* defiroit fi
ardemment que ma fille pût fe juftifier : la lettre de mon fils
annonçoit dans fon total, un homme prêt à fuccomber fous le
faix; je lui écrivis celle qu'on va lire, elle prouvera que je n'ai
rien négligé pour être inftruit.

　　*Tu as dit à M. de Roux, que tu abandonnerois ta fœur s'il avoit
quelque reproche à lui faire fur le chapitre de l'honneur; j'ai prié
plufieurs fois M. le Dataire de lui faire les mêmes affurances de ma
part, je ne me rétracte point. Mais quand il s'agit de nous décider
fur un point auffi férieux, que celui d'abandonner ma fille, & ta
fœur, à la vengeance de fon mari, il faut qu'on nous prouve qu'elle
eft dans le cas de fubir une vengeance. Quant à la lettre dont tu
me parles, perfonne ne pourra t'accufer d'indifcrétion, quand tu
fcruteras minutieufement, un point qui touche auffi effentiellement
une femme qui t'appartient d'auffi près; & rien de fi aifé que de
l'approfondir. Voici ta marche : Qui t'a raconté cette infamie? qui
l'a dit à celui-là? de qui cet autre le tient-il? En remontant ainfi
de fource en fource, tu peux hardiment regarder comme l'inventeur
de la calomnie, le premier qui refufera de nommer fon auteur. On
prétend que la lettre eft adreffée à ta fœur : foit; il n'étoit pas difficile de lui faire adreffer une lettre infâme pour en tirer le parti
qu'on en tire. Les gens à qui nous avons à faire font capables de
tout; mais il n'y a que les propres lettres de ta fœur, qui puiffent
la déshonorer : on en a certainement intercepté plus d'une, pourquoi n'en parle-t-on pas? parce qu'elles la juftiferoient pleinement*

　　　　　　　　　　　K　　　　　　　　　　　　*de*

de l'imputation infernale dont tu me parles. N'hésite pas à communiquer ma lettre à Mde. de Guiscard : je ne doute point que ce ne soit à ce que tu m'as écrit, que se rapporte ce qu'elle a écrit à ta sœur ; nous n'y comprenions rien avant d'avoir reçu ta lettre, si ce n'est l'intérêt qu'elle a toujours la générosité de prendre aux malheureux.

Ta lettre est d'un homme qui ne doute point que les conseils qui me viennent d'Avignon, soient les seuls que je doive suivre ; c'est un point dont il seroit pardonnable de douter dans tout état de cause, & bien plus pardonnable dans l'état actuel de celle que j'ai à défendre.

Quand le bon sens ne me dicteroit pas qu'il est ridicule, injuste, inhumain, d'exiger que ta sœur, entrant dans son septième mois, aille dans un pays où l'on ne lui prépare que des horreurs si l'on peut, & des tribulations, des humiliations de toute espèce qu'il sera si aisé de lui procurer, je dirois, ces gens-là, ennemis & détracteurs de ma fille, desirent qu'elle y vienne ; ils ont à coup sûr des raisons secrettes, odieuses ; elle ne doit pas y aller.

Quand le bon sens ne me diroit pas, qu'il seroit honteux, déshonorant pour moi, d'aller à Avignon sous la protection d'un sauf-conduit ; je dirois, mon prétendu Juge, transformé tout d'un coup en Avocat de M. de Roux, a insinué à mon Avocat, que je n'avois qu'à demander un sauf-conduit pour l'obtenir ; donc je ne dois pas me servir du sauf-conduit que j'ai reçu. Si M. de Chaylus te dit qu'en ma place il s'en seroit servi, j'aurai eu tort.

Laisse M. & Mde. de Roux, se vanter de la protection qu'ils prétendent qu'on leur a promise ; on ne les protégera plus quand ils seront connus, & sois sûr que je les ferai connoître.

Sois tranquille ; j'ai écrit par-tout où il étoit nécessaire, j'ai fait écrire par-tout où il étoit nécessaire, & les lettres que j'ai reçues me répondent de celles que je dois recevoir.

Suspendez votre jugement, Messieurs, sur ces trois dernières lignes.

Vous avez vu, page 66, que ma fille avoit chargé son Avocat, de remettre sa lettre à mon fils, pour la communiquer aux personnes qu'elle vouloit instruire des raisons qui l'empêchoient de se rendre à *Avignon* ; mais j'avois été si laconique dans celle que j'avois écrite aussi à M. *Palun*, sur mon refus de profiter du sauf-conduit, & mon fils me paroissoit avoir tant de besoin d'être soutenu contre d'aussi rudes assauts, que je crus devoir écrire à M. le Marquis *de Chaylus*, la lettre suivante.

Je vous avoue, Monsieur, que je suis vraiment affligé que mon fils s'affecte aussi vivement, de choses auxquelles il avoit tant de raisons de s'attendre. Pour moi, je ne vois plus dans la conduite de

nos

nos ennemis, que l'excès de l'inconséquence joint à celui de la méchanceté : car enfin il semble qu'ils ne soint occupés que de la crainte
de n'avoir pas fait assez pour anéantir tout espoir d'accommodement, de n'avoir pas accumulé assez de moyens de séparation éter-
nelle, puisqu'après avoir épuisé tous les petits comptes absurdes, qui,
fussent-ils vrais, ne prouvent rien contre le fond de l'affaire, ils se
déterminent enfin courageusement à répandre de bonnes calomnies
bien atroces ; il est vrai qu'en les disant comme à l'oreille, & les
faisant circuler de la même manière, ils espèrent échapper à la conviction, & qu'ils ne s'en flattent pas moins de réussir à nous enlever
par ces atrocités, les seuls amis qui nous restent, & que ces nouveaux
excès ne feront qu'attacher plus fortement à nous ; car certainement
ni vous, Monsieur, ni aucun de ceux qui vous approchent, famille &
amis dignes de l'être, ne serez jamais la dupe de ces infamies ; mais
tout le monde n'a pas votre honnêteté & votre discernement, & il
faut l'un & l'autre pour être à l'abri de la séduction ; cependant,
comment & contre qui diriger sa défense, quand il est impossible de
prouver par qui & sur quoi l'on est attaqué ? Je vois bien d'où
part le coup de poignard, mais il falloit surprendre & saisir la main
qui l'a porté.

Je ne vous dirai point, Monsieur, que je ne sens pas jusqu'au
fond de mon ame, toute l'horreur & la bassesse des moyens qu'on
emploie pour démontrer que M. de Roux est en droit, ou de casser
les bras de sa femme, ou du moins d'avoir son argent, pour le dédommager de la perte d'un passe-tems aussi digne de lui ; mais je vous
assure, Monsieur, que si je suis très indigné, je n'en suis pas moins
tranquille sur les décrets que M. de Roux a déjà obtenus, & sur
tous ceux d'une espèce encore plus odieuse qu'on ne manquera pas de
lui faire tout aussi peu attendre, que si j'étois le scélérat le plus
avéré.

Mais, dira-t-on, venez vous défendre vous-même, cela pro-
duira le meilleur effet sur le Public & sur vos Juges.

Permettez ; ce public dont il faut capter la bienveuillance, est-
ce celui qui m'a témoigné une si haute estime avant que je connusse
M. de Roux, & qui m'a si complètement, si indécemment abandonné, à la minute précise, où j'ai voulu défendre ma fille contre la
violence & la cupidité de leur concitoyen ? Eh, laissons là ce public,
je lui ai rendu justice aussi-tôt qu'il a cessé de me la rendre.

Mais, il est un autre Public, dont l'opinion est toujours précieuse.

Permettez encore ; cet autre Public sait-il que M. de Roux est
mon gendre, qu'il a manœuvré pour me faire arrêter si je restois
à Avignon ? sait-il qu'il m'a fait un procès criminel parce que
j'en suis sorti ? sait-il qu'il s'est muni d'un décret pour me faire arrê-

ter

ter *si j'y reviens ? sait-il qu'il a sollicité & obtenu un décret pour me faire emprisonner si je n'y reviens pas ? Oui sans doute, il sait toutes ces choses ; je ne crains donc pas son jugement.*

Mais vos Juges.

Desquels parlez-vous ? de ceux qui ont décerné sans preuves, la flétrissure de l'emprisonnement contre un beau-père, sur la dénonciation & sur les charges de son gendre ? Que Dieu les éclaire !

Mais vous ne serez pas emprisonné, vous avez un sauf-conduit que vous devez à l'indulgence la plus signalée.

De l'indulgence ! L'honneur la repousse : c'étoit la justice que je demandois ; on me l'a refusée à Avignon, je l'obtiendrai à Rome.

Mais en attendant, on exécutera le décret contre vous.

Soit. J'arriverai donc à Avignon, pieds & poings liés ; je n'aurai pas de reproche à me faire, & ma prison sera le rendez-vous des plus honnêtes gens de la ville ; n'importe le nombre : ce ne sera pas la première compensation de cette espèce, que j'aurai éprouvée, & ce fut dans le cas d'une indignité pareille, dont le souvenir ne m'a jamais importuné.

Je suis, avec respect, &c.

DE CASAUX.

Les idées que je viens de présenter, étoient assez tristes : cependant je ne disois pas tout ; j'étois obligé de ménager mon fils : j'avois menti impudemment dans cette dernière partie de ma lettre, sur laquelle je vous ai prié de suspendre votre jugement ; car en disant exactement la vérité, j'avois espéré qu'il entendroit positivement le contraire : *les lettres que j'ai reçues,* lui avois-je écrit, *me répondent de celles que je dois recevoir ;* cela étoit vrai, & je n'ai pas été trompé ; mais je voulois qu'il me supposât de grandes espérances, & je n'en avois aucune. J'avois relu plusieurs fois les lettres dont j'ai parlé, page 67, il n'y en avoit pas une seule, qui à chaque lecture ne me donnât une nouvelle certitude de l'horreur de ma position, & pas une seule qui m'en fît soupçonner la justice : mais celle qui me représentoit *que j'étois Anglois maintenant, que je n'étois plus sujet du Roi,* me parut la plus terrible, parce que la conséquence étoit palpable ; je n'avois plus de droit à sa protection contre un de ses propres sujets, qui se disoit indignement trompé par moi, scélérat étranger, convaincu visiblement, puisque j'avois deux décrets contre moi. Comment opposer à une raison aussi forte, celle-ci, qui dans tout autre cas ne l'eût pas été moins, *je suis homme & honnête :* il étoit évident que la négative sur la dernière de ces qualités,

suffisamment

fuffifamment prouvée par les deux décrets, alloit me priver des droits attachés à l'autre : j'étois apprécié en *France*. 1º. fur les délations de M. *de Roux*. 2º. fur les décrets qu'il avoit obtenus contre moi ; & 3º. fur *les Mémoires que M. le V. de G. avoit eu l'art de répandre avec tant de fuccès dans les bureaux des Miniftres*, voyez page 67. Vous favez, Meffieurs, à quoi vous en tenir fur les deux premiers motifs de ma prof-cription ; je voudrois pouvoir vous fatisfaire fur le troifième, mais j'avoue que je n'ai pas même l'idée de ce qu'a pu dire contre moi, un homme que je ne connoîs point, & dont je n'avois pas encore entendu prononcer le nom, lorfque j'appris qu'il me décrioit auprès des Miniftres : je fais que j'avois été accufé d'apoftafie par deux fripons, qui n'avoient trouvé que ce moyen pour m'exclure d'un pofte dont j'avois obtenu l'agré-ment & qui m'eut obligé de dévoiler leurs manœuvres ; mais je croyois avoir été pleinement juftifié de cette baffeffe, par un acte de notoriété, figné par les plus notables habitans de la *Grenade*, & vifé par le Général & l'Intendant de cette ifle ; vous le trouverez fous le Nº. 3. Les preuves de mon inno-cence fur cet article, y font évidentes, & n'ont pas même befoin du degré de force qu'y ajoute, dans ce moment-ci, la déclaration que je fais en *Angleterre*, de mon attachement in-violé, comme inviolable, à la religion de mes pères. Qu'on me pardonne le peu de délicateffe qu'il y aura peut-être, à ajouter que les fervices dont on me fait honneur dans cet acte de notoriété, ne font pas les feuls que j'aie rendus à cette colonie, je lui en ai rendu de plus généraux : malgré l'état miférable de ma fanté, j'ai refté à *Paris* auffi long-tems que j'ai cru pouvoir lui être utile ; je n'en fuis parti qu'après que fa dernière affaire, la plus importante de toutes, a été réglée, (l'affaire des Repréfailles). J'attefte fur ces derniers fervi-ces, les écrits que j'ai faits & remis aux bureaux de la Marine & des Affaires Etrangères ; j'attefte la permiffion que j'ai de-mandée & obtenue en *France*, que *toutes les denrées de la* Grenade *puffent être exportées dans des vaiffeaux neutres, pendant toute la durée de la guerre* ; j'attefte l'acte du Parlement d'*Angleterre* donné en conféquence de cette permiffion, *acte qui prohiba à la marine* Angloife, *toute moleftation à l'égard des vaiffeaux neu-tres chargés des productions* Grenadines ; j'attefte auffi les deux Nations fi j'ai jamais recueilli d'autre fruit de tous ces fer-vices, que le plaifir de les avoir rendus. Ah, Meffieurs, je pouvois alors afpirer par-tout, à une vie douce, honnête, indépendante. . . je choifis *Avignon*. . . Projets des hommes !. . j'étois encore bien loin de les apprécier à leur jufte valeur,

même

même dans le moment où relifant les lettres accablantes qu'on m'avoit écrites, réfléchiffant fur ma vie entière & fur ma pofition, & comparant l'une avec l'autre, je confidérois que j'étois chaffé de ma retraite, par l'homme que j'avois appellé pour en partager les douceurs ; que cet homme m'accufoit de fraude, dans l'acte de ma vie où j'ai montré le plus de défintéreffement & d'imbécillité ; que des gens qui jufqu'alors auroient répondu de moi comme d'eux-mêmes, fur la connoiffance qu'ils avoient de mes principes & de mes mœurs, avoient tremblé pour moi à la fimple parole d'un délateur qu'ils ne connoiffoient point ; & qu'enfin les plus fâcheufes préventions fur beaucoup d'autres objets, étoient l'unique fruit que j'euffe retiré d'actions que j'avois eu la folie de regarder comme autant de titres à l'eftime générale, d'actions que je croirois encore pouvoir me rappeller avec complaifance, même au lit de la mort, fi dans ce terrible moment où tout eft réduit à fon prix, le peu de bien qu'on a fait, pouvoit raffurer à la vue du mal qu'on n'auroit pas dû faire.

Pendant que je m'occupois de la fingularité de ces préventions, de l'impoffibilité de les détruire, & du refus de protection qui en feroit probablement la fuite, ma fille relifoit auffi fes lettres, & celles que j'avois reçues ; elle y découvrit des préventions d'une efpèce encore plus odieufe ; elle obferva qu'il y avoit quelques-unes de ces lettres qui infinuoient, & d'autres qui difoient pofitivement, *que fi elle vouloit fe réconcilier avec fon mari, je ne pouvois pas m'y oppofer.* J'avoue que j'avois paffé fort légèrement fur la fuppofition ; comment imaginer en effet que M. *de Roux* eût articulé ou infinué, que j'avois fufcité, & que j'entretenois la méfintelligence qui règnoit entre lui & fa femme ? Il l'avoit articulé pofitivement, vous le verrez, Meffieurs : ma fille indignée voulut répondre elle-même à celles de ces lettres qui lui parurent les plus formelles ; voici deux de fes réponfes.

Lettre de ma Fille, à M. ZANOBETTI, *Avocat de la Cour d'Efpagne à Rome.*

En lifant la lettre que vous avez écrite à mon père, Monfieur, j'ai vu que vous n'étiez pas inftruit de mon affaire, puifque vous fuppofez poffible un accommodement entre fon diffamateur & moi. Si vous me croyez, comme vous le dites, capable de bien fentir les devoirs de femme & de mère, vous devez croire que je n'ai pas une moindre idée de ceux de fille ; ceux-ci ont été fentis les premiers,

ils

ils s'oublient plus difficilement. *Je suis donc déterminée à poursuivre la séparation de corps & de bien, que j'ai demandée & obtenue provisoirement. Si les loix sont faites pour secourir les malheureux, je dois être tranquille ; mais si la cabale & la qualité de national sont des moyens suffisans pour opprimer des étrangers, M. de Roux aura mon bien, mais jamais ma personne. Il a poursuivi criminellement mon père, il a diffamé l'auteur de mes jours, par des mémoires secrets dont il ne peut se justifier, puisqu'on ne les lui communique pas ; il a jetté du louche (*) sur ma conduite. Une femme peut pardonner beaucoup d'excès à son mari, pour l'amour de son enfant ; mais une femme ne mérite pas d'être mère si elle achète sa tranquillité par la perte de sa réputation, & de celle de son père. Oui, Monsieur, je cesserai plutôt de vivre que d'oublier la conduite de M. de Roux envers celui, qu'il devoit respecter comme son père, puisqu'il étoit le mien.*

Les Avocats que nous avons consultés à Avignon & à Agen, s'accordent tous à dire, que si mon père consentoit à payer quelque partie de ma dot à M. de Roux, je serois en droit d'y faire opposition, & que s'il payoit malgré mon opposition, & que je gagnasse mon procès, il seroit obligé de payer une seconde fois. Cette considération doit justifier dans votre esprit, un défaut de paiement qui vous avoit paru si criminel.

Soyez sûr, Monsieur, qu'avant mon départ d'Avignon, j'avois tenté tous les moyens possibles d'accommodement ; M. de Roux paroissoit s'y prêter pendant quelques jours, puis il refusoit tout à coup ce dont il étoit convenu. Mon père n'a fait, ni reçu aucune proposition sans avoir des témoins. Priez M.... de demander à M. le Marquis de Cambis, ce qu'il pense de la conduite du beau-père & du gendre, sur sa réponse vous serez en état de juger qui des deux a raison.

J'ai l'honneur d'être, &c.

CASAUX DE ROUX.

Aiguillon, 7 Juillet 1783.

(*) *Du louche !* Observez, Messieurs, que cette femme croyoit encore alors (7 Juillet,) que j'étois seul calomnié & diffamé ; elle ne se plaignoit que du louche répandu sur sa conduite ; elle ne croyoit être accusée que de propos commentés ou exagérés. (Voyez sa lettre à M. le Comte de Vergennes).

LETTRE *de ma Fille à M.* MONALDINI,
fon Procureur à Rome.

Votre lettre, Monfieur, ne m'a point ébranlée, elle n'a fait que m'étonner. Je vous croyois auffi parfaitement inftruit que moi-même, d'après les affurances de mon Avocat M. Palun : cependant vous parlez de réconciliation, & avec qui? avec un homme qui a déshonoré mon père. Non, Monfieur, je ne puis me prêter à aucune propofition ; il faut que mon père foit lavé par un jugement auffi public que celui qui l'a flétri, c'eft la feule chofe qui m'occupe maintenant. Je vois dans votre lettre que vous nous croyez de jeunes gens, parce que nous fommes de nouveaux mariés, & c'eft fans doute fur ma jeuneffe que vous fondez ma facilité à oublier des torts auffi graves ; détrompez-vous, Monfieur, j'ai vingt-cinq ans paffés ; M. de Roux de fon côté ne peut rejetter fes fautes fur l'inexpérience attachée à l'extrême jeuneffe, il a quarante ans ; vous voyez que nous fommes des gens très-faits, & que nous ne pouvons avoir de reffource que dans une féparation qu'on ne peut refufer à la femme d'un homme affez brutal pour la menacer de lui caffer les bras, fix femaines après fon mariage, en préfence de témoins, & quoiqu'elle fut enceinte, encore moins à une femme qui joint aujourd'hui à des motifs affez puiffans pour lui avoir fait obtenir, auffi-tôt fa demande, une féparation provifoire, le motif plus déterminant d'un procès criminel, fait à fon père.

Pefez tous ces faits, Monfieur, & je fuis fûre que vous vous bornerez à défendre mes droits, & à faire tous vos efforts, pour m'éviter le malheur affreux de retomber fous la puiffance d'un pareil homme.

N'oubliez pas les prières que nous vous avons faites, de retarder le jugement du procès criminel, jufqu'après mes couches. J'ai l'honneur d'être, &c.

CASAUX DE ROUX.

Aiguillon, 15 *Juillet.*

Je n'ai certainement rien infpiré ni dicté à ma fille de ce qu'on vient de lire, & je doute que tout autre qu'une femme, fille & mère en même tems, eût parlé avec autant de fens & d'énergie fur la différence des obligations attachées à ces trois états. Mais ces lettres, qui me juftifioient fur un point très-grave, ne me juftifioient que fur un point feulement, & feulement auprès de deux perfonnes ; & c'étoit dans l'efprit du public que j'avois à me laver d'une quantité d'imputations horribles, à moi inconnues, & qui cependant avoient produit tout l'effet que M. *de Roux* s'en étoit promis : je n'avois plus d'ami d'ami qui osât, par des effets, se reconnoître pour tel, pas un protecteur qui n'eût rougi de l'être, j'étois absolument abandonné à ma propre valeur ; je devois frémir si le foible manteau de mon innocence, à l'abri duquel seul il falloit essuyer tant de traits de toute espèce, laissoit à nud la moindre partie de ma triste humanité. Heureusement irréprochables sur tout, mon courage & celui de ma fille augmentoient à mesure que le tableau des faits dont je m'étois enfin déterminé à rendre compte, retraçoit journellement à nos yeux, une suite de procédés honnêtes & généreux de notre part, tandis que de la part de M. *de Roux*, il n'offroit qu'une chaîne de duplicités & de perfidies que le grand jour alloit bientôt éclairer.

M. *de Clairfontaine* me pressa long-tems, de remettre tous mes matériaux entre des mains qui sussent en tirer le plus grand parti ; je dédaignai le secours de l'éloquence, j'espérai tout de la simple exposition des faits, telle que je pouvois la donner moi-même. Je n'étois détourné de mon ouvrage que par le courant des affaires, qui m'y ramenoit toujours avec plus d'ardeur, parce qu'il m'en démontroit journellement la nécessité. Cette nécessité me parut encore plus pressante, après la nouvelle de l'arrivée du bref d'appel qui portoit mon affaire à *Rome* ; comment se dispenser d'y mettre dans la plus grande évidence, des faits sur lesquels je devois y être définitivement déshonoré ou blanchi ?

Ce bref d'appel étoit enfin arrivé le 26 Juin à *Avignon* ; mais par une fatalité attachée à toutes les lettres qui m'arrivoient de ce pays-là sans être *spécialement chargée sur la feuille de la poste*, celle de mon Avocat qui m'apprenoit l'arrivée du bref, ne me parvient que quinze jours après sa date. Je ne veux point juger, Messieurs, je veux vous raconter des faits.

Vous n'avez point oublié que ma fille dans sa lettre du 26 Juin à son Avocat, voyez page 65, s'étoit déjà plainte du retardement de nos lettres ; cette récidive à l'égard de celle qui nous eût rassuré dix jours plus tôt, contre toute entreprise de M. *de Roux*, à lui défendue par le bref, *sous peine d'attentat*, détermina ma fille à écrire à M. le Baron *d'Ogni* la lettre suivante.

LETTRE *de ma Fille, à M. le Baron* D'OGNI, *Intendant Général des Postes de* France.

Je crois, Monsieur, devoir vous avertir de plusieurs faits très-graves, arrivés au bureau de la poste d'Avignon ; mon père y a certainement eu trois lettres supprimées. Le retardement continuel

L *de*

de celles que j'écrivois, ou qui m'étoient écrites, me détermina à les faire charger (sur la feuille de la poste). J'ai observé que toutes celles qui ne l'étoient pas, arrivoient toujours deux & quelque fois trois couriers plus tard que les autres ; j'en écrivis une dernièrement à mon Avocat à ce sujet ; & voici ce qu'il m'a répondu : J'ai remarqué, Madame, qu'indépendemment du cachet-à-cire d'Espagne, il y avoit sur la partie d'en haut du côté de l'adresse, un morceau de pain-à-cacheter rouge, & derrière vers le bas, un morceau de pain-à-cacheter blanc ; j'ai vu sur ces deux morceaux de pain-à-cacheter des traces d'une bande de papier ; mais la bande de papier, si vous en aviez mise une, a été enlevée.

Je n'ai, certainement mis, Monsieur, que de la cire d'Espagne ; il est donc parfaitement évident que ma lettre a été décachetée, & que cette infidélité est bien punissable ; mais comment la prouver ? J'espère, Monsieur, que vous voudrez bien donner des ordres pour que l'exactitude soit rétablie dans ce bureau.

J'ai l'honneur d'être, &c.

CASAUX DE ROUX.

Il se peut faire que la lettre de ma fille n'ait pas été décachetée ; l'affirmative est aussi difficile à prouver que la négative ; mais voici une multitude de faits, aussi graves, & sur lesquels il ne peut y avoir d'équivoque.

Aussi-tôt que nous commençâmes à soupçonner un peu plus fortement le bureau d'*Avignon*, mon fils eut soin de faire charger ses lettres sur la feuille de la poste, & toutes m'arrivèrent quatre ou cinq jours après avoir été écrites ; les autres lettres que je recevois d'*Avignon*, n'étoient point *chargées*, & ne m'arrivoient que quatorze ou quinze jours après leurs dates. Je citerai M. le Baron *de Clairfontaine*, pour témoin de ce fait ; & je vais donner le certificat de la Directrice de la Poste d'*Aiguillon*, dont M. *de Clairfontaine* a envoyé copie à M. le Baron *d'Ogni* après notre départ pour *Rome*.

Certificat de la Directrice de la Poste d'Aiguillon.

Je certifie que toutes les lettres venant d'Avignon à l'adresse de M. le Marquis de Casaux, & qu'on n'avoit pas pris la précaution de charger, sont arrivées par le courier de Paris, & qu'au contraire celles qui étoient chargées, sont arrivées par le courier [direct] de Toulouse.

A Aiguillon 15 Août 1783.

Vous avouerez, Messieurs, qu'il est contre nature qu'un homme se donne sans raison, à chaque courier, l'embarras de choisir scrupuleusement entre deux lettres adressées dans le même endroit, à la même personne, mais dont l'une est *chargée* & l'autre ne l'est pas, celle qui est *chargée* pour l'envoyer par le chemin direct, qui n'est que de 59 postes, & de prendre toujours impitoyablement celle qui n'est pas *chargée*, pour l'envoyer à la même destination par une route indirecte de 180 postes. M. *Palun*, qui ne savoit que penser de l'avis de ma fille, m'écrivit le même jour deux lettres d'*Avignon* ; l'une fut chargée, l'autre ne le fut pas : *il n'avoit d'autre motif*, m'écrivoit-il , *que de vérifier la remarque de ma fille* ; je reçus la première, quatre jours après sa date, & dix jours après M. *de Clairfontaine* m'apporta lui-même d'*Aiguillon*, la seconde, qui arrivoit par le courier de *Paris* ; je la décachetai en sa présence, pour lui donner cette nouvelle preuve d'infidélité.

N'est-il pas fort étrange aussi, qu'une lettre par laquelle j'avois demandé une pièce, sur laquelle M. *de Roux* avoit besoin de croire que j'avois voulu lui en imposer, ne soit jamais parvenue à son adresse, & que M. *de Roux*, qui avoit écrit de son côté, n'ait pas manqué de recevoir & la réponse & la pièce que je demandois, mais (désagréablement pour lui) conforme à ce que j'avois dit ?

N'est-il pas fort étrange que la lettre que j'écrivois à ma sœur, vers le 15 d'Avril, (voyez page 35) pour lui faire part de mes chagrins, ne soit jamais parvenue à son adresse ; & fort cruel en même tems d'avoir été privé des services qu'elle auroit pu me rendre ?

N'est-il pas fort étrange que la lettre que j'écrivois le même jour (voyez aussi page 35) à Messieurs *Simond* & *Hankey* de *Londres*, lettre qui prouvoit clairement que j'étois *Anglois*, puisque j'assurois que je me rendrois le plus-tôt possible à *Londre*, pour y prêter le serment de fidélité ; n'est-il pas fort étrange, dis-je, que cette lettre ne soit jamais parvenue à son adresse ?

N'est-il pas fort étrange que MM. *Moteux* & *Luard*, mes Banquiers de *Londres*, m'ayant envoyé une lettre de crédit de 2,000 *l. st.* ou 45,000 *l.* tournois, sur *Rome*, cette lettre ne me soit jamais parvenue, & que la lettre d'avis contenant aussi la copie de celle qu'on m'écrivoit, partie par le même courier que la mienne, soit parvenue exactement au Banquier sur qui l'on me donnoit ce crédit ? Il est vrai que cette dernière infidélité ne m'a fait aucun tort, parce que M. *Barrazzi* étoit ce Banquier, qu'il m'avoit connu dans mon premier voyage à *Rome*, qu'il m'apporta sa lettre d'avis, lorsque

j'y

j'y fus arrivé, & qu'il voulut bien croire que j'étois l'homme à qui il devoit fournir les 2,000 l. fl. quoique la perte ou la souftraction de ma lettre de crédit, m'eût mis dans l'impoffibilité de le prouver ; mais fi ma lettre de crédit eût été fur tout autre Banquier, (je ne connoiffois que lui) j'étois à *Rome* fans argent, comme en *France* fans protection.

Réfléchiffez, Meffieurs, & voyez quel fuccès je pouvois me promettre de mon opiniâtreté à défendre ma fille contre tant de moyens avoués, tant d'autres qu'on n'avoueroit jamais, tant de hafards heureux. . . . Je devois en redouter de bien plus terribles que ceux de la perte & du retardement de mes lettres à la pofte ; l'audace & la fcélérateffe ont tant de droits à la fortune. Mais enfin, fi la nouvelle du bref arrivoit tard, elle étoit du moins arrivée. Peu de jours après je reçus auffi les confultations des Avocats de *Paris*, d'*Agen*, & de *Bordeaux*, fur ce départ d'*Avignon* qu'on avoit trouvé fi coupable, & fur ce procès criminel qu'on avoit trouvé fi légitime ; vous les trouverez ci-après, Meffieurs, fous le N°. 5, 6, & 7 & vous admirerez leur unanimité fur le droit que me donnoient, ou plutôt fur le devoir que m'impofoient mes qualités de fequeftre & de père, de fouftraire ma fille à tout ce qui pouvoit lui être préjudiciable, fur l'atrocité, la barbarie, l'extravagance des décrets que M. *de Roux* avoit follicités & obtenus, & fur les rifques qu'il y auroit eu à le payer avant la décifion du procès.

Si vous prenez auffi, Meffieurs, la peine de comparer ces trois confultations, avec la lettre que j'écrivois à mon Avocat le 12 Juin (page 60) vous verrez que les loix effentielles de tous les pays ne font autre chofe que la raifon écrite : la raifon feule m'avoit fourni les mêmes argumens que la connoiffance des loix avoit dictés aux Avocats que j'avois confultés, & qui n'avoient pu fe combiner dans leurs réponfes ; deux avoient délibéré à *Paris* le 7 Juillet, l'autre à *Bordeaux* le 8, & le troifième à *Agen* le 12. J'ajouterai que leur opinion ne différoit point de l'avis fommaire de mon Avocat d'*Avignon*, qui m'avoit écrit le 19 Mai, que je pouvois refter tranquillement où j'étois avec ma fille.

Mais il ne fera pas indifférent de prouver à quel point les mémoires de M. *de Roux*, & les calomnies répandues par lui & par fes agens avoient préoccupé & féduit tous les efprits : j'avois envoyé à deux de mes amis à *Paris*, la copie de cette lettre que j'avois écrite à mon Avocat le 12 Juin ; ils me répondirent qu'ils étoient confondus de la *déraifon* qui y règnoit, & qu'il n'y avoit perfonne qui ne penfât que je duffe me hâter de renvoyer ma fille à *Avignon*, & fur-tout de payer M. *de Roux* :

c'étoit

c'étoit le point central où la fuppofition de la groffeffe de ma
fille, antérieure à fon mariage, faifoit tout aboutir de *Paris* &
de *Rome* ; perfonne n'ofoit m'en parler, mais tout le monde
raifonnoit, & me confeilloit en conféquence ; on alloit même
jufqu'à m'écrire de *Rome*, que M. *de Roux* pouvoit me forcer
à lui donner une caution du paiement de la dot que j'avois
promife à ma fille. Or il n'eft qu'un moyen de forcer un
homme à donner une caution, c'eft de l'emprifonner jufqu'à
ce qu'il l'ait donnée. M. *de Roux* avoit donc, fuivant la lettre
dont je viens de parler, le droit de me faire mettre en prifon,
fi je ne lui donnois pas la caution qu'il demandoit : Pour
apprécier ce prétendu droit de M. *de Roux*, dont les lettres de *Rome* empêchoient de douter à *Paris*, il faut favoir
que la loi défend pofitivement à un gendre, la contrainte par
corps contre fon beau-père, que cette loi eft précife & fans
exception, qu'elle va même jufqu'à prévoir le cas où le beau-
père fe feroit foumis par une claufe expreffe, à cette contrainte
par corps ; elle déclare cette foumiffion nulle, & la claufe de
nul effet : le motif de la loi eft palpable, l'idée de l'emprifonnement d'un beau-père, révolte la nature. Comment
donc M. *de Roux*, qui n'auroit pas eu le droit de me faire
emprifonner pour le paiement d'une dot que je lui aurois
due, quand même je me ferois foumis à la contrainte par
corps au cas de non-paiement ; comment, dis-je, avoit-il le
droit de me faire emprifonner, fi je ne lui donnois pas une caution que je ne lui vois pas promife, fi je refufois de le tranquillifer fur le paiement d'une dot que je ne lui devois pas, &
qu'une féparation provifoire m'empêchoit de lui payer ?

Le bref d'appel qui défendoit à M. *de Roux* toute démarche
ultérieure *fous peine d'attentat*, apporta quelque modification
dans ces étranges idées, & je reçus enfin de *Paris* une lettre
confolante ; on m'écrivit qu'on commençoit à foupçonner
dans le public que j'étois un peu plus honnête homme que
mon gendre : mais ce commencement de réintégration dans
l'efprit du public, ne décidoit rien fur celui du Miniftre, relativement à une nouvelle crife dont ma fille étoit menacée ; il
y avoit près d'un mois qu'elle avoit écrit à M. le Comte *de
Vergennes*, il n'avoit pas répondu ; les deux circonftances dont
je vais parler, rendoient fon filence encore plus terrible.

1°. Il avoit été défendu à *Avignon* de rien imprimer fur nos
affaires : comment éclairer, je ne dis pas le Juge qui fermoit
opiniâtrement les yeux à la lumière, mais le public dont
l'indignation m'eût vengé des iniquités paffées, & eût prévenu
peut-être celle que je redoutois dans le procès en féparation ?

2°.

2º. Mon Avocat d'*Avignon*, qui dans ſes premières lettres après l'arrivée du bref d'appel, m'avoit écrit que je pouvois reſter tranquillement avec ma fille juſqu'après ſes couches, m'écrivoit depuis le 7 Juillet à chaque courier :

Que rien ne pouvoit me diſpenſer de partir pour Rome, *où M. de* Roux *preſſoit le jugement de l'appel avec la plus grande vivacité.*

Que le ſuccès du procès en ſéparation, dépendoit de celui de l'appel, c'eſt-à-dire de la caſſation de la procédure criminelle.

Que mon Procureur de Rome *lui avoit écrit, qu'il n'y avoit aucun délai à eſpérer de l'Auditeur de Sa Sainteté, qu'il falloit à ſon audience, être muni de toutes ſes pièces, & que mon affaire devoit ſe juger le 27 Août.*

Que ma préſence étoit indiſpenſable à Rome, *pour inſtruire mon Juge, & contrebalancer l'activité des agens de M. de Roux.*

Que ſi par les intrigues de M. de Roux, *& faute d'un clair expoſé de mon affaire, le jugement étoit rendu contre moi, ce ſeroit un contre-coup funeſte pour le procès en ſéparation.*

Que jamais des Procureurs à Rome, *qui ne connoiſſoient qu'imparfaitement notre langue, ne pourroient défendre auſſi bien ſur une procédure criminelle inſtruite en* François, *& dont on pouvoit affoiblir ou aggraver les expreſſions dans une traduction.*

Que d'ailleurs M. de Roux *redoubloit de vivacité pour que l'Official d'Avignon prononçât au plus tôt ſur la ſéparation proviſoire.*

Que lorſqu'il m'avoit dit dans ſes précédentes lettres, que je pourrois obtenir un délai de jugement pour trois ou quatre mois, il ne s'attendoit pas à l'activité avec laquelle M. de Roux *y pourſuivroit cette affaire, pendant qu'il preſſoit à* Avignon, *pour que celle de la ſéparation y fût inceſſamment jugée.*

Que depuis quelque tems il m'écrivoit à chaque courier pour me déterminer à partir, & qu'il ne ceſſeroit de le faire juſqu'à ce que je lui euſſe appris mon départ, ou ma détermination abſolue de ne partir qu'après les couches de ma fille ; & qu'alors ſi je ne m'étois pas rendu à toutes les raiſons qu'il m'avoit données, il n'auroit du moins aucun reproche à ſe faire, puiſqu'il m'avoit averti.

La néceſſité du voyage de *Rome* étoit-elle aſſez démontrée ? Oui, ſans doute ; mais pourquoi y conduire ma fille ?

Je pourrois vous répondre, Meſſieurs, que ſi j'étois arrivé ſeul à *Rome*, les meſures des agens de M. *de Roux* avoient été ſi bien priſes, les eſprits des perſonnes même qui m'y vouloient du bien, étoient ſi préoccupés, ſi abſorbés, pour ainſi dire, par l'impudence avec laquelle M. l'Avocat *Peru* renouvelloit conſtamment ſes calomnies, que perſonne n'y eût douté que ma fille étoit déjà accouchée chez ſa tante, & qu'elle y attendoit, comme l'Avocat *Peru* l'avoit dit, l'expiration du neuvième mois pour faire enfin paroître ſous le nom de M. *de Roux*, un
enfant

enfant qui n'étoit pas de lui ; qu'ainsi donc il étoit essentiel qu'elle se rendît à *Rome*, & qu'elle y accouchât à son terme, pour confondre le calomniateur. Cette réponse est décisive, à la vérité, pour démontrer la nécessité du voyage qui à coûté la vie à cette malheureuse femme ; mais elle ne seroit pas valable dans ma bouche, puisque je n'avois pas la moindre idée de l'étrange imputation, dont il falloit la justifier : il seroit également inutile d'alléguer une autre observation très-juste, & qui fait frémir ; savoir, que la révolution qui devoit infailliblement suivre sa traduction ignominieuse à *Avignon*, étoit d'ailleurs nécessaire, absolument nécessaire, pour justifier les agens de M. *de Roux*, en démontrant, contre la vérité, le fait qu'ils attestoient de cette grossesse antérieure au mariage ; fait essentiel, point capital, qui avoit procuré à M. *de Roux* tant de protections, & à ma fille ce refus général de s'intéresser pour elle ; que sans cette révolution la calomnie étoit palpable ; que sans cette révolution, les auteurs de cette affreuse calomnie étoient perdus à jamais ; que tout leur système étoit détruit, leur objet manqué ; qu'il falloit non-seulement une révolution, mais l'accident qui en seroit la suite, & qui passant pour une couche à terme, auroit deux avantages ; 1°. celui de laver les calomniateurs en prouvant l'antériorité de la grossesse qu'ils avoient si impudemment attestée ; 2°. celui de démontrer la nécessité de venger M. *de Roux, de mes turpitudes, de mes intentions frauduleuses, de mes perfidies, de l'enlèvement de son nom*, crimes dont il avoit déjà eu la sage précaution de m'accuser formellement dans sa *plainte* (vous le verrez bientôt) : & comment venger M. *de Roux* ? comment le dédommager sur-tout *de l'enlèvement de son nom, & du noir projet que j'avois formé dès avant le mariage*, (ce sont ses termes.) Comment le dédommager, dis-je, si ce n'est en lui adjugeant la succession d'un enfant qui *sans être de lui* (disoit son agent *Peru*) auroit cependant, graces *à mes moyens obliques & tortueux*, été, s'il eût vécu, authorisé à porter ce nom, que je n'avois pu *enlever*, que pour lui. Tout ce que je viens de dire, Messieurs, ne me justifieroit pas mieux d'avoir emmené ma fille avec moi, & ne prouve autre chose, si non, que cette malheureuse femme, à son insu & au mien, étoit par les manœuvres des agens de M. *de Roux*, réduite à ce dilemme affreux : *si elle va à* Rome, *la mort*, cela est trop prouvé ; *si elle reste à* Agen, *le déshonneur* ; *si on l'entraîne à* Avignon, *le déshonneur & la mort*.

Mais indépendamment de l'observation effrayante dont j'ai parlé avant le dilemme, & qui seule m'eût obligé, si j'avois été instruit de l'imputation de cette grossesse anticipée, à ne pas exposer ma fille à un malheur devenu l'unique ressource,

qui

qui pût laver ses détracteurs de leur plus grande atrocité, je crois, Messieurs, qu'il est évident qu'une traduction aussi ignominieuse, aussi barbare que celle que M. *de Roux* préparoit à sa femme, devoit nécessairement produire la plus affreuse révolution sur toute femme, en qui le sentiment de l'honneur ne seroit pas absolument éteint : il suffira donc de prouver que je ne pouvois raisonnablement conserver le moindre espoir d'empêcher cette traduction ignominieuse & barbare.

Vous n'avez point oublié, Messieurs, que j'avois donné ordre à mon fils de remonter de source en source, &c. Voyez page 73, il l'avoit fait, & avoit enfin trouvé Mde. la Marquise *de Roux* belle-mère ; il lui écrivit aussi-tôt, *qu'apprenant qu'il étoit tombé dans ses mains, une lettre dont l'adresse mal mise lui avoit permis de l'ouvrir, & que le style infâme de cette lettre pouvant conduire à la preuve de l'inconduite de sa sœur, il lui engageoit sa parole d'honneur, que l'authenticité de cette lettre & la réalité de la correspondance une fois prouvée, son père & lui abandonneroient à toute la vengeance d'un mari indignement trompé, la malheureuse qui par ses écarts avoit pu donner lieu à une lettre aussi scandaleuse.*

Mde. la Marquise *de Roux*, belle-mère, ne jugea pas à propos de répondre ; mais elle envoya M. *Castain*, Avocat de M. *de Roux*, dire à M. *Palun*, qui étoit le mien, *qu'elle n'avoit pas cette lettre, que par mégarde elle avoit été décachetée & lue par une femme de 80 ans (Mde. Bonne) à qui on l'avoit remise, comme si elle lui eût été adressée. M.* Castain ajouta *que cette femme de 80 ans lui avoit remis cette lettre, à lui* Castain, *& qu'il l'avoit donnée à M.* de Roux *son client.* Or vous savez, Messieurs, qu'après ce qui s'étoit passé entre M. *de Roux* & mon fils, il devoit être arrêté par cette réponse ; effectivement, lorsqu'il me fit part du fruit de ses recherches, il me pria de permettre qu'il sortît d'*Avignon*, où il périssoit, & ne pouvoit plus être d'aucune utilité.

Je ne doutai plus que cette lettre infâme ne fût déjà, comme pièce demonstrative de la justification des excès de M. *de Roux*, jointe à ses mémoires à *Paris* ; je cessai d'être étonné du silence du Ministre ; & je renonçai enfin à l'espoir ridicule que j'avois conservé jusqu'alors, d'empêcher l'exécution du décret qui devoit être prononcé sur la séparation ; décret que M. *de Roux* pressoit si vivement suivant les lettres de mon Avocat ; décret qui seroit infailliblement dicté par la même iniquité & la même indécence qui avoient présidé à celui du procès criminel ; décret auquel il ne manquoit que le prétexte de l'abandon que je ferois moi-même de la personne sequestrée dans

mes

mes mains, en allant fans elle à *Rome*; décret, pour tout dire en
peu de mots, qui alloit authorifer le vautour à s'emparer de
fa proie.

Mais comment foupçonner M. l'Official d'*Avignon* d'une
pareille horreur, mille fois plus révoltante que celle du procès criminel ? Ce n'eft pas vous, Meffieurs, qui me faites cette
queftion ; vous favez que l'évènement à juftifié mes idées, j'en
donnerai bientôt les détails ; je ne faifois donc que lire dans
un avenir certain, lorfque je voyois déjà ma fille environnée
des fatellites dont M. *Palun* m'avoit parlé, enlevée honteufement de fon afyle, arrachée à ces refpectables parentes dont
l'expérience & les foins lui étoient fi néceffaires dans fon état,
éloignée de fon père, tendant vers lui douloureufement les
bras, & lui reprochant ou pouvant lui reprocher de l'avoir
abandonnée, lui fon unique appui, le feul qui n'eût pas
craint de s'expofer à tout, de tout braver, pour adoucir du
moins & partager fon malheur, s'il n'avoit pu l'y fouftraire,
traînée à travers de toute la *France* pour fervir de rifée à la populace d'*Avignon*, remife enfin entre les mains de fon Tyran, de
fon diffamateur, du diffamateur de fon père. . . . Pouvois-je
héfiter, Meffieurs? & n'étois-je pas trop fondé lorfque j'écrivois au P. *Jaquier, expofés à toutes les indignités poffibles du côté*
d'Avignon, *deftitué de tout efpoir de protection en* France, *fans*
lumières du côté de Rome, *le parti que nous avions à prendre, ma*
fille & moi, n'étoit plus libre, & nous fuivîmes certainement les
règles de la prudence, en préférant les hafards d'un voyage à
Rome *fous la conduite de l'efpérance la plus raifonnable, au*
danger éminent d'être traînés à Avignon *par l'ignominie & le*
défefpoir.

Vous avez vu, Meffieurs, dans la même lettre les précautions que je pris pour faire ce voyage avec le moins de rifque
poffible pour une malheureufe femme enceinte réduite à fuir. .
dans fon huitième mois de groffeffe. . . A fuir ! Eh, ma fille,
que te fert-il de prendre des ailes pour échapper à ton deftin ?
C'eft fa main invifible qui va te conduire où elle doit te frap-
per. . . . & t'arrêter pour toujours. (*)

_____

" (*) Quò ibo ? quò à facie tua fugiam ? in cœlum ?
" tu illic es ; in infernum ? ades ; fi fumpfero pennas. . . . .
" manus tua deducet. . . tenebit dextera. . . firmiter. La
veille de mon départ pour *Rome*, je faifois admirer à M. *de Clair-*
fontaine la beauté de ce paffage, la majefté des idées, la force
de l'expreffion ; le lendemain j'étois en marche pour en éprouver la vérité.

M

EXPOSITION

De la conduite du Marquis DE CASAUX *dans toutes*
les circonstances relatives à ses affaires avec M. le
Marquis DE ROUX.

TROISIÈME LETTRE.

EXPOSITION *de la conduite de M.* DE CASAUX *depuis*
son arrivée à Rome, *le 16 Août* 1783.

PREMIÈRE PARTIE.

MANOEUVRES *de MM. les Avocats* PERU *&* CASTAIN, *&*
Examen de la première Plainte Criminelle de M. DE ROUX,
du 6 *Mai* 1783.

LORSQU'A la vue des étranges succès qui ont cou-
ronné toutes mes démarches, je succombe à la tentation de
les soumettre de nouveau à un jugement plus réfléchi peut-
être, que celui qui les à décidées, & qu'en juge plutôt sévère
que juste, je desire en quelque façon de me trouver coupable,
pour me consoler d'être aussi malheureux ; le croiriez-vous,
Messieurs ? Je suis obligé de convenir, après l'examen le
plus rigoureux des principes, des raisons, des motifs de toutes
mes actions, que si j'étois placé aujourd'hui dans les mêmes
circonstances, je ferois encore tout ce qui m'a conduit au
fond de l'abyme où vous me voyez ; cela est indubitable, je
le sens ; & voici pourquoi.

Vous

Vous favez, Meſſieurs, que tout homme qui s'eſt fait des principes, en a ſouvent beſoin pour n'être pas la dupe de ſa raiſon, qui paroîtroit le conduire, même lorſqu'il ſeroit commandé par quelque motif ſecret dont il n'oſeroit ſe douter. Quand eſt-ce donc que nous ſommes tranquilles ſur la meilleure, comme ſur la plus indifférente de nos actions, & bien ſurs que nous la ferions encore ſi l'occaſion s'en préſentoit? c'eſt lorſque nous voyons que nos principes nous y auroient infailliblement déterminés, ſans motif perſonnel qui nous y entraînât, & indépendamment de tout autre raiſon qui put nous ſéduire. J'examinerai, d'après cette vérité, les deux fautes que j'ai faites ; les deux fautes, car je défie qu'on puiſſe m'en reprocher davantage.

Première faute : *J'ai donné ma fille à M. de Roux.*

Seconde faute : *J'ai empêché ma fille de porter ſa plainte dès le jour même de l'excès qui en démontroit la néceſſité.*

J'examine les circonſtances de la première faute : je me vois depuis long-tems dans un état équivoque de ſanté, qui ramène ſans ceſſe mes idées ſur la ſituation de ma fille, ſi je mourois ſans l'avoir établie, ſans lui avoir aſſuré *un Protecteur* avant que la nature lui enlevât celui qu'elle lui avoit donné ; je me vois en proie à des douleurs affreuſes dont j'ignore la cauſe, entouré de manière à empêcher de parvenir juſqu'à moi, la moindre lumière ſur l'eſpèce de protection que je croyois ſi propre à remplacer la mienne ; trop perſuadé, malheureuſement, (voilà la ſource du mal) trop perſuadé de l'inutilité des grandes richeſſes ; également convaincu par mes propres yeux, que la fortune ſeule que je donnois à ma fille, ſuffiſoit pour la mettre, elle & ſon mari, de niveau avec les plus aiſés d'*Avignon* ; décidé à les faire jouir l'un & l'autre, de ma propre aiſance pendant que je vivrois ; annonçant de plus grands avantages dans un contrat qui devoit aſſurer la reverſion réciproque & ſi juſte des biens du frère & de la ſœur : plus la fortune de M. *de Roux*, me paroiſſoit ſuſpecte, plus forts ſeroient les liens qui l'attacheroient à une femme qu'il ne pouvoit ſoupçonner d'être conduite dans ſon choix, que par l'eſtime qui le dictoit, eſtime que l'intérêt perſonnel de M. *de Roux* l'engageoit à juſtifier ; car enfin qu'avoit-il à eſpérer s'il me trompoit dans le ſeul point qui m'affectât ? que ne pouvoit-il pas au contraire ſe promettre, s'il ne me trompoit pas ? Oui, Meſſieurs, dans les circonſtances dont je viens de parler, je ferois encore cette première faute, ſi un ange ne deſcendoit pas du ciel pour m'apprendre que l'extravagance, l'ingratitude, l'infamie & l'atrocité, ſe réuniroient

fix femaines après, pour détruire cet édifice de bonheur, &
écrafer fous fes ruines, l'infortunée à qui je le préparois.

Voyons fi mes principes, ma raifon, mes motifs, me ga-
rantiroient mieux aujourd'hui de ma feconde faute, *le délai
de la plainte en juftice.*

Menacé à 56 ans d'un procès en féparation, dont il n'étoit
pas probable que je viffe la fin ; epouvanté de l'état où ma
fille fe trouveroit après ma mort, fans guide au milieu des
pièges dont on l'environneroit, fans défenfeur contre les
attaques ouvertes, & plaidant contre fon mari dans un pays
où il avoit toute fa famille ; déterminé d'ailleurs à facrifier
le tiers du révenu de cette malheureufe femme, à un homme
qui déchu par fes excès, de tout droit à la moindre partie
de fa fortune, devoit fe trouver trop heureux de recevoir
des mains de la générofité, ce qu'il ne pouvoit raifonnablement
efpérer de celles de la juftice ; convaincu des avantages d'une
réconciliation auffi-tôt qu'elle ceffèroit d'être dangereufe ;
difpofé à tout faire pour y préparer les efprits, à ne rejetter
que les propofitions qui en interdiroient l'efpoir..... Oui,
Meffieurs, je différerois encore aujourd'hui une plainte, dont
le délai ne détruifoit aucun des faits qui la rendoient légitime,
& ne pouvoit que nous faire honneur fi l'aveuglement de M.
de Roux la rendoit enfin néceffaire : Oui, Meffieurs, je la
différerois encore cette plainte, à moins qu'un ange ne defcen-
dît du ciel pour m'apprendre que l'extravagance, l'ingratitude, l'infamie & l'atrocité profiteroient du délai pour fe
réunir, calomnier la vertu, féduire la protection, étouffer
la juftice, & creufer le tombeau où l'innocence à la fin enfe-
velie, n'y feroit pas même encore à l'abri de leurs perfécutions.

Toutes mes autres démarches furent dictées par la néceffité ;
car enfin, Meffieurs, quel eft l'homme inftruit des humiliations journalières que ma fille éprouvoit à *Avignon*, des indignités qu'on m'y préparoit, & dont elle ne pouvoit manquer
d'être la victime, de cet appareil effrayant de Maréchauffée
dont je parlerai bientôt, & dont l'inutilité dévoiloit le but
abominable ; quel eft l'homme, dis-je, inftruit de ces horreurs,
qui oferoit dire que ma qualité de père, encore plus que celle
de fequeftre, ne m'impofoit pas le devoir de procurer à ma
fille, les confolations néceffaires à fon état, & l'obligation
plus indifpenfable de la raffurer du moins contre la crainte
d'avoir le fein ouvert, dans le cas d'une révolution qu'elle
avoit tant à craindre, & dont il eût été fi difficile de la
garantir ?

Quel

Quel eft l'homme, l'homme honnête, l'homme fenfible, inftruit des décrets inconcevables, auffi-tôt obtenus que follicités par M. *de Roux*, qui ne frémira pas avec moi, en apprenant *que ce même M. de Roux, demande au même Juge, un autre décret qui l'authorifera à s'emparer de fa femme, dans un pays où il a fu par fes calomnies, lui enlever tout efpoir de protection ?* Les vœux de tout homme honnête, ne hâteront-ils pas fon départ ? le cœur de tout homme fenfible ne s'ouvrira-t-il pas à la joie, lorfqu'il faura que je fuis avec elle dans le chemin de *Rome ?* ne la fuivra-t-il pas, pour ainfi dire, en tremblant depuis la première pofte jufqu'à celle qui doit la mettre à couvert de toute efpèce d'entreprife, de la part d'un mari fi peu fcrupuleux fur les moyens de réuffir ? je ne refpirai auffi que lorfque ma fille n'eût plus rien à craindre à cet égard. L'honnête homme, l'homme fenfible eût donc partagé mes craintes, mes inquiétudes, mes defirs, mes projets ; il eût été mon complice, fi j'euffe réclamé fon fecours pour l'exécution..... qu'il courbe, ainfi que moi, fa tête, à la vue du fuccès.

C'eft une trifte confolation fans doute, mais c'en eft une, de fonger après un évènement funefte, qu'on n'a rien négligé pour fe garantir de tous les hafards qui pouvoient y conduire : j'avois porté la précaution à cet égard, jufqu'à préférer la route affreufe de l'*Auvergne*, à celle du *Languedoc* & du *Dauphiné*, qui nous eût expofés à quelque manœuvre de M. *de Roux* ; inftruit de notre paffage, il auroit pu très-aifément pendant quelque jours, nous fufciter affez d'embarras, pour avoir le tems d'inftruire le Miniftre, qu'il m'avoit enfin pris fur le fait de l'enlèvement de fa femme ; fur un pareil expofé, comment lui refufer l'ordre de l'arracher à mes féductions ? Ce fut par la même raifon que je ne donnai avis de mon départ, même à mon fils, dont on pouvoit intercepter les lettres, qu'au moment où je partois de *Lyon*, avec l'efpérance d'être, fort peu d'heures après, à l'abri de toute crainte dans les états de *Savoie*.

Vous conviendrez, Meffieurs, que j'étois maître alors de me rendre à *Londres* par l'*Allemagne* ; & jufqu'à préfent, vous n'avez pas eu lieu de foupçonner que ce fut le courage qui nous manquât à ma fille & à moi, pour exécuter ce que nous avions décidé de faire. A *Londres*, M. *de Roux* n'auroit pu me vexer ; à *Londres*, les décrets d'*Avignon* euffent été accueillis avec toute l'horreur qu'ils méritoient ; à *Londres*, ma fille tranquille eût attendu fans rifque, le jugement définitif de *Rome*.... & c'eft à *Rome* que nous arrivons le 16 Août pour le folliciter.

J'ai

J'ai déjà parlé, dans ma Lettre au R. P. *Jaquier*, de l'accueil que nous y reçumes, & des témoignages de furprife &
de joie qu'on voulut bien m'y donner, de voir arriver encore
enceinte, cette même femme que l'Abbé *Peru*, Agent de M.
de Roux & fon Sollicîteur contre elle, accufoit publiquement
d'une groffeffe antérieure de deux à trois mois à fon mariage; *elle en avoit fait*, difoit-il, *la confidence à fon mari.* . . .
Sufpendez votre indignation, Meffieurs, refervez-la pour le
procès criminel, dont il faudra bientôt vous entretenir; l'accufation dont je viens de parler, n'y eft pas auffi explicite que
dans la bouche de M. l'Abbé *Peru*, mais avec fon commentaire on n'avoit pu l'y méconnoître, & avec fon impudence à l'attefter il avoit été impoffible de la révoquer en
doute.   Mais enfin le calomniateur devoit être confondu . . .
Croiriez-vous bien, Meffieurs, qu'une indifpofition de fatigue,
qui retint ma fille prefque toujours au lit, ou dans un fauteuil,
pendant les premiers jours de fon arrivée, releva les efpérances
de fon calomniateur ? Je pourrois citer un témoin : oui,
Meffieurs, fi l'indignation, la honte, la douleur de fe trouver la fable d'une ville entière telle que *Rome*, eût produit
fur cette malheureufe femme, la révolution qu'on fe promettoit de fa traduction ignominieufe à *Avignon*, (certainement des circonftances moins imprévues, moins fâcheufes,
des furprifes moins cruelles ont occafionné des fauffes couches
à des femmes moins excédées) He bien, Meffieurs, M. *de Roux*
triomphoit, fa femme étoit déshonorée, la fauffe couche paffoit
pour une couche à terme, & nous n'étions venus à *Rome*, ma fille
& moi, que pour démontrer la vérité de l'infamie dont on l'avoit
accufée, & épargner à fon mari le reproche de l'évènement
dont il attendoit fa fortune. Ma fille devoit indubitablement périr fous le poids de tant d'atrocités ; heureufement
elle n'a péri qu'après avoir été pleinement juftifiée, & quelques jours de repos la mirent en état de fortir & de détruire
en fe montrant les dernières efpérances de l'Abbé *Peru*. L'indignation générale fut alors à fon comble ; & il n'étoit plus
poffible de fe flatter qu'on m'étoufferoit avant que j'élevaffe la
voix ; j'étois à *Rome*, j'y parlois, on m'y retrouvoit tel qu'on
m'y avoit connu : M. *de Roux* y étoit connu auffi ; un trait
de perfidie prefque auffi affreux que celui qu'il venoit d'ex-
ercer contre fa femme, avoit fignalé dans cette capitale de
l'*Italie*, fes premières affiduités auprès d'une jeune infortunée qui gémit long-tems, qui gémit peut-être encore, dans
le fond d'un cloître, du malheur de l'avoir cru honnête :
une autre femme auffi indignement, mais plus heureufement

pour

pour elle, trompée par fes promeffes de mariage, y frémiffoit fans doute en voyant ma fille, des dangers de toute efpèce, auxquels elle avoit eu le bonheur d'échapper.

Je ne puis, Meffieurs, vous donner une idée de la fenfation que l'arrivée de ma fille produifit à *Rome*, qu'en remettant fous vos yeux, celles dont vous fûtes témoins lorfque la nouvelle en vint à *Avignon*; vous y vîtes la confufion de tous ces coopérateurs de l'iniquité; vous y vîtes le défefpoir, non pas du crime, mais de fon inutilité reconnue; vous y vîtes la joie univerfelle des gens de bien qui nous aimoient, & la fatisfaction même des gens indifférens, qui jufqu'alors, frappés également de l'invraifemblance comme de la réalité, foit de l'infamie de ma fille, foit de l'atrocité de fon mari, attendoient à connoître le coupable, pour fe décider entre le mépris & l'horreur.

Rome, cependant, n'avoit pas été un théâtre affez vafte pour un génie dont M. l'Archevêque d'*Avignon* avoit redouté l'étendue : M. Avocat *Peru*, à qui ce Prélat avoit conftamment refufé l'ordre de la prêtrife, fentit qu'il devoit illuftrer par quelque trait peu commun, fes premiers pas dans la carrière de la chicane, à laquelle il fe confacroit; l'intérêt de fon client exigeoit que les amis que j'avois à *Paris*, ne puffent douter de l'infamie de ma fille; auffi-tôt il écrit à M. le Comte *de Bruni* mon ami, (*qu'il ne connoiffoit point*,) pour lui donner avis *des moyens obliques & tortueux, dont je me fervois pour obliger M. de Roux à reconnoître un enfant qui n'étoit pas de lui.* Mon fils vit cette lettre peu de jours après mon départ; jufqu'alors il m'avoit preffé de publier un mémoire : l'impudence de l'Abbé *Peru* l'atterra; qui auroit pu y réfifter ? Il m'écrivit qu'il ne favoit plus de quel avis il étoit. Il me manda en même tems que cette lettre avoit été renvoyée à *Rome*, & dans quelles mains je la trouverois : *quel eft l'homme qui refufera fon témoignage à la vérité, lorfque fon filence aideroit au triomphe du crime, & favoriferoit fa récompenfe ?* Ce ne fera pas, par exemple, M. *Zanobetti*, Avocat de la Cour d'*Efpagne* à *Rome*, & je le cite pour témoin de l'impudence avec laquelle M. l'Avocat *Peru*, qu'il engageoit à réfléchir fur l'indécence & fur l'indifcrétion de fes propos, n'en devenoit que plus affirmatif, non-feulement fur la groffeffe de ma fille antérieure à fon mariage, & fur la confidence qu'elle en avoit faite à fon mari, mais encore fur une fuppofition de ma part, de rien moins *qu'un faux extrait de baptéme*; & c'étoit avec un front capable de tout féduire, que l'Abbé *Peru* établiffoit *ces deux faits*, comme preuves de la

néceffi

néceffité où j'étois d'accepter le plan d'accommodement
qu'il engageoit ce même M. *Zanobetti* à me propofer : *Réflé-*
chiffez, lui difoit M. *Zanobetti*, *Mde* de Roux *eſt donc accou-*
chée, comptez les mois de mariage ; l'Avocat *Peru* n'en étoit
que plus décidé fur fes affertions, & plus ardent fur fes propofitions. M. *Zanobetti*, perfuadé enfin par l'impudence,
n'ofe m'écrire un mot fur un fait dont il me fuppofe trop
inftruit ; il fe borne a me demander, fi je puis me juftifier
fur le faux extrait de Baptême que M. de Roux *m'accufe d'avoir*
produit, & ajoute qu'alors je l'écraferai *fi je le veux*. Voyez
page 68, la raifon de ce mot *écrafer.*

Combien de réflexions fe préfentent maintenant, non pas
fur ce qu'on vient de lire, dont l'expofition feule révolte,
mais fur ces bruits infidieux & faux, que M. *de Roux* avoit
eu l'habileté de répandre à *Avignon, de l'ardeur prétendue*
avec laquelle il preffoit à Rome *le jugement définitif du procès*
criminel ! (*Voyez la lettre de M.* Palun, page 86) ardeur qui avoit
fait trembler mon Avocat fur le fuccès de ce procès, s'il fe
jugeoit avant que je fuffe à *Rome* pour inftruire mon Procureur & mes Juges ; ardeur qui décida mon voyage & le
fort de ma fille. Or, Meffieurs, lorfque nous fommes arrivés à *Rome*, il n'y avoit encore aucune pièce de la procédure
de M. *de Roux*, qui fut traduite ; M. l'Avocat *Peru* n'avoit
encore fait autre chofe que répandre & accréditer fes calomnies, pour me procurer la réception qu'on m'auroit certainement faite, fi j'y étois arrivé fans ma fille ; & c'eft probablement ce que M. *de Roux* efpéroit, parce qu'alors le plan
étoit confommé dans toute fon étendue ; nous étions déshonorés
fans reffource ma fille & moi à *Rome*, fans qu'on eût daigné
m'en inftruire, & M. *de Roux* ne craignoit plus en *France*
aucun obftacle à l'exécution du décret *Avignonois* qui devoit
le remettre en poffeffion de fa femme ; il avoit même une
raifon de plus pour colorer ce décret, & pour obtenir le
paréatis néceffaire pour l'exécuter, *j'avois abandonné moi-*
même la féqueftration, auroit-il dit, *j'avois abandonné ma fille,*
je l'avois laiffée feule dans les pays étrangers où je m'étois d'a-
bord évadé. . . les pays étrangers. . . un *François* parler ainfi
d'*Agen*, & avoir le talent de perfuader ! Pauvre femme, &
nous échapperions à des mains fi habiles !

Mais que dites-vous, Meffieurs, de ce trait de M. l'Avocat
Peru, d'écrire à *Paris*, à M. *de Bruni* qu'il ne connoît point,
dont il ne peut avoir appris l'exiftence que par mes amis de
Rome, qui, pour le convaincre de l'improbabilité des horreurs
dont il nous accufoit, ne lui avoient pas fans doute laiffé
ignorer le préjugé qu'établiffoit en faveur du père & de la
fille,

fille, l'eftime & l'amitié que M. *de Bruni* avoit pour l'un &
pour l'autre ? quelle impudence de lui écrire à *Paris*, à cet
homme qu'il ne connoiffoit point, & qui nous y défendoit
courageufement, & de lui écrire pour lui apprendre *les moyens
obliques & tortueux dont je me fervois pour obliger M. de Roux*
à reconnoître un enfant qui n'étoit pas de lui ! Un trait auffi
affreux, n'eft-il pas fans exemple ?... Non, Meffieurs, il
n'eft pas fans exemple, vous allez le voir.

Pendant que l'Avocat *Peru* embraffoit *Rome* & *Paris* dans
fes opérations, M. *Caftain*, autre Avocat de M. *de Roux*,
chargé dans le principe des manœuvres préparatoires à *Avi-*
gnon, avoit cru auffi devoir fe fignaler à *Paris* & à *Rome*.
A *Paris* il follicitoit, dit-on, un ordre pour authorifer M.
de Roux à s'emparer de mes biens d'*Amérique* en attendant la
décifion du procès, & un article dans le traité de paix qui le
confirmât dans cette poffeffion provifoire ; *ce n'eft qu'une folie,*
direz-vous ; fans doute, mais à *Rome* (& ceci n'eft pas une
folie) à *Rome*, M. l'Avocat *Caftain* avoit envoyé à un très-
honnête homme qu'il croyoit dans mes intérêts, *& qu'il ne*
connoiffoit pas davantage que l'Avocat Peru *ne connoiffoit M.*
de Bruni, il lui avoit, dis-je, envoyé deux projets d'accommodement dont il lui écrivoit de me laiffer le choix : on fut
donc obligé de me communiquer fa lettre : je l'ai lue deux
fois, la première dans la chambre de celui à qui elle avoit
été écrite, la feconde dans la chambre de ma fille, où j'étois
avec elle, & où l'on eut la complaifance de me communiquer
en fa préfence, la réponfe que j'avois prié qu'on y fît. La
lettre, la réponfe, la replique de M. *Caftain* doivent être
mifes fous les yeux des Juges : quel eft l'homme qui refufera
fon témoignage à la vérité, lorfque fon filence aideroit au
triomphe du crime ? ou plutôt M. *Caftain* auroit-il l'impudence de nier le fait, de cacher fes authorités, & de s'expofer
à la jufte indignation d'un honnête homme qu'il voulut par
furprife affocier à de pareils projets ? fe flatte-t-il que cet
honnête homme, qu'il eftima du moins affez dans le principe,
pour ne lui propofer une infamie qu'en la couvrant des appa-
rences de la juftice, voudra, par une coupable difcrétion,
contribuer au fuccès de cette infamie, dont il connoît maintenant l'horreur, & dont il peut adminiftrer les preuves.

Subftance de deux PROJETS d'ACCOMMODEMENT, *propofés*
par M. CASTAIN, *Avocat de M.* DE ROUX.

Par le Premier Projet, M. *Caftain* efpéroit que M. *de Roux*
malgré le petit inconvénient de l'état où fe trouvoit ma fille,
consentiroit

N

consentiroit généreusement à prendre sa dot, sur le paiement de laquelle, vu l'état des choses, je ne devois pas hésiter. M. *Castain* se flattoit même de déterminer M. *de Roux*, après qu'il seroit muni de la dot, à faire à sa femme une pension, avec laquelle il lui seroit permis de vivre dans un couvent ou chez moi, pendant tout le tems qui seroit nécessaire pour oublier de part & d'autre, les petits maux de cœur occasionés par ces tracasseries.

Par le Second Projet, (auquel, suivant M. *Castain*, je devois trouver plus d'avantage, *parce qu'il me seroit moins dispendieux*, ce sont ses termes;) il proposoit que ma fille lui fît à lui *Castain*, la confidence que M. l'Avocat *Peru* l'accusoit d'avoir déjà faite à son mari, *de sa grossesse antérieure à son mariage*; & il disoit, que si je voulois donner à M. *de Roux*, une somme d'argent moindre que la dot, & dont nous conviendrions préalablement, il feroit procéder à la cassation de son mariage, cassation dont le faux extrait de baptême que j'avois donné, fournissoit le meilleur moyen possible. M. *Castain* avoit aussi l'attention d'apprendre à celui qu'il chargeoit de me proposer l'option de ces deux accommodemens, que M. *de Roux* étoit un homme très-puissant par ses protections & ses alliances, objet essentiel qui méritoit toutes mes reflexions.

Tels eussent été les préjugés aussi invinciblement que sourdement établis à *Rome*, si j'y fusse arrivé seul. Tel étoit l'état de simplicité auquel les Avocats de M. *de Roux* avoient enfin réduit une question trop compliquée, lorsque nous arrivâmes à *Rome*, ma fille & moi, pour l'embrouiller de nouveau; car outre *le procès criminel & le procès en séparation*, il s'agissoit maintenant de décider aussi, *si M. de Roux étoit le plus monstrueux des tous les hommes; ou si j'étois un faussaire, & ma fille une coquine, à renfermer après l'avoir dépouillée.*

Ce *Procès-Criminel* enfin, dont vous croyez, Messieurs, avoir une idée, en quoi consistoit-il? Vous ne le savez pas; & je confesse que je l'ignorois absolument en partant d'*Agen*. En effet, l'accusation de calomnie ayant été démontrée fausse, voyez page 62, & celle de l'enlèvement n'ayant pas besoin d'être prouvée ridicule, pourquoi avois-je été flétri?... Mais ma fille? Ma fille, contre laquelle on n'avoit, disoit-on, articulé aucune accusation précise, pourquoi avoit-elle été déshonorée, traitée comme la plus méprisable des femmes, exposée à une révolution capable de la faire périr avec son fruit? car je défie M. l'Official d'*Avignon*, & les deux Avocats

tats de M. *de Roux*, réunis avec fes Confeils; de conftruire un
décret plus ignominieux & plus cruel, s'ils le deſtinoient
à flétrir une miférable, qui après avoir ſcandaliſé toute ſa ville;
auroit, en fuyant avec ſon féducteur, laiſſé à ſon mari, la
crainte qu'elle fît baptiſer ſous ſon nom, un enfant dont il
ne feroit pas le père: C'étoit probablement la raiſon qu'on
avoit donnée à *Avignon* comme à *Rome*, pour colorer les décrets
qui nous avoient obligés de nous rendre dans cette dernière ville;
mais pouvois-je le ſoupçonner? Comment d'ailleurs imaginer
qu'un Official, un Archevêque, un Vice-Légat, avoient, ſur
la ſimple parole des Solliciteurs de M. *de Roux*, ſuppoſé des
gens tels que M. & Mde. la Baronne *de Clairfontaine*, capables de ſe prêter à des projets auſſi fripons qu'infâmes? Sup-
poſons même qu'ils euſſent cette idée; comment avoient-ils
négligé d'écrire à M. l'Evêque d'*Agen*, pour ſe procurer toutes
les lumières dont ils avoient beſoin ſur chaque objet qui
pouvoit intéreſſer M. *de Roux*; j'en avois prié M. l'Archevêque d'*Avignon*, dès le 12e. jour après mon départ, (voyez
page 54): oui, Meſſieurs; j'étois parti d'*Avignon*, ignorant
tout & n'imaginant rien; il y avoit même huit jours que
j'étois à *Rome*, ſans être plus inſtruit. Les calomnies de l'Abbé
Peru, ne m'avoient pas éclairé ſur l'énoncé de *la Plainte de M.
de Roux*, & cette Plainte pouvoit ſeule m'apprendre le motif du *Procès Criminel*. M. *Monaldini* mon Procureur me
l'apporte enfin, & me recommande plus d'une fois avant de
s'en deſſaiſir, de me poſſéder en le liſant; *vous en avez beſoin*,
me dit-il, *grand beſoin*: je ſouris à la recommandation, &
j'avoue que je n'achevai pas, ſans rire entièrement, la lecture
d'une des plus étonnantes & des plus ſingulières productions de
l'eſprit humain. Parcourez-la, je vous en ſupplie, Meſſieurs;
je l'ai mieux jugée; il s'agit de l'honneur ou de l'infamie
de gens que vous avez eſtimés.

Je la diviſerai en *Aſſertions* & *Inſinuations de M.* de Roux,
que j'étayerai de tous ſes argumens, & fortifierai des *dépoſitions* de ſes témoins: au bas de ces *Aſſertions* & *Inſinuations*,
je ferai la plus courte *Réponſe*, *Explication* ou *Obſervation*
qu'il me ſera poſſible; mais quelquefois la réponſe la plus
courte poſſible ſera néceſſairement fort longue. Vous ſentez
avec quel art fut préparée une *Plainte*, qui indépendamment
des horreurs qu'elle articuloit poſitivement, devoit préſenter,
à l'aide d'un léger commentaire, toutes celles que Meſſ. les
Avocats, *Peru*, *Caſtain*, & tant d'autres, ſe chargeoient de
propager depuis *Paris* juſqu'à *Rome*: il faudra donc malgré moi entrer ſouvent dans des détails aſſez longs, pour rendre

une

une pleine juſtice à un texte toujours ſuſpeƈt quand il paroît obſcur, & jamaiſ plus adroit que lorſqu'il préſente uneabſurdité.

Titre de la Plainte de M. de Roux *du* 6 *Mai* 1783.

PLAINTE CRIMINELLE *du Marquis* de Roux *contre le Marquis* de Caſaux *ſon beau-père,* & contre Dame de Caſaux *Marquiſe* de Roux, *épouſe du dit Sgr.* de Roux, &c.

OBSERVATION *ſur le Titre de la Plainte de M.* de Roux.

Contre ſon beau-père, & *contre ſon épouſe !* . . . . . Comment pouvois-je ſavoir en quoi conſiſtoit le *Procès criminel ?* Mon Avocat lui-même, à la leƈture qu'on lui en avoit faite chez M. le Vice-Légat, quand on *l'aviſa* de ſe rendre incontinent à *l'audience* pour y répondre, (voyez page 62) en avoit pris une idée ſi incomplette, qu'il ne m'avoit pas dit un ſeul mot du point le plus eſſentiel pour ma fille, eu égard à ſon *procès en ſéparation :* j'ignorois, ma fille ignoroit, & ce n'eſt qu'à *Rome* que nous avons appris, que *la plainte criminelle* de M. *de Roux* étoit non-ſeulement contre ſon beau-père, mais encore *contre ſa femme* ; & c'eſt par cette raiſon que ma fille & moi ſommes flétris conjointement par le décret de l'Official, qui par ce fait, devient moins étrange que celui du Vige-Légat : ce dernier en modérant l'ajournement perſonnel en un décret *d'aſſigné pour être oui,* laiſſe quelque doute ſur ma culpabilité, & cependant flétrit ma fille & expoſe ſa vie, comme ſi elle eût été ſeule convaincue des crimes allégués contre moi, ou plutôt, comme ſi un Juge ne riſquoit rien à flétrir une femme, & à l'expoſer à un avortement infaillible, auſſi-tôt que ſon mari ſollicite poſitivement l'un, & deſire probablement l'autre.

M. *de Roux* alléguera-t-il pour ſe juſtifier de l'horreur d'un procès criminel contre ſa femme, qu'après l'avoir dénoncée comme criminelle, dans le *Titre,* il a ſoin de n'en plus parler dans la plainte ? je lui prouverai bientôt qu'il en a parlé ; mais ſuppoſons qu'elle ne ſoit qu'implicitement & non pas explicitement enveloppée dans les infamies dont il m'accuſe ; le trait eſt encore plus odieux : comment ! ſans raiſon pour accuſer criminellement ſa femme, il la flétrit réellement de la honte d'une procédure criminelle ! . . . . Quelle extravagance, s'il n'étoit pas enſuite prouvé qu'il avoit beſoin pour dépouiller cette malheureuſe femme, d'établir le préjugé affreux que donneroit néceſſairement contre elle, l'idée ſeule d'un procès criminel intenté contre elle, par ſon propre mari !

Qu'auroient

Qu'auroient dit les Avocats d'*Agen*, de *Paris*, de *Bordeaux*, fi j'avois ajouté dans mon mémoire une circonftance auffi monftrueufe ? Qu'auroit dit celui de *Bordeaux*, qui confulté *uniquement* fur les moyens de féparation, allégués dans la *Plainte* de ma fille, que je lui avois envoyée, & fur le moyen additionnel du *procès criminel*, que je fuppofois intenté *contre moi feul*, avoit donné la confultation fuivante.

CONSULTATION *de M.* Garat, *Avocat au Parlement de Bordeaux, fur la Plainte expofitive des faits qui ont motivé de la part de la Dame de* Cafaux, *Epoufe du Marquis de* Roux, *une demande en féparation de corps & de biens d'avec lui.*

Le fouffigné eftime que ces faits une fois prouvés, il réfulte foit d'après les principes du Droit Romain, foit d'après les maximes adoptées dans tous les Parlemens de France, *que les févices du genre de ceux qui font allégués dans la Plainte de la Marquife de* Roux, *font auffi cruels pour une femme de condition, que les coups pour une femme du peuple ; que dans ce cas une femme a le droit de fe faire féparer de corps & de biens, de fe faire reftituer les fommes dotales payées par elle à fon mari, & de faire révoquer les avantages qu'elle a pu lui faire par fon contrat de mariage ; que la néceffité d'une féparation de corps & de biens doit paroître frappante à la juftice de tous les Tribunaux ; qu'il n'en eft aucun qui en ordonnant le retour de la Marquife de* Roux, *auprès de fon mari, ne doive trembler de devenir coupable en quelque façon d'un* Homicide ; *& que l'atroce accufation intentée dernièrement par le Marquis de* Roux *contre fon beau-père, aggravoit toutes ces caufes de féparation ; qu'il y auroit de la barbarie, que ce feroit outrager la nature, que d'ordonner à la Marquife de* Roux *de fe réunir à fon mari, dans lequel elle auroit toujours à voir en frémiffant, un calomniateur effréné de fon père.* Délibéré à *Bordeaux* le 13 Septembre 1783. Signé, GARAT.

Mais rien ne prouve mieux l'ignorance où nous étions de l'excès de phrénéfie qui avoit enveloppé ma fille dans le procès criminel que M. *de Roux* m'avoit intenté, que les lettres de cette infortunée du 26 Juin, du 7 & du 15 Juillet, (voyez pages 65, 78, 80,) elle ne préfente l'impoffibilité d'une réconciliation avec fon mari, que comme une fuite du procès criminel qu'il a intenté à fon père ; elle ne fe plaint que *du louche qu'il a jetté fur fa conduite.* On vient de voir *quelle efpèce de louche,* qu'un procès criminel fuivi d'un jugement cruel & diffamatoire, juftifié par les affertions de l'Abbé *Péru.*

Je

Je passe à l'exposition des crimes dont M. *de Roux* accusé explicitement son beau-père, & implicitement sa femme, dans sa Plainte du 6 Mai 1783, dont vous venez, Messieurs, de voir le titre.

PREMIERE *Assertion & Insinuation de Marquis de Roux, après un Préambule de forme, & le Narré du Mariage.*

La Dame Marquise de Roux *soupçonna d'être enceinte dès le lendemain de la consommation de son mariage, & fit part de ses soupçons à toutes les Dames de sa connoissance, en sorte qu'elle est enceinte aujourd'hui de quatre mois & demi.*

R É P O N S E.

Aujourd'hui, 6 Mai 1783. Pourquoi cette fixation de l'époque d'une grossesse ? Pourquoi cet enregistrement d'un propos de ma fille si indifférent en apparence ? Indifférent, Messieurs ? Rien n'est indifférent dans tout ceci.

Les mesures une fois prises pour persuader que ma fille étoit enceinte avant son mariage, il falloit bien tirer parti de quelques-uns de ses propos, & les présenter comme autant de moyens préparatoires, qu'elle avoit pris pour diminuer la surprise qu'on auroit de la voir accoucher sept à huit mois après. M. *de Roux* prend donc acte du tems précis de la grossesse de sa femme, comme s'il n'en doutoit pas ; & ses agens sont chargés du soin de faire valoir les preuves qu'ils prétendent avoir d'une grossesse bien antérieure : entre autres preuves, ils en rapportent une vraiment singulière, *la confidence que ma fille en a faite elle-même à son mari.* Je dois mettre en évidence toute l'horreur de cette insinuation, & des propos de l'Avocat *Peru,* destinés à l'expliquer à quiconque n'en aura pas compris le sens. Souffrez, Messieurs, que je vous rappelle un trait dont on a beaucoup parlé dans votre ville, & dont M. le Comte *de Calvière,* parent de M. *de Roux,* attestera s'il le faut la vérité : je desire de m'expliquer avec assez de décence, pour que vous ne rougissiez pas en lisant, ce dont M. *de Roux* fut capable de se faire un triomphe.

Il est une circonstance pendant laquelle la femme la plus complaisante, & le mari le plus passionné, sont obligés, suivant le rit *Hébraïque,* de s'assujetir aux privations les plus sensibles : tel fut l'obstacle qui s'opposa aux premiers transports de M. *de Roux,* le jour même que la cérémonie la

plus

plus fainte les rendit légitimes; mais on lui avoit dit que cette
circonftance étoit cependant la plus favorable & la plus sûre,
pour arriver au but le plus refpectable de l'affociation des
deux fexes : M. *de Roux* n'en doute point ; il le perfuade à
fa femme, qui fur fa parole n'en doute pas plus que lui, &
ne fe refufe à rien ; jamais dans aucune femme du monde la
paffion d'avoir un enfant n'a été fi vive, ni fi ingénument
avouée dans toutes les occafions. M. *de Roux* franchit donc
toute répugnance, fe charge des preuves les plus complettes
de fa dégoûtante intrépidité, & les étale une heure après, aux
yeux de M. *de Calvière* & de fon perruquier : d'après ce fait,
très connu dans votre ville, Meffieurs, feroit-il poffible de
couvrir, même d'une ombre de bonne foi, l'horreur de cette
accufation d'une groffeffe antérieure au mariage ? Quel degré
d'atrocité dans une accufation de la fauffeté de laquelle, M.
de Roux avoit donné lui-même des preuves auffi vifibles ! à
quelles fuppofitions humiliantes on a dû l'affujettir pour concilier deux faits auffi contradictoires !

Cependant il faut convenir que les Agens de M. *de Roux*
ayant auffi parfaitement réuffi à établir à *Avignon*, à *Paris*,
à *Rome*, la fable importante de cette groffeffe prématurée,
on ne doit plus être furpris ni de l'extravagance apparente
du procès criminel, ni de la cruauté du décret qui l'a fuivi, ni
de l'atrocité d'un autre décret qui authorifa bientôt M. *de
Roux* à s'emparer de fa femme, *même avant que l'appel du procès
criminel fut jugé à* Rome, ni des intrigues auprès du Miniftre
en *France*, pour l'empêcher d'accorder à ma fille, l'affurance
d'accoucher tranquillement chez fa tante ; toutes ces horreurs s'expliquent avec facilité : il falloit néceffairement
pour juftifier l'Abbé *Peru*, & les autres agens de M. *de Roux*,
que la femme de M. *de Roux* fit une fauffe couche, qui paffe-
roit pour une couche à terme ; & fi l'on n'obtenoit pas cette
fauffe couche de la multiplicité des infamies qu'on préparoit à cette malheureufe femme, s'il devenoit impoffible de
la traduire à *Avignon*, on avoit encore la reffource de dire
(comme effectivement l'Abbé *Peru* le difoit) qu'elle étoit
accouchée fecrètement chez fa tante, fept à huit mois après
fon mariage ; que l'enfant ne paroîtroit qu'à neuf ; qu'ainfi
donc les agens de M. *de Roux* étoient juftifiés de leurs affertions, & qu'il ne s'agiffoit plus que de dédommager l'honnête mari, du défagrément de reconnoître un enfant qui
n'étoit pas de lui, en lui adjugeant du moins la fortune d'une
femme qui l'avoit fi indignement trompé.

On

On fera encore beaucoup moins furpris de toutes ces manœuvres, fi l'on confidère que les Confeils de M. *de Roux*
étoient alors perfuadés (on le verra bientôt,) que fa
femme n'avoit fait aucune difpofition teftamentaire qui pût
lui enlever le fruit de tant d'atrocités.

On fera moins furpris encore, lorfqu'on faura qu'auffi-tôt
que M. *de Roux* a été inftruit de l'exiftence de cette difpofition fi contraire à fes vues, il a entrepris de prouver que fa
femme n'avoit pas le droit d'interdire l'adminiftration de
fes biens à fon perfécuteur & à fon diffamateur. . . .

Mais fi les Confeils de M. *de Roux* l'ont entraîné, *innocemment de fa part*, dans cette multiplicité d'horreurs, il faut
convenir qu'il eft bien étonnant de le voir en réclamer impudemment le fruit.

SECONDE *Affertion & Infinuation de M.* de ROUX.

M. de ROUX *n'étoit forti de la maifon de fon beau-père, que
pour faire raccommoder la fienne, & il ne put fe perfuader
que fa femme fongeât à une féparation, que lorfque Meff. de
Cafaux père & fils, exigèrent eux-mêmes cette féparation.*

RÉPONSE.

M. *de Roux* croyoit-il que je ne verrois jamais fa Plainte ?
ou lui étoit-il égal d'être convaincu d'impofture après le
fuccès, tel qu'il fût ? Quelle extravagance dans la première
idée ! quel efpèce de courage dans la feconde !

Mon fils n'arriva à *Avignon* que vers le 15 de Mars, & la
plainte de ma fille, & fa demande en féparation, avoient été
préfentées dès le premier du même mois. Mais pour mieux apprécier l'affertion de cette ignorance où M. *de Roux* prétendoit
être, lifez dans ma Première Lettre, les faits & les négocia-
tions commencées le 6 Février avec M. *de Calvière*, continuées
le lendemain en préfence de M. *de Cambis*, & pourfuivies
enfuite avec M. le Comte *du Roure*; faites fur-tout attention à la fcène chez M. le Chevalier *de Favon*, & à la converfation de huit heures avec fon intime ami M. *du Roure*,
qui la fuivit immédiatement chez moi. Voyez, fous le N°. 1,
la Note écrite par M. *de Roux* lui-même, & à moi remife par
M. le Comte *du Roure* le 24 Février, en préfence de M. *de
Cambis*, trois femaines avant l'arrivée de mon fils à *Avignon*;
lifez, page 31, le trait de perfidie qui fuivit de fi près un fignal
de bonne foi; lifez la négociation reprife fous la médiation

tion du Dataire avant l'arrivée de mon fils, &c. &c. &c. Et vous admirerez l'adreſſe avec laquelle, en aſſociant à un complot prétendu ignoré, mon fils qui n'etoit pas même à *Avignon*, l'on fortifie l'accuſation ſecrette *d'un cartel donné par lui, à l'inſtigation de ſa ſœur, à M.* de Roux, *pour lui payer, diſoit-on, cent mille écus avec un coup d'épée.* Cela eſt-il aſſez horrible ? Ce qui ſuit, l'eſt encore davantage : avant la Plainte de M. *de Roux*, l'hiſtoire *du prétendu cartel donné par mon fils à l'inſtigation de ſa ſœur*, étoit déjà accréditée à *Paris*, voyez page 56, la lettre de l'ami à qui je m'étois adreſſé pour remettre celle que j'avois écrite à M. le Comte *de Vergennes :* je ne devois pas, ſelon cet ami, héſiter à abandonner une femme qui avoit été capable *d'engager ſon frère à ſe couper la gorge avec ſon mari :* cela eſt-il aſſez clair & aſſez affirmatif ? Cet honnête homme (car il l'eſt) & mon ami (car il le fut, & je n'en ai jamais perdu un,) cet honnête homme, mon ami, refuſera-t-il, ſi cela eſt néceſſaire, de nommer l'auteur de qui il tient une ſi étrange anecdote ? une anecdote qui lui fit commettre une auſſi grande injuſtice, & une injuſtice qui eut des ſuites auſſi affreuſes ?

TROISIEME *Aſſertion de M.* DE ROUX.

Les arbitres reſpectables de cette ville ont reſté indignés de la réſiſtance de M. de Caſaux à tout accommodement quelconque, acceptant aujourd'hui une propoſition dont il ſe dédiſoit demain, arrêtant toujours chaque concluſion par quelque difficulté, pour échapper à un arrangement définitif.

RÉPONSE.

M. *de Roux* croyoit-il que M. *de Cambis* & M. *Deſachars* ne verroient jamais ſa plainte ? ou lui étoit-il égal d'être convaincu d'impoſture après le ſuccès, tel qu'il fût ?

Les arbitres vraiment reſpectables, qui furent chargés de cet arrangement définitif dont parle M. *de Roux*, ſont M. le Marquis *de Cambis* & M. le Marquis *Deſachars :* ſi Meſſieurs *de Cambis* & *Deſachars* ſignent cette Troiſième Aſſertion de M. *de Roux*, je paſſe condamnation ſur toutes les autres abominations dont il m'accuſe ; & je ceſſe de diſputer au perſécuteur & au diffamateur de ma fille, le prix de ſon impudence & de ſes atrocités. Mais ſi M. *de Cambis* & M. *Deſachars* ne réclament pas formellement & publiquement contre le détail que j'ai donné de cette miſérable négocia-

tion

tion depuis la page 26 jufqu'à là page 49, quelle extravagance d'ofer, Meſſieurs, annoncer votre témoignage !... *Point du tout*, dira M. de Roux, *l'Official ne devoit pas examiner, mais prononcer ; le Miniſtre en* France *ne devoit lire que le décret de l'Official avec mes libelles & ma plainte ; qu'avois-je beſoin de prouver, quand j'avois le front d'annoncer les plus reſpectables témoins ? L'Official n'étoit-il pas cenſé les avoir entendus ? Il s'en étoit bien gardé ; mais qu'importoit à mon Plan? Si un traître n'eut pas révélé le ſecret du décret de l'Official, (Voyez page 58) n'eût-il pas été exécuté contre ma femme avant qu'elle ſe doutât de ſon exiſtence?* Voilà, Meſſieurs, ce que répondra M. *de Roux*, & il aura prouvé que ce n'eſt pas d'extravagance qu'il faut l'accuſer.

QUATRIEME *Aſſertion & Inſinuation de* M. DE ROUX.

Perſonne ne douta alors que M. de Caſaux, *en mariant ſa fille honorablement, ſous une conſtitution de dot de* 300,000 *liv. s'étoit bien promis de ne rien compter de cette dot à ſon gendre.*

RÉPONSE.

Examinons ſur quels points, la perſpective du mariage de ma fille avec M. *de Roux*, auroit pu m'aveugler, & m'enga-ger à le ſéduire par une amorce de cent mille écus.

M. *de Roux* n'étoit point à *Avignon*, lorſque j'y fus accueilli l'été, avec tous les témoignages de cette heureuſe prévention, dont l'univerſalité ſemble promettre la durée, quand on eſt ſûr de la juſtifier. Il n'étoit point à *Avignon*, lorſqu'à la fin d'Octobre, & pendant tout le mois de Novembre, ma fille y réuniſſoit alternativement, une fois par ſemaine, chez moi, tout ce que la ville poſſède de plus reſpectable, & que les attentions les plus délicates pour tout le monde, ſans excep-tion, lui avoient attiré tous les ſuffrages, & gagné tous les cœurs. Que M. *de Roux* cite un ſeul avantage que j'aie pu me promettre de ſon alliance. Qu'il cite un de ſes talens qui ait pu répandre le moindre agrément dans ma ſociété. Qu'il cite une de ſes qualités, ſoit naturelles, ſoit acquiſes, qui puiſſe être, je ne dis pas à moi, mais à qui que ce ſoit au monde, de la moindre utilité dans aucune circonſtance imaginable. La vérité ſur tous ces points eſt de notoriété publique dans ſon pays ; & des aſſertions ſecrettes, par-tout ailleurs, con-traires à cette notoriété, n'en impoſéroient plus aujourd'hui : il s'agit aujourd'hui de parler à la face de l'*Europe*, & c'eſt à la face de l'*Europe* que les paroles ſeront diſcutées.

Ii

Il faut cependant chercher une apparence de bon sens à cette quatrième affertion; la voici : *M. de Casaux, que nous suppofons inftruit de la valeur intrinfèque de M. de Roux, & de l'état miférable de fes affaires, n'a pu lui donner fa fille fans y avoir été contraint par une raifon fupérieure : la plainte dit que c'étoit la perfpective d'un mariage honorable ; mais les Agens de M. de Roux, & notamment l'Avocat Peru, font chargés de répandre à Rome & à Paris, comme à Avignon, que cette raifon fupérieure qui commandoit à M. de Cafaux de marier fi promptement fa fille, étoit une groffeffe dont il ne pouvoit douter.* Or cette affertion ainfi expliquée, a fait fortune, m'a fait perdre une réputation de quarante ans, a déshonoré ma fille, l'a conduite au tombeau. . . . On verra le refte.

CINQUIEME *Affertion & Infinuation de M. DE ROUX.*

La conduite de M. de Cafaux eft une démonftration de fa frauduleufe intention, dont M. de Roux fe feroit peut-être déterminé à courir l'évènement, plutôt que de révéler la turpitude de fon beau-père, fi par fa fuite de cette ville il n'avoit fait que lui enlever l'efpoir de cette dot ; mais il lui a enlevé en même tems fon nom, fon époufe & fon enfant.

RÉPONSE.

Si à chaque affertion de M. *de Roux,* vous ne perdez pas de vue le Commentaire que l'Abbé *Peru* en fait à *Rome,* vous admirez fans doute la profondeur & la liaifon de manœuvres que je dévoile ; mais fi vous comparez fimplement chaque affertion avec les faits que vous connoiffez, vous n'en trouverez pas une feule qui ne vous paroiffe auffi folle qu'impudente. Par exemple, fi vous examinez, fans la glofe des interprètes, l'accufation du crime fingulier de *l'enlèvement du nom de M. de* Roux, & que vous la compariez avec le fait indubitable, que ma fille fut la feule perfonne qui m'accompagna dans ma prétendue fuite, la feule qui emportât avec elle le nom de M. *de Roux,* la feule par conféquent que M. *de Roux* accufe de lui enlever fon nom; certainement le procès criminel qu'il lui intente, qu'il intente à fa femme, pour ce prétendu crime, de l'enlèvement de fon nom, doit vous paroître le trait de l'extravagance la plus caractérifée, & plus que fuffifant pour motiver l'interdiction de l'accufateur. Or l'accufateur fe plaindroit peut-être, fi je confiderois fous un point de vue auffi peu honorable, une accu-

fation

fation de laquelle il efpéroit fon triomphe & notre anéan-
tiffement ; je ne détacherai donc point la glofe du texte,
& je dirai :

M. *de Roux*, pour rentrer en poffeffion de tous les tréfors
que la prétendue fuite de ma fille & la mienne, lui avoient,
difoit-il, *enlevés*, eût été obligé de prouver que les faits allégués dans la plainte de fa femme, étoient faux ou infuffifans
pour opérer une féparation ; cela eût été difficile : mais il
alloit furement & rapidement à fon but, en intentant un
procès criminel, dans lequel il feroit difpenfé de toute preuve,
& en obtenant un décret qui fuppoferoit tout prouvé fuivant les explications de l'Abbé *Peru*.

Vous obferverez donc fur ce principe, le feul qui puiffe
juftifier les termes atroces de *fraude* & de *turpitude*, que *la
fraude & la turpitude* dont nous fommes accufés, & cenfés
convaincus, ma fille & moi, par l'affertion que j'examine,
confiftent en quatre enlèvemens bien fpécifiés, favoir : *l'enlèvement du nom de* M. de Roux, *celui de fa femme, celui de
fon enfant, celui de fa dot* : l'enlèvement *de fon nom* ; car l'enfant de ma fille qui alloit le porter, n'étoit pas de lui, M.
l'Avocat *Peru* & tant d'autres le certifioient : l'enlèvement
de fon enfant cependant ; car naiffant *conftante matrimonio*, pendant le mariage, M. *de Roux* étoit authorifé à le reconnoître : l'enlèvement *de fa dot* ; car il ne falloit pas moins de
300,000 *liv.* pour le dédommager d'une pareille infamie, à
laquelle il vouloit bien fe foumettre, à moins que je n'ai-
maffe mieux caffer le mariage pour une fomme d'argent,
comme l'Avocat *Caftain* devoit le propofer : enfin l'enlèvement *de fa femme* ; car il étoit affreux de l'avoir fouftraite
aux moyens qu'il avoit, de lui faire fentir toute l'horreur de
pareils procédés ; cependant, Meffieurs, fuivant les opinions
des Avocats d'*Agen*, de *Bordeaux*, de *Paris* & de *Rome*, je n'avois
rien fait, en refufant de payer à M. *de Roux*, la dot de fa
femme, que me conformer à l'efprit de la féparation provifoire qu'elle avoit obtenue ; je n'avois rien fait en fortant
avec elle d'*Avignon*, que je ne fuffe en droit de faire, & la
lettre feule de M. *Palun* dont je parlerai dans ma Réponfe
à la Septième Affertion, prouvera qu'en fortant d'*Avignon*,
je n'avois rien fait que je ne fuffe obligé de faire ; mon
premier devoir comme fequeftre, indépendamment de celui
de père, étoit indubitablement de mettre la femme enceinte
qu'on m'avoit confiée, à couvert des défagrémens qui pouvoient trop l'affecter, de la garantir des manœuvres qu'elle
avoit

avoit à craindre, & de lui procurer les consolations dont elle avoit besoin.

Que M. *de Roux* se détermine maintenant sur l'idée qu'il veut qu'on se forme de l'assertion que je viens d'examiner ; est-ce une extravagance digne de l'interdiction ? est-ce une atrocité digne d'une punition exemplaire ?

Sixieme *Assertion de M.* de Roux.

Le projet de séparation étant l'égide à la faveur de laquelle M. de Casaux vouloit couvrir toute sa conduite, il conduisit la femme de chambre de sa fille, son perruquier & son banquier, par-devant Votre Seigneurie, à l'effet de faire admettre sa fille au jugement de séparation.

R É P O N S E.

Il n'étoit que l'égide de la séparation qui pût mettre ma fille à couvert des traits d'extravagance dont on l'accabloit journellement, & des traits plus affreux encore dont elle étoit menacée ; j'eus le malheur de l'arrêter, cette malheureuse femme, au moment où elle voulut la saisir ; & c'étoit le seul moment où elle pût le faire avec succès, son mari n'avoit pas encore tout préparé pour l'écraser sous cette égide.

Septieme *Assertion de M.* de Roux.

D'après l'information de ses domestiques, perruquier & banquier, cette information ne pouvoit contenir aucun fait relevant, à moins de faussetés ; cependant il intervint un décret de Votre Seigneurie, qui admit la Marquise de Roux au jugement de séparation par elle demandée, sous l'authorité de son père, auprès duquel vous ordonnâtes qu'elle seroit sequestrée provisoirement pendant procès.

R É P O N S E.

Est-ce le même homme qui reconnoît que ma fille *a été sequestrée auprès de moi pendant procès*, & qui me poursuit criminellement pour avoir rempli les devoirs les plus essentiels de sequestre ? *Oui*, dira encore M. de Roux, *comme c'est le même Juge, qui respecta la nature lorsqu'il vous établit sequestre, & qui va l'outrager en vous dépouillant de la sequestration, après l'avoir bravée en recevant ma plainte.*

Mais que dites-vous de cette prétention de M. *de Roux*, que les dépositions de mon banquier & des gens de ma fille,

ne

ne peuvent *contenir de fait relevant à moins de fausseté ?* Vous verrez bientôt, Messieurs, quels témoignages M. *de Roux* oppose à celui dont vous avez admiré la candeur, page 24, & à ceux des gens de ma fille que vous verrez ci-après.

HUITIEME *Assertion de M.* Roux.

Le 29 d'Avril M. de Casaux *apprit que son gendre se disposoit à le faire assigner en reconnoissance des articles de mariage.*

RÉPONSE.

Vous connoissez, Messieurs, la simplicité de vos formes, relativement à la reconnoissance des sous seings-privés, même entre gens du peuple ; voici la forme que M. *de Roux* & ses conseils *imaginèrent,* inventèrent par distinction pour un beau-père & une femme enceinte. Je ne ferai que transcrire la lettre de mon Avocat M. *Palun* du 25 Juin, je l'ai annoncée plusieurs fois, elle mérite la plus grande attention.

M. *Palun,* après avoir exposé la forme très-simple, consacrée par les statuts *Avignonois,* ajoute :

Au lieu de cette forme si simple, si facile, M. de Roux ou ses Conseils en imaginèrent une nouvelle : à cet effet ils se rendirent chez M. Emeric second Juge de la Cour de St. Pierre, mon collègue, & le prièrent de vouloir accéder à votre hôtel, avec le Greffier & quatre Cavaliers de la Maréchaussée ; que là le Greffier, en présence du Juge, vous présenteroit les articles du mariage ; que si vous avouiez votre seing, tout seroit dit, M. de Roux étant parvenu à son but, puisqu'il acquerroit l'hypothèque ; que si vous ne vouliez ni avouer ni denier, le Juge vous ordonneroit les arrêts pour tout le jour dans votre maison, & vous y feroit garder par les Cavaliers de Maréchaussée ; afin, que ce jour expiré, les articles fussent censés réconnus & portassent hypothèque.

ON PÉRORA deux heures auprès de M. Emeric, pour l'engager à cette démarche ; il s'y refusa obstinément, vu que cette forme de procéder, outre qu'elle étoit odieuse, étoit sans exemple.

Ce détail est dans la plus exacte vérité, continue M. *Palun, & vous pouvez y compter : les choses vous furent mal renduës ; comme il étoit question de Maréchaussée, vous pensâtes qu'il s'agissoit de la procédure en vertu du statut pour un citoyen, contre un étranger son débiteur.*

Je raisonnerai sur ce fait, d'après un principe qui me paroît incontestable, & qui probablement dirigea M. *Emeric* dans son refus. Quand *l'usage & la loi* préscrivent une forme

simple

simple & facile, on ne pérore (à *moins de folie digne d'une loge grillée*) on ne *pérore,* dis-je, un Juge pendant *deux heures* pour le corrompre, & lui faire adopter une forme qu'on vient d'imaginer, une forme *odieuse, sans exemple,* & capable d'épouvanter, que lorsque la forme odieuse est absolument nécessaire pour épouvanter & produire les révolutions que l'épouvante doit nécessairement produire. Qu'on se figure l'état d'une femme enceinte, après tout ce qui s'étoit passé, voyant son père entre quatre Cavaliers de la Maréchaussée, envoyés par son mari.... Je n'étois pas instruit de ces détails ; mais l'avis seul que j'avois reçu (voyez page 45) avis dont la lettre de M. *Palun* confirme la justesse, ne m'obligeoit-il pas, comme séqueftre & comme père, d'arracher ma fille & l'enfant qu'elle portoit dans son sein, à toutes les horreurs dont je la voyois menacée ? Eh, qu'ils osent maintenant se plaindre, ces pérorateurs acharnés, qu'ils osent se plaindre que je fus injuste lorsque j'écrivis à mon fils (voyez page 74) : *Quand le bon sens ne me diroit pas qu'il est ridicule, inhumain, d'exiger que ta sœur, entrant dans son septième mois de grossesse, aille dans un pays où l'on ne lui prépare que des horreurs, si l'on peut, & des tribulations & humiliations de toute espèce, qu'il est si aisé de lui procurer; je dirois, ces gens-là, ennemis & détracteurs de ma fille, desirent qu'elle vienne ; ils ont infailliblement des raisons secrettes, odieuses, pour le desirer ; il ne faut pas qu'elle se rendre à leurs desirs :* qu'ils osent se plaindre que je fus injuste alors.... Je fus injuste cependant, je ne les soupçonnai pas de toutes les horreurs dont ils étoient capables ; mais qu'ils espèrent maintenant qu'on se méprendra sur le vrai but de ce projet de Maréchaussée, & sur l'intention horrible qui substitua à ce projet, ce décret affreux, cet ordre barbare... barbare ? Non, la barbarie est aveugle ; cruel, la cruauté est réfléchie : Oui, Qu'ils espèrent maintenant qu'on se méprendra sur l'intention horrible qui sollicita & obtint cet ordre cruel de traduire à *Avignon*... au milieu de satellites.... par une route de 58 postes... pendant les plus fortes chaleurs de l'été... une malheureuse femme enceinte de sept mois... excédée par sept mois d'humiliations & d'injustices.... pour la remettre enfin entre les mains d'un Accoucheur aux ordres de son mari... & dans la ville où il n'avoit qu'à commander pour obtenir de pareils décrets... Qu'ils l'espèrent au moment où l'on voit qu'ils n'avoient besoin que d'une atrocité de plus, pour justifier toutes les autres ; qu'il leur falloit une atrocité de plus, pour se justifier eux-mêmes d'une calomnie horrible sur laquelle tout le système du succès de M. *de Roux* étoit

étoit fondé ; qu'il suffisoit d'une atrocité de plus pour décider
ce succès, dans l'idée où ils étoient que ma fille n'avoit pas,
en cas de mort, le droit d'interdire l'administration de ses
biens à son diffamateur & à son persécuteur ; Qu'ils l'espé-
rent.... ou plutôt, Que ces honnêtes, mais trop crédules amis,
qui m'écrivoient de *Paris* & de *Rome*, de renvoyer ma fille
à *Avignon*, voient enfin à quels complots des brigands les
avoient associés.

NEUVIEME *Assertion de M.* DE ROUX.

Le Marquis de Roux *auroit sans doute pu abréger cette forma-*
lite, en se servant du privilège qui lui compétoit comme Avignonois, *contre son beau-père comme étranger.*

RÉPONSE.

Étranger, soit : comment la Loi qui dans le cas d'une
dette constatée, interdit formellement à un gendre l'emprisonnement de son beau-père, quand même il auroit eu la
bassesse de se soumettre à cette indignité par une clause
spéciale, pouvoit-elle laisser à M. *de Roux* le droit de me
faire emprisonner, moi, son beau-père, parce que j'étois
étranger, & quoique je ne fusse pas son débiteur ? Car assurément je ne l'étois pas, la séparation provisoire suspendoit
tout paiement. Mais un beau-père, *étranger !* Eh, malheureux, cet étranger ne donna-t-il pas le jour à celle que ta
religion t'ordonnoit de regarder comme la chair de ta chair,
comme ta propre substance ? Crois-tu avoir anéanti les
droits que donne à cet étranger, le lien indissoluble & sacré
qui t'unit à sa fille, parce que tu en as foulé aux pieds tous
les devoirs ? Le sang de cet étranger ne circule-t-il pas dans
les veines de ton enfant ? Tes Agens le renient en ton nom,
mais en est-il moins à toi ? Crois-tu détruire la vérité, parce
que tu as étouffé la nature ?

DIXIEME *Assertion de M.* DE ROUX.

Mais M. de Roux *a toujours combattu à cet égard, le vœu de*
sa famille & de ses conseils.

RÉPONSE.

Que M. *de Roux* nomme ceux de sa famille qui ne rougi-
ront pas d'être nommés ; qu'il les nomme, ils méritent d'être
connus ; & ils méritent de l'être par lui... Est-ce pour
récompenser

récompenfer un tel vœu de fa famille qu'il veut enlever à la mienne, la fucceffion de ma fille, fi le fils de ma fille meurt fans enfans ? Quant à fes confeils... qu'il cite un homme de bien dans fa ville, qui ne les ait pas en horreur ; & moi je demanderai par-tout ailleurs, qu'on juge de leur tête par leurs idées, & de leur cœur par leurs manœuvres, comme on jugera l'ame de leur pupille, fur la modération dont il fait ici trophée.

Onzieme *Affertion de M.* de Roux.

Cette MODÉRATION *n'a pas empêché que le Sr: de Cafaux, pour éviter cette reconnoiffance & l'hypotbèque de* 300,000 *liv. fur tous ces biens qui en réfultoit, ne lui ait enlevé cette foible réffource par une fuite honteufe & précipitée de cette ville dans les pays étrangers.*

R E P O N S E.

1°. Les prétentions de M. *de Roux* à la modération, lorf-qu'il m'accufe de fuir pour lui enlever une hypothèque fur tous mes biens, font d'autant plus inconcevables, qu'il eft notoire que depuis le 7 Février jufqu'au 29 d'Avril, j'ai conftamment offert en préfence de M. *de Cambis*, du Dataire, de MM. *Tefte, Balts, & Defacbars*, le contrat le plus pofitif pour affurer cette hypothèque, non-feulement fur tous mes biens, mais fur tous ceux de mon fils que j'avois fait venir à *Avignon* uniquement pour cela.

2°. M. *de Roux* m'accufe de lui avoir enlevé cette reffource par ma fuite dans les pays étrangers ; cependant il eft *Fran-çois* bien plus qu'*Avignonois*, il a fes biens dans le *Languedoc*, & j'étois en *France* dans l'*Agenois* frontière du *Languedoc*: M. *de Roux* le favoit ; perfonne ne l'ignoroit à *Avignon* ; quel peut donc être le motif d'un trait auffi fcandaleux d'impu-dence & de mauvaife foi ? Le voici : l'idée *d'une fuite*, quoi-que je n'euffe pas fui, & l'idée *d'une fuite honteufe & préci-pitée dans les pays étrangers*, quoique je fuffe en *France*, emportoit auffi l'idée d'un fripon, d'un raviffeur, & d'une coquine ; idée qu'il étoit effentiel à M. *de Roux* de donner de fon beau-père & de fa femme, parce que c'étoit le feul moyen qu'il eût pour intéreffer en fa faveur, & ce moyen a produit l'effet qu'il s'en étoit promis.

Douzieme *Affertion de M.* de Roux.

Ce n'eft pas feulement pour fe fouftraire au paiement d'une dot conftituée, que fon beau-père a pris le parti de cette évafion.

R É P O N S E.

Comment ma demeure à *Agen* m'eût-elle fouftrait au paiement de la dot que j'avois promife ? M. *de Roux* favoit

P. bien

bien que c'étoit la séparation provisoire qui m'obligeoit de la retenir jusqu'à la fin du procès.

Treizieme *Assertion de* M. de Roux.

C'est encore pour enlever à son gendre, son épouse & son enfant, au mépris de la justice de votre jurisdiction, & de toutes les loix qui lui avoient confié ce dépôt sacré pendant le procès de la séparation.

RÉPONSE.

Toutes les loix m'authorisoient donc à le garder *pendant le procès,* ce dépôt qu'elles ne m'avoient sans doute confié que pour le garder ; ce n'étoit donc qu'*après le procès* qu'elles me soumettoient à le rendre ; rien au monde n'est plus clair. Or l'Avocat de ma fille poursuivoit la décision de ce procès, (voyez page 57,) il avoit été admis *par le Juge* à en poursuivre la décision de ce procès ; la jurisdiction de l'Official étoit donc reconnue, & non pas méprisée, & l'Official ne pouvoit en douter. Quant à la justice propre de l'Official... étoit-il possible de l'apprécier à sa juste valeur, avant d'en avoir fait l'expérience ? Et si je l'avois connue ou soupçonnée, aurois-je méprisé ce qui m'eût fait frémir ?

Quatorzieme *Assertion de* M. de Roux.

Ce procès en séparation n'avoit été imaginé, que pour favoriser le projet d'évasion aussi odieux que révoltant ; car le même jour que vous avez sequestré sa fille entre ses mains, il fait entendre qu'il va à sa campagne, il fait semblant de promener jusqu'au bateau, le passe en attendant l'équipage qui vient le joindre avec son cocher, qui les laissa sans doute à la première poste.

RÉPONSE.

Ma fille eût été, si je l'eusse voulu, sequestrée dans mes mains dès le 6 de Février ; elle y fut réellement sequestrée le 25 d'Avril, & je ne suis parti que le 29, après avoir de nouveau proposé à M. *de Roux,* plus qu'il n'ose demander dans sa plainte. Mais passons cette inexactitude, ou pour mieux dire, ce trait horrible de mauvaise foi. Convenez, Messieurs, que je suis singulièrement convaincu d'un plan aussi atroce que celui d'un procès en séparation, *imaginé pour favoriser une évasion aussi odieuse que révoltante qui enlève à* M. de Roux *son nom, sa femme, son enfant & sa dot.* N'est-il pas trop cruel

cruel de voir périr une femme sous le poids seul de pareilles absurdités ? absurdités sans doute, si on les examine, sans le Commentaire de l'Abbé *Peru*.

Conclusion de la Plainte de M. de Roux.

Tant d'excès accumulés ne doivent pas rester impunis ; c'est pourquoi le Marquis de Roux donne plainte & querelle criminelle contre M. de Casaux qui les a commis, requiert l'admission de sa Plainte, & icelle être communiquée à M. le Promoteur Fiscal de l'Archevêché, pour s'y joindre si bon lui semble, & être ensuite sur icelle, ses annexes, connexes & dependances secrètement & diligemment informé, pour être conclu & statué ce qu'il appartiendra, sauf au Marquis de Roux de prendre dans le civil contre Mde. son Epouse, telle Conclusion que le cas exigera, tant pour qu'elle lui soit restituée, que pour assurer la part d'enfant dont elle est enceinte.

RÉPONSE.

Pour assurer la part d'enfant dont elle est enceinte ! . . M. de *Roux* parle de mes *excès accumulés* dont il demande hautement *la punition.* . . . . Vous allez voir, Messieurs, quels sont les excès qui ne doivent pas rester impunis, quels sont les excès qui crient vengeance devant Dieu & devant les hommes, & dont mes exécuteurs testamentaires seront chargés de poursuivre la vengeance que les loix m'authorisent à demander, si je meurs avant de l'avoir obtenue.

Je vous ai déjà prié d'observer, pages 53 & 54, que dans le tems même où M. *de Roux* n'ose conclure sa Plainte criminelle, que par la demande, *qu'on assure le part de l'enfant dont sa femme est enceinte* ; dans ce même tems, dis-je, il avoit le front de refuser de M. *Desachars*, cette même part d'enfant à laquelle un reste de pudeur, ou plutôt la crainte d'effrayer le Ministre, l'obligeoit de se borner dans sa plainte ; & qu'il la refusoit, cette part d'enfant, par cette Réponse atroce, Tout ou Rien . . . Cependant comment arriver à ce Tout qui pouvoit seul assouvir sa cupidité ? . . . Un seul évènement, un seul, pouvoit, je ne dis pas légitimer, mais enfanter l'idée d'une prétention aussi révoltante : & quel étoit cet évènement ? . . . *la mort de sa femme.* la mort de ma fille, jointe aux protections de M. *de Roux*, donnoit à cet homme, suivant l'opinion de ses Avocats, un droit incontestable sur tous les biens de cette infortunée. Un droit ! . .

P 2 Voici

Voici ses titres, dans la récapitulation de sa conduite, dans le sommaire du compte que j'en ai rendu jusqu'ici, dans le récit des horreurs qui devoient d'une façon ou d'une autre nécessiter l'évènement sur lequel on a réellement aujourd'hui l'impudence de fonder un droit aussi étrange.

SOMMAIRE *de la conduite de M. de Roux, & de celle de sa femme.*

Ma fille avoit fait la fortune de M. *de Roux* ; il est visible maintenant, malgré les calomnies de l'Abbé *Peru*, soutenues des Assertions & des Insinuations de la Plainte dont je viens de rendre compte, que cette généreuse femme, en épousant M. *de Roux*, ne pouvoit être soupçonnée d'aucun autre motif que celui de l'estime & de l'amitié :

Que fait M. *de Roux ?*

Il la vexe journellement pendant six semaines, & finit par l'outrager.

Cette fougue irrésistible de caractère, oblige ma fille à prendre des mesures contre de nouveaux excès ; elle se flatte qu'il sera possible d'y parvenir décemment & sans scandale, elle fait à son mari les propositions les plus généreuses :

Que fait M. *de Roux ?*

Il lui procure tous les dégoûts, tous les désagrémens qu'il peut lui procurer à *Avignon*, & l'amuse par l'espoir d'un arrangement, pendant les trois mois dont ses Agens ont besoin pour la calomnier avec succès & la déshonorer complètement à *Paris* & à *Rome*.

Ma fille qui ignore les calomnies, dévore les dégoûts ; se refuse à tous les avis qu'on lui donne des atrocités dont les Conseils de M. *de Roux* sont capables, & des machinations sourdes qui se trament contre elle ; ne doit qu'à sa présence d'esprit & à la promptitude de ses déterminations, le bonheur qu'elle a d'échapper à un de leurs artifices chez M. le Chevalier *de Javon* ; diffère cependant encore sa plainte à la sollicitation de M. le Comte *du Roure* ; renouvelle ses généreuses propositions ; les voit rejetter avec impudence après une perfidie horrible ; porte enfin sa Plainte, mais en suspend la poursuite dès la première lueur d'un arrangement que M. le Dataire propose, & dont elle demande que les conditions soient claires, précises, écrites :

Que fait M. *de Roux ?*

Il exige hautement & avec une inflexible opiniâtreté, toutes les clauses qui doivent anéantir l'espoir d'une réconciliation

tion, & demande infidieufement toutes celles qui doivent lui fournir les moyens de s'emparer de fa femme fans lui être réconcilié.

Il fait auffi que fa femme eft idolâtre de fon enfant; qu'elle ne refpire que pour le nourrir; que l'yvreffe de cette idée excite journellement chez elle les tranfports les plus refpectables, les expreffions, les démonftrations les plus attendriffantes; avec cet excès de fenfibilité qui la caractérife en tout, furviroit-elle à l'acte de cruauté qui lui arracheroit fon enfant, cet enfant qu'elle veut nourrir, que les loix lui permettent de nourrir ? . . .

Que fait M. *de Roux ?*

Il foule aux pieds les loix & la nature, & dicte inhumainement que cet enfant fera ravi à fa mère, *immédiatement après fes couches*; c'eft un moment décifif pour opérer la révolution la plus complette.

Ma fille fe foumet à cette condition barbare, & n'abandonne pas moins au furieux qui l'exige, le tiers de fa fortune qu'elle lui avoit toujours offert, & fe reftreint même, en digne mère, à la moitié lorfque fon enfant aura quatorze ans :

Que fait M. *de Roux ?*

Il paroît accepter; mais il refufe *par honneur*, dit-il, de fe prêter à l'unique moyen qui puiffe garantir à fa femme, la jouiffance de cette portion de fa propre fortune qu'elle s'étoit réfervée; il rejette l'unique mefure que fa femme puiffe oppofer avec fuccès à fa cupidité, lorfqu'il jugera à propos de s'emparer du TOUT.

On réduit au filence ce prétendu *honneur*, par la propofition d'un expédient contre lequel il ne peut y avoir, ni objection ni prétexte, & qui équivaut pour la fureté de ma fille à la mefure qui avoit bleffé l'honneur de fon mari :

Que fait M. *de Roux ?*

Il paroît y foufcrire, mais il demande, par des principes, dit auffi fon Avocat, de religion, d'honneur, de juftice, & de délicateffe, une condition révoltante & inique, *une caution* qu'il n'eft pas en droit de demander.

Les arbitres rejettent cette condition injufte & indécente; on dépêche M. le Dataire pour lui en repréfenter l'indécence & l'injuftice :

Que fait M. *de Roux ?*

Il fe foumet; il révoque pofitivement par la bouche du Dataire, en préfence de Meffieurs *de Cambis, Defachars, Tefte & Balts*, cette condition humiliante qu'il n'avoit pas eu honte de demander. . . . . . Mais. . . . . Ses mefures

font

font déjà prises ; le tiers & même la moitié ne font pas
le Tout ; la mort de fa femme, qui fuivra probablement
l'exécution de la claufe atroce qui doit lui ravir fon
enfant *immédiatement après fes couches*, n'opérera pas fans
difficulté en faveur du grand projet (*la poffeffion du* Tout)
s'il est ftipulé *comme M.* de Roux *en est formellement convenu,*
que la dot fera placée à la fatisfaction des intéreffés ; car
la fatisfaction de l'intéreffé qui a promis la dot, & la fatisfaction de l'intéreffée à qui elle est promife, s'oppoferont à
tout placement qui pourroit contribuer à l'encouragement
& à la récompenfe du projet le plus horrible :

Que fait M. *de Roux ?*

Il rompt fon engagement dès le lendemain de fa parole
donnée en préfence de Meffieurs *de Cambis, Defachars, &c.*
& dit impudemment *qu'il portera plutôt fa tête fur un billot*
que de confentir au placement de la dot ailleurs qu'à Avignon,
où l'on voit aujourd'hui qu'il étoit peu d'excès qu'il ne
pût fe permettre & fe promettre, en attendant la décifion
de *Rome.*

Un manque de parole auffi fcandaleux, joint à l'avis
que nous recevons des manœuvres iniques & perfides que
M. *de Roux* nous prépare pour toute récompenfe de notre
généroſité, & des ménagemens que nous avions eu pour lui
jufqu'alors, détermine enfin ma fille à demander la féparation provifoire, qu'elle auroit pu demander trois mois plus tôt ;
la néceffité de la féparation est vifible, elle l'obtient dès le
jour de la demande, renouvelle fes généreufes propofitions
auffi-tôt après l'avoir obtenue ; confent de plus à placer
fous la main de M. *de Roux,* le tiers de fa dot, *même de la*
partie qui ne doit échesir qu'après ma mort, & que je confens
qui foit placée dès mon vivant ; mais les intentions trop mani-
feftées de fon mari, m'obligent à demander l'expreffion pofitive d'une claufe qui mette à l'abri de tout équivoque la
reverfion des biens de ma fille à fon frère, en cas de mort
fans enfans, ou d'enfans fans enfans :

Que fait M. *de Roux ?*

Il n'a point de honte de demander encore à M. *Defachars,*
que je me foumette à cette condition injufte qu'il m'impofe
de nouveau, il exige cette caution à laquelle il avoit renoncé
huit jours avant en préfence de M. *Defachars,* de M. *de*
Cambis, & de quatre autres témoins.

J'attends que la réflexion ramène à la confidération de fon
intérêt, cet homme incapable d'écouter la juftice & l'honneur ; mais il est dans le délire ; l'effet des calomnies répandues

dues à *Rome*, à *Paris*, à *Avignon*, lui paroît trop assuré, pour craindre de hasarder les démarches les plus violentes contre son beau-père & contre sa femme ; ils sont enfin si complètement déshonorés l'un & l'autre, qu'il est sûr que personne n'osera s'intéresser pour eux, on croiroit s'inté-resser pour un fripon & une infâme : il n'hésite donc point à substituer à des moyens iniques devenus impraticables depuis la séparation provisoire, des manœuvres *odieuses & sans exem-ples*, des projets *d'arrêt*, des appareils de Maréchaussée....

Ces projets affreux, transpirent, un homme de la première considération m'en donne avis, & la justesse de son avis est démontrée par la lettre de M. *Palun*, page 110: Quel peut être le but de ses nouvelles infamies ? Seroit-ce de m'extorquer par la crainte, une caution qu'on exige par iniquité ? l'on n'y réussira pas : mais cette tentative dirigée en apparence contre moi, pro-duira-t-elle moins son effet sur ma fille, enceinte, ulcerée, &, déjà accablée par trois mois d'humiliations & d'injustices ? Mon devoir de sequestre & de père ne m'oblige-t-il pas de la mettre à l'abri de tout danger ? .... Ces réfléxions me décident ; je pars d'*Avignon*, j'emmène ma fille avec moi chez sa tante, femme respectable & connue ; ma fille se flatte pendant la route que son mari aura assez de bon sens pour secouer enfin le joug de ses horribles conseils, qu'il prendra la poste seul, & qu'il viendra la joindre, (voyez page 51.). aussi-tôt qu'elle est arrivée, elle renouvelle en conséquence ses anciennes propositions, *plus avantageuses que celles par les-quelles M.* de Roux *vient de terminer sa Plainte :*

Que fait M. *de Roux ?*

Il se démasque ; il demande impudemment le TOUT ; & subs-titue avec la même impudence, aux mesures odieuses que mon départ venoit de rompre, une atrocité qui tend ouverte-ment au double but de toutes les machinations secrettes : il intente un procès criminel pour diffamer publiquement, & obtient deux décrets pour traîner ignominieusement & avec barbarie, sous la griffe du vautour, la proie innocente qui se flatte vainement de lui être échappée ; vainement, car les calomnies les plus atroces lui avoient déjà enlevé à *Paris*, les ressources qu'elle y eût trouvées contre l'exécution des brigandages d'*Avignon*.

Ma fille voit effectivement qu'elle ne peut échapper aux décrets *Avignonois* qu'en fuyant à *Rome* ; elle y fuit... On l'y massacre par un excès de zèle ; la nouvelle en arrive à *Avignon* ; cette nouvelle excite *l'indignation de tous les gens*

de

de bien contre tous les monstres qui ont contribué à cet offreux évènement, voyez page 63 :

Que font les Conseils de M. *de Roux* au milieu de cette indignation générale des gens de bien ?

Le principal d'entr'eux rencontre un des hommes qu'il fait être le plus attaché à cette malheureuse femme & à moi, & il lui dit, Voila une bonne succession qui arrive a M. de Roux :

La voilà donc arrivée enfin cette bonne succession, si impatiemment attendue, si ardemment, si habilement poursuivie ! Le Conseil de M. *de Roux* ne voit dans le dernier anneau de cette chaîne horrible qui a conduit ma fille à la mort... que la succession dont son pupille va s'emparer, & le plaisir bas d'insulter à la douleur de mon ami, en lui apprenant le triomphe du sien. .... Lorsqu'à la fin de Juillet, réfléchissant à *Agen* sur les motifs secrets de toutes les odieuses manœuvres dans lesquelles on avoit entraîné M. *de Roux*, j'écrivois (voyez page 40) *& le son de la cloche qui annoncera la mort de cette infortunée, sera donc aussi le signal du triomphe de son persécuteur !* Imaginois-je des horreurs que l'évènement n'ait pas vérifiées ? L'honnête homme à qui le Conseil de M. *de Roux* avoit la cruauté d'adresser cette étrange exclamation, lui répondit, Vous vous trompez, Monsieur, Mde. la Marquise *de Roux* a fait une disposition testamentaire... *Une disposition testamentaire ! .. Une disposition testamentaire qui enlève à M. de* Roux *le moyen de dépouiller un enfant dont la mère vient enfin de succomber sous le poids de tant d'horreurs, si opiniâtrement poursuivies, si heureusement couronnées !* . . . . . Aussi-tôt des légistes sont dépêchés pour l'examiner, & parmi tous les Avocats de la ville, M. *de Roux* a la douleur de ne trouver que le sien, qui ne s'honore pas du plaisir de signer que la disposition de ma fille est suivant la loi & la coutume.

Que l'Etre respectable qui donna à cette malheureuse mère, l'idée d'une précaution aussi sage, aussi essentielle pour son enfant, qui lui en représenta si fortement la nécessité, qui me pressa tant de fois de vaincre la répugnance que j'avois à prévoir la possibilité d'un évènement aussi affreux ; que cet Etre, dis-je, reçoive ici les témoignages publics de ma reconnoissance, & qu'il attende du Ciel la récompense d'une action qui enlève au crime, jusqu'au prétexte qu'il eût eu pour espérer le succès dont il s'étoit flatté. On donna ce conseil à ma fille immédiatement après qu'il fut constaté publiquement à *Avignon*, que M. *de Roux* avoit refusé la jouissance

du

du tiers de la fortune de cette malheureuse femme, que j'avois offerte *en préfence de M. de Cambis, dès le 7 Février :* cependant il me fut impoſſible de me déterminer à une meſure auſſi néceſſaire, *avant le 14 d'Avril,* la preuve en eſt dans la date de la pièce ; & je ne m'y déterminai qu'après les actes réitérés de la mauvaiſe foi la plus ſcandaleuſe, la preuve en eſt dans l'hiſtoire entière de la négociation. . . . & l'on m'accuſe *d'excès accumulés qui ne doivent pas reſter impunis !* . . . . & quels ſont mes excès ? J'ai rempli les devoirs de ſequeſtre & de père en mettant, *du moins pour quelques inſtans,* ma fille & l'enfant qu'elle portoit dans ſon ſein, à couvert des dangers dont elle étoit menacée. . . . & quel eſt celui qui m'accuſe, & me pourſuit criminellement pour ce prétendu crime ? quel eſt celui qui demande la punition de ces excès imaginaires ? . . . . C'eſt celui qui rugit de ſe voir diſputer la récompenſe des excès trop réels, dont je viens de rendre compte, & de ceux dont je vais parler.

SECONDE PARTIE

DE LA TROISIEME LETTRE

Du Marquis DE CASAUX à MM. le Marquis DE CAMBIS, & le Marquis DESACHARS.

RECAPITULATION *de la Première Plainte de M. de Roux, du 6 Mai ; Examen de ſa Seconde Plainte du 14 ſuivant ; Rubrique imaginée pour remédier ou défaut radical de la Première Plainte, & détruire en même tems les moyens de ſéparation allégués par ma fille.*

SI juſqu'à préſent, Meſſieurs, il m'eſt échappé, s'il m'échappe encore quelques expreſſions libres, quelques réflexions ſévères, je me flatte que vous les pardonnerez à un homme auſſi impudemment & auſſi fauſſement accuſé,

De mauvaiſe foi & de paroles données aujourd'hui & déniées demain, dont on aſſure que les arbitres ont été indignés.

Du deſſein prémédité de ne rien payer d'une dot que je n'avois promiſe que pour faire un mariage honorable.

De frauduleuſe intention dont perſonne ne doute.

Q   De

De turpitude qu'on auroit defiré de cacher à la juftice, & dont on abreuve le Public *d'Avignon, de* Paris, *& de* Rome.

De cinq enlèvemens, favoir : du nom de M. de Roux, *de fa femme, de fa dôt, de fon enfant, & enfin de la foible reffource d'une hypothèque par ma fuite honteufe & précipitée dans les pays étrangers :*

De fauffetés qui m'ont fervi à obtenir la fequeftration.

D'un procès en féparation que je n'ai imaginé, que pour exécuter, à la faveur de cet égide, les cinq enlèvemens dont on vient de fe plaindre.

Enfin de tant d'excès accumulés dont M. de Roux *demande la punition à la juftice,* & qu'on chercheroit vainement dans fa Plainte, fi l'on n'y joignoit les explications des Plénipotentiaires & Commentateurs *Peru, Caftain* & autres.

Dans le feu de la compofition, cette chaîne d'injures s'offrit fans doute à ceux qui l'avoient fabriquée, comme une fuite de fophifmes impofans, capables d'éblouir & de féduire : mais après huit jours d'effervefcence & de digeftion, l'amalgame fe trouva réduit à fes principes : les Confeils de M. *de Roux* obfervèrent auffi-tôt que M. l'Official d'*Avignon* n'étoit pas le feul qui dût lire la Plainte de M. *de Roux,* & que cette plainte n'étoit que virulente, ridicule d'ailleurs, & préfentant mal adroitement pour tout motif, fous le nom de crimes, des faits dont l'Expofition même, malgré la virulence infidieufe de fes expreffions, détruifoit l'idée qu'ils vouloient en donner : car après avoir reconnu en termes formels, que ma fille *avoit été fequeftrée entre mes mains pendant le procès,* il étoit abfurde de me pourfuivre criminellement, parce que j'avois pendant le procès, ufé des droits & rempli les devoirs de fequeftre, parce que j'avois fait par prudence, ce qui ne m'étoit défendu par aucune loi: Après avoir également reconnu en termes précis que *la féparation provifoire avoit été ordonnée par l'Official,* il étoit extravagant de prétendre que j'enlevois à M. *de Roux,* une dot à laquelle il ne pouvoit avoir aucun droit qu'après que la féparation provifoire feroit révoquée : mais quel fut le réfultat de ces fages réflexions, & de beaucoup d'autres plus profondes encore, dont j'aurai bientôt occafion de parler ? Ce fut, Meffieurs, de fabriquer une feconde plainte dans laquelle on n'héfita pas à nous accufer pofitivement ma fille & moi, des deux crimes les plus affreux & les plus funeftes à la fociété ; quant aux preuves, M. *de Roux* favoit déjà fans doute qu'il feroit difpenfé d'en donner une feule.

Voici, Meffieurs, un extrait de cette feconde Plainte que M.

M. *de Roux* eut le courage de préfenter le 14 de Mai : je vous jure fur mon honneur que je n'en retrancherai que les inutilités, & les traits qui ne peuvent fervir à quoi que ce foit au monde, pas même à prouver que fes Avocats favent le *François.* L'un de ces intrépides Avocats fe nomme M. *Caftain*, aujourd'hui Juge de *St. Pierre* à *Rome* ; c'eft le même *Caftain* qui m'a fait propofer la caffation du mariage de ma fille, pour une fomme d'argent (voyez page 98) & qui remit à M. *de Roux* la lettre fcandaleufe, prétendue adreffée à ma fille, voyez page 88. L'autre Avocat fe nomme M. *Aftier*, c'eft celui qui prétendoit que M. *de Roux* avoit toujours été uniquement guidé dans fa conduite avec fon beau-père & avec fa femme, 1°. par la religion, 2°. par l'honneur, 3°. par la juftice, & 4°. enfin par la délicateffe. Si la première Plainte de M. *de Roux*, qui étoit également le produit des forces combinées de ces deux hommes, n'a pas fuffi, Meffieurs, pour déterminer & fixer votre jugement à leur égard, vous pourrez juger enfin de l'eftime que méritent leurs perfonnes, & de l'efpèce de célébrité due à leurs infignes talens, par la feconde Plainte de M. *de Roux*, dont je vais vous rendre compte en fuivant le No. des Affertions de la première.

PRÉAMBULE *de la feconde Plainte criminelle de M.* DE ROUX.

L'an 1783, *& le 14 du mois de Mai par-devant M. l'Official d'*Avignon, *a comparu le Sgr. Marquis* de Roux, *affifté de nobles T. A.* Caftain *& C. A.* Aftier *fes Avocats, &c. lequel a expofé avec plainte & querelle criminelle additionnelle, ne faifant qu'une avec la première. . . .*

OBSERVATION

Sur la dernière Partie du Préambule de M. DE ROUX.

Si la Première Plainte de M. *de Roux* eut été jugée feule, l'Official n'auroit pu fe difpenfer de la déclarer *extravagante, fcandaleufe, injufte, malicieufe & diffamatoire,* l'évidence lui auroit malgré lui arraché ce jugement. Les Avocats de M. *de Roux* le préviennent en demandant, comme vous venez de le voir, que la feconde Plainte, portant accufation & articulation de crimes réels & affreux, *ne faffe qu'une feule plainte avec la première.* Au moyen de cette Rubrique, ils remédient au défaut radical de cette première plainte, qui ne préfentoit que la fingularité d'une pourfuite au criminel fans crime articulé: vous verrez bientôt à la vérité que la feconde Plainte préfente trois fingularités bien plus cho-quantes encore: 1°. une accufation de crime, démontrée fauffe par la pièce même alléguée pour la foutenir; 2°. la tranflation frauduleufe de la pièce fondamentale d'un procès actuellement en inftance, dans un autre procès où elle ne pouvoit pas être difcutée, & dans lequel elle ferviroit cependant de bafe à une condamnation diffamatoire; 3°. enfin une femme pourfuivie criminellement par fon mari, parce qu'elle a foumis à la juftice, les griefs fur lefquels elle deman-doit d'en être féparée. La feconde Plainte de M. *de Roux* eft donc réellement plus inconcevable & plus révoltante encore que la première; mais M. *de Roux* ne doutoit point que nous ne fuffions ma fille & moi, victimes de ces monf-truofités avant qu'elle fuffent dévoilées, & l'évènement a prouvé qu'il eut raifon de n'en pas douter.

QUINZIEME *Affertion de M.* DE ROUX.

M. de Roux *vient feulement d'apprendre que M.* de Cafaux *fon beau-père, non content de lui avoir enlevé par fa fuite & fon évafion, fa femme, l'enfant qu'elle porte dans fon fein, & la dot de* 300,000 liv. *il a de plus ofé fe porter contre le plaignant à des excès de calomnie & d'atrocités bien plus grands encore; il n'a pas craint de noircir fon gendre aux yeux de la juftice, & d'en laiffer dans votre Tribunal, un monument éternel, trois jours avant fon évafion.*

REPONSE.

Ce feroit effectivement une *atrocité* bien révoltante que de *calomnier* avant de partir, un malheureux à qui *l'on enlève cent mille écus*; heureufement vous avez vu que je n'enle-vois rien à M. *de Roux*, & qu'en féqueftre prudent, je n'a-vois fait que veiller à la furcté des différens dépôts confiés à mes foins: mais foupçonneriez-vous, Meffieurs, que ce mo-nument éternel de calomnie, que M. *de Roux* m'accufe, moi, d'avoir figné trois jours avant mon *évafion*, c'eft-à-dire le 26 d'Avril, car je fuis parti le 29, n'eft autre chofe que la Plainte & demande en féparation que ma fille a portée & fignée le 1 de Mars, fous mon authorifation? Non fans doute, vous croiriez qu'il y eût quelque nouveauté, fignée par moi en mon propre & privé nom, le 26 d'Avril, trois jours avant mon départ, & qu'à force d'adreffe & de tortures, on a pu en tirer une indiction de calomnie. . . . M. *de Roux* lui-même va vous remettre dans le chemin de la vérité, en vous

vous prouvant combien il lui en coûte peu pour en fortir ;
& vous ne ferez pas long-tems à découvrir la raifon qui
l'engage à m'accufer, moi, du prétendu crime que ma fille
a certainement commis, favoir : *fa demande en féparation d'un
tel homme.*

Seizieme *Affertion de M.* de Roux.

*M. de Roux entend parler de l'Expofition que M. de Cafaux
père, & Mde. fa fille d'icelui autorifée, firent & fignèrent
tous deux le 26 d'Avril.*

R É P O N S E.

L'*Expofition*, ou bien *la Plainte* de ma fille, ou bien *fa
Demande en Séparation*, n'importe le terme ; car la fineffe de
changer le véritable, au lieu d'aveugler aujourd'hui, ne fera
que prouver l'aftuce qui dicta les expreffions même les
plus fimples en apparence : cette *Expofition* donc eft du 1 de
Mars ; & *l'ordre d'informer* donné par l'Official fur cette
expofition, plainte ou *demande,* eft du même jour. . . & *M. de
Roux* me pourfuit criminellement, parce que, dit-il, *il vient
feulement* (le 14 de Mai) d'apprendre que je fuis l'auteur de
cette expofition, de ce prétendu monument de calomnie !
il vient feulement le 14 de Mai, d'apprendre qu'il a été figné
le 26 d'Avril ! . . . Or l'Official, le Juge même auquel il
me dénonce, avoit actuellement fous les yeux, la preuve
démonftrative que cette expofition n'étoit point mon propre
fait, que cette expofition n'étoit point un monument de
calomnie, que cette expofition lui avoit été préfentée à lui-
même & fignée dès le premier de Mars, & qu'il l'avoit examinée
le même jour. . . . jugez, Meffieurs, de la bonne foi de l'Etre
étonnant qui fe plaint, & de l'Etre plus étrange encore qui
reçoit fa Plainte ; jugez de l'atrocité de la condamnation
qui l'a fuivie, jugez du motif qui dicta la plainte & la condamnation ; fongez aux fuites affreufes de ces horreurs. . . &
fi le coupable ofe enfuite en demander le prix. . .

Dix-septieme *Affertion de M.* de Roux.

*Au défaut de moyens pour furprendre à Votre Seigneurie, l'ad-
miffion au jugement de féparation, M. de Cafaux a pris le
parti de transformer les faits & toutes les circonftances où il
falloit néceffairement faire l'éloge de M. de Roux, & de fa*
tendreffe

tendreſſe pour ſa femme, en des faits qui le repréſentent comme le plus cruel, le plus barbare & le plus odieux de tous les maris.

RÉPONSE.

1º. M. *de Roux* ſait très-bien que M. *de Caſaux* n'allègue ni transforme aucun fait ; que c'eſt la fille de M. *de Caſaux* qui ſe plaint & allègue des faits ; que pour procéder contre ſon mari, il falloit qu'elle fût *aſſiſtée* par ſon père ; que ſon père ſigna comme *l'aſſiſtant* ſeulement ; qu'il ſigna, parce que la loi & la décence l'y obligéoient, qu'il n'eſt pas plus garant des faits allégués, que l'Avocat qui comme lui a ſigné la plainte qui en rendoit compte ; & qu'enfin cette plainte ne rend pas même compte d'une extravagance dont M. *de Caſaux* a été témoin, & dont il pourroit convaincre une ſeconde fois M. *de Roux*, ſi Mde. ſa mère & M. le Comte *Duroure* vouloient bien ſe rappeller l'eſpèce d'extaſe qu'ils témoignèrent à M. *de Caſaux*, ſur un trait de bonté ſignalée, par lequel il paya le trait de folie & de méchanceté dont il venoit de convaincre ſon gendre en préſence de ſa mère & de ſon ami.

2º. Je vais me ſervir d'un excellent argument, de l'argument ſans replique dont ma fille a fait uſage dans ſa lettre à M. le Comte *de Vergennes*: *les faits allégués dans ma plainte*, diſoit-elle, *ſont vrais ou faux ; s'ils ſont faux, ma plainte eſt rejettée ; s'ils ſont vrais, ce n'eſt rien encore, il faut qu'ils ſoient ſuffiſans pour opérer une ſéparation ; je conviens que s'ils ſont vrais & ſuffiſans, ma dot échappe à M. de Roux ; je ne vois que ce mot à l'énigme de ſa conduite, ſans cela incompréhenſible ; M. de Roux ſait que les faits ſont vrais, & qu'ils ſuffiſent.* Oui, Meſſieurs, voilà l'énigme expliqué, c'eſt le déſeſpoir de la vérité & de la force des faits, qui a produit les calomnies de l'Abbé *Peru*, le procès criminel, les décrets, enfin tout ce tiſſu d'horreurs dont il falloit eſpérer le dernier excès, pour ſe flatter d'en recueillir le fruit.

Je reviendrai peut-être encore à cette lettre de ma fille, elle ne ſavoit pas alors plus que moi, ce dont elle étoit accuſée ; elle ignoroit même qu'elle le fût ; & ſa lettre contient des réponſes à tout ; & ce n'eſt pas une lettre poſthume, elle eſt dans les mains de M. le Comte *de Vergennes* depuis le 5 ou le 6 Juillet, puiſqu'elle eſt partie d'*Aiguillon* le 29 de Juin.

Dix

DIX-HUITIEME *Affertion de* M. DE ROUX.

Le récit exact des dépits amoureux qui ont occafionné entre les
deux époux, les petits débats connus de toute leur fociété, com-
paré avec l'ufage frauduleux que M. *de Cafaux en a fait*
dans fon expofition, fera à jamais une démonftration de fa per-
fidie, & du noir projet qu'il avoit formé avant le mariage, de
marier honorablement fa fille, fous l'attrait d'une dot de
300,000 liv. au paiement de laquelle, il s'étoit flatté de fe
fouftraire par une fuite honteufe.

RÉPONSE.

Croyez-vous, Meffieurs, que mon Procureur en me remettant cette pièce à *Rome*, avoit eu raifon de me recommander
fi inftamment de me poffeder quand je la lirois ? & je ris
en la lifant ! Ah, Meffieurs, dans des affaires auffi férieufes,
ne riez jamais des allégations ridicules ; elles couvrent
toujours des moyens atroces qu'on fe flatte de juftifier par
le fuccès... Juftifier ? Eh, qu'importe pourvu qu'on étour-
diffe par l'évènement ?.... Etourdir ? Qu'importe encore
pourvu qu'on ait réuffi ? & fi l'on ne réuffit pas, qu'importe
la honte de l'avoir entrepris ?

Mais puifque M. *de Roux* infifte de nouveau fur l'honneur
de fon alliance, puifqu'il s'opiniâtre à donner cette perfpective, comme l'une des raifons qui m'ont engagé à la *perfidie*,
qui m'ont infpiré *le noir projet* de promettre une dot de
300,000 *liv. au paiement de laquelle je m'étois flatté de me fouf-*
traire par une fuite honteufe ; Qu'il me foit permis de vous
demander, Meffieurs, (en faifant abftraction des explications
de l'Abbé *Peru*) s'il n'y a pas un excès d'impudence de la part
de M. *de Roux*, à prétendre qu'une demoifelle, de même état
que lui, jeune, remplie d'efprit & d'amabilités, faifant à
la fatisfaction de tout le monde fans exception, les honneurs
d'une maifon montée fur le ton de l'aifance & de l'honnêteté, careffée enfin, j'ofe le dire, dans les plus refpectables,
avoit befoin de 300,000 *liv.* pour afpirer à lui, homme
de 40 ans, dont la trifte fortune étoit fi connue, la valeur
intrinfèque fi peu équivoque, les alentours fi généralement,
fi juftement appréciés, & qui ne dut les préventions favora-
bles du père & de la fille, qu'à cette réferve judicieufe qu'on
lui avoit préfcrite, & à ce mafque d'honnêteté dont on lui
avoit pour quelques inftans couvert la figure. Lifez, Meffieurs,
depuis la page 18 jufqu'à la page 20, voyez fi M. *de Roux* avoit
l'air de dicter les conditions de fon alliance, & fi ma prétendue

tendue intention, de ne lui rien payer, n'eût pas été plus
simplement & plus sûrement remplie, en refusant de contracter avec lui un engagement qui ne me donnoit pour
compensation de la dépense très-réelle d'un tel homme de
plus à nourrir & entretenir, que l'espoir si légèrement conçu
de sa reconnoissance & de sa probité. Il faut encore ici
pour trouver une ombre de bon sens à M. *de Roux*, recourir à son commentateur, & répéter ensuite à l'égard de cette
Dix-huitième Assertion, ce que j'ai dit sur la cinquième :
si vous perdez de vue les explications de l'Abbé *Peru,* cette
accusation de *perfidie & de noir projet* est d'une extravagance
digne de l'interdiction ; avec l'explication de l'Abbé *Peru,*
c'est une atrocité qui exige une punition exemplaire.

Dix-neuvième *Assertion de M. de Roux.*

*L'on n'ignore pas que ses Conseils lui ont déjà fait sentir la néces-
sité de revenir, pour échapper aux conséquences meurtrières
d'un semblable délit.*

RÉPONSE.

Les conséquences meurtrières !

M. *de Roux* peut se flatter d'être le premier gendre qui
ait eu le courage d'annoncer à la justice, l'étrange espérance
de voir, à sa requête, condamner son beau-père à l'échaffaud ;
c'est le premier gendre qui ait eu le courage de représenter
à la justice, l'obligation où elle sera de condamner son beau-
père à l'échaffaud, s'il ne se hâte pas de retourner à *Avignon* ;
il n'y a que mon retour à *Avignon* qui puisse me permettre
l'espoir d'éviter l'échaffaud auquel mon gendre se flattoit
de me dévouer, lorsqu'il me dénonça & me poursuivit au criminel ; ce n'est que par mon retour à *Avignon*, que je puis échapper à *la nécessité des conséquences meurtrières, dues aux délits,
des divers enlèvemens dont il m'a accusé.*. . . . . . . Cela est-il
assez monstrueux ? Ajoutez maintenant, que ce *délit* chimérique d'enlèvement n'est qu'un mot qui couvre l'accusation favorite & secrète dont on espère tout ; le vrai *délit,
la fraude, la perfidie, le noir projet* dont nous étions ouverte-
ment accusés en interprétation des plaintes de M. *de Roux*,
étoit le délit affreux d'une supposition d'enfant. Lorsque
cette calomnie eut été presque généralement reçue à *Avignon,* & que M. *Palun* vit qu'elle alloit être le fondement, ou
pour mieux dire, le prétexte d'un décret inique, il ne cessa
de nous écrire à ma fille & à moi, que le gain de son procès
en séparation, dépendoit de son retour à *Avignon* ; l'on a vu,
page 65, la réponse de ma fille à la plus forte de toutes les
lettres

lettres qu'il lui avoit écrites à ce fujet ; mais ni M. *Palun*, ni aucun autre, n'eurent en trois mois, le courage de m'écrire que les amis de M. *de Roux* publioient, *qu'il avoit épousé une femme enceinte d'un autre que de lui, & que c'étoit pour confommer avec plus de fuccès & de facilité, cette perfidie & ce noir projet, que j'avois enlevé ma fille d'Avignon, & l'avois conduite à Agen.* M. *de Bruni* m'avoit bien écrit de *Paris* le 20 de Mai, que mon départ d'*Avignon*, m'obligeroit de faire des procès-verbaux à chaque pas ; mais il falloit du moins que ma fille eût une ombre de reproche à fe faire, pour imaginer que ce fût une infinuation de la calomnie que les amis de M. *de Roux* faifoient circuler à *Paris* : je dirai plus ; quand bien même M. *de Bruni* eût ajouté les mots fuivans, *parce que M. de Roux penfera peut-être que fa femme en fe mariant étoit enceinte d'un autre que de lui,* ces mots très-décififs pour tout autre, ne l'auroient pas été pour moi, vu la preuve que j'avois de l'impoffibilité que M. *de Roux* eût une pareille idée, (voyez page 102 & 103) je me ferois donc contenté de rire, & d'apprendre à M. *de Bruni* le triomphe indécent & connu du Public, que M. *de Roux* avoit remporté fur les obfta-cles du Rit *Hébraïque* ; jamais je n'euffe imaginé que pour enrichir cet homme des dépouilles d'une innocente, on eût réuni en fa faveur les quatre excès de l'impudence, de la baffeffe, du menfonge, & de l'atrocité.

Vingtieme *Affertion de M.* de Roux.

Mais fon intention & l'exécution font parfaitement connues de toute la ville.

EXPLICATION.

C'eft-à-dire l'intention & l'exécution d'un enlèvement de 300,000 *liv.* fuivant la Dix-huitième Affertion, & de la fup-pofition d'un enfant dont M. *de Roux* n'eft certainement pas le père ; car s'il eût été poffible d'en douter, M. *de Roux* eût-il permis à fes amis, à fes Avocats, à fes agens, d'apprendre à toute la ville d'*Avignon*, de répandre à *Paris* & à *Rome*, une chofe auffi humiliante pour lui, & d'en faire la bafe de leurs folicitations, & des arrangemens qu'ils pro-pofent ? Voilà, Meffieurs, le raifonnement qui a fait périr ma fille en la privant de toute efpèce de protection.

R VINGT

VINGT ET UNIEME *Affertion de* M. DE ROUX.

Son retour ne pourra être regardé que comme l'effet d'un Criminel audacieux.

RÉPONSE.

D'un Criminel audacieux, qui ne revient, qui ne peut revenir que pour braver la justice, & la défier de le soumettre à ces *conféquences meurtrières* qu'il a méritées par son *délit* : cela est adroit, car observez que M. *de Roux* savoit bien que sa femme n'étoit pas enceinte avant son mariage, quoique ses amis l'assurassent avec la plus grande impudence ; il savoit bien aussi que ce n'étoit ni la volonté ni le pouvoir qui me manquoient, pour payer aux termes convenus, la dot que j'avois promise ; que c'étoit la raison, la justice, & la prudence qui m'empêchoient de le faire ; il savoit même que M. *Michel*, l'un des plus riches & des plus loyaux hommes de votre ville, avoit dit en présence de trente perfonnes chez lui, qu'il me serviroit de caution pour 100,000 liv. si je le voulois, & qu'après avoir dormi deux fois sur cet élan de générosité, il avoit noblement couru les risques de mon indiscrétion, & m'avoit fait à moi-même, trois jours après, les mêmes offres qu'il a encore renouvellées depuis ce tems-là. M. *de Roux* étoit donc réduit à croire qu'il seroit très-possible, que les instances de M. *Palun* & de mes amis de *Paris* & de *Rome*, me déterminassent à retourner à *Avignon* ; il présumoit avec raison qu'il ne s'en trouveroit point d'assez peu circonspect pour m'écrire nettement : *Les amis de M. de Roux débitent que votre fille étoit enceinte avant son mariage ; cela est-il vrai ? cela est-il faux ? si cela est vrai, exécutez-vous, M. de Roux ne demande que l'argent ; si cela est faux, gardez-vous de renvoyer votre fille à Avignon ; le bruit affreux qu'on répand ici, suppose là un dessein abominable contre elle ; mais venez la montrer journellement à Paris, c'est l'unique moyen de confondre sans risque, le plus atroce & le plus impudent des calomniateurs ;* M. *de Roux* s'arrange donc prudemment en conséquence de la possibilité d'un retour, que ses intrigues me font conseiller de toutes parts, & il prend ses mesures pour qu'il soit regardé comme *le retour d'un criminel audacieux*, qui vient pour braver la justice, & qui lorsqu'il mérite *les conféquences meurtrières d'un délit affreux*, ne doit pas du moins obtenir une sequestration que lui, *de Roux*, destine à M. l'Accoucheur *Brunel*.

VINGT

Vingt et deuxieme *Affertion de M.* de Roux.

Son retour ne le lavera jamais fur-tout de la calomnie atroce,
que renferme fon Expofition, & de la fubornation de fes domef-
tiques qui ont dépofé le même jour, en conféquence de cette
fauffe Expofition. • Voici donc l'hiftoire véritable de tous ces
dépits amoureux, que M. de Cafaux n'a pas craint de conver-
tir aux yeux de la juftice, en autant de délits commis par fon
gendre.

RÉPONSE.

Avant de difcuter cette prétendue hiftoire, que j'appelle-
rois comique, fi la cataftrophe n'eût pas été auffi funefte, je dois
enfin dévoiler le myftère & les motifs de cette *accufation de*
calomnie atroce & de fubornation de témoins, dont il n'eft pas
encore tems d'examiner la juftice. Cette accufation eft d'autant plus incompréhenfible, lorfqu'on la confidère hors de
fa liaifon avec le plan infernal des Confeils de M. *de Roux*,
que ma prétendue *Expofition* fur laquelle elle eft fondée,
n'eft autre chofe, comme M. *de Roux* en convient lui-même
dans fa Seizième Affertion, que la *Plainte & Demande en*
féparation que ma fille a préfentée à la juftice : il eft donc
évident que cette *Expofition* ou Plainte de ma fille, ne peut
pas être confidérée & traitée comme mon propre fait ; & qu'en
fuppofant même qu'elle ne contienne que des fauffetés, c'eft
ma fille qui les a dites ; elle feule en répond ; fi elle a calomnié fon mari, la peine du crime fera proportionnée à fon
atrocité ; le Juge l'ordonnera, ma fille fera punie, la féparation provifoire fera révoquée, je n'aurai plus de raifon pour
retenir la dot, & certainement je ne la retiendrai pas.

Mais cette *Plainte* ou *Expofition* eft actuellement la bafe
d'un autre procès, du procès effentiel, du procès en féparation ; le Juge en eft nanti ; il a déjà donné un jugement
provifoire en conféquence ; le jugement définitif fe pourfuit ; M. *de Roux* eft affigné pour répondre aux faits allégués
dans cette Plainte ; pourquoi donc l'enlever cette Plainte,
du procès dont elle eft la bafe, du feul procès où elle puiffe
être difcutée, appréciée, & jugée définitivement ? Pourquoi
la transporter dans un autre procès, où notre Avocat ne fera
pas même admis à développer les preuves des faits qu'elle
contient ?.. Pourquoi, Meffieurs ? Pour deux raifons effentielles, & je doute que les annales de la chicane préfentent
une rubrique plus hardie & plus décifive, ou plutôt une
monftruofité plus révoltante :

1°. La plainte de ma fille étant une fois reconnue pour mon propre fait, & ayant fervi de bafe à la diffamation *in globo* du père & de la fille, dans le procès criminel, dé quel poids fera-t-elle dans le procès en féparation? le Juge n'écoutera feulement pas alors l'Avocat de ma fille, quelques prières, quelques inftances qu'il faffe pour être écouté... *Cela feroit horrible*, direz-vous; fans doute, mais le fait eft arrivé, vous le verrez bientôt.

2°. *Il falloit diffamer ma fille, pour démontrer que M.* de Roux *étoit en droit de l'outrager, fans rifquer de perdre fa dot.* Or, comment diffamer ma fille fans raifon, pendant que ma réputation feroit intacte? quel poids ne donneroit pas à la défenfe d'une femme vraiment innocente, l'intérêt d'un père dont la probité & l'honneur étoient fi généralement reconnus? *Il falloit donc me diffamer auffi.* Mais comment me diffamer? Comment diffamer un homme irréprochable? y parviendra-t-on par des calomnies fecrètes? les calomnies fecrètes, quand elles font atroces, ne peuvent nuire aux gens d'une probité reconnue, à moins qu'elles ne foient foutenues de preuves bien évidentes. ... fans doute encore; mais il n'eft point de preuve plus évidente, plus impofante du moins, *qu'un procès criminel & un jugement diffamatoire*; il ne s'agiffoit donc que de trouver une accufateur impudent, & un Juge inique: M. *de Roux* m'accufe en conféquence, & me pourfuit *pour crimes de rapt, d'enlèvement de nom, de calomnies atroces, de fubornation de témoins*; & le Juge auquel il me dénonce, ne lui laiffe rien à defirer, ni pour l'exemption des preuves, ni pour la promptitude de la double diffamation qu'il follicite.

Le fuccès complet d'une manœuvre auffi profonde n'étoit plus douteux; pleinement diffamé moi-même, par ce moyen auffi fimple qu'infaillible, de quelle force pourroient être mes proteftations de l'innocence de ma complice, d'une femme d'ailleurs accufée préalablement, & maintenant cenfée convaincue par l'impudence de fes calomniateurs (étayés des deux plaintes de M. *de Roux*) d'une autre infamie auffi atroce dans fon efpèce, *d'une groffeffe antérieure à fon mariage?* Quelque ignominieux, quelque barbares que puffent être tous les décrets paffés & futurs, prononcés & à prononcer contre elle, n'étoient-ils pas cenfés juftes & prononcés fur preuves de délit? & quelques funeftes que puffent être les fuites de l'exécution de ces barbares décrets, qui plaindroit l'infâme qui les avoit mérités? qui plaindroit le malheureux enfant qui en feroit la victime? qui plaindroit un bâtard

que

que *mes moyens obliques & tortueux* auroient, fans cet heureux
accident, *perfidement* intrus dans la famille de M. *de Roux?*
qui plaindroit le calomniateur & le fuborneur de témoins
qui avoit préparé avec tant d'art, *dès avant le mariage,* le triomphe *de cet enlèvement du nom de M.* de Roux, dont l'exécution du décret venoit de lui faire une fi bonne juftice! Enfin
(& c'eft-là le point effentiel) *qui refuferoit à M.* de Roux, *fi
injuftement accufé par un calomniateur, fi indignement trompé
par fa femme, tout l'intérêt dont il avoit befoin, pour fe venger
de la calomnie, & s'enrichir de la dépouille d'une malheureufe
qu'il avoit fi juftement diffamée.* . . . L'adjudication de cette
dépouille, le point effentiel, l'unique objet de tous les autres,
eft le feul qui manque au fuccès de ce plan infernal ; tout le
refte eft confommé, j'ai été diffamé, ma fille a été diffamée,
elle eft morte, fon enfant fera probablement eftropié, il ne
s'agit plus que de remettre fa fortune à fon diffamateur &
à l'auteur de fa mort.

VINGT-TROIZIEME *Affertion de M.* DE ROUX.

*Deux ou trois jours après fes noces, Mde. la Marquife de Roux
fe trouvant à la Comédie, & ayant reçu dans fa loge M. le
Comte de * * * avec lequel elle ne ceffa de parler, fon mari
lui repréfenta que le Comte de * * * ayant été en concurrence
avec lui avant fon mariage, & ayant avoué à tout le monde
qu'elle l'aimoit, il ne convenoit pas qu'après leur mariage, elle
lui permît la moindre affiduité auprès d'elle ; & voilà le premier crime que M. de Cafaux impute à fon gendre en déna-
turant ce fait, qu'il fait précéder de prétendues injures fecrètes
qui font auffi fauffes que la tournure malicieufe qu'il donne à la
chofe la plus innocente.*

R É P O N S E.

Remarquez, Meffieurs, que de l'aveu de M. *de Roux* fes
folles & infultantes inquiétudes ont commencé *deux ou trois
jours après fon mariage*. . . J'examinerai la juftice de ces inquiétudes fans parler de l'infamie que leur donne une pareille
date : cet examen fera long, mais il abrégera beaucoup la
réponfe à plufieurs autres affertions du même genre ; & fi
après avoir éclairci les faits fur lefquels M. *de Roux* voulut
furprendre le jugement de ceux qui liroient fa plainte, vous
êtes obligés de convenir que cet homme extravagant, vous
verrez que ce n'eft pas fans raifon.

1º.

1º. La plainte de ma fille n'eſt pas mon propre fait, je le répète ; mais ce n'eſt pas tout, car il eſt peu d'aſſertions de M. *de Roux* qui ne ſoient fauſſes de plus d'une manière.

2º. Donc, voici les termes de cette plainte ſur l'objet dont il eſt ici queſtion : *Quelques-uns de ces déſagrémens, ne lui ont pas même été épargnés en public, dans l'égliſe le 24 Septembre dernier, veille de Noël à la meſſe de minuit, & pluſieurs autres fois dans la ſalle de ſpectacle, d'où il la fait ſortir une fois avec violence & menace.* La plainte ne dit pas un mot de plus. Voyez-la ſous le Nº. 2.

3º. Il n'eſt pas vrai que ma fille eut une loge à elle, quoique M. le Chevalier de *St. Cyr,* M. *de Larche,* & Mde. *de Larche,* ſe ſervent dans leurs *dépoſitions,* comme M. *de Roux* dans ſa *Plainte,* d'une expreſſion qui ne préſente pas une autre idée. *Sa loge.* Pourquoi donc ſe ſervent-ils de cette expreſſion, *ſa loge ?* Je l'ignore ; mais je vois que M. *de Roux* a beſoin de prouver que ma fille étoit en droit d'y recevoir & d'en chaſſer qui elle vouloit, & je conviens qu'elle n'en a pas chaſſé M. le Comte de * * *

Je dois ſuppléer au défaut de mémoire ou de bonne foi des témoins dont je viens de parler.

Tout *Avignon* ſait que ma fille n'avoit qu'un huitième de ſa prétendue loge ; & ce qui vous indigne ſans doute, Meſſieurs, c'eſt que M. & Mde. *de Larche* en avoient chacun un autre huitième, & parmi le cinq autres intéreſſés, j'en pourrois nommer un ſuſceptible juſqu'au ridicule ſur les bienſéances, & bien peu flexible ſur les vieilles notions de l'honneur, je crois, Meſſieurs, que vous en répondriez.

Si l'un ou l'autre de ces dépoſans avoient voulu conſerver une apparence de mémoire ou de bonne foi, ils auroient dit que dans cette loge, appartenant par huitièmes à huit individus qui la payoient, venoient regulièrement tous les jours, & tout auſſi aſſidument les uns que les autres, tous les jeunes gens du premier ordre de la ville ; ils auroient ajouté que tous ces jeunes gens alloient journellement auſſi, & ſuivant l'uſage de tous les pays, & avec la même aſſiduité, dans toutes les loges où il y avoit de jeunes femmes ; & qu'allant journellement, ſuivant l'uſage de toutes les Provinces, dans toutes les maiſons ouvertes, ils alloient tous journellement chez ma fille. . . . Tous. . . à la réſerve cependant de ce même M. le Comte de * * *, qui depuis le mariage de M. *de Roux,* n'a mangé chez moi qu'une ſeule fois, & n'y a certainement fait que cinq viſites dans l'eſpace de quatre mois.

Si

Si ces mêmes déposans, tous étrangers, (car observez, Messieurs, qu'à la réserve de M. le Comte *du Roure*, il n'est pas une seule personne d'*Avignon*, que je sache du moins, dont M. *de Roux* ait obtenu une déposition contre ma fille; & je prouverai que celle de M. le Comte *du Roure* écrase visiblement M. *de Roux*, quoique visiblement déstinée à le justifier). Si ces mêmes déposans étrangers, dis-je, avoient voulu conserver une apparence de mémoire ou de bonne foi, ils auroient dit que M. le Comte de * * * n'étoit que l'un des cinq à six objets des insultantes & habituelles inquiétudes de M. *de Roux*. La candeur de M. le Comte *du Roure*, ne lui eût pas permis de cacher qu'il m'avoit dit à moi-même (quand il n'étoit plus tems de me l'apprendre) que M. *de Roux* étoit si phrénétique sur ce point, que si lui Comte *du Roure* âgé de 54 ans, avoit pour ma fille d'autres attentions que celle de la plus commune honnêteté, il feroit aussi malgré ses 54 ans, tourner la tête à son mari, comme s'il n'en avoit que 25; & ils auroient tous ensemble ajouté, ce que toute la ville sait comme eux & le plus grand nombre par eux, que la phrénésie de M. *de Roux* s'étant attachée un peu plus particulièrement à M. le Comte de * * * ma fille par égard pour la phrénésie de son mari, pria Mde. *de Chambrun* d'engager M. le Comte de * * * à ne plus aller dans sa prétendue loge; & que M. le Comte de * * * répondit à Mde. *de Chambrun* que cette loge n'appartenoit pas plus à Mde. *de Roux* qu'à Mde. *de Larche* & à Mde. *Shirlai*, & qu'il ne voyoit pas pourquoi il en seroit exclus quand toute la ville y étoit admise.

Si ces mêmes déposans étrangers avoient voulu conserver une apparence de mémoire ou de bonne foi, ils auroient ajouté ce que tout le monde sait, que la phrénésie de M. *de Roux* continuant, ma fille pria M. le Comte de * * * de ne plus lui parler, & que la phrénésie de M. *de Roux* continuant encore, elle se détermina à faire à M. le Comte de * * * des impolitesses marquées, dont il s'est plaint assez publiquement.

Il faut maintenant revenir à cette vingt-troisième Assertion, & donner une idée de quelques autres dont je ne rapporterai que la substance, mais très-exacte, & dans les mêmes termes dont M. *de Roux* s'est servi. Après une courte réponse à chacune de ces assertions, j'en donnerai une générale qui achevera de développer ce mystère d'infamie & d'absurdités.

Vous venez de voir dans cette vingt-troisième Assertion, que M. *de Roux* me poursuit au criminel, pour lui avoir reproché *comme son premier crime, d'avoir trouvé mauvais que deux ou trois jours après son mariage, sa femme reçut dans sa loge, M. le*

Comte

Comte de * * * à qui elle ne ceſſa de parler, quoiqu'elle eût avoué à tout le monde qu'elle l'aimoit.

Or la plainte de ma fille n'en dit pas un mot ; mais M. de Roux vouloit en parler : il vouloit auſſi que ſes témoins en parlaſſent ; & afin qu'ils ne ſe mépriſſent point ſur ſes intentions, il leur préſenta par la ſuite la queſtion dans les termes ſuivans, dont je vous prie de remarquer le venin & l'artifice : s'ils n'ont pas vu ou appris qu'avant & après le mariage de M. de Roux, la Dame ſon épouſe n'a ceſſé d'écouter & de recevoir la cour du Comte de * * * en toute occaſion, chez elle, chez les autres où elle alloit en ſociété, au ſpectacle & même à l'égliſe. Tels ſont exactement les termes de la deuxième & troiſième Interrogation préſentée en juſtice par M. de Roux, à Mde. de Larche le 7 de Juillet. L'article de l'égliſe me tient au cœur, je me hâte d'y répondre, je viendrai aux autres quand il le faudra. Ma fille avant ſon mariage n'alloit jamais à l'égliſe que le Dimanche, elle n'y alloit pas exactement tous les Dimanches, je ne me rappelle pas qu'elle y ſoit allée une ſeule fois ſans moi, & je n'y ai jamais vu M. le Comte de * * *. Ma fille depuis ſon mariage juſqu'à ſon départ d'Avignon n'eſt pas allée dix fois à l'égliſe en quatre mois, cela n'eſt pas dévot, mais décidément juſtificatif ſur le point dont il s'agit. Il faut maintenant admirer combien de queſtions renfermées dans une ſeule, qu'on n'exprimoit en ſi peu de paroles que pour faciliter le laconiſme de la réponſe unique qu'on demandoit : cette réponſe fut digne de l'interrogateur & de l'interrogée : j'aurai ſoin d'en rendre compte. Je vous prierai ſeulement ici, d'obſerver que M. de Roux fait informer ſur la publicité de la vie ſcandaleuſe de ſa femme. Vous verrez comment le tout ſera prouvé.

C'eſt avec la même profondeur de vues & la même candeur que M. de Roux m'accuſe enſuite de lui reprocher comme ſon ſecond crime.

VINGT-QUATRIEME Aſſertion de M. DE ROUX.

D'avoir été juſtement choqué des agaceries que ſa femme ne ceſſa de faire à ce même M. le Comte de * * * qui étoit un des convives à un grand ſouper chez moi.

Or la Plainte de ma fille n'en dit pas un mot : d'ailleurs vous étiez à ce ſouper, Meſſieurs ; c'eſt l'unique auquel j'aie prié M. le Comte de * * * depuis le mariage de Mde de Roux : il y avoit 40 perſonnes, & vous ſavez ſi les attentions générales que ma fille, de l'aveu de tout le monde, avoit pour tous ceux qui étoient chez elle, lui permettoient d'en avoir de particulières,

res, qu'il fut possible de mal interpréter ; cependant M. *de Roux* prétend, en continuant la même assertion, que M. le Comte *du Roure* à qui il se plaignit *de ces agaceries,* vint aussitôt régenter ma fille sur ce point, *& lui dit sagement* (poursuit M. *de Roux*) *qu'il falloit avoir l'art d'echapper à la vigilance des yeux d'un mari amant & jaloux ;* conseil malhonnête, que ma fille eut reçu comme il le méritoit & que M. le Comte *du Roure* étoit incapable de donner. M. le Comte *du Roure* a gémi cent fois en ma présence *des visions & des folies de M.* de Roux, ce sont ses termes, je vous en donne ma parole d'honneur, M. *du Roure* ne vous donnera pas la sienne du contraire.

C'est avec la même profondeur de vues, & la même candeur, que M. *de Roux* m'accuse aussi,

VINGT-CINQUIEME *Assertion de* M. DE ROUX.

D'avoir présenté avec les couleurs les plus noires, comme un Troisième moyen de séparation, une clef que M. de Roux *avoit prise pour visiter sa femme, toutes les fois que la phantaisie lui en prendroit.*

Or la Plainte de ma fille n'en dit pas le mot, & je n'ai rien compris à une assertion aussi singulière, qu'en lisant dans la déposition de son laquais, que M. *de Roux,* conduit sans doute par une de ses phantaisies, se présenta une nuit avec tant de précaution, & dans un tel équipage, dans la chambre de sa femme qui se déshabilloit, *qu'elle le prit pour un revenant & tomba évanouie sur une chaise ; qu'après être revenue de sa frayeur, elle lui en fit des reproches ; & que M.* de Roux *lui avoit répondu qu'il croyoit qu'il y avoit des voleurs dans sa chambre.*

C'est avec la même profondeur de vues, & la même candeur, que M. *de Roux* avance impudemment dans un autre endroit de sa plainte,

VINGT-SIXIEME *Assertion de* M. DE ROUX.

Que le discours cent fois provoqué, (qu'il n'avoit adressé qu'une fois à ma fille, savoir) *qu'elle ne seroit pas contente qu'on ne lui eût cassé les bras, enhardit cette femme à sonner le tocsin dans sa famille.*

Sonner le tocsin ! . . . imputation aussi absurde, aussi inintelligible en elle-même, que l'imputation *d'avoir enlevé le nom de* M. de Roux, mais qui, expliquée par ses agens & ses interprètes,

S

prêtes, signifie que ma fille *a engagé son frère à se couper la gorge avec M. de Roux, pour lui payer cent mille écus avec un coup d'épée :* voyez la lettre de mon ami de *Paris,* page 56. C'est ainsi que l'imputation *d'avoir enlevé le nom de M.* de Roux, expliquée par les mêmes intreprètes, signifie que l'enfant dont ma fille est enceinte n'est pas de M. *de Roux,* que cependant M. *de Roux* forcé par le mariage de lui permettre de porter son nom, avoit au moins le droit de représenter avec quelque chaleur à sa femme, *qu'elle méritoit qu'on lui cassât les bras,* sans qu'il méritât, lui, de perdre sa dot, pour lui avoir tenu une seule fois, *un discours cent fois provoqué.* Admirez, Messieurs, avec quelle habileté, cette Plainte, qui paroît si ridicule, contient sous diverses enveloppes, le germe de toutes les abominations secrètes, répandues contre ma fille ; partout où le texte est obscur, l'Abbé *Peru* commente, & ma fille est clairement un monstre ; elle sera justifiée, mais elle périra, & qu'importe qu'elle périsse pourvu que son mari ait sa fortune ?

M. *de Roux* m'accuse aussi,

VINGT-SEPTIEME *Assertion de M.* DE ROUX.

D'ajouter pour un quatrième moyen de séparation, qu'il avoit enlevé de chez moi ses couvertures, à deux heures après minuit.

Ce qu'il convient d'avoir fait, mais il a grand soin de se plaindre que j'aie supprimé deux circonstances essentielles ; & il représente adroitement *que je me suis bien gardé* d'en faire mention ; or la première de ces circonstances essentielles est,

VINGT-HUITIEME *Assertion de M.* DE ROUX.

Que pendant ce tems-là sa femme étoit à continuer ses entretiens avec M. le Comte de * * * chez M. de la Chapelle.

La seconde de ces circonstances est,

VINGT-NEUVIEME *Assertion de M.* DE ROUX.

Que le lendemain il fit rapporter ses couvertures, comme s'il n'avoit à se plaindre de rien.

Vous verrez bientôt, de quoi il avoit à se plaindre, je ne ferai maintenant que résumer.

RÉPONSE GÉNÉRALE *à cette Multiplicité d'étranges Assertions.*

L'intention de M. *de Roux* n'est pas assurément de fixer des bornes à l'imagination de ses lecteurs, lorsqu'il représente

sa

sa femme éprise de M. le Comte de * * * au point de n'avoir pu s'empêcher *d'avouer à tout le monde qu'elle l'aimoit* ; *permettant à M. le Comte de * * * des assiduités dans sa loge, deux jours après son mariage*, ne cessant de l'écouter après son mariage comme avant, & de recevoir sa cour en toute occasion, chez elle, chez les autres, au spectacle & même à l'église, & couronnant enfin ces malhonnêtetés préliminaires, *par une continuation d'entretiens chez M.* de la Chapelle, entretiens assez intéressans pour l'obliger, lui son mari, à déménager scandaleusement de chez elle, *à deux heures après minuit*, à l'abandonner, à déclarer hautement en présence de ses gens *qu'il ne vouloit plus rester avec elle* ; sa femme de chambre l'a déposé sous serment, vous le verrez ci-après.

On ne pourra donc pas se méprendre sur le vrai but de M. *de Roux*, lorsqu'il réclame *des éloges* pour de pareilles demonstrations de tendresse, pour *ces petits débats amoureux connus de sa société*, & sur-tout pour ce trait de magnanimité, *d'avoir fait rapporter ses couvertures dès le lendemain, comme s'il n'avoit eu à se plaindre de rien* ; il est trop évident aujourd'hui que M. *de Roux* en se servant dans sa plainte, d'expressions capables de donner de ma fille, l'idée d'une malheureuse, abandonnée avec justice, quoique peut-être avec trop d'éclat, n'avoit d'autre dessein que de persuader que la conduite de sa femme, étoit assez scandaleuse pour justifier tous les excès dont il s'étoit rendu coupable, & qu'il se flattoit qu'un scandale qu'il donnoit impudemment comme public, *chez elle, chez les autres, au spectacle, même à l'église, & même dès le second ou troisième jour de son mariage*, & continué trois semaines après chez M. *de la Chapelle*, donneroit aussi à la calomnie principale de l'Abbé *Peru* & des autres agens de M. *de Roux*, tout le degré de certitude dont une pareille absurdité peut être susceptible, & dont elle avoit besoin, pour être admise.

Vous conviendrez, Messieurs, que de pareilles assertions, seules, considérées même indépendamment de leur liaison avec l'abominable motif qui les a dictées, renferment tout le venin capable de déshonorer une femme, & conséquemment de lui fournir le moyen de séparation, le plus simple, & le plus victorieux ; mais M. *de Roux* ne craignoit plus rien à cet égard, il savoit à quoi s'en tenir si le procès se poursuivoit suivant le cours ordinaire de la justice ; il avoit probablement pris son parti dès le moment où il eût fait à M. le Comte *du Roure* son ami, le récit de la scène du 5 de Février, récit qu'il avoit fait précéder de ce court, mais caractéristique préambule, *la bombe a crevé.* La bombe à

crevé !

crevé ! M. *du Roure* lui avoit répondu, *Eh bien, Monsieur, vos folies seront suivies du succès qu'elles méritent, & vous pouvez compter sur une séparation, il n'en faut pas d'avantage pour l'obtenir entre gens de votre état.* C'est encore une anecdote que je dois à l'amitié dont M. le Comte *du Roure* m'honoroit alors ; j'espère qu'il voudra bien en convenir sous serment.

M. *de Roux* ne s'aveugloit donc pas sur ce point ; mais ce fut dans l'excès du mal que ses Conseils espérèrent de trouver le remède ; & si vous voulez, Messieurs, voir combien peu ils tardèrent à l'y chercher, rapprochez les assertions que vous venez de lire, celles de l'Abbé *Peru*, & les deux propositions de son collègue *Castain*, d'une anecdote que je vais vous raconter ; elle est arrivée le 8 Février, trois jours seulement après l'explosion de la première bombe de M. *de Roux*, & trois mois avant celle de sa *Plainte criminelle* : je dois la mort de ma fille au peu de conséquence que j'attachai dans le tems à cette atrocité.

Vous savez, Messieurs, quel intérêt Mess. *de Veri* prenoient à ma fille, quelle amitié, quelles attentions, j'ose le dire, ils avoient pour elle. Le 8 Février, je le répète encore, trois jours seulement après les derniers excès de M. *de Roux*, qu'il étoit si essentiel de justifier, j'allai chez M. le Marquis *de Veri* ; il me dit au moment où j'entrai, *votre fille a tenu un propos bien singulier, elle a dit à son mari en présence du Chevalier de St. Cyr, qu'elle aimoit M. le Comte de * * *, & que si elle n'avoit pas encore couché avec lui, c'étoit uniquement parce qu'elle n'en avoit pas trouvé l'occasion.* La conséquence étoit palpable, & je n'attendis pas que M. le Marquis *de Veri* la tirât ; M. *de Roux* pouvoit assurément promettre *de casser les bras* à une femme capable de lui parler de la sorte, & je n'attendis pour donner mon suffrage à toutes les fractures imaginables de bras & de jambes, que d'être convaincu de la réalité de l'impudence ; je dis à M. *de Veri* que le cas étoit assez grave pour m'obliger à l'approfondir : M. *de Veri* me dit qu'il le tenoit d'une personne intéressée à le cacher, si le secret n'eût pas été entre les mains d'une autre qui n'avoit aucun intérêt à le garder ; je le suppliai de nommer son auteur, il le nomma. Le parti que j'avois à prendre dans mes principes, n'étoit pas douteux ; mais je crus que la justice que je devois à ma fille, exigeoit que je n'allasse pas de préférence, puiser dans une source que je croyois plus suspecte, qu'elle ne l'avoit paru à M. *de Veri* ; au lieu donc d'aller chez la personne si intéressée à cacher la turpitude de ma fille, & si attentive à l'apprendre à ceux qui avoient le plus d'amitié pour elle, j'allai

lai directement, & dans la minute, chez M. le Chevalier *de St. Cyr* ; il fut révolté de l'indignité, & me donna par écrit son attestation de la fausseté du fait ; je la portai aussi-tôt à M. *de Veri* ; je la conserve.

Ces rapprochemens ne font-ils pas frémir ? L'horrible calomnie dont je viens de parler, ne devoit-elle pas même suffire pour m'ouvrir les yeux ? ne devois-je pas y découvrir les premiers traits de ce plan étrange de défense & d'attaque, arrêté déjà par les Conseils de M. *de Roux*, & qui ne demandoit pour son exécution, que le tems de persuader à *Rome* & à *Paris*, ce qu'il falloit bien commencer par répandre sourdement à *Avignon* ? Je l'avoue à ma honte ; je ne vis dans cette infamie, qu'un projet ridicule, imaginé par une mère aveugle, pour diminuer l'extravagance de son fils, dans un excès que les personnes les plus respectables de sa famille, n'hésitoient pas à qualifier de trait d'un porte-faix.

On observera sans doute à *Paris*, que je viens de citer M. le Marquis *de Veri*, & *crimine ab uno discent omnes*.

Il faut maintenant donner malgré moi un peu plus d'étendue au récit de ces mêmes faits que M. *de Roux* a trop abrégés, & qu'il présente dans sa Dix-septième Assertion, comme des traits qui *doivent faire son éloge & celui de sa tendresse pour sa femme* : C'est ma fille elle-même qui va raconter les deux premiers, & citer ses témoins.

Le jour suivant, dit-elle, nous allons au spectacle, il vint beaucoup de monde dans la loge, je plaisantois sur cette affluence, M. de Roux s'approche de mon oreille.. Taisez-vous, Madame.. Je baisse les yeux, & je me tais... Sortez... Je me léve.. Non, restez, je sors moi-même, rendez-vous à la maison d'abord après la Comédie... Je me rassieds.. Non, sortez tout à l'heure... Je sors, mais la peur me saisit dans l'obscurité du corydor ; je dis que j'ai peur... Vous avez peur de moi, Madame ? je me brûlerai la cervelle.... Ma peur augmente, mes jambes se dérobent sous moi, & je rentre dans la loge plus morte que vive. M. de Roux me suit, & me dit à l'oreille... si vous dites un mot de tout ceci, je me couperai la gorge.... Il sortit ; M. de Pertuis s'apperçut du trouble où j'étois, & m'en demanda la cause ; je la lui dis ; il me procura quelques secours, dont j'avois grand besoin. M. de Roux en sortant de la Comédie alla chez Mde. de Chambrun, à qui il protesta qu'il ne retourneroit plus avec moi, & qu'il alloit coucher chez lui ; Mde. de Chambrun l'en détourna ; c'est à Mde. de Chambrun que j'ai l'obligation de n'avoir pas essuyé cet outrage, & c'étoit le troisième jour de notre mariage.

Le

Le détail du second jour est plus révoltant, plus incompréhensible, mais il n'a pas de témoins ; je le supprime ; ma
fille le terminoit par ces mots, *je crus que j'étoufferois, nous
allons nous coucher, & c'étoit le second jour de notre mariage.*

Deux jours après, continue ma fille, *nous allons chez Mde.
de Chambrun, je demande instamment à M. de Roux de venir
avec moi à la messe de minuit. . . . Non, Madame, non, & quand
j'ai dit une fois non, c'est toujours non. . . . M. de Pertuis dira
de quels mots grossiers il accompagna une réponse aussi dure, qu'il
pouvoit me faire tout bas, car je l'avois pris à l'écart pour lui
présenter ma requête ; mais M. de Roux ne se gêna pas même
assez pour m'épargner cette mortification ; M. de Pertuis se retira,
& M. de Roux vint à la messe : mais à peine sommes-nous dans
l'église, j'entends. . . Quelle tête ! Oh, elle en changera, ou elle
dira pourquoi. . Je demande à Mde. de Larche, de qui parle M.
de Roux ? Mde. de Larche me répond. . . de vous, Madame. . .
& c'étoit le cinquième jour de notre mariage.*

Observez que ma fille cite M. *de Pertuis* & Mde. *de Chambrun* sur la scène du troisième jour, & M. *de Pertuis* & Mde.
de Larche sur celle du cinquième ; il est vrai que Mde. *de
Larche* dans sa déposition, fait dire plus mielleusement par
M. *de Roux, c'est une tête, j'espère qu'elle en changera* ; mais
vous voyez que ce changement de tête est du moins espéré par
M. *de Roux*, même dans la déposition de Mde. *de Larche*, qu'il
ne faut pas encore soupçonner de favoriser ma fille.

Il me reste à examiner, sur la déposition de Mde. *de Larche*
aussi, le mérite de la scène chez M. *de la Chapelle*, que M. *de
Roux* présente dans son total comme un monument de sa
magnanimité : je sens, Messieurs, quelles impressions doivent
rester dans l'esprit de tout homme, même très-impartial, qui aura
réfléchi sur les expressions de M. *de Roux* dans ses Vingt-septième,
Vingt-huitième, & Vingt-neuvième Assertions : un entretien
avec M. le Comte de * * * qu'un mari n'a pas le courage de détailler, & qui le décide cependant aussi-tôt qu'il l'a vu, à abandonner scandaleusement sa femme, à le déclarer hautement
en présence de ses gens, & à donner comme un trait de grandeur d'ame, son retour chez elle *dès le lendemain, comme s'il
n'avoit eu à se plaindre de rien*, est sans contredit un entretien
dont les circonstances bien détaillées, bien prouvées, doivent
nécessairement prouver aussi, ou que M. *de Roux* est pour le
moins un fou dans toute la force du terme, ou que sa femme
s'est publiquement déshonorée : il n'y a pas de milieu.

Voici, Messieurs, la déposition la plus forte qu'on ait pu
obtenir de Mde. *de Larche,* le 15 de Mai, sur ce prétendu
entretien ;

entretien; je viendrai dans peu de tems à sa dépofition du
7 de Juillet, dont je ne veux pas encore vous faire foupçonner
la teneur.

DÉPOSITION *de Mde.* DE LARCHE *du 15 de Mai.*

La dépofante fe trouvant au bal chez Mde. de la Chapelle où
étoit Mde. de Roux, *cette dernière qui venoit de danfer & qui
avoit beaucoup de chaud, alloit prendre une glace qu'on lui avoit
préfentée; Mde.* de Mondevergue *& la dépofante, qui étoient à fes
côtés, lui dirent de ne point prendre cette glace, parce qu'elle avoit
trop de chaud & qu'elle pourroit lui faire mal, & dans le même tems
M. le Comte de* ** *s'approcha d'elle & lui dit, Ah, Madame,
plutôt que vous la prenniez, je la prendrai moi-même; que tout de
fuite elle lui remit la dite glace qu'il prit, que M.* de Roux
*s'étant apperçu de ce qui fe paffoit, s'approcha de la dépofante &
lui témoigna toute la peine que le procédé de fa femme lui avoit
caufée, & lui dit que fi c'eût été lui qui l'eut priée de ne point prendre cette glace, elle n'en eût rien fait, qu'il fortit du bal fort en
colère, & que ce fut ce foir-là qu'il fit porter fes draps & fa cou-
verture de la maifon de fon beau-père dans la fienne, mais que le
lendemain il fit tout rapporter chez fon beau-père.*

Voilà, Meffieurs, tout l'entretien, qui mit M. de Roux dans
cette *forte colère*; obfervez s'il vous plaît que ma fille étoit alors
entre Mde. *de Mondevergue* & Mde. *de Larche*, & que M. le
Comte de * * * n'étoit pas auprès de ma fille, puifqu'il s'en
approcha pour prendre fa glace : obfervez auffi que ce terrible entretien dont Mde. *de Larche* vient de détailler toutes les
particularités, avoit cent perfonnes pour témoins. ... Eh
bien, Meffieurs, M. le Comte *du Roure* vous dira que dès le
lendemain, on avoit eu l'habileté d'en trouver un, qui raconta
la fcène exactement comme M. *de Roux* voudroit qu'on l'imaginât; M. le Comte *du Roure* m'en fit part; il avoit commencé
fon récit par me dire, *que ma fille n'avoit eu jufqu'alors aucun
tort avec fon mari, mais qu'elle en avoit enfin, & que ce n'étoit pas
M.* de Roux *feul qui le lui avoit dit :* je le priai d'envoyer
chercher le témoin privilégié qui avoit vu tout le contraire
de cent autres ; il l'envoya effectivement chercher, je l'attendis fans inquiétude, parce que j'avois été auffi lefte pour m'inftruire de la vérité fur ce fait, que je le fus trois femaines après
pour approfondir la calomnie chez M. *de Veri.* M. le Comte
du Roure vous dira, Meffieurs, que ce prétendu témoin n'eut
pas le courage d'affirmer fon menfonge en ma préfence, & qu'il
fut réduit à raconter la fcène comme les cent autres l'avoient
vue ;

vue; M. *du Roure* vous dira auſſi que le prétendu témoin fût
aſſez long-tems à venir; qu'il s'impatientoit, lui *du Roure*; &
que je le tranquilliſai en lui repréſentant l'embarras de ce pauvre
homme, lorſqu'il lui avoit fait annoncer que j'étois avec lui,
& la néceſſité où il s'étoit auſſi-tôt trouvé, d'aller avant de s'expoſer à mes queſtions, chez telle & telle perſonne, pour ſavoir
ſi elles m'avoient déjà inſtruit, & ce qu'elles m'avoient dit, afin
qu'il s'arrangeât en conſéquence. Or je ne m'étois pas trompé
dans cette idée; le témoin étoit allé chez Mde. *de Larche,*
qui lui avoit dit que j'étois inſtruit, & il fut obligé de dire
la vérité. M. le Comte *du Roure* vous dira auſſi, qu'après le
départ du témoin, je lui demandai ce qu'il en penſoit, ainſi
que de l'honnête homme qui l'avoit employé, & qu'il s'écria,
lui *du Roure,* en appuyant ſes yeux ſur ſes poings & ſes cou-
des ſur ſes genoux, *j'aimerois mieux vivre avec les ours qu'avec
les hommes.* M. du *Roure* avoit raiſon; ſi ma fille eût vecu avec
les ours, elle vivroit encore; en pourvoyant abondamment
à leur ſubſiſtance, jamais ils n'auroient ſongé à la déchirer
pour lui enlever la ſienne.... Oh M. *de Roux!* ma fille ne
pourvoyoit-elle pas abondamment à votre ſubſiſtance, en vous
offrant le tiers de ſon revenu?

Mais ſans égard à cette trouvaille ſubite d'un faux témoin
pour juſtifier un trait d'extravagance, trouvaille dont j'oſe
croire que M. *du Roure* ne diſconviendra pas, & que je vous
jure ſur mon honneur être dans la plus exacte vérité, appréciez
M. *de Roux* ſur la dépoſition de Mde. *de Larche,* comparée
avec l'article de la Plainte criminelle qui concerne le même
fait; & s'il vous manque un trait pour juger définitivement
cet homme extraordinaire, écoutez-le encore lui-même, ſur
la ſcène du 6 de Janvier chez M. le Comte *du Roure,* ſcène
étrange, dont vous avez vu le détail page 20, mais c'eſt lui qui
veut vous en inſtruire maintenant; c'eſt lui-même, j'ai beſoin
de l'aſſurer; car les actions de M. *de Roux* ne ſont pas plus
incroyables, que la façon dont il les raconte & les juſtifie;
nous vérrons bientôt le récit que M. le Comte *du Roure* donnera à ſon tour de la même ſcène.

Trentieme *Aſſertion de* M. de Roux.

Le 6 de Janvier M. de Roux *voit à la porte de M. le Comte* du
Roure *le caroſſe de ſa femme, il monte chez le Comte,* & entend
à la porte *que ſa femme n'eſt venue que pour lui imputer des
torts qu'il n'a pas. Il entre pour ſe juſtifier...* & n'ouvre
la bouche que pour prier M. le Comte du Roure *de calmer ſon
emportement;*

emportement ; elle l'avoit traité de monstre, & lui avoit donné les épithètes les plus outrageantes, la Marquise n'eut pas répandu sa bile que son mari croyoit amoureuse, qu'elle prit le chemin de la porte, sortit de l'appartement, en traversa deux autres au vis-à-vis ; & alors le Marquis de Roux, qui avoit toujours resté immobile, voulant éprouver la tendresse de son épouse & la ramener, prit l'épée du Comte du Roure, & feignit de s'en percer, en criant ah !

RÉPONSE.

Encore une fois, Messieurs, & pour la dernière, s'il est possible, n'est-il pas affreux de songer qu'il suffisoit, pour que de pareilles inepties produisissent la mort d'une innocente, que les décrets de deux Juges en couvrissent pour quelques instants l'absurdité ?

Feignit de s'en percer, en criant ah ! Quelle ressource pour *éprouver la tendresse d'une femme enceinte !* mais *quel expédient que de prendre une épée & de la tirer de son fourreau, pour ramener une femme qui s'en va !* Les Avocats de M. de Roux n'espèrent-ils donc le justifier d'un trait de fureur, qu'en le faisant lui-même reconnoître sa démence ? ou bien veulent-ils le tourner en ridicule ? Veulent-ils prouver au Juge, en lui exhibant l'homme dans toute son ingénuité, qu'il y auroit de la barbarie à lui livrer sa femme ? Veulent-ils démontrer au Juge suivant l'expression de l'Avocat de *Bordeaux* (voyez page 101) *qu'il deviendroit lui-même coupable en quelque façon d'un homicide*, s'il remettoit cette infortunée entre les mains d'un phrénétique, d'un homme capable d'essayer comment sa femme enceinte, & remplie pour lui *d'une bile amoureuse*, supportera l'idée du spectacle horrible de cet époux chéri, venant de se poignarder à ses yeux ? d'un homme enfin capable de s'applaudir d'un pareil expédient, & d'intenter un procès criminel à son beau-père, parce qu'il prétend que son beau-père a mieux aimé le croire coupable d'un emportement dont il pouvoit sentir le danger & la honte, que d'une folie raisonnée qui ne présente aucune ressource ? *O iniquité, iniquité, comme tu te mens à toi-même !*

TRENTE ET UNIEME *Assertion de M. de* ROUX.

La Marquise de Roux, à la vue & au cri de son mari, feignit à son tour de s'évanouir.

T

REPONSE.

RÉPONSE.

A la vue ! M. *de Roux* vient de parler de *trois appartemens au vis-à-vis*, & certainement ceux de M. *du Roure* ne forment pas une enfilade. Mais *feignit, feignit !*

Madame *de Chambrun* a dépofé fous ferment, qu'un jour *Madame de Roux étant allée chez elle avec Madame* de Larche, lui avoit dit qu'elle venoit de chez M. le Comte du Roure *pour fe plaindre à lui des mauvais traitemens de fon mari*, & *que fon mari qui écoutoit à la porte étoit entré comme un furieux, qu'il avoit pris l'épée du Comte* du Roure & *avoit feint de fe percer, qu'il avoit même jetté un grand cri comme s'il s'étoit percé, que croyant que fon mari s'étoit véritablement percé, elle s'étoit trouvée mal, & que M. le Comte* du Roure *l'avoit portée toute évanouie fur fon lit.* Madame de Chambrun *ajoute qu'elle n'étoit point chez elle lorfque ma fille y arriva, qu'elle la trouva fur fon lit prefqu'éva-nouie, & qu'elle fut obligée de lui donner des odeurs pour la faire revenir.*

Pourquoi donc M. le Marquis *de Roux* dit-il que fa femme *feignit de s'évanouir ?* Pourquoi M. le Comte *du Roure* va-t-il, comme on le verra bientôt, arranger fa dépofition, de manière à le perfuader ? C'eft qu'on a imaginé qu'il feroit avantageux d'oppofer une farce de la part de ma fille, au tour de Comédien dont elle s'eft plainte très-amèrement, & dont on verra mieux les effets dans la dépofition de M. le Comte *du Roure*, que dans l'Affertion fuivante, deftinée à les ridiculifer.

TRENTE-DEUXIEME *Affertion de* M. DE ROUX.

Le Comte du Roure *court à fon fecours, rencontre fon laquais au-quel il donne fon épée, voit monter le laquais & la femme-de-chambre de Madame* de Roux, & *après qu'ils ont frotté les tempes & le deffous du nez de leur maîtreffe avec du vinaigre, ils l'aident tous enfemble à la porter dans le lit du Comte* du Roure, *où, étant revenue de fon prétendu évanouiffement, elle en fit connoître la feinte en difant au Comte* du Roure, *ne vous avois-je pas dit que mon mari n'étoit qu'un lâche &* un comédien qui n'a pas eu la force de fe tuer ? *La Dame* de Roux *étant enfuite allé joindre Madame* de Larche, *elle lui raconta auffi-tôt la fcène que* M. de Cafaux *a l'art de repréfenter comme un affaffinat prémédité de la part de fon gendre, auquel la Marquife* de Roux *n'a échappé que par la force & l'adreffe du du Comte du Roure, qui faillit, ajoute-t-il, recevoir le coup d'épée que vouloit porter le Marquis de Roux.*

RÉPONSE.

Vous verrez bientôt, Messieurs, dans la déposition de M. le Comte *du Roure*, qu'après avoir défarmé M. *de Roux*, il courut à ma fille qu'il trouva *étendue par terre, qu'il la prit à braffe corps & la mit fur un canapé :* l'évanouiffement & la chûte de ma fille fuivirent donc immédiatement l'acte de phré-néfie de fon mari ; Que dites-vous, Messieurs, de cette pre-mière abfurdité de M. *de Roux*, de prétendre *qu'après qu'on eut frotté le deffous du nez de fa femme, & qu'elle fut revenue de fon évanouiffement,* elle interpella M. *du Roure* de fe fouvenir qu'elle lui avoit raconté cette fcène avant qu'elle fût arrivée ; car quel autre fens donner à ces paroles, *ne vous avois-je pas dit, &c.* Quand l'avoit-elle dit ? ce ne pouvoit être qu'avant la fcène. Que dites-vous de cette feconde abfurdité de M. *de Roux*, de rapporter cette prétendue prophétie de fa femme, comme une preuve que fon évanouiffement étoit fimulé ? J'aurois paffé ces ridiculités fous filence, comme j'ai fait à l'égard de tant d'autres, s'il n'étoit pas néceffaire de montrer à quel point M. *de Roux* infultoit au difcernement de fon Juge, s'il n'eut pas été fûr du degré précis de fa juftice.

Mais obfervez auffi dans cette Affertion, une accufation bien grave contre moi, d'avoir repréfenté l'action dont il s'agit *comme un affaffinat prémédité* ; il femble donc qu'il feroit néceffaire de prouver deux chofes ; la première, que cette action a été repréfentée comme un affaffinat prémédité ; la feconde, que c'eft moi qui l'ai repréfentée fous des couleurs auffi noires. Or non-feulement je n'ai rien dit à cet égard, mais la plainte de ma fille (que M. *de Roux* a même le front de citer pour toute preuve), ne fait qu'expofer fimplement ce qui eft arrivé, fans fuppofition de motif, & fans en raconter les fuites, qui méritoient cependant d'être racontées, on l'a déjà vu, on le verra bien mieux encore : voici exactement les expreffions de ma fille dans fa Plainte :

Que le Marquis de Roux, fans égard pour l'état de groffeffe où étoit fa femme, s'étoit jetté fur l'épée du Comte du Roure, qu'il la tira alors de fon fourreau, & que M. le Comte du Roure n'eut que le tems de fe jetter fur M. de Roux pour l'empêcher de s'en fervir ; mais que le coup étant lancé, M. du Roure avoit failli en être percé lui-même.

Voici

Voici maintenant la dépofition de M. le Comte *du Roure* fur ce fait ; M. *de Roux*, dit-il, *fit véritablement femblant de fe percer au point que le dépofant en lui enlevant fon épée, penfa être percé lui-même.*

Il eft vrai que ma fille n'accufe point fon mari d'un tour de comédien, horrible s'il n'étoit pas extravagant, extravagant s'il n'étoit pas horrible ; d'un tour de comédien fi parfaitement joué qu'il mit M. le Comte *du Roure*, fuivant fa propre dépofition, en danger d'être cité comme la feconde victime de la perfection du jeu théâtral, & qu'il dût s'eftimer heureux d'en être quitte pour les convulfions qui le faifirent bientôt après, & dont il a la bonté de donner le détail dans la fuite de fa dépofition. D'un autre côté, ma fille auroit vifiblement adouci le trait qu'elle réprochoit à fon mari, fi elle l'avoit repréfenté comme l'effet d'un moment de délire, foit contre elle, foit contre lui-même ; elle n'étoit pas obligée de mentir pour juftifier fon mari : elle fe borna fagement à raconter le fait ; M. *de Roux* a voulu l'expliquer.

Au refte il eft évident que le crime de calomnie atroce, fondé principalement fur cette prétendue accufation d'affaffinat prémédité, n'exifte pas, & que j'en fuis accufé ; où donc eft le calomniateur ? Vous le favez, Meffieurs ; M. *de Roux* le favoit également ; mais il lui étoit effentiel de montrer une impudence capable d'en impofer à ceux qui ne feroient que parcourir fa plainte à *Paris*, pendant qu'à *Avignon* il n'avoit befoin que d'accufer pour obtenir un jugement diffamatoire, & qu'il n'avoit befoin que de ce jugement auprès du Miniftre, qui n'eft pas obligé de juger les Juges, fur-tout lorfqu'il s'agit d'étrangers.

TRENTE-TROISIEME *Affertion de M.* DE ROUX.

La femme-de-chambre de Madame de Roux & fon laquais évidemment fubornés, n'ont rien vu, & ont néanmoins dépofé de manière à confirmer toutes les fauffetés que M. de Cafaux avoit fignées dans fon Expofé ; quelle atrocité !

RÉPONSE.

Vous avez vu, Meffieurs, comment M. *de Roux* m'a convaincu d'une atrocité de calomnie, vous allez voir comment il va me convaincre d'une atrocité de fubornation. Il eft fâcheux que quatre lignes d'inepties, quand elles font dictées par la mauvaife foi, puiffent exiger vingt pages de réponfe.

Je

Je commencerai par convenir qu'il y a de l'atrocité de part ou d'autre, & que s'il reste encore des doutes à cet égard, je dois les éclaircir. Je conviens aussi que je suis un infâme suborneur de témoins, ou que M. *de Roux* est un calomniateur bien impudent; il n'y a pas de milieu. Il faut donc mettre dans la plus grande évidence le mérite des témoins administrés par les deux parties; d'ailleurs j'avois promis dans ma Réponse à la vingt-deuxième Assertion, d'examiner ces deux accusations qui y sont encore plus positivement articulées, la première, que les gens de ma fille ont été subornés; la seconde, que je suis le suborneur. Mais il faut observer ici que M. *de Roux* croit inutile de prouver la seconde accusation, parce qu'il prétend sans doute qu'elle dérive nécessairement de la première. Dans ce cas il y a plus d'habileté qu'on ne croiroit, dans ces trois mots, *n'ont rien vu*, qui établissent *évidemment*, selon lui, le fait de la subornation du laquais & de la femme-de-chambre : car M. *de Roux* sait bien qu'ils ont vu la scène principale, la scène criante du 5 Février, qui a décidé la demande en séparation; mais si M. *de Roux* réussit à persuader *qu'ils n'ont rien vu* dans la scène du 6 de Janvier, quoiqu'ils aient déposé sous serment qu'ils en ont vu quelque chose, il sera *évident* qu'ils n'ont également rien vu dans la scène du 5 Février; donc la scène du 5 de Février est une scène de pure invention; donc ce Banquier si honnête, dont la déposition (voyez page 24) annonce tant de candeur, & le Perruquier qui la confirme, & qui tous deux déposent avoir vu cette scène, ne l'ont pas plus vue que la femme-de-chambre & le laquais; donc le laquais, la femme-de-chambre, le perruquier & le banquier sont *évidemment subornés*, donc le beau-père de M. *de Roux* est un *suborneur*, Q. E. D. ce qu'il falloit démontrer.

Il seroit dangereux de ne pas arrêter ces redoutables Logiciens dès leur premier mot; je vais donc discuter l'*évidence* de ce terrible *n'ont rien vu*, qui paroissoit ne mériter que du mépris, étant prononcé par un homme jusqu'ici convaincu de tant d'impostures.

La femme-de-chambre de ma fille, après avoir déclaré dans sa déposition sous serment, que dans la nuit de la scène chez M. *de la Chapelle*, M. *de Roux* en faisant enlever de chez moi son lit, ses draps & ses couvertures, avoit dit *en sa présence, devant son domestique & devant M. le Chevalier de Roux, qu'il ne vouloit plus rester avec sa femme; & que dès le troisième jour de son mariage* (dès le troisième jour de son mariage, Messieurs,) *il lui avoit tenu le même propos, & qu'il l'auroit exécuté*

si

si sa maîtresse & elle ne l'avoient pas retenu, en lui faisant sentir la fausse démarche qu'il alloit faire ; déclare également dans la partie de cette même déposition qui concerne la scène du 6 de Janvier, *qu'ayant entendu de la cuisine où elle étoit avec son frère (le laquais de ma fille) un grand bruit dans l'appartement du Sgr. du Roure, ils montèrent & trouvèrent la Dame de Roux évanoüie sur des chaises, étant tenue par M. du Roure, M. de Roux tenant son épée à la main ayant l'air furieux, que le Sgr. du Roure s'efforçoit de lui ôter des mains & ignorer à quelle occasion le dit Sgr. de Roux avoit tiré son épée, mais avoir vu que lorsqu'il eut été désarmé, il tomba aux genoux de sa femme, & lui demanda pardon de ce qui étoit arrivé.*

Le laquais de ma fille dépose la même chose, & ajoute *que M. de Roux à genoux protesta à sa femme que jamais pareille chose ne lui arriveroit.*

Il n'est personne qui ne voie dans le récit naïf de ces deux témoins, que M. *de Roux*, non pas furieux, mais effaré, étourdi des suites de *l'expérience* qu'il venoit de tenter sur *la bile amoureuse* de sa femme, avoit suivi machinalement le Comte *du Roure*, quand il courut lui porter du secours ; qu'il tenoit encore comme un imbecille son épée à la main ; & que M. *du Roure* entendant monter, la lui ôta au moment où les gens de ma fille arrivèrent ; assurément ce qu'ils ont vu, ce qu'ils déposent, est plus avantageux que nuisible à M. *de Roux*, puisque le fait de son extravagance étant prouvé par sa propre confession & par la déposition de M. *du Roure*, il devoit s'estimer heureux que les gens de ma fille déposassent du moins qu'il avoit témoigné du repentir & promis de se corriger ; d'ailleurs cette extravagance avoit été pardonnée, & ne sert au procès qu'à démontrer le caractère indestructible de l'homme. Voyons cependant comment il prouve que ces gens prétendus subornés *n'ont rien vu.*

Il produit le laquais de M. le Comte *du Roure*, qui dépose *que le laquais & la femme-de-chambre de ma fille n'ont rien vu ; car il les précédait & n'a rien vu lui-même.*

Je passe à ce laquais les contradictions que je pourrois relever dans sa déposition, que je ne fais qu'abréger.

M. *de Roux* produit aussi M. le Comte *du Roure*, qui dépose également *sous serment que son laquais ne peut avoir rien vu, & qu'il précédait les gens de ma fille.*

Voici la déposition de M. *du Roure* plus précise sur le tems de leur arrivée.

Le laquais de Madame de Roux, ainsi que sa femme-de-chambre, n'étant montés QU'APRÈS *que Madame de Roux se trouvant*
dans

*dans son lit de lui déposant, lui dit, avez-vous entendu le cri que
ce monstre a poussé comme s'il s'étoit percé ? il a fait le comédien.*

Je ne perdrai pas mon tems à justifier l'indignation de ma
fille à l'occasion d'un tour de comédien, auquel elle devoit
une chûte violente, un évanouissement, & la crainte d'un accident plus fâcheux encore, celui d'une fausse couche, qui
n'eût surpris personne après une telle chûte & un tel évanouissement : mais j'observerai que M. le Comte *du Roure,*
dans la partie de sa déposition que je viens de transcrire, est
uniquement occupé du dessein de prouver que les gens de ma
fille *n'ont rien vu* n'étant montés QU'APRES, &c. & que l'importance de cette époque (APRES) & des conséquences qui
en résulteroient pour la preuve de la subornation des témoins,
lui fait oublier qu'il venoit de déposer *aussi sous serment,* dix
lignes seulement plus haut :

Qu'après avoir enlevé à M. de Roux *son épée, dont il pensa
être frappé lui-même, il courut à son cabinet, où il trouva Madame
de Roux à terre au pied d'un canapé, ayant l'air d'être évanouie*
(ayant l'air d'être évanouie, M. *du Roure !) qu'il la prit à
à brasse corps & la mit sur le canapé, que ce fut dans ce moment
que le laquais & la femme-de-chambre de Madame de Roux en-
trèrent dans le dit cabinet, aidèrent le déposant à transporter la
dite Dame sur le lit du Sgr. du Roure, d'où traversant le sal-
lon de compagnie, il remit à son laquais son épée, & lui ordonna
de la porter dans sa chambre.*

Je serois curieux de savoir comment M. *de Roux* concilie
ces deux passages :

Le laquais & la femme-de-chambre de Madame de Roux *aidèrent le déposant à transporter la dite Dame sur le lit du dit Sieur
du Roure.*

Le laquais de Madame de Roux *ainsi que sa femme-de-chambre ne sont montés* QU'APRES *que Madame* de Roux *se trouva
dans son lit de lui déposant Comte du Roure.*

Si M. *de Roux* est dans quelque embarras pour concilier
ces deux passages, il le seroit encore plus pour concilier le
dernier avec ce qu'il a dit lui-même (trente-deuxième Assertion) *après que le laquais & la femme-de-chambre eut frotté les
tempes & le dessous du nez de leur maîtresse, ils aidèrent tous ensemble le Comte du Roure à la porter dans son lit.* Elle n'étoit
donc pas dans le lit du Comte puisqu'ils aidèrent à l'y porter.

Comment trouvez-vous, Messieurs, que M. *de Roux* a
prouvé que les gens de ma fille *n'ont rien vu,* & que je les ai
subornés ?

Avant

Avant de paſſer aux dépoſitions des autres témoins, je vous dois un compte plus détaillé de celle de M. le Marquis *du Roure*, dont je ne vous ai donné qu'une légère idée. . . . Quand vous réfléchirez ſur toutes ces dépoſitions, ſur l'eſpérance que les avoit provoquées, ſur l'intention viſible qui les dicta, ſur leur oppoſition palpable au but qu'elles affichoient avec indécence, ſur l'indignation qu'elles auroient dû produire, ſur l'accueil qu'elles ont reçu. . . . . Ah Meſſieurs ! qu'eſt-ce que l'honneur, qu'eſt-ce que la vie, quand l'un & l'autre dépendent d'un Juge tel que M. l'Official *d'Avignon* ?

M. le Comte *du Roure* que vous venez de voir, ſi non exact, du moins très-minutieux ſur une quantité de circonſtances fort peu eſſentielles, croit qu'il eſt inutile de raconter dans le même détail, tous les faits, toutes les extravagances dont ma fille l'avoit prié de rendre compte à Madame la Marquiſe *de Roux* belle-mère, extravagances que M. *de Roux* n'avoit pu contredire ni juſtifier, & pendant le récit deſquelles il avoit toujours reſté *immobile* ſuivant ſon propre aveu dans la Trentième Aſſertion : M. *du Roure* ſe borne ſéchement au réſultat de ces faits & de ces extravagances, il dépoſe en abrégé que ma fille *s'étant rendue chez lui environ ſur les onze heures*, lui dit, *que ſon mari étoit jaloux, dur, brutal, emporté, fourbe, menteur*. Eclairciſſons le procédé de M. le Comte *du Roure* par une comparaiſon.

Certainement, Meſſieurs, vous avez lu juſqu'ici beaucoup plus qu'il ne faut de la Plainte de M. *de Roux*, & des inſinuations comme des accuſations horribles & évidemment fauſſes qu'elle contient, pour en avoir tiré des conſéquences bien plus dures encore que celles que M. le Comte *du Roure* ſemble accuſer ma fille d'avoir articulées, & cependant vous ne dépoſeriez pas formellement en juſtice, *que M.* de Roux *a dit dans ſa plainte, qu'il méritoit l'exécration de quiconque n'avoit pas été ſon complice*, quoique ce ſoit néceſſairement la dernière conſéquence qui réſulte de la fauſſeté & du motif abominable de ſon propre expoſé. M. *du Roure* a donc eu tort d'être auſſi ſommaire que je prouverai qu'il l'a été. Mais avant de le prouver, avant de le convaincre de cet abus condamnable de la faculté d'abréger, de le convaincre, dis-je, par des écrits ſans réplique de ſa part, je l'arrêterai par une ſeule queſtion : Si ma fille lui a parlé auſſi laconiquement, auſſi indécemment qu'il le dépoſe ; pourquoi l'a-t-il admirée au lieu de la regarder comme une harangère ? . . . S'il a

oublié

oublié qu'il l'admira, qu'il se souvienne de quelle façon il
m'a dit lui-même avoir raconté la scène à M. le Marquis
de Cambis, qui admira aussi, dans le tems, son impartialité ;
s'il a totalement oublié sa narration, qu'il s'adresse à M. *de
Cambis* qui n'est pas homme à oublier la vérité, ni à décliner
la confession de l'Evangile.

Je ferai maintenant trois autres questions décisives sur le
rôle que jouèrent alors le mari & la femme vis-à-vis l'un de
l'autre, & je justifierai ensuite M. le Comte *du Roure* sur
deux points essentiels, spécifiés dans les paroles suivantes dont
il se servit après m'avoir raconté toute la scène dans le plus
grand détail, 1°. *Combien il avoit admiré la conduite noble,
ferme, & décente de ma fille* ; 2°. *Combien il avoit été humilié de
la conduite misérable de son mari.* Voici mes trois questions.

PREMIERE QUESTION.

M. le Comte *du Roure* & M. l'Abbé *de Roux* joignirent-
ils leurs intercessions pour obtenir le pardon de M. *de Roux*
que les gens de ma fille virent à ses genoux ?

SECONDE QUESTION.

Etoit-ce l'innocent qui pleuroit & professoit le repentir ?

TROISIEME QUESTION.

Fut-ce le coupable qui touché de l'intercession des témoins, eut la générosité de pardonner ?

Pendant que M. *du Roure* digérera ses réponses, je les pré-
viendrai par sa propre déposition ; car c'est une chose digne
d'être observée, que dans les points essentiels, il y a toujours
quelque mot qui dévoile la vérité ; c'est un point lumi-
neux qui perce au travers des ténèbres ; c'est un éclair qui
enflamme subitement un horison affreux & répand le plus
grand jour dans la plus profonde obscurité. J'abuse peut-
être aussi de la faculté de comparer ; mais j'espère du moins
que vous trouverez mes comparaisons justes ; d'ailleurs elles
ne font tort à qui que ce soit ; les abréviations de M. le
Comte *du Roure* auroient-elles le même avantage, si elles
restoient sans explication, ensevelies dans le secret que
M. *de Roux* avoit eu la précaution de demander ?

M. *du Roure* dépose en termes formels *que le 6 Janvier
Madame de Roux envoya sur les neuf à dix heures du matin, son
laquais chez lui, pour lui demander une entrevue tête à tête ; que la*

U   *lui*

lui ayant accordée, elle s'y rendit sur les onze heures, & s'étant assise auprès de lui à côté de son feu, elle lui dit que la démarche qu'elle faisoit auprès de lui, étoit du conseil de son père (le Greffier ou M. le Comte *du Roure* se sont trompés sur ce dernier point, mais soit,) *& qu'elle venoit chez lui, comme ami commun, déposer dans son sein toute l'amertume de son cœur.*

A ce début de conduite & de paroles, vous reconnoissez, Messieurs, la femme que je vous ai montrée page 20, la femme qui s'est dépeinte elle-même dans ses lettres à M. le Comte *de Vergennes, Palun, Monaldini* & *Zanobetti* ; la femme enfin dont M. le Comte *du Roure* avoit admiré *la conduite noble. & décente* ; mais la reconnoissez-vous à ce qui suit immédiatement ce debut très-digne d'elle ? . . . *Elle lui dit* (ajoute immédiatement M. *du Roure*) *que son mari étoit jaloux, dur, brutal, emporté, fourbe, menteur.* Et moi je dis, Messieurs, que pour vomir tout d'un coup un pareil torrent de pareilles amertumes *dans le sein d'un ami commun*, ma fille ne se seroit pas donné la peine de lui demander une entrevue tête à tête, & encore moins de s'asseoir après l'avoir obtenue ; les contractions que doit éprouver pendant le vomissement, un estomac chargé de telles pourritures, demandent une situation plus libre. Je passe quelques autres vilenies auxquelles je répondrois peremptoirement si elles étoient autre chose que des vilenies ; & je viens à un article où je retrouve enfin M. *du Roure* & ma fille.

M. le Comte *du Roure* dépose en termes formels que ma fille dit à M. *de Roux* ;

Vos pleurs ne proviennent ni d'amour ni de repentir ; ce sont les pleurs d'une ame foible ; vous les avez à commandement ; je n'en serai plus la dupe ; aucun pouvoir humain ne me fera signer les articles de votre contrat ; il y a des loix, & ce sont ces loix que j'invoquerai pour vous faire punir. Alors le Marquis de Roux *effrayé voulut répondre quelque chose à sa femme, & celle-ci s'en alla.*

Je commence par observer que les pleurs de M. *de Roux* & ses protestations réitérées de repentir, annoncent évidemment sa conviction de tous les excès dont ma fille venoit de se plaindre, & que ces excès dont les pleurs de M. *de Roux* & son prétendu repentir, imploroient le pardon, étoient antérieurs, comme on va voir, à l'extravagance de l'épée tirée pour *ramener* ma fille quand *celle-ci s'en alla* ; je procède maintenant à la justification de M. le Comte *du Roure*, que je vous ai promise ; & je vous demande, Messieurs, si une femme qui se retire dans le silence, après avoir annoncé, spécifié,

cifié, détaillé avec tant de noblesse, les suites que M. *de Roux*
devoit attendre de son juste ressentiment, avoit été capable
d'oublier qu'ayant dès le matin, demandé à M. le Comte
du Roure une entrevue tête à tête, uniquement pour lui détailler les causes de ce ressentiment, & les répandre dans son
sein, elle devoit les lui raconter dans le plus grand détail,
& non pas se borner au sommaire grossier qu'il en donne ;
M. de Roux *est jaloux, dur, brutal, emporté, fourbe, menteur.*
Quelle idée elle eut donné à M. le Comte *du Roure de
sa noblesse & de sa décence !* quel triomphe pour son
mari, caché dans une chambre voisine pour l'entendre,
si elle se fut expliquée de cette façon ! N'est-il pas visible
au contraire, qu'elle venoit de détailler avec la même *noblesse*
& la même *décence* tous les traits qui ont forcé M. le Comte
du Roure à conclure que son ami possédoit au plus haut degré,
toutes les qualités dont il a fait une énumération si précise dans sa déposition ? Vous conclurez donc aussi que
M. *du Roure* est déjà mieux justifié *de son admiration pour ma
fille* par les termes de sa déposition que je viens de transcrire,
qu'il ne l'avoit été par son résumé; *jaloux, dur, brutal, &c.*
Résumé probablement exact dans sa substance, mais que
M. le Comte *du Roure* avoit tort de substituer au détail des
griefs que ma fille lui avoit racontés avant d'annoncer à son
mari *la punition des loix* qu'il méritoit déjà, & qu'elle se promettoit d'*invoquer.*

Avant de compléter la justification de M. le Comte
du Roure sur ce premier point, je veux le justifier pleinement
sur le second; *son humiliation à la vue de la conduite misérable
de son ami.*

Je reprends & continue la déposition de M. le Comte
du Roure. . . . *Alors le Marquis* de Roux *effrayé voulut répondre
quelque chose à sa femme; & celle-ci s'en alla; alors le Marquis*
de Roux *sauta sur l'épée du déposant;* &c. Or vous avez vu,
Messieurs, que *pour attendrir sa femme, il feignit de se percer en
criant ah.* Mais ce n'est pas tout . . . le *saut* de M. *de Roux,*
sa *feinte* & son *cri* opèrent; sa femme s'évanouit, tombe, reste
étendue par terre, sans connoissance; le Comte *du Roure* ac-
court, la relève; ses gens arrivent, aident le Comte à la transporter sur son lit, lui donnent des secours; elle revient de
son évanouissement, réfléchit sur le trait qui l'a causé, ne
dissimule point son indignation; s'apperçoit bientôt que le
Comte *du Roure* aussi affecté qu'elle ou de son évanouissement
& de sa chûte, ou du danger qu'il a couru lui-même, *se
trouve enfin attaqué d'un mouvement de nerfs convulsif à côté du*

U 2 *lit*

lit où étoit ladite Dame. (C'eft encore votre dépofition, M. le Comte . . . & vous dites fimplement que ma fille *avoit l'air d'être évanouie* . . . & ce qui venoit de fe paffer, avoit produit fur vous, homme, *un mouvement de nerfs convulfif* qui vous avoit cloué fur votre fauteuil ! . . . Mais ce n'eft pas ce dont il s'agit ici.) Ma fille voit M. le Comte *du Roure* dans un état qui approche du fien, elle ne peut le fecourir, elle regarde fon mari . . . elle le voit toujours, *immobile*, toujours infenfible à toutes les fuites de ces étranges *expériences*; & dans un redoublement d'indignation, qui faifoit l'éloge de fon cœur, & qui n'eût pas fait celui du Comte *du Roure* s'il en eut méconnu le prix, elle dit au l'Automate, *Malheureux, foyez donc bon à quelque chofe, fecourez votre ami qui fe trouve mal pour vous.* C'eft encore la dépofition de M. *du Roure*, & il eft dans cette partie auffi exact que dans le récit qu'il m'a fait. Obfervez auffi, Meffieurs, ces deux mots, *pour vous*, qui ne font contredits ni par M. *de Roux*, ni par M. *du Roure*, ni dans le tems où ils furent prononcés, ni dans le tems de la dépofition : Sont-ils concluans ? & jufqu'où s'étend la conclufion !

Si vous relifez maintenant le récit un peu plus détaillé de la même fcène, fait par ma fille p. 20, 21, & 22, vous y verrez, comme je l'ai annoncé, moins de force que dans les traits que vous venez d'apprendre de la bouche d'un témoin bien irrécufable ; mais tout part vifiblement de la même énergie, de la même ame, de la même confcience non-feulement des torts de fon mari, mais encore de l'effet que le récit qu'elle venoit d'en faire, avoit produit fur M. le Comte *du Roure* & fur fon mari lui-même. Je ferai donc bien loin de craindre votre jugement lorfque vous récapitulerez le tout, & que vous confidérerez cette femme, jufqu'à ce jour foumife comme un enfant aux caprices de fon mari, révoltée enfin de fes indignités & de fes injuftices, racontant en fa préfence tous les griefs qu'elle avoit à lui réprocher, l'invitant à fe juftifier, ou à la contredire, M. *de Roux effrayé* de fon propre tableau, ou plutôt *des loix* dont ma fille lui annonçoit la punition, *voulant*, fuivant fa Trentième Affertion, *répondre quelque chofe*, & réduit par fa confcience *aux prières* & enfuite à l'immobilité, fa femme le livrant à fes réflexions & à celles de fon ami, & fe retirant avec tranquillité, M. *de Roux* n'imaginant plus de reffource que dans un trait de phrénéfie, ou dans un tour de comédien (qu'il choififfe) fa femme & fon ami dans une crife affreufe qui en eft la fuite ; *l'immobilité* conftante de cet homme, & fon infenfibilité à la vue des effets

produits

produits par son extravagance, sa femme obligée enfin de le
rappeller aux devoirs de l'amitié & de la reconnoissance. . . .
Quel contraste! oui, Messieurs, les deux sentimens opposés
de M. le Comte *du Roure* pour la femme & pour le mari, me
paroissent aujourd'hui bien mieux justifiés par sa propre déposition, qu'il ne le desiroit peut-être, & qu'il ne l'avoit imaginé. Mais observez sur-tout en lisant la déposition de
M. *du Roure*, qu'il est l'intime ami de Madame la Marquise
de Roux, belle-mère, & de Monsieur son fils, avec lesquels il vit
depuis quinze ou vingt ans; quand vous l'auriez ignoré, vous
auriez vu en lisant sa déposition, combien avoit coûté à son
cœur, l'exposition du petit nombre des vérités que sa justice
lui arrachoit en faveur de ma fille; vous lui auriez tenu
compte du sacrifice; vous lui auriez pardonné des suppres-
sions que la suite de son récit rendoit si faciles à suppléer, &
dont sa première narration à M. le Marquis *de Cambis* donneroit infailliblement la preuve, si elle devenoit nécessaire.

Je ferai plus que j'ai promis; je prouverai, & toujours par
la déposition de M. le Comte *du Roure*, & pour justifier son
admiration pour cette malheureuse femme, je prouverai, dis-
je, que malgré cette résolution de n'être plus *la dupe de ces
pleurs d'un homme foible qui avoit l'indigne talent de les répandre à
volonté, d'un homme d'ailleurs incapable de repentir & d'amour*,
ma fille se livra cependant bientôt après, à un sentiment
encore plus noble, ou du moins plus précieux, que le simple
pardon que j'ai annoncé : le pardon d'une injure peut tenir à
l'orgueil, autant qu'à la générosité; le sentiment dont je vais
parler, ou plutôt, le sentiment qui va se dépeindre lui-même,
intéresse, attendrit, en faveur de celui qui l'éprouve, &
n'humilie jamais celui qui en est l'objet. Il est vrai que
M. *du Roure* supprime également ses intercessions en faveur
du coupable, celles de M. l'Abbé *de Roux* accouru au bruit,
& encore plus affecté que lui des extravagances de son frère,
les protestations de résipiscence que faisoit enfin le mari à
genoux; ces détails eussent été trop longs pour un homme
accoutumé à ne présenter que des résultats; mais il ajoute
immédiatement après l'article de sa déposition que vous venez
de lire, *que Madame de Roux s'écria d'abord, est-il possible qu'il
n'y ait que lui dans sa famille qui me tourmente!*

Je vous demande, Messieurs, si l'intercession de M. l'Abbé
de Roux, le tendre intérêt qui l'animoit, & les sentimens de
toute sa famille dont il étoit l'organe, ne sont pas bien plus
fortement exprimés par l'exclamation de cette généreuse &
sensible femme, que si M. le Comte *du Roure* eut pris la
peine

peine d'en faire quelque mention : N'est-il pas évident que la considération des tendres témoignages de l'amitié des frères & de la mère, ont déjà balancé, ont déjà surpassé dans son cœur, tous les torts, toutes les extravagances du mari ? Effectivement le moment d'après elle ne songe plus à la cause de sa chûte & de son évanouissement ; elle n'est occupée que de l'effet que l'un ou l'autre peuvent avoir produit sur l'objet qui l'intéresse le plus dans le monde ; *j'ai bien peur de m'être blessée*, dit-elle ; c'est encore la déposition de M. le Comte *du Roure*, c'est la dernière parole que ma fille lui dit en sortant de chez lui : Je n'axamine pas si l'intention du déposant dans ce dernier trait d'exactitude, est de répondre à l'insinuation de M. *de Roux* dans sa première Assertion ; cette intention est totalement indifférente au fait en lui-même, & n'empêchera pas de découvrir l'ame de cette infortunée, telle que je l'ai dépeinte, ou plutôt, telle qu'elle s'est dépeinte elle-même en sortant d'*Avignon* après toutes les indignités qu'elle y avoit essuyées, *si M.* de Roux *a de l'esprit*, disoit-elle, cinq jours avant que son mari lui intentât le procès criminel qui l'a conduite à la mort, *si M.* de Roux *a de l'esprit, il viendra nous joindre ; mais nous ne retournerons plus à Avignon, ces monstres de* • • • *& de* • • • *lui tourneroient encore la tête,* (voyez page 51) : C'est toujours elle, sensible à l'excès aux mauvais procédés, révoltée contre l'injustice, mais incapable de résister aux témoignages de l'amitié, toujours dupe de la noblesse de ses sentimens & de sa franchise, & terminant toujours les scènes les plus orageuses par une plaisanterie ou par un trait de sensibilité : Voilà, Messieurs, la femme que M. *de Roux* étoit déterminé à changer ; *elle changera*, disoit-il, *où elle dira pourquoi,* (voyez page 140). C'étoit moi qui la lui avois donnée cette femme, je méritois d'être puni, je l'ai bien été !

Je passe à la déposition de M. *de Larche,* dans une partie de laquelle je trouverai aussi toutes les ressources dont j'ai besoin pour faire apprécier l'autre. N'oubliez pas, s'il vous plaît, Messieurs, que c'est le laquais de ma fille qu'on accuse d'être suborné.

M. *de Larche* dépose sous serment, *que le lendemain ou le sur-lendemain du jour que M.* de Roux *eut fait enlever les draps du lit de chez son beau-père* (a), M. de Casaux *vint le trouver lui*

_____

(a) Il est essentiel d'observer que cela signifie le lendemain ou sur-lendemain de la scène chez M. *de la Chapelle,* décrite

lui dépofant, pour lui demander ce qu'il en penfoit, & qu'il lui répondit qu'il étoit fort heureux pour lui que M. de Roux fe fut donné le premier tort ; que quelqu'un lui avoit dit la veille dans une fociété, qu'il auroit pu empêcher les défordres lui-même en fe fervant de fon authorité fur fa fille, & de la tendreffe qu'elle avoit pour lui ; à quoi M. de Cafaux répondit que celui qui avoit dit cela étoit un *J. F.* que là-deffus lui dépofant lui dit, que ce n'étoit pas une feule perfonne, mais trente & quarante, à quoi M. de Cafaux répliqua que c'étoit trente & quarante *J. F.*

Vous voyez, Meffieurs, que, *fuivant M. de Larche*, cette converfation s'eft paffée entre lui & moi, le lendemain ou le fur-lendemain de la fcène arrivée chez M. *de la Chapelle*, de cette fcène qui a produit le déménagement fcandaleux de M. *de Roux*, à deux heures après minuit, dont parle M. *de Larche* ; or cette fcène, à la connoiffance de toute la ville, eft arrivée le 13 ou 14 de Janvier. Vous voyez auffi de quelle conféquence il feroit pour M. *de Roux* de prouver que le 14 de Janvier, il y avoit réellement, fuivant la dépofition d'un témoin auffi grave que M. *de Larche, des défordres* chez moi, *des défordres* dont il avoit eu la charité de m'avertir, *des défordres* que je n'avois pas empêché malgré fon avertiffement, *des défordres* enfin qui faifoient le fujet banal des converfations publiques (d'une fociété de trente à quarante perfonnes).

Il eft affez fingulier que la dépofition de la femme fuffife pour convaincre le mari de fauffeté. Relifez-la, s'il vous plaît, page 141, & voyez fi *les défordres* dont elle parle, *défordres* dont elle & cent autres (heureufement) ont été témoins, les feuls *défordres* enfin dont il foit poffible de parler à l'occafion de cette fcène, ne font pas évidemment, des *défordres* d'efprit de M. *de Roux*, indépendans de moi & de ma fille, & probablement de lui-même.

Avant de prouver à M. *de Larche* par un autre raifonnement, que le peu de vérité qui fe trouve dans ces quatorze ou quinze lignes de fa dépofition, que je viens de tranfcrire, regarde un fait arrivé près d'un mois plus tard qu'il ne le jure, c'eft-à-dire, après la fcène du 5 Février, & non pas après celle du 13 ou 14 Janvier, je dois lui protefter que, s'il avoit eu le malheur de prononcer le mot de *défordres*, en me parlant de chofes que je pouvois empêcher & que je n'em-

pêchois

---

dans la dépofition de Madame *de Larche,* dont j'ai déjà rendu compte.

pêchois pas, j'aurois oublié mon âge, & je n'aurois vu que
fa fenêtre qui étoit ouverte ; je m'en fouviens très-bien ;
mais il me difoit fimplement, en parlant de la féparation dont
il s'agiffoit alors, (c'étoit après la fcène du 5 Février qui en a
décidé la demande) il me difoit qu'une perfonne avoit dit la
veille dans une fociété où il étoit, que j'aurois pu éviter cette
féparation, fi je l'avois voulu ; or il eft évident par la dépofition de M. *de Larche* & encore plus par ma propre confeffion,
que je lui répondis avec indignation & répétai très-impoli-
ment, que ceux qui avoient tenu ce difcours & ceux qui le
répétoient, &c. M. *de Larche* ajoute *que je lui dis auffi que*
j'avois plus d'efprit que tous ces gens-là ; ce qui feroit bien miférable de ma part, mais ne feroit pas criminel, & je n'ai à
me juftifier que des crimes. Il faut maintenant redreffer
M. *de Larche* fur l'époque à laquelle je lui parlai avec une
impoliteffe dont je ne me fuis pas encore repenti ; je lui ai
déjà prouvé, par fa femme, qu'il étoit impoffible que ce fut
le lendemain ou le fur-lendemain de la fcène chez M. de la Chapelle, quoiqu'il l'eut juré ; je vais maintenant lui prouver
par la conféquence néceffaire de plufieurs faits connus de
toute la ville, que ce fut après le 5 Février comme je l'ai
avancé.

Vous favez, Meffieurs, que M. & Madame *de Larche* nous
avoient honoré de leur plus tendre amitié, & que depuis le
jour de mon arrivée à *Avignon*, je n'avois pas eu une feule
fois chez moi trois perfonnes, qu'ils n'euffent été deux de
ces trois. Malheureufement, quelques jours avant la fcène
du 5 de Février, il arriva comme vous favez indubitablement
auffi, une petite mortification à Madame *de Larche*, qui la
mettoit à la difcrétion d'un proche parent de M. *de Roux* ;
j'avois fait peu d'attention à cette anecdote ; j'étois abforbé alors
par les extravagances journalières de M. *de Roux*, & je fus fi
confondu de ne plus voir chez moi ni Monfieur ni Madame
de Larche après la fcène du 5 Février, qu'ayant appris que
M. *de Roux* ne partoit plus de chez eux, je ne pus m'empêcher d'y aller pour favoir à quoi m'en tenir fur leur compte ;
M. *de Larche* n'eft pas difficile à pénétrer ; il eft vrai qu'après
un quart-d'heure de converfation, dans fa chambre-à-cou-
cher, auprès de fa fenêtre ouverte, il eft vrai, dis-je, que je
pris la liberté d'en ufer auffi peu refpectueufement qu'il l'a
dépofé ; & j'en ufai ainfi fur le fimple mot que je vous ai
rapporté au fujet de la féparation, qu'on prétendoit, felon
lui, que je pouvois empêcher. Je n'ai vu ni le mari ni la
femme depuis ce tems-là, j'entends chez eux ou chez moi ;

il

il n'y a pas d'homme d'honneur qui ne fente que cela dût être & que cela fut ; & si M. *de Larche* trouve quelque perfonne de fa connoiffance qui affure que lui *de Larche* avoit affez de baffeffe pour fe préfenter chez moi après que je l'eus traité chez lui comme il le dépofe, je le défie de trouver quelqu'un qui me connoiffe & qui dife que j'aurois été capable, moi, de le recevoir ; cet argument me paroît concluant : or tout le monde dans votre ville, Meffieurs, fait que M. & Madame *de Larche* font venus amicalement, conftamment & journellement chez moi jufqu'à la fcène du 5 Février, qui a décidé la féparation ; donc le jour où j'ai traité M. *de Larche* fi peu refpectueufement, n'a pu être qu'après la fcène du 5 Février : or M. *de Larche* dépofe auffi que c'eft le même jour où je lui ai fait cette réponfe impolie, *qu'il m'a dit que j'étois fort heureux que M. de* Roux *eut eu le premier tort avec ma fille* ; ce trait n'annonce pas un prodige de pénétration de la part de M. *de Larche*, d'avoir prévu les torts futurs d'une femme fi long tems excédée ; mais j'en tire trois conféquences effentielles.

La Première, que fuivant le refpectable témoin adminiftré par M. *de Roux* lui-même, ma fille n'avoit eu aucun tort avec fon mari, lorfque M. *de Larche* me reprocha de ne pas empêcher la féparation dont il s'agiffoit : cela eft évident.

La Seconde, que ma fille qui n'a pas vécu avec fon mari depuis ce tems-là, n'a pu avoir à fon égard aucun tort qu'il puiffe lui reprocher : cela eft inconteftable.

La Troifième enfin, que malgré l'opinion des 30 & 40 garans de M. *de Larche*, ma fille a dû fe réfoudre à une féparation, qui pouvoit feule la garantir des torts que M. *de Larche* avoit prévus, & que je n'ai eu d'autre tort moi-même, que d'avoir combattu auffi long-tems une réfolution auffi prudente. Voilà tout ce qui réfulte de votre dépofition, M. *de Larche*, eft-ce là tout ce que vous defiriez qui en réfultât ? . . ô ! iniquité, iniquité, *comme tu te mens à toi-même !*

Je conviens cependant que la complaifance des témoins de M. *de Roux*, ne s'étend que jufqu'à des réticences, à des fuppreffions ou négations de quelques vérités dont la plus grande partie n'auroit fervi qu'à prouver leur bonne foi, à quelque adreffe dans la façon de préfenter les époques, à quelques fuppofitions de faits qui feroient peu effentiels fi l'on n'y joignoit pas le Commentaire de l'Agent *Peru*, à quelques altérations de paroles ; quelquefois cependant cette complaifance s'étend jufqu'à renfermer fous un feul point de vue, trois circonftances, de la première defquelles on veut faire

X   entendre,

entendre, quoique abfolument faux, ce qui n'eft vrai que par rapport aux deux dernières ; par exemple, lorfque Mde. *de Larche* eft queftionnée, *in globo & fous ferment*, par M. *de Roux*, fur le fait des prétendues *affiduités de M. le Comte de *** auprès de ma fille depuis fon mariage, chez elle, chez les autres, au fpeſtacle & même à l'églife*, (voyez la troifième interrogation de M. *de Roux*, préfentée à Mde. *de Larche* le 7 Juillet, dont j'ai parlé page 136) Mde. *de Larche* dépofe hardiment, *in globo* auffi, *qu'elle a vu très fouvent M. le Comte de *** chez Mde.* de Roux, *dans les affemblées de la ville & au fpeſtacle* : cependant la vérité eft que Mde. de *Larche* n'a vu très-fouvent M. le Comte de *** que dans les affemblées de la ville & au fpeſtacle, où toute la ville alloit, & que depuis le mariage de ma fille, elle n'a pu le voir que cinq fois chez elle, puifqu'il n'y eſt pas allé une feule fois de plus.

Mde. *de Larche* dépofe auffi fous ferment le 15 de Mai (vous l'avez vu page 141) que ma fille remit elle-même à M. le Comte de *** cette fatale glace de difcorde ; & Mde. *de Larche* dépofe enfuite le 7 Juillet, & toujours *fous ferment*, que ce fut *M. le Comte de *** qui l'enleva des mains de ma fille.* Or enlever & recevoir, donner & ne pas courir après un raviffeur, font deux chofes très-différentes, & d'une différence très-grave. Or fi le fecond ferment de Mde. *de Larche* n'attefte que la vérité, comme Mde. *de Mondevergue* qu'elle cite, & cent autres qu'elle eût pu citer, l'attefteront quand on voudra, quel nom donnerez-vous à fon premier ferment?.. Je vous demande grace pour Mde. *de Larche*, Meffieurs ; je pourrois même vous prier d'étendre plus loin votre indulgence ; foyez fûrs qu'il n'eſt pas un feul de ces inftrumens fubalteres dont les Confeils de M. *de Roux* fe font fervis pour égorger ma fille, qui n'ait déjà expié par quelque remords, peut-être même par quelques larmes fecrètes, une complaifance dont ils n'avoient pas prévu les fuites : il n'en eſt pas un feul que ma fille n'ait comblé d'honnêtetés & d'amitiés, & qui n'ait probablement le malheur de s'en fouvenir aujourd'hui.

Je n'avois pas voulu, Meffieurs, vous prévenir fur la teneur de cette dépofition du 7 de Juillet, quoique je vous l'euffe annoncée en vous expofant celle du 15 de Mai ; n'eſt elle pas décifive contre M. *de Roux* ? Car enfin vous n'avez pas oublié que c'eſt-là ce crime affreux que ma fille avoit commis en préfence de 100 perfonnes, chez M. *de la Chapelle*, de n'avoir pas défendu contre M. le Comte de ***, la glace qu'elle *auroit* défendue contre fon mari ; de ne s'être pas jetté fans doute fur

fur M. le Comte de * * * peur la lui reprendre après qu'il l'eût *enlevée*. C'est ce crime horrible qui occafionna (voyez la première dépofition de Mde. *de Larche*, page 141) cette *colère* ridicule & fcandaleufe de M. *de Roux* en préfence de 100 per- fonnes fur *le procédé* purement paffif de fa femme, fon. démé- nagement plus fcandaleux encore de chez elle, à deux heures après minuit, & fa promeffe en préfence de fes gens, *qu'il ne reftera plus avec elle.* voyez (page 147) c'eft ce crime affreux qui préjugé fur les expreffions infidieufes de M. *de Roux* dans fa Plainte, donneroit de ma fille une idée capable de confirmer l'abomination que l'Abbé *Peru* & les autres agens de fon mari débitoient, & écrivoient à *Paris* & à *Rome*, fi détaillé dans toutes fes circonftances par les témoins adminiftrés par M. *de Roux* lui-même, il ne dévoiloit enfin toute l'extravagance & l'infamie de fon accufateur.

Mde. *de Larche* vous a étonné par l'évidence de fes contra- dictions ; M. le Chevalier de *St. Cyr* va vous furprendre par la fingularité d'un propos qu'il attribue à ma fille. Il ne dit pas que ma fille en lui parlant de la fcène du 6 Janvier, lui a dit que lorfque fon mari fe jetta fur l'épée du Comte *du Roure*, elle fe trouva mal de frayeur ; certainement cela ne vous eût point paru extraordinaire, après avoir vu que M. le Comte *du Roure* lui-même, qui n'étoit que le troifième Acteur de cette tragi-comédie, avoit été fuivant fa propre dépofition, attaqué *d'un mouvement de nerfs convulfif* avant la fin de la pièce ; mais il prétend que ma fille lui a dit qu'ayant *entendu le cri* de fon mari, *craint* qu'il ne fe fut percé, *vu* qu'il n'en étoit rien, & *jugé* qu'il n'avoit cherché qu'à l'effrayer, *la fenfation que ce tour de Comédien avoit produit fur elle, avoit été telle, qu'elle s'étoit trouvée mal.* Eh, M. le Chevalier, un tour de Comédien dans de pareilles circonftances excite l'indig- nation, mais ne produit pas un évanouiffement ; ma fille étoit aifée à féduire par de perfides démonftrations d'amitié, jamais elle n'y réfifta ; dupe aujourd'hui, l'expérience ne l'eut pas empêchée de l'être demain, mais elle n'étoit point abfurde; vous avez mal entendu ; & lorfque vous avez auffi dépofé qu'elle tint le propos dont fon mari va fe plaindre dans fa Trente-quatrième Affertion, vous avez eu également tort de fupprimer le point effentiel que Mde. *de Chambrun*, très-honnête dans fa dépofition, n'oublie pas d'affirmer, favoir, que Mde. de Roux *plaifantoit alors & le donnoit comme un bon mot.*

J'ai parlé des interrogations infidieufes, faites par M. *de Roux*, à Mde. *de Larche* ; il faut raconter l'hiftoire de ces inter-

rogations ;

rogations ; tous les procédés de cet homme portent la même empreinte.

M. de Roux est instruit que mon Avocat a demandé à l'Official le 7 de Juillet, qu'on sommât Mde. de Larche de répondre à quinze questions, parmi lesquelles il n'y en avoit pas une seule dont je n'eusse été capable d'écrire la réponse, de la cacheter, & de garantir sa conformité avec celle de Mde. de Larche, si elle avoit de la mémoire. Or vous sentez que depuis ma dernière visite à M. de Larche, je connoissois trop bien mes gens, pour faire proposer à sa femme, des questions dont je pusse redouter la réponse ; il falloit effectivement qu'elle choisît, ou de m'en donner une telle que je la desirois ou de faire un faux serment ; j'avois même recommandé expressément à mon Avocat de lui rappeller souvent pendant le cours de la déposition, que c'étoit sous serment qu'elle déposoit ; les questions étoient présentées sans art ; je ne demandois que la vérité, & je m'étois réservé d'en tirer les conséquences, *je croyois alors qu'on me le permettroit.* Que font les Avocats de M. *de Roux ?* Ils sentent qu'il est impossible de prémunir d'avance contre quinze questions, sur l'une desquelles un seul mot indiscret pouvoit, de proche en proche, donner le moyen d'éclaircir toutes les autres ; ils s'adressent à l'Official (cela est incroyable) ils s'adressent à l'Official, ils lui demandent *sous protestation de nullité,* & obtiennent sans la moindre difficulté, qu'avant que Mde. *de Larche* réponde aux quinze questions faites par mon Avocat, elle soit préalablement, (*primitùs & ante omnia,* dit la requête de M. *de Roux*) interrogée sur quinze autres questions qu'il lui a préparées, comme une antidote pour elle & un remède pour lui-même. Que dites-vous de l'innocence de cette précaution de M. *de Roux ?* Vous avez déjà pu juger de la candeur des questions, par la deuxième & la troisième, dont j'ai parlé page 136 & page 162 ; mais je dois dire un mot de quelques autres.

La Dixième est singulière. M. *de Roux* demande que Mde. *de Larche* soit interrogée *sur ce que M.* de Roux *est doux & prévenant ;* ce sont ses termes ; & Mde. *de Larche* répond *que* M. de Roux *est doux & prévenant* : M. *de Roux* ne doute point que ces paroles de Mde. *de Larche* du 7 Juillet, ne remédient pleinement à ce qu'elle a raconté elle-même dans sa déposition du 15 de Mai sur le fait de cette *colère* ridicule, & de cette conduite phrénétique en présence de 100 personnes chez Mde. *de la Chapelle,* voyez page 141.

La Onzième question de M. *de Roux,* est encore plus originale : je la supprimerois si elle n'étoit qu'originale & ridicule,

ridicule, mais l'ame de M. *de Roux* y est si visiblement dépeinte, ainsi que la conscience non-seulement de ses torts, mais encore de l'impossibilité où il étoit de les justifier ! La voici : M. *de Roux* demande *que Mde. de Larche soit interrogée sur ce que M.* de Roux *étoit amoureux de sa femme, lui auroit été soumis en tout, & n'auroit jamais eu aucun reproche à lui faire, si elle avoit eu la complaisance de congédier M. le Comte de * * * :* Et Mde. *de Larche* répond *que M.* de Roux *aimoit beaucoup sa femme, qu'il étoit jaloux de M. le Comte de * * * ; & que malgré cela sa femme a toujours continué à voir M. le Comte de * * *.* Vous avez déjà, Messieurs, apprécié cette réponse de Mde. *de Larche*, sur les faits notoires que j'ai opposés aux accusations de ces prétendues assiduités de M. le Comte de * * * ; mais observez s'il vous plaît, que M. *de Roux* dans cette onzième question allégue une simple possibilité de soumission en tout, comme justification valable d'une multitude d'excès réels, prouvés, & qu'il confesse sans y faire attention ; *sa femme*, dit-il, *n'auroit eu aucun reproche à lui faire, si*, &c. Elle avoit donc des reproches à lui faire ; pourquoi donc, avec la conviction de ses torts, avoit-il dans sa onzième assertion, l'impudence de réclamer des *éloges*, sur-tous ces faits monstrueux, ou ridicules dont il prétendoit s'applaudir ?

- Ce n'est pas tout : M. *de Roux* & ses Avocats sont rarement coupables d'une seule absurdité sur le même objet : Voici exactement leur raisonnement d'après les faits prouvés ; *si Mde.* de Roux *eut reçu des assiduités,* qu'elle n'a pas reçues, *& si après les avoir reçues, elle y eût renoncé, elle n'auroit eu aucun reproche à faire à son mari ; Mde.* de Larche *interrogée sous serment en répondra.* . . . Que dites-vous, Messieurs, de ce serment de Mde. *de Larche* proposé (dans le cas de deux conditions dont l'une est exactement contraire aux faits) proposé, dis-je, ou plutôt établi comme garant d'une meilleure conduite de M. *de Roux*, d'une conduite plus analogue à la valeur intrinsèque des deux sujets, d'une soumission absolue envers sa femme, *d'une soumission en tout* ; quelle ame ! Croyez-vous, Messieurs, que M. le Comte *du Roure* avoit tort d'être humilié de se trouver un pareil ami ? Croyez-vous qu'il avoit tort, lorsqu'il me disoit après la scène du 6 Janvier, *je tremble que votre fille connoisse son mari :* Eh, M. *du Roure !* Pourquoi ne trembliez-vous pas de sacrifier ma fille à cet homme que vous connoissiez si bien ? Car vous la connoissiez aussi, & vous avez tant d'amitié pour elle !. . . Abandonnez du moins aujourd'hui, cet homme que vous ne pouvez plus soutenir sans vous déshonorer ; laissez tomber, laissez rentrer dans le néant cet

atônie

atôme qui ne doit qu'à vos bontés, la forte de confiftence dont
il jouit.

J'efface, Meffieurs, une multitude d'abfurdités, de contradictions choquantes, de traits de combinaifons gauches & de mauvaife foi vifible, dans les interrogations de M. de Roux, comme
dans les dépofitions de fes témoins ; je voulois tout dire, mais
je craindrois de vous fatiguer : je fuccombe moi-même fous
le poids, & bien plus encore fous celui du fentiment le plus
extraordinaire qui ait jamais affecté le défenfeur d'une caufe
jufte ; l'évidence & la force de mes raifons me déchirent le
cœur... Avec tant de moyens pour te fauver, oh, ma fille ! je
t'ai perdue... Tes Juges ne couronneront point ton perfécuteur, ton calomniateur, l'auteur de ta mort... Mais te ren-
dront-ils la vie ?

Je finirai cette longue réponfe par une obfervation qui
met le comble à l'amertume de ma dernière réfléxion. Malgré le defir des témoins, auffi frappant dans ce que je fupprime
de leurs dépofitions, que dans les traits que j'en ai rapportés, il
n'en eft pas un feul qui ait articulé un fait de la moindre importance, & qui fît rougir la femme la plus délicate, d'une autre
idée que de fon peu de difcernement en époufant *un homme*
capable de fonder l'efpoir de fa fortune fur celui de la déshonorer.
Pourquoi donc M. *de Roux* follicita-t-il de pareilles dépofitions ? Parce qu'il ne falloit qu'une ombre de formes pour
obtenir le décret diffamatoire, & que le décret diffamatoire
fuffifoit pour juftifier la perfécution, & la fpoliation fur-tout
que M. *de Roux* en regardoit comme la fuite.

Trente-quatrieme *Affertion de* M. de Roux.

Jufqu'au moment de la dernière fcène entre les deux époux, (celle
du 5 Février) que M. de Cafaux *emploie comme un dernier*
moyen de féparation, voici les antécedens qui l'amenèrent ; la
Marquife de Roux *facrifiant tout à un bon mot, dit à fon mari*
en préfence de toute la compagnie (favoir, Mde. *de Chambrun &*
M. le Chevalier *de St. Cyr*) *une groffièreté fanglante qu'il a*
toujours niée, & dont il n'a pas moins été affecté.

R É P O N S E.

Voilà exactement l'homme que ma fille a dépeint dans fa
lettre du 29 Juin, à M. le Comte de *Vergennes*, fans avoir la
moindre connoiffance du contenu de la *Plainte criminelle* ; les
termes de fa lettre méritent d'être répétés :

Si M. de Roux (écrivoit cette infortunée) *prouve qu'il a été instruit de ces propos avant la scène, qu'il les a soufferts, & que sans oser m'en faire de reproches, ils n'en ont pas moins été la cause secrète des procédés dont il est coupable à mon égard,* craindrai-je qu'on ne remette entre les mains d'un homme capable de dissimuler une prétendue injure, sans oser la vérifier, & qui s'en venge cependant comme s'il l'eût vérifiée?

Or, Messieurs, observez de plus que Mde. de Chambrun, témoin de cette prétendue grossièreté sanglante, *que M.* de Roux *a toujours niée, & dont il n'a pas moins été affecté,* dépose sous serment, comme je l'ai déjà dit, *que ma fille plaisantoit, & la donnoit comme un bon mot.* Je ne le répète point, ce prétendu bon mot, que je trouve mauvais quoique je n'aie vu personne qui l'ait entendu sans rire, mais je ne desire point que vous riiez, Messieurs, quand vous lirez ma lettre.

TRENTE-CINQUIEME *Assertion de M.* DE ROUX.

Le lendemain, comme s'il ne s'étoit rien dit de blessant, la Marquise de Roux demanda à son mari, étant à dîner avec elle, le Comte du Roure & Mde. de Larche, de lui acheter un cheval; son mari eut à peine dit sur cette proposition, qu'il seroit imprudent de monter à cheval, dans son état de grossesse, que son épouse le traita de fourbe, d'homme faux, & de menteur à outrance; le sur-lendemain le Marquis de Roux accoutumé à garder dans son cœur les blessures qu'il ressentoit à ces propos injurieux, ne put s'empêcher (le sur-lendemain) de dire à sa femme qu'elle ne seroit pas contente qu'on ne lui eût cassé les bras.

R É P O N S E.

Qu'on ne lui eût cassé les bras. . . . M. *de Roux* croit se justifier en permettant d'imaginer qu'il se flattoit que ce seroit un autre que lui qui voudroit bien se charger de casser les bras à sa femme : mas passons cette ineptie.

La meilleure partie de la réponse que je vais faire, sera la conséquence inévitable de la propre confession de M. *de Roux.*

Supposons, pour un moment, qu'il ne se fut effectivement passé que trois jours entre l'offense prétendue de ma fille, & la menace que son mari lui a faite de lui casser les bras ; les Juges diront toujours avec elle, comment exposer encore cette malheureuse femme entre les mains d'un homme *capable de nier une injure & de n'en être pas moins affecté?* d'un homme
qui

qui fe reconnoît *accoutumé à garder dans fon cœur, les bleffures qu'il reffent à des propos injurieux*, quand on les lui tient, & qui fe flatte de n'en être que plus authorifé à s'en vanger lorfqu'on ou n'y penfe plus, lorfqu'on eft avec lui, *comme s'il ne s'étoit rien dit de bleffant* ; d'un homme enfin qui s'honore & fe vante en quelque façon de la faculté de diffimuler profondement pendant trois jours les affronts qu'il reçoit, & qui fe reconnoît incapable de réfifter, *qui ne peut s'empêcher* (ce font fes termes) de céder au defir fi long-tems étouffé de fe vanger quand il n'y a plus de provocation. L'Avocat de *Bordeaux* ignoroit cependant ce trait de fureur indomptable & avouée, lorfqu'il difoit dans fa confultation (voyez page 101) *que la néceffité d'une féparation devoit paroître frappante à la juftice de tous les tribunaux ; qu'il n'en eft aucun qui en ordonnant le retour de la Marquife* de Roux *auprès de fon mari, ne doive trembler de devenir complice en quelque façon d'un homicide.*

Convenez, Meffieurs, qu'on pourroit foupçonner les défenfeurs de M. *de Roux*, du deffein de le perdre & d'en faire plutôt un objet de terreur que de compaffion, fi l'on n'appercevoit, à chaque inftant au travers de leurs gaucheries, des infidélités adroites qui ne tendent qu'à diminuer les torts de leur client ; par exemple, la diffimulation de M. *de Roux* a été bien plus longue, & par conféquent bien plus horrible, qu'il ne le dit ; en voici la preuve.

Les propos injurieux dont M. *de Roux* fe plaint, dans l'affertion que je difcute, ont été tenus *à dîner chez ma fille en préfence de M. le Comte* du Roure *& de Mde* de Larche ; la connoiffance du moment précis eft encore une obligation que j'ai à ces étranges Avocats qui ont minuté la plainte. Or je demande la parole d'honneur de M. le Comte *du Roure*, & je demanderai dans le tems néceffaire, fa dépofition fous ferment, fi le 5 Février (jour de la menace faite à ma fille qu'on lui cafferoit les bras) il n'y avoit pas au-delà de 10 à 12 jours, & peut-être 15, que lui *du Roure* n'avoit dîné chez elle; mais direz-vous, les propos injurieux ont donc été tenus? Non, Meffieurs, je vais vous le prouver ; la main eft quelquefois affez hardie pour porter le premier coup de poignard, mais elle tremble fouvent quand il en faut un fecond.

Mde. *de Larche* affirme à la vérité dans fa dépofition du 15 de Mai, que ces propos bien fpécifiés ont été tenus par ma fille; ce n'eft pas même une réponfe qu'elle fait à une interrogation, c'eft elle-même qui le dit, & fous ferment ; mais fa dépofition du 7 Juillet fur ce même point, équivaut à une négation de celle du 15 de Mai, car elle affirme alors, également fous ferment, qu'au dîner dont il eft queftion, *M.* de Roux *fe fâcha*

beaucoup

beaucoup du refus d'acheter le cheval, mais qu'elle déposante ne
se rappelle pas des propos que Mde. de Roux tint à son mari dans
cette occasion. Or le propos bien articulé de fourbe, d'homme
faux, de menteur, (s'il avoit réellement été tenu) n'auroit-
pu être oublié depuis le 15 de Mai jusqu'au 7 de Juillet, par
une femme qui avoit prétendu s'en souvenir depuis le 20 de
Janvier jusqu'au 15 de Mai : il est impossible d'oublier absolument en deux mois, des paroles dont on a conservé un
souvenir si précis pendant quatre, & dont le souvenir à la fin
des quatre, a été rafraîchi par une déposition sous serment.

Mais direz-vous encore, M. le Comte *du Roure* se rappelle
du moins les deux épithètes de menteur & de fourbe, & dépose
que Mde. *de Roux* s'en est servi en parlant à son mari. . . . . .
Je crois avoir prouvé bien évidemment que M. le Comte
du Roure ne donnoit que les résultats des discours dont il
rendoit compte ; & s'il résultoit effectivement des reproches
que ma fille étoit en droit de faire à son mari, de l'avoir
trompée dans sa promesse du cheval, comme il l'avoit trompée sur tant d'autres objets, & notamment dans sa promesse
de 12,000 liv. de diamans, promesse faite par la bouche de
M. le Comte *du Roure*, & par M. le Comte *du Roure* inférée
dans les articles du mariage ; s'il résultoit, dis-je, de reproches aussi fondés, que M. *de Roux* étoit réellement ce qu'il
prétend que ma fille ne lui a pas dissimulé ; s'il résultoit de
tout ce que vous avez lu jusqu'ici, que ma fille étoit en droit
de lui faire bien d'autres reproches, & qu'elle n'avoit pas
d'autre ressource que de les lui faire en présence de M. le
Comte *du Roure*, auteur de ce funeste mariage, & le seul
homme qui osât quelquefois traiter M. *de Roux* comme il le
méritoit, étoit-ce la faute de ma fille, ou celle de son mari ?
Je supposerai donc que ma fille ait effectivement raconté tous
les faits qui conduisoient nécessairement aux résultats dont
M. *de Roux* se plaint, pourquoi n'entreprenoit-il pas de se justifier, au lieu *de garder*, comme il le dit lui-même, *la blessure
dans son cœur*, & d'y concentrer pendant dix à douze jours,
le désir bas de la vengeance, & ce feu honteux & secret
qui produisit enfin l'explosion du 5 Février, *la bombe a crevé !*
Un mari pourra-t-il donc impunément fouler aux pieds à
l'égard de sa femme, toutes les loix de la justice, de l'honnêteté & de la décence ? Une femme sera-t-elle réduite à le souffrir sans murmurer ? Une femme indignement trompée sur
tous les objets de fortune & de caractère, excédée nuit & jour
de traits d'extravagance & de malhonnêteté, souffre pendant
quinze jours sans se plaindre, même à son père, se plaint

enfin à l'ami de son mari, à l'artisan même de son malheur, continue à être victimée... & l'on exigera, non pas qu'elle étouffe, cela est impossible, mais qu'elle concentre dans son ame, l'indignation & la douleur ? Le récit des faits qui ne justifient que trop de pareils sentimens, sera un crime dans sa bouche ? & parce que son mari n'aura pas les premiers traits de l'humanité, on exigera qu'elle ait la perfection d'un ange ?.. Femmes, quel seroit votre sort !

Et si le Juge dont je dénonce les prévarications, si ce Juge, après les outrages qu'il a faits à l'hospitalité comme à la justice, en diffamant une malheureuse étrangère, une innocente, que ses prévarications ont enfin conduite au tombeau, si un pareil Juge osoit se plaindre de l'amertume de mes reproches, si l'on m'en faisoit un crime, s'il étoit bien vrai que les Ministres de la justice peuvent la déshonorer, l'insulter sans craindre le murmure, si après avoir méprisé le remords, ils pouvoient se flatter d'étouffer aussi le reproche, si tranquilles sous la sauvegarde d'une ignorance crasse qu'ils peuvent toujours alléguer, ou affranchis du joug de l'honneur & de la religion, ils n'avoient pas encore à redouter l'exécration générale, à laquelle ils peuvent enfin être devoués par quelques victimes échappées à leurs atrocités... On parle de notre siècle ?... Peuple de notre siècle, quelle seroit votre destinée !

CONCLUSION *de la seconde Plainte Criminelle de M. DE ROUX.*

M. de Roux termine sa Seconde Plainte par requérir, 1°. *qu'il soit informé secrétement & diligemment sur le crime de calomnies atroces, contre moi, & mes complices; 2°. que les témoins soient interrogés si mon fils n'a pas dit que je m'étois évadé en disant qu'il valoit mieux être oiseau de bois que de cage; 3°. si interrogé de la part de M. l'Archevêque où étoit née ma fille, je n'ai pas dit qu'elle étoit née à la Grenade, tandis qu'on a appris après le mariage, qu'elle étoit née à Angoulême.*

RÉPONSE.

Je commencerai par le troisième article de la Conclusion de M. *de Roux*; on a déjà vu le produit des *informations secrètes* sur le premier, on sent avant que j'en parle, le ridicule du second, je suis pressé de montrer la noirceur du troisième.

M. *de Roux* laisse à ses agens *Peru* & *Castain* le soin de répandre à *Rome*, que je suis un faussaire, puisque selon eux j'ai donné un faux extrait baptistaire; il se contente ici de m'accuser

d'un

d'un menſonge. Heureuſement, je puis défier M. de Roux de prouver qu'un tel menſonge pût m'être avantageux, ou nuiſible à qui que ce ſoit; point déciſif dans une affaire de cette nature. Ce prétendu menſonge eſt d'ailleurs prouvé, ſuivant l'uſage inaltérable de M. de Roux, par ſa ſimple parole, & par les dépoſitions de deux témoins, qui bien appréciées, prouvent exactement le contraire.

M. le Curé de St. Agricole, l'un de ces témoins, dépoſe que quelques jours après le mariage, (remarquez bien, après) M. de Caſaux père venant le ſoir faire viſite au dépoſant, le dit M. de Caſaux lui dit que ſa fille épouſe de M. de Roux, étoit née à la Grenade; paroiſſe des Sauteurs.

1°. Si avant le mariage j'avois dit une pareille choſe à M. le Curé de St. Agricole, il eſt évident qu'il l'auroit dépoſé, je ne la lui ai donc pas dite avant le mariage : c'eſt cependant ce qu'il falloit prouver.

2°. Si je la lui ai dite après le mariage, quel bien ou quel mal pouvoit-elle faire deux ou trois jours après le mariage ! mais il ſeroit bien plus étonnant que je l'euſſe dite dans les termes cités, ma fille épouſe de M. de Roux, eſt née à la Grenade paroiſſe des Sauteurs. Je ſoupçonnerois auſſi-tôt ma bonne foi que celle de M. le Curé de St. Agricole : mais j'oſe lui aſſurer, qu'il a plutôt entendu ce qu'il croyoit déjà, que ce que je diſois alors. On verra bientôt comment il a pu ſe méprendre.

Un M. Chanue, autre témoin que M. de Roux prétend m'a-voir interrogé de la part de M. l'Archevêque où ma fille étoit née, (voyez la Concluſion de M. de Roux) dépoſe que m'ayant demandé de la part de M. l'Archevêque, l'extrait baptiſtaire de ma fille, je lui avois répondu, que cette demande m'embarraſſoit beaucoup, & que ſur cette réponſe, lui Chanue, me demanda ſi je ſavois du moins où ma fille avoit été baptiſée & par qui, & que j'avois répondu qu'elle avoit été baptiſée à la Grenade ſur la paroiſſe des Sauteurs, par le père Charles, Capucin. Ce ſeroit deux menſonges au lieu d'un ; car ma fille n'a pas été baptiſée à la Grenade, & de mon tems il n'y a pas eu de père Charles, Capucin, ſur la paroiſſe des Sauteurs, qui eſt effectivement ma paroiſſe.

Je ne releverai point la ſingularité d'un homme que M. de Roux prétend être venu chez moi tout exprès pour s'inſtruire du lieu de la naiſſance de ma fille, (car c'eſt-là l'objet précis de l'aſſignation, c'eſt le point précis allégué dans le troiſième article de la concluſion de M. de Roux), & qui par égard pour l'embarras que j'ai à le dire, ſe reſtreint à ſavoir où elle a été baptiſée ; mais il me ſemble qu'en accordant toute la

révèrence

révérence due à la plus honnête simplicité, on ne pourra pas s'empêcher de croire qu'un pareil homme a dû être aussi inexact sur les termes de ma réponse, qu'il l'a été sur le but essentiel de sa mission & de son assignation.

Au reste ces deux dépositions ne prouvent pas même que j'ai parlé avant le mariage, du lieu où ma fille étoit née, & c'est du moins ce qu'il falloit prouver par les dépositions alléguées pour me convaincre d'un mensonge à cet égard : si la dernière déposition méritoit même la moindre attention sur ce point, elle prouveroit que j'ai refusé de m'expliquer quoiqu'on m'eut *interrogé*, dit M. *de Roux, de la part de M. l'Archevêque*, ce qui laisseroit cet honnête homme sans excuse d'avoir passé par-dessus toutes les règles pour obliger M. *de Roux* & Mde. sa mère. . . . M. *de Roux* & Mde. sa mère, car certainement ce n'est pas moi qu'il prétendoit obliger ; il n'a pu m'obliger qu'une fois dans sa vie, & il ne l'a pas fait ; s'il l'eût fait, ma fille vivroit ; oui, ma fille vivroit, si M. l'Archevêque d'*Avignon* eut écrit à M. l'Evêque d'*Agen* (comme je l'en priois par ma lettre du 12 Mai) pour savoir si M. & Mde. *de Clairfontaine* étoient gens à se prêter à des infamies.

Lorsque je lus à *Rome* la dernière déposition dont je viens de parler, je demandai à ma fille, si elle se rappelloit cet étrange interrogateur, dont je jure sur mon honneur, que je n'ai pas la moindre idée ; elle me dit qu'elle se rappelloit que fort peu de tems après que M. *de Roux* lui eut demandé (à elle) avec la plus grande instance de ne pas différer son mariage jusqu'à la réception de son extrait baptistaire, il vint un homme qui me demanda cet extrait, & que je lui répondis que je venois de dire à M. *de Roux* que cet extrait baptistaire étoit à *Paris*, & que je ne pouvois le recevoir avant dix à douze jours ; ma fille n'avoit pas plus que moi d'idée de ce qui s'étoit dit de plus. Mais dix à douze jours de délai auroient infailliblement rompu le mariage. Donc il falloit le précipiter : est-ce moi qui ai supplié qu'on le précipitât, & qu'on n'attendît point l'extrait baptistaire que je voulois faire venir ? Eh, pourquoi donc, bon Dieu, aurois-je été si pressé de procurer un pareil homme à ma fille ? . . . Il faut encore avoir recours pour le supposer, au Commentaire de l'Abbé *Péru*, mais la fausseté comme l'atrocité du commentateur, n'est-elle pas aujourd'hui trop cruellement démontrée ?

Voyons maintenant ce qui peut avoir donné lieu à la méprise des gens honnêtes, & au trait d'astuce, de méchanceté & de folie qui termine la seconde Plainte de M. *de Roux*.

Jamais

Jamais depuis la cession de la *Grenade* en 1763 je ne me suis annoncé, ni moi ni mes enfans, à *Paris* comme à *Londres*, à *Avignon* comme ailleurs, à M. *le Curé de St. Agricole* comme à tout autre, que sous le Titre d'habitans *de la Grenade*; Titre que je n'ai pas manqué de prendre dans tous les actes publics que j'ai passés, suivant la coutume invariable de l'*Angleterre*; Titre que j'avois recommandé à mes enfans de prendre avec la même exactitude dans tous les actes qu'ils passeroient; Titre auquel seul j'ai dû le gain d'un procès que j'avois au *Châtelet* pour mes enfans, ce qui prouve son importance; Titre que M. *de Roux* a grand soin de me donner lui-même dans le préambule de sa plainte, M. *de Casaux de la Grenade*, dit-il, je ne me serois pas expliqué autrement; Titre enfin que j'aurois eu grand soin de faire prendre à ma fille dans son extrait de mariage, si l'on avoit eu l'honnêteté de m'apporter le Registre pour le signer, comme je m'y attendois, & comme il semble qu'on auroit dû le faire par égard pour un malheureux père que des douleurs affreuses retenoient dans son lit pendant qu'on marioit sa fille.

Mais ce qui constitue une mauvaise foi & une extravagance qu'il n'est possible de comparer qu'à tous les autres procédés de cet homme, c'est qu'il n'ignoroit pas, puisque je l'avois dit non seulement à lui, mais à M. *du Roure*, que c'étoit la probabilité de la restitution de la *Grenade* à l'*Angleterre*, qui me rendoit si strict sur ce Titre, *de la Grenade*, bien plus encore pour mes enfans que pour moi, parce que si mon fils mouroit sans enfans, ou ses enfans sans enfans, il étoit essentiel que sa sœur prît un titre qui ne laissât aucun équivoque sur le droit de la progéniture, *à tous les privilèges d'Anglois*, & spécialement *à la succession éventuelle de son frère, ou de la postérité de son frère*, si la mort me surprenoit avant que j'eusse pris les mesures nécessaires pour obvier à toute difficulté.

Il seroit malheureux que l'excès de folie qui caractérise chaque trait de la conduite de M. *de Roux*, fît rejetter comme improbable, le compte que j'en ai rendu; & qu'il le fît rejetter par ceux qui n'ont pas eu d'autre raison pour me croire coupable d'atrocités, que l'impossibilité qu'ils supposoient dans M. *de Roux*, d'imaginer les atrocités dont il accusoit son beau-père. Mais s'il restoit quelque incertitude sur la mauvaise foi qui accompagne le dernier trait d'extravagance dont je viens de parler, qu'on relise les pages 18, 19, & 20, c'est la vérité pure & entière, qu'on voie si j'ai d'autre reproche à me faire que de m'être rendu aux instances de la cupidité & de la perfidie, cachées sous le masque de l'empressement & de l'honnêteté.

l'honnêteté. . . Que dira-t-on lorsque j'ajouterai que M. *de Roux*, qui avant son mariage ne s'étoit inquiété de rien de ce qui concernoit sa femme, quoique je lui eusse indiqué les sources les plus respectables (la maison de *Conflans*, & de la *Rochefoucaut Bayer*, que j'avois dit connoître ma fille dès sa plus tendre enfance) que cet homme, dis-je, feignit de s'inquiéter de tout, *aussi-tôt après qu'il l'eut menacée de lui casser les bras* : Or, on a vu que ce fut le 5 Février. . . & dès le 8 de Février, deux heures avant la calomnie chez M. le Marquis *de Veri*, dont j'ai parlé page 138, M. le Comte *du Roure* me pria d'aller avec lui chez M. le Marquis *de Cambis*, j'en sortois, j'y retournai, & là en présence de M. *de Cambis*, M. le Comte *du Roure* me demanda tous les renseignemens qui intéressoient M. *de Roux* ; (remarquez bien, Messieurs, dès le 8 Février) *je passe condamnation sur toutes les infamies dont M. de Roux m'a accusé, soit secrètement & que je ne connois point encore, soit dans ses deux Plaintes auxquelles je crois avoir bien répondu, si M.* de Cambis *dépose sous serment, ou, dit tout simplement, ce qui est égal pour lui comme pour moi, que j'ai hésité sur aucun de ces renseignemens ; parmi lesquels je n'oubliai certainement* ni la ville ni la paroisse, sur laquelle on trouveroit les preuves originales *de la légitimité de ma fille*, oui, Messieurs *de la légitimité de ma fille* ; car il n'est pas indifférent de vous rappeller qu'on cherchoit aussi à intéresser en faveur de M. *de Roux*, par le désagrément que ce *pauvre homme*, disoit-on, avoit eu d'épouser une bâtarde : deux heures après que j'eus donné les moyens de prouver que sa femme n'étoit pas bâtarde, on alla chez M. le Marquis *de Veri*, dire qu'elle étoit une coquine. . . N'est-il pas odieux que dès le 8 de Février on fut déja arrangé pour persuader au Public *que ma fille étoit tout ce qu'il falloit qu'elle fût*, pour authoriser son mari à la traiter avec la plus grande indignité, sans qu'il méritât pour cela d'être privé de sa dot ? N'est-il pas abominable que depuis le même tems on ait constamment employé tous les moyens de nécessiter un avortement, qui pouvoit seul donner un ombre de probabilité à la grossesse antérieure à son mariage dont on l'avoit accusée ? . . . Mais aujourd'hui que la fausseté des calomnies est aussi évidente que leur atrocité, aujourd'hui que le dessein qui dicta de pareilles manœuvres est devenu aussi palpable que leur horreur, & l'acharnement avec lequel elles ont été poursuivies, aujourd'hui, aujourd'hui avoir l'impudence de réclamer le fruit du malheur affreux qui en fut la suite ! . . . Quels gens, que M. *de Roux* & ses Conseils ! . . . . .

Je n'ai pas tout dit sur l'imputation du prétendu mensonge que M. *de Roux* m'attribue :

M. *Desachars* déposera s'il est nécessaire, que vers la fin de Mars, il remit de ma part à M. le Marquis *de Roux*, l'extrait baptistaire de sa femme, qu'il l'avoit chargé de me demander ; M. *Desachars* ajoutera que M. *de Roux* n'en voulut prendre qu'une copie, M. *Desachars* la tira lui-même & la lui donna : si cette copie (*tirée par M.* Desachars.) n'est pas conforme à la vérité, je consens que M. *de Roux* répète que j'ai donné un faux extrait de baptême, & que je lui en ai imposé sur le lieu de la naissance de ma fille ; je me soumets à la même honte si M. *de Cambis* & M. *du Roure* disent que cet extrait que je fis remettre à M. *de Roux* par M. *Desachars* vers la fin de Mars, n'est pas conforme à ce que j'avois dit sans hésiter, à M. *du Roure* à cet égard, dès le 8 de Février, en présence de M. *de Cambis.* Quels gens que M. *de Roux* & ses Conseils !

Je passe au second point de la Conclusion de M. *de Roux,* *ma prétendu fuite.*

Un homme libre part d'une ville quand il lui plaît, & ne fuit pas. Mais suivant M. *de Roux,* il sera convaincu d'avoir fui, si son fils est accusé de l'avoir dit, & sur-tout si l'on met dans la bouche de son fils, des termes assez bas & assez humilians, pour être cités comme *démonstration de la fuite,* par un homme qui veut d'un seul coup, avilir son beau-frère, son beau-père, & sa femme. En conséquence tous les témoins de M. *de Roux* déposent unanimement *qu'ils ont oui dire par le bruit public que mon fils avoit dit qu'il valoit mieux être oiseau de bois que de cage :* personne ne dépose l'avoir entendu dire à mon fils, qui n'est pas comme vous savez, Messieurs, une machine à proverbes ; & l'un de vous ne m'eût pas fait la grace de m'écrire environ un mois après mon départ, *qu'il jouoit le beau rôle à* Avignon, s'il y eut agi ou parlé d'une manière qui me déshonorât. M. *de Roux* cependant, ne doute point qu'il ne nous ait convaincu, moi d'avoir fui, & mon fils de m'avoir lui-même dégradé.

Je n'insiste point sur l'infamie & l'évidence des motifs qui dictèrent les deux derniers chefs d'accusation dont je viens de parler, & sur les suites affreuses des avantages que procurèrent à M. *de Roux,* ces titres de faussaire & de fugitif que ses Avocats me donnoient si gratuitement. Je crois aussi que la fausseté de cette accusation en crime de calomnie qui forme le premier point de sa conclusion, a été suffisament prouvée ; je me bornerai donc pour ce moment-ci, à dire un premier mot sur une de ses monstruosités.

Sur

Sur quoi M. *de Roux* fonde-t-il cette accusation en crime de calomnies atroces, qui fait l'objet de la seconde Plainte qu'il a portée contre moi? Sur le fait d'un autre. . . . Sur la demande en séparation de corps, de bien, de lit & de table, que ma fille a faite à la justice. . . . Quel bouleversement de toutes les idées ! Quels gens que M. *de Roux*, ses Avocats, & ses Conseils !. . . .

Mais son Juge ?. . . . .

DERNIERE PARTIE

DE LA TROISIEME LETTRE

De M. DE CASAUX à MM. le Marquis DE CAMBIS & le Marquis DESACHARS.

RÉFLEXIONS *sur les deux Plaintes de M. de* ROUX ; *Exposition de ma conduite à* Rome ; *Mort de ma fille.* Qui custodit veritatem, *faciet* judicium ; qui custodit advenas & *liberavit* viduam, pupillum suscipiet ; & vias peccatorum disperdet.

QUEL eût été, Messieurs, le devoir d'un Juge qui n'eût pas même été indigné de l'excès auquel un gendre, un mari, ne rougissoit pas de se porter contre son beau-père & contre sa femme ? Ce Juge que je suppose intègre, quoique assez peu délicat pour avoir reçu deux plaintes aussi scanda- leuses, eût observé que tout l'artifice des Fabricateurs de ces deux Plaintes, ne les avoit pas garantis de l'écueil ordinaire de la mauvaise foi. Quatre mots qui leur étoient échappés, ou plutôt, quatre mots que l'excès de l'artifice, si souvent dupe de lui-même, leur avoit dictés, suffisoient pour con- duire malgré eux à la vérité, tout homme qui auroit le moindre désir de la connoître : *les arbitres respectables,* disoit la Plainte (voyez Troisième & Quatrième Assertion) *sont restés indignés de la conduite de M. de* Casaux, *& personne ne doute de sa frauduleuse intention.* Voilà le témoignage du Public & des arbitres, réclamé indiscretement & mal-adroitement par M. *de* *Roux,* sur le caractère & la conduite de son beau-père ; le Juge eût interrogé les arbitres & le Public ; il se fût informé

des

des liaifons de M. *de Cafaux*, des aufpices fous lefquels il étoit
venu s'établir à *Avignon*, & de la manière dont il y avoit
vécu. . . . S'il eſt une occaſion qui authoriſe un homme à
parler de lui-même avec franchiſe, c'eſt inconteſtablement
celle où j'ai le malheur de me trouver ; feroit-il poſſible
qu'on ſe méprît ſur le motif qui m'y détermine ? Réduit par
une ſuite d'expériences auſſi déciſives, à reconnoître *la vanité,*
même d'une vie toujours irréprochable & quelquefois utile,
puis-je maintenant être ſuſceptible d'un autre orgueil que
celui de prouver que je fus véritablement irréprochable, &
que perſonne n'en douta dans le pays où M. *de Roux* prétend
que *perſonne ne douta de mes frauduleuſes intentions, de ma perfidie, de mes noirs projets, &c.*

M. le Dataire eût été malgré lui obligé de dire à ce Juge,
qu'indépendamment des marques du diſtinction dont le
Prince m'avoit honoré, j'avois été récommandé à M. le
Vice-Légat lui-même, de la façon la moins équivoque, par
un des hommes du monde entier dont la récommendation
méritoit le plus d'égards, & que la conduite la plus noble
dans toutes les circonſtances, avoit juſtifié cette récommendation : M. le Marquis *de Cambis,* Commandant de la ville,
& auſſi connu par ſon nom que par la fermeté & la pureté
des principes qui le rendent digne de le porter, auroit confirmé avec plaiſir, ce que le Dataire auroit ſans doute alors
dit avec peine, & ce qu'il répéteroit aujourd'hui avec courage
& en foupirant, j'oſerois en repondre.

M. le Comte *de Maligeac* lui eût dit amicalement qu'il
m'avoit vu ſouvent en grand comme en petit comité, &
qu'il étoit impoſſible de déshonorer un bonnête homme, quand il
avoit du nerf.

M. le Marquis *de Chaylus* lui eût dit, *que mon fils lui avoit
appris mon départ au moment où il venoit de me mettre dans ma
voiture, qu'il m'avoit approuvé lui & toute ſa famille & tous
les honnêtes gens non prévenus ; que c'étoit un parti forcé ; qu'en
me retirant, j'avois ſauvé à ma fille, l'effet qu'auroit produit ſur
elle, la viſite de la Maréchauſſée qu'on me deſtinoit ; que d'ailleurs
ma propre ſanté avoit beſoin de ce calme après l'orage affreux que
j'avois eſſuyé à Avignon, & qu'il n'étoit point de courage d'eſprit
capable de réſiſter aux ſecouſſes auſſi violentes qu'extraordinaires
qu'on m'y avoit fait eſſuyer. M. de Chailus eût ajouté qu'il
voyoit avec douleur que M. de Roux n'avoit rien épargné pour
détruire toute poſſibilité d'un raccommodement avec ſa femme.*

M. *Emeric*, Juge *de St. Pierre*, auroit confirmé tout ce que M. *de Chailus* auroit dit sur cette visite de Maréchaussée, & auroit dit plus s'il eût voulu.

M. le Marquis *de la Chapelle* lui eût dit qu'il ne connoissoit personne dont les intentions eussent été plus pures, plus généreuses & mieux manifestées; qu'il approuvoit mon départ, comme M. *de Chailus* & tous les honnêtes gens non prévenus; que je périssois à vue d'œil; qu'indignement traité jusqu'au moment de mon départ, personne n'ignoroit que j'étois encore menacé de traits plus humilians; que ma fille eût été bien à plaindre si j'étois mort avant elle, & que mes amis s'étoient souvent occupés de cette idée, en voyant le dépérissement continuel de ma santé, & les procédés de M. *de Roux*.

M. l'Evêque de *Cavaillon* lui auroit dit que l'accommodement que j'avois proposé à M. *de Roux* lui avoit paru noble, juste, & sans inconvénient.

M. le Comte *de Mons* lui eût dit, qu'il avoit lui-même été le porteur de la lettre, dans laquelle M. *de Roux* avoit consigné le refus de propositions même plus avantageuses que celles auxquelles il feint de se borner dans sa Plainte: quel coup de foudre dans ce peu de mots!

M. le Comte *de Raoussèt* lui auroit dit qu'il nous avoit trouvés ma fille & moi, beaucoup plus généreux que nous ne devions l'être, & qu'il ne l'auroit été.

M. *Michel* lui eût dit qu'il approuvoit *hautement* le parti que j'avois pris de sortir d'*Avignon*; que le nombre & les propos des partisans de M. *de Roux*, ne lui en imposoient point; qu'il l'avoit dit publiquement; & qu'il sembloit que ceux qui jusqu'alors avoient dirigé M. *de Roux*, eussent le dessein formel de déshonorer la ville & d'en chasser tous les étrangers.

M. le Marquis *de Cambis* lui eût dit que *je n'avois eu que de trop de bons procédés; que si j'avois eu tort, c'étoit de n'avoir pas demandé la séparation provisoire dès le 5 de Février, & de n'avoir pas quitté Avignon avec ma fille, comme on me l'avoit conseillé, aussi-tôt que M. de Roux eut refusé le tiers du revenu de cette malheureuse femme, qu'il m'avoit lui-même vu offrir dès le 7 de Février;* il eût ajouté que le *procès criminel qu'on m'intentoit, excitoit l'indignation de tous les honnêtes gens; que c'étoit un mystère d'iniquité, de bassesse, d'infamie & d'ignominie, qui n'étoit capable que de déshonorer mes ennemis, & alloit visiblement contre leur but.*

M. le Marquis *Desachars*, lui eût dit que c'étoit *un procès détestable.*

Les

Les étranges Affertions de M. *de Roux* fur la prétendue publicité de l'inconduite de fa femme, auroient fans doute auffi engagé le Juge à prendre quelque informations fur les principes de
M. *de Cafaux* que de pareilles Affertions fuppofoient néceffairement capable de favorifer cette inconduite ; toutes les con-
noiffances de M. *de Cafaux* fe feroient réunies pour attefter qu'il
étoit à cet égard un des hommes les moins condefcendans de
notre fiècle ; qu'ayant vu que fa fille avoit ufé deux fois du
privilège qu'ont toutes les femmes de prendre par occafion
un homme dans leur voiture, il le lui avoit auffi-tôt formellement défendu, qu'elle avoit commencé par objecter à l'injuftice, mais fini par fe rendre aux raifons, quoique M. *de
Cafaux* eut porté le ridicule jufqu'à lui défendre de réce-
voir M. le Chevalier *de Roux* fon beau-frère dans fa voiture,
lorfque Mde. *de Larche* y feroit ; que M. *de Cafaux* n'avoit
même fait aucun myftère de toutes ces ridiculités, afin que
M. *de Roux* n'accufât pas fa femme des impoliteffes qu'elle
ne feroit que par les ordres d'un père dont les principes, où
fi l'on veut, les idées fur ce point, ne plioient fans aucune
confidération, & d'autant plus ftrict fur ce même point, qu'il
laiffoit la liberté la plus indéfinie fur tout le refte, & étoit à
tout autre égard & par goût, nul dans fa propre maifon.

Il reftoit un point fur lequel le Juge eût encore défiré
quelque éclairciffement ; les alarmes de M. *de Roux* fur ma
fortune étoient-elles fondées, fincères du moins ? M. *Deleutre* lui eût dit qu'il avoit toujours eu quelque argent à
moi dans fes mains ; M. *Michel* auroit ajouté, que graces
aux inquiétudes artificieufement témoignées par M. *de Roux*
& fes amis, ma perfonne & mes biens étoient maintenant
auffi connus à *Avignon* qu'à la *Grenade*, qu'il étoit prêt à me
donner tout l'argent que je voudrois fur mes lettres de change ;
& que fans lettres de change il me ferviroit de caution pour
cent mille livres & davantage, fi j'en avois befoin.

Tous fe feroient également réunis pour lui dire qu'il étoit
notoirement faux, *que j'euffe fui dans les pays étrangers*, que
j'étois à *Agen* avec ma fille, chez fa tante, nièce de M. l'Archevêque de *Lyon* ; que perfonne ne l'ignoroit, & que leurs
Excellences MM. l'Archevêque & le Vice-Légat, pouvoient
encore moins que perfonne, alléguer à cet égard le prétexte
de l'ignorance, puifque je l'avois écrit à l'un & à l'autre.

Qu'auroient oppofé les amis de M. *de Roux* à des témoignages auffi décififs ? le voici : *M. de Roux eft un enfant de la
ville, M. de Cafaux & fa fille font deux étrangers*. Mais lorfqu'enfin M. le Marquis *Defachars* & M. *de Cambis* auroient

Z 2   parlé

parlé comme arbitres découverts, malgré la précaution que M. *de Roux* avoit eue de cacher leur nom, en annonçant insidieusement le témoignage vague *d'arbitres respectables* qu'il supposoit indignés de ma mauvaise foi & de mes variations ; lorsque ces arbitres découverts & vraiment respectables, auroient dit au Juge que ces deux étrangers avoient constamment offert à l'enfant de la ville, & l'hypothèque & la part d'enfant qu'il demande dans sa Plainte ; lorsque M. *Desachars* auroit ajouté que la veille, ou le jour précédent, ou peut-être le jour même de sa Plainte, il lui en avoit positivement renouvellé l'offre de ma part, & que M. *de Roux* avoit eu l'inconcevable phrénésie de se démasquer alors, de dévoiler effrontément le mystère & le but de toutes ses manœuvres, en demandant Tout ou Rien ; qu'auroit fait le Juge après toutes ces informations ?. . ,

Il eût observé que M. *de Casaux* & sa fille étant deux étrangers, ils en avoient plus de droit à la protection générale de l'Etat ; qu'étant étrangers honnêtes, il seroit odieux de les flétrir comme des fripons ; qu'étant étrangers riches, la politique exigeoit qu'on les remenât par l'assurance de la justice publique, dans le pays d'où ils avoient été chassés par l'ingratitude & la perfidie de quelques particuliers ; qu'étant étrangers distingués par le Prince, on ne pouvoit les traiter comme les aventuriers les plus vils, sans manquer essentiellement au Prince qui les avoit distingués.

Il eût observé également que M. *de Roux* étant un enfant de la ville, il falloit malgré lui-même, l'empêcher de se déshonorer. . . . Il lui eût dit de retirer sa Plainte.

Il eût observé aussi que M. *de Roux* étoit un homme sans principes, un fou gouverné par des scélérats, il lui eût recommandé de changer ses Conseils ; s'il les eût changés, ma fille vivroit.

Mais si M. *de Roux* eût insisté ; si la rage de la cupidité & l'aveuglement du désespoir, l'eussent mis hors d'état d'apprécier les dépositions qu'on lui avoit promises, & que le Juge, trop foible, mais toujours honnête, n'eût pas eu le courage de refuser à *l'enfant de la ville*, d'entendre les témoins qu'il prétendoit opposer aux gens *respectables* que je viens de nommer ; qu'auroit fait ce Juge après avoir reçu les dépositions de M. le Comte *du Roure*, de M. & de Mde. *de Larche*, de M. le Chevalier de *St. Cyr ?* Il eût appellé M. *de Roux*, il lui eût dit, *Vous vous êtes perdu par vos extravagances, je ne me perdrai point en m'associant à vos iniquités. Je ne puis vous sauver l'infamie de votre Plainte, elle est portée & l'information est faite ; mais je n'encourrai point l'opprobre du Jugement que vous demandez. Les faits vous accusent ; votre défense vous condamne ;*

damne ; vos explications vous dégradent ; les dépositions de vos témoins vous avilissent ; & ce qu'il y a de plus terrible, il n'est pas un seul chef de vos délations, un seul, sur lequel vous puissiez même alléguer un prétexte de bonne foi ; par-tout où vous injuriez, c'est vous qui méritez l'injure, & vous le savez ; par-tout où vous accusez d'un crime, c'est vous qui êtes le coupable, & c'est vous même qui en administrez la preuve ; & par-tout, l'intention la plus horrible & le dessein le plus inique, sont les seules choses qui se présentent à l'imagination pour vous justifier du dernier excès de l'extravagance. . . . je veux cependant vous favoriser, je ne prononcerai point, je vous laisse une ressource que vous ne méritez pas, la générosité de ceux que vous avez si cruellement offensés ; si vous faites ce que vous devez faire, ils ne me forceront point à prononcer un jugement qui vous déclareroit calomniateur atroce de votre femme & de votre beau-père... dénigrateur de votre enfant...

Alors M. de Roux convaincu de l'inutilité d'un projet dont le Juge refusoit d'être complice, eût prié M. le Comte de Mons de m'écrire, & ma fille vivroit.

Malheureusement ! il ne s'agit plus de ce qu'on auroit dû faire. M. l'Official & M. le Vice-Légat, n'hésitèrent pas sur les deux Plaintes de M. de Roux, l'un à donner, l'autre à confirmer, & tous les deux avec une précipitation scandaleuse, le décret que vous avez lu page 58, & dont vous avez vu la prétendue modération, page 63.

De quel œil, Messieurs, sera vue dans les Tribunaux de Rome une première plainte criminelle, visiblement imaginée dans le délire du désespoir, dictée par la mauvaise foi la plus scandaleuse, malgré la conviction la plus intime de la fausseté de toutes ses assertions, chargée des invectives les plus grossières, insinuant les plus grandes horreurs, & dénonçant enfin sous le nom de crime, une action indifférente en elle-même, une action indubitablement permise, puisqu'elle n'est défendue par aucune loi . . . . je dois dire plus ; notre départ d'Avignon, très-permis, je l'ai déjà dit, puisqu'il n'étoit pas défendu, ne fut-il pas aussi-tôt démontré nécessaire, par l'extravagance ou l'atrocité qui détermina M. de Roux à le dénoncer comme criminel, à solliciter notre retour au prix de notre diffamation, à inventer contre nous des calomnies horribles, pour éteindre dans le cœur du Juge, & l'humanité qui n'eût point exposé une femme enceinte au danger de périr avec son fruit, & la justice qui ne prit jamais des assertions pour des preuves ? De quelles folies, ou plutôt de quels excès n'eût pas été capable, si nous ne fussions pas partis, celui qui employa des pareils moyens pour nous ramener,

mener, celui qu'aucune considération ne fut capable d'arrêter dans la poursuite des mêmes mesures, celui que la considération du dévoilement de ses manœuvres, de la conviction publique de ses calomnies, & de l'événement affreux qui en fut la suite, n'empêche pas d'en réclamer le fruit.

De quel œil sera vue dans les Tribunaux de *Rome*, une *seconde plainte criminelle* pour raison de calomnie atroce, portée contre un malheureux étranger, attiré dans les Etats de *Sa Sainteté* par des marques distinguées de sa bonté & de son estime ; portée, dis-je, par un calomniateur avéré, convaincu lui-même de calomnie, par la pièce qu'il ose produire en preuve du crime dont il accuse cet étranger ?

Que diront ensuite ces Tribunaux, lorsqu'ils observeront,

1°. Que cette même pièce que M. *de Roux* ose produire, & qu'il dénonce à l'Official dans le procès criminel, est la pièce fondamentale d'un autre procès actuellement sous les yeux du même Juge ?

2°. Qu'elle est l'objet d'une discussion actuelle, légale, publique, sur laquelle ce même Juge doit prononcer, sur laquelle il ne peut, sans prévarication, prononcer avant qu'elle soit légalement & publiquement discutée.

3°. Que M. *de Roux* n'enlève cette pièce fondamentale du procès auquel elle appartient, & ne la transporte dans le procès criminel, qu'en demandant qu'elle y soit jugée *secrètement & diligemment*, c'est-à-dire, condamnée sans discussion.

4°. Que cette pièce ainsi jugée suivant le désir & la demande de M. *de Roux*, sert de base à la diffamation préméditée du père & de la fille ; du père qu'il ne l'a signée cette pièce, que pour remplir une formalité prescrite par la coutume ; & de la fille qui ne l'a signée, qu'en suivant un usage autorisé par la loi : du père qu'on ne diffame que pour le dépouiller de la séquestration de sa fille ; & de la fille parce qu'on n'espère la dépouiller de sa fortune, qu'après l'avoir diffamée, & destituée de la protection de son père.

5°. Qu'effectivement cette pièce fondamentale, après avoir opéré la diffamation du père & de la fille dans le procès criminel, n'est ensuite d'aucun poids dans le procès auquel elle appartient, & qu'on y refuse même scandaleusement d'entendre l'Avocat de ma fille, quelque instance qu'il fasse pour être entendu (on le verra bientôt).

6°. Enfin, que cette pièce fondamentale, ainsi dénoncée par M. *de Roux* dans la seconde Plainte, comme un crime dont il sollicite *secrètement & diligemment* la punition, cette pièce ainsi transportée & jugée dans le procès criminel à la sollicitation de M. *de Roux*, & bientôt après, suivant le vœu de

M.

M. *de Roux*, ainsi accueillie dans le procès auquel elle appartient (un procès en séparation) n'est autre chose que *la demande elle-même en séparation présentée par ma fille à la Justice*. Voilà donc une femme poursuivie criminellement pour avoir soumis à la décision de la Justice, les raisons sur lesquelles elle fondoit une demande en séparation : voilà le glaive de la Justice invoqué contre une opprimée, parce qu'elle s'est réfugiée dans le sanctuaire de la Justice pour se soustraire à l'oppression ; & voilà le glaive de la Justice plongé par son propre Ministre dans le sein d'une opprimée, aux pieds mêmes de la Divinité dont elle implore le secours. . . . Tout accès à cette Divinité protectrice des foibles, sera donc désormais interdit à cette portion de l'humanité qui n'eut, jusqu'à ce moment, d'autre ressource contre l'oppression domestique, l'oppression la plus redoutable, parce qu'elle est la plus difficile à prouver.

Mais que diront ces mêmes Tribunaux, frappés d'abord de ces monstruosités, arrêtés cependant par le préjugé qu'inspire contre ma fille & contre moi, une accusation si précise des deux crimes les plus affreux, & des infamies les plus horribles, lorsqu'ils ne trouveront absolument rien de prouvé par les dépositions des témoins de M. *de Roux*, si ce n'est la partialité de ces mêmes témoins, l'injustice des Juges, l'innocence des accusés, & l'extravagance absolue, ou l'atrocité décidée de l'accusateur ?

Que diront-ils ces mêmes Tribunaux si rigides sur tout ce qui intéresse les mœurs, à la vue des deux plaintes dont le scandale (s'il étoit authorisé) en sapperoit le plus solide fondement ? Lorsqu'il s'agit du salut de l'Etat, je sais que la loi tolère l'atrocité d'une accusation criminelle, portée par le fils contre son père, comme pour sauver le genre humain il fallut permettre un déicide . . . . Mais ici, Messieurs, ici, c'est un gendre calomniateur, qui accuse son beau-père de calomnie ; qui invente un crime pour en noircir son beau-père ; disons mieux, qui altère & dénature tous les faits, pour transformer une action juste & nécessaire, en attentat digne de flétrissure & de mort, qui provoque, aiguise le glaive de la Justice contre le père de sa femme, le grand-père de son enfant ; . . . & quel est ce beau-père qu'il pourfuit ? c'est un homme, j'ose dire, droit, honnête, & je dois dire, franc, bon, confiant jusqu'à la simplicité, un homme contre lequel je défie qui que ce soit au monde, de produire un seul témoignage de la moindre considération, . . . ce gendre dénaturé l'accuse cependant avec impudence & contre l'évidence même

de

de dépofitions mendiées, arrangées, vifiblement combinées pour le noircir, s'il eût été poffible, il l'accufe, dis-je, *en crimes de fraude, de fouftraction à juftice, de rapt, de vol, de perfidie, de noirs complots, de fubornation de témoins, de calomnie & d'atrocités* . . . . & pourquoi ces accufations ? pour diffamer avec lui une malheureufe femme . . . . que le prétendu enlèvement dont il fe plaint, n'a garanti que pour bien peu de tems, du malheur dont elle étoit menacée ! . . . & quel eft cette femme que cet homme étrange perfécute ? c'eft la fienne . . . . c'eft une femme généreufe, qui revenant à peine de l'Autel, où elle croit s'être affuréefous la garantie du ciel, un protecteur dont elle faifoit la fortune, fe voit avilie, excédée, outragée, & enfin pourfuivie criminellement, par ce même homme qui l'enveloppe dans toutes les accufations qu'il a portées contre fon père, en infinue de plus affreufes encore, obtient contre elle un jugement diffamatoire, & fe repofe fur fes amis, fes agens, fes Avocats, du foin de répandre & d'affirmer à *Paris,* à *Rome,* à *Avignon,* toutes les horreurs qui peuvent juftifier les accommodemens infâmes qu'ils propofent, comme elles ont déjà fervi aux Juges de prétexte pour la déshonorer.

Que diront ces mêmes Tribunaux, lorfqu'ils pénétreront plus profondement dans ce cahos d'extravagances apparentes, dans ce myftère d'iniquités réelles, dans cette chaîne de menfonges, dans ce concert de calomnies affreufes à *Avignon,* à *Paris,* à *Rome,* dans cette opiniâtreté de perfécution, dans cette ardeur à remplacer des manœuvres odieufes, auffi-tôt qu'elles font devenues impoffibles, par des manœuvres plus révoltantes encore, & capables de produire les mêmes effets, dans ce refus fur-tout d'une partie fi confidérable de la fortune de ma fille . . . & qu'ils découvriront enfin l'unique motif poffible de tant d'atrocités ?

Diffamer celle qu'il avoit outragée, pour démontrer qu'il étoit en droit de l'outrager, & obtenir par la diffamation de cette innocente, au prix d'un évènement qui la mettroit dans l'impoffibilité de fe juftifier, ce TOUT *qui pouvoit feul affouvir la cupidité de fon perfécuteur :* TOUT OU RIEN.

Que diront-ils enfin, lorfqu'ils confidéreront les fuites de ces atrocités dont le motif aura excité leur indignation . . . . lorfqu'ils verront ma fille fi pleinement fi cruellement juftifiée . . . . & l'inftant d'après, l'auteur de la diffamation la plus injufte, de la perfécution la plus cruelle, réclamer . . .

Je ne le croyois pas, Meffieurs, lorfqu'après avoir lu toutes les pièces de fon étrange procédure, je n'héfitai point à

les

les remettre au R. P. *Jaquier*, sans craindre qu'il fut séduit par un amas indigeste d'horreurs, de platitudes, d'absurdités & de contradictions visibles. Je lui remis le lendemain l'*exposition de ma conduite*, & je ne doutai point de l'impression que produiroit sur un homme tel que le R. P. *Jaquier*, une réponse faite dans un tems où ne sachant sur quoi j'étois attaqué, l'exposition simple & détaillée des faits, donnoit cependant une solution péremptoire sur tout, excepté sur des traits absurdes, des insinuations révoltantes, des calomnies horribles qui n'avoient plus besoin d'être réfutées. Il est donc essentiel que je cite encore sur l'existence de cette *Exposition* avant le 24 d'Août, & M. le Baron *de Clairfontaine* qui l'avoit lue à *Aiguillon* à la fin du Juillet, & le R. P. *Jaquier* qui la lut à *Rome* au mois d'Août, aussi-tôt après avoir lu le procès criminel : vous sentez, Messieurs, que les mêmes faits pouvoient être présentés avec plus de ménagement, avant l'évènement affreux que le procès criminel a produit, & sur-tout avant le trait d'horreur d'en réclamer impudemment le fruit, & de me dénigrer parce que je le refuse . . . .

J'avois ri en le lisant, ce procès criminel ; c'est une espèce de convulsion presque irrésistible à l'aspect du ridicule : mais lorsque je réfléchis, dans le silence de la nuit, sur les effets produits jusqu'alors par ce tissu d'absurdités dont j'avois osé rire, je frémis, je l'avoue, Messieurs ; mais qui n'eût pas frémi en considérant l'analogie qui se manifestoit enfin, entre tant d'objets qui m'avoient paru isolés ? La première calomnie chez M. le Marquis *de Veri* ; la seconde au sujet de la prétendue correspondance scandaleuse de ma fille ; la lettre supposée & donnée pour preuve de cette correspondance ; la lettre de Mde *de Guiscard* dont j'avois eu le malheur de ne pas comprendre le sens, & qui me parut enfin aussi claire qu'elle m'avoit parue obscure ; cette nécessité *de faire à chaque pas des procès verbaux*, nécessité qu'on m'avoit annoncée de *Paris* sans en dire la raison ; ces phrases inconcevables des lettres de tous mes amis, *les loix de tous les pays sont contre vous*. . . . *Je ne fais que vous conseiller*. . . . *fléchissez votre gendre*. . . . *accommodez-vous sans regarder à quel prix*. . . . *ne refusez aucune proposition tant soit peu acceptable*. . . . *N'attendez pas qu'on vous propose d'accommodement, c'est à vous d'en proposer un, & de le proposer tel qu'on ne puisse pas hésiter à l'accepter*. . . . *Faites des sacrifices ; dans le cas où vous êtes, l'ignorance ne sauroit être présumée*. . . . M. de Roux *est en plein droit de demander contre vous, prise de corps, saisie d'effets, &c. &c.* . . . . . *Vous avez perdu une réputation de quarante*

A 2 *ans*. . .

ans. . . . vous êtes déshonoré si vous n'abandonnez pas votre fille. . . . Renvoyez votre fille à Avignon. *. . . . Renvoyez votre fille à son mari. . . . .*

Qu'auroit-on écrit de plus fort, s'il eût été prouvé que nous méritions ma fille & moi un supplice honteux, dont M. *deRoux* auroit cependant la générosité de m'épargner, à moi, l'infamie à prix d'argent, si je consentois de lui abandonner la malheureuse qui m'avoit associée à ses crimes? Mais lorsque mes dernières idées s'arrêtèrent enfin sur l'analogie plus étrange encore, entre toutes les circonstances dont je viens de parler, & certaine accusation articulée dans la Plainte de M. *de Roux*, & articulée de manière que l'enfer même, si l'enfer ne l'eut pas suggérée, oui, que l'enfer même n'en eût pas pénétré la signification, encore moins l'énergie, sans cette clef de M. l'Avocat *Peru*, qui ne m'avoit été remise qu'à *Rome*, & que les agens, Avocats, & amis de M. *de Roux*, distribuoient impudemment depuis sept mois à *Rome*, à *Paris*, à *Avignon*; cette accusation, comme vous l'avez vu, Messieurs, *étoit d'avoir enlevé le nom de M.* de Roux; on pouvoit à la vérité l'entendre de deux manières; *ma fille n'étoit pas la femme de M.* de Roux, *ou bien l'enfant de ma fille n'étoit pas de lui*; c'étoit sur ce dernier point seul, qu'avec l'aide du Commentaire de l'Abbé *Peru*, mes idées s'étoient arrêtées dans le moment où je lus la Plainte de M. *de Roux*; mais l'un & autre devoient se supposer d'après le second plan d'accommodement proposé par son Avocat M. *Castain*, voyez pages 97 & 98. Selon lui il ne s'agissoit que du prix, pour que M. *de Roux* renonçat à la mère comme à l'enfant; il ne s'agissoit que d'être instruit de la différence du prix pour qu'il travaillât, lui *Castain*, à déterminer M. *de Roux* en faveur de celle des deux propositions, qui me paroîtroit la moins dure; moyennant le cent mille écus de dot (qu'il ne falloit plus disputer) le mariage de ma fille étoit valide, & son enfant seroit aussi celui de M. *de Roux*; mais avec quelque chose de moins que cent mille écus, le mariage de ma fille pouvoit être cassé, & son enfant déclaré bâtard; je n'avois qu'à choisir... Est-ce donc là ce qui m'a fait rire, m'écriai-je en sursaut! C'est donc par un effet de cette plaisanterie, que j'ai été abandonné de tous mes amis; privé des droits de l'humanité, auxquels je m'étois borné après le refus des secours de la protection; obligé de quitter la *France* en fugitif, d'emmener de *Bordeaux* à *Rome* une femme enceinte de huit mois, pour lui sauver la plaisanterie aussi d'être traînée par un huissier à *Avignon*! J'avoue, Messieurs, qu'agité, déchiré alors par

mille

mille idées affreuses, je fus saisi d'une des plus violentes
fièvres qu'il soit possible d'essuyer. . . . puissai-je oublier
les tendres témoignages que je reçus pendant toute sa durée,
d'un intérêt d'autant plus touchant, qu'on ne manquoit
jamais de me quitter (& je le voyois) au moment où les
larmes alloient trahir une inquiétude qu'on supposoit capable de m'en donner à moi-même sur mon état ! Combien de
fois j'ai vu la bouche s'efforcer de sourire, au moment où
les yeux se remplissoient d'eau ! . . . l'accès fut long & terrible, mais il fut unique ; je dois peut-être la vie aux soins
de celui dont le zèle trop peu réfléchi, l'arracha quelques
jours après à l'infortunée qui venoit de trembler pour moi. . . .
ou plutôt ce n'étoit pas moi qui devois être la première victime
de tant d'atrocités ; & ma fille elle-même ne devoit être im-
molée, qu'après en avoir éprouvé une autre plus inconcevable
encore que toutes celles qui l'avoient précédée : avant d'en
parler je rendrai compte de nos procédés à *Rome,* pendant qu'on
achevoit de nous opprimer dans le *Comtat.*

Mon premier dessein en arrivant en *Italie,* avoit été d'y
publier *l'Exposition de ma conduite* ; elle ne demandoit pas au delà de huit jours pour être livrée à l'impression ; l'effet qu'elle
avoit produit sur un homme tel que le R. P. *Jaquier,* (il
me permettra sans doute de le dire) étoit un nouveau motif
pour m'y engager. Je sentois également le prix d'une circonstance assez rare, celle de n'avoir aucun côté foible par
où l'on put m'attaquer ; mais une considération plus puissante que mon intérêt, me détermina bientôt à ne publier que le
précis historique, (page 4) à l'occasion duquel j'avois même
donné une preuve de cette conscience forte, irréfléchie, ma-
chinale si l'on veut, qui n'abandonne jamais l'honnêteté ; contre l'avis de mon Procureur, je fis ce précis avant d'avoir lu le
procès criminel ; je n'y changeai pas un mot après l'avoir
lu, je ne fis qu'ajouter le P. S. je cite encore le P. *Jaquier* pour garant de ce fait, d'autant plus important à établir,
qu'il n'y a personne qui en lisant ce précis & ma lettre au
P. *Jaquier,* écrite de *Sienne* huit jours après la mort de ma
fille (voyez page 8) n'y trouve exactement la substance de
tout ce que j'ai dit en répondant aux deux Plaintes de M. *de
Roux :* quant au P. S. j'avois prié dans mon *Introduction*
qu'on différât la censure de son énergie, jusqu'après la lecture de ces étranges Plaintes, on peut maintenant prononcer. . .
M. *de Roux* étoit visiblement à la discrétion de ma fille ;
aussi-tôt qu'elle n'en douta plus (& alors seulement) il devint
pour elle un objet de compassion, *peut-être,* dit-elle, *sera-t-il*

assez

assez raisonnable aujourd'hui pour se juger lui-même ; il ne peut pas espérer ici de corrompre ses Juges ; écrivez à M. de Chailus & ne faites rien imprimer avant d'avoir reçu sa réponse. J'écrivis ; ma lettre vous fut également adressée, Messieurs ; je vous conjurois tous d'employer la follicitation la plus respectable (M. le Comte *de Mons*) pour engager M. *de Roux*, à réfléchir sur l'absurdité de sa conduite ; sur cette calomnie affreuse dont je n'avois été instruit qu'à Rome ; sur la nécessité de renoncer à l'espérance d'en recueillir les fruits ; enfin sur la honte à laquelle il se dévoüeroit lui-même, s'il m'obligeoit de le traduire au tribunal public de tous les pays où il nous avoit diffamés.

En attendant votre réponse, je renonçai même au dessein de publier le *précis historique* ; j'en fis seulement tirer vingt copies à la main ; & à peine m'eurent-elles été remises, que je me décidai à n'en donner qu'une à M. l'Auditeur de sa Sainteté, & une autre à M. le Cardinal *de Bernis* ; mais les lettres que je reçus le même jour d'*Avignon*, m'obligèrent malgré moi de mettre sous les yeux du Prince, une affaire devenue encore plus grave par le nouveau décret dont je parlerai bientôt : d'ailleurs je devois justifier les graces particulières que sa Sainteté m'avoit accordées ; j'eus l'honneur de lui présenter mon *précis* ; elle voulut bien le lire elle-même en entier ; & dans les détails qu'elle exigea sur divers points, non-seulement de l'affaire criminelle, mais même du procès en séparation, dont je n'avois dit qu'un mot dans le *Précis*, J'admirai avec quelle sagacité, elle insistoit, revenoit & me ramenoit le plus souvent, sur tout ce qui lui offroit l'objet sous le point de vue le plus simple & le plus décisif ; je ne l'avois pas d'abord observé ; ce ne fut que par réflexion que je m'apperçus que les circonstances qui frappent le moins celui qui rend compte de sa propre affaire, sont quelquefois celles qui font le plus d'impression sur un vrai Juge ; & j'avoue que l'endroit de mon mémoire qu'on trouvera peut-être écrit avec le plus de force, est celui dont j'avois le moins soupçonné l'importance avant les questions de sa Sainteté. . . . . Ah, M. l'Official d'*Avignon*, si vous eussiez songé qui vous représentiez ! . . . Qu'il me soit permis d'ajouter qu'après avoir répondu à toutes les questions que sa Sainteté daigna me faire, (& elle m'en fit beaucoup) elle ne parut point se repentir des témoignages d'estime dont elle m'avoit honoré avant que j'eusse le malheur de connoître M. *de Roux*.

Vous voyez Messieurs, & vous l'avez toujours vu depuis ma lettre à M. le Comte *de Vergennes*, page 42, dans laquelle je répugnois même à désigner l'homme monstrueux contre

lequel

lequel je demandois une protection ; vous avez toujours vu, dis-je, & vous voyez encore quels efforts j'étois obligé de faire sur moi-même, pour vaincre la répugnance que j'avois à le démafquer & à le mettre à fa place ; cependant il le fal- loit pour reprendre celle qui nous étoit due, & pendant que que nous étions efclaves d'une modération qui nous en éloi- gnoit, le dernier décret de l'Official d'*Avignon*, dont je vais enfin rendre compte, ne tendoit qu'à nous en exclure ignomi- nieufement, cruellement, & fans retour.

L'Avocat en Chef de M. de *Roux*, M. *Caflain*, dans fon pre- mier projet d'accommodement, page 97, avoit du moins fup- pofé qu'il exiftoit dans le cœur du mari & de la femme, affez de fentimens, affez de pudeur, pour que la vue de l'un fût infupportable à l'autre ; il avoit en conféquence donné un tems pour guérir, ou du moins pallier le mal ; il n'avoit pas même ofé fixer l'époque de la cure, parce qu'il ne pouvoit fe diffimuler ni la qualité, ni la profondeur des ulcères ; M. l'Official d'*Avignon* plus intrépide, après avoir, à la réquifi- tion de M. de *Roux*, degradé fa femme par un jugement dif- famatoire fur l'atrocité duquel *Rome* alloit décider, lui ordon- ne par un nouveau décret, en attendant la décifion de *Rome*, de venir à *Avignon*, cohabiter avec fon mari, avec fon diffa- mateur, fon perfécuteur, le calomniateur de fon père, contre la tête duquel il avoit invoqué *les conféquences meurtrières* atta- chées *aux délits atroces* dont il l'avoit accufé ! . . . Un Juge peut-il à ce point méprifer les mœurs & outrager la nature ? Un pareil jugement, dans de pareilles circonftan- ces, ne préfente-t-il pas l'idée du fupplice le plus barbare dont l'hiftoire ait confervé le fouvenir ? Ma fille auffi cru- ellement outragée dans fa perfonne, auffi profondément ulcé- rée dans celle de fon père, n'eût-elle pas mieux aimé être atta- chée à un cadavre qu'à un pareil homme ? Quelle ame il fallut avoir pour l'y condamner ! Quel mépris de la religion dans un Juge Prêtre, dont les décrets néceffitent le défefpoir, comme l'unique reffource contre fes iniquités !

Ce décret, Meffieurs, par lequel M. l'Official d'*Avignon* authorife M. de *Roux* à s'emparer de fa victime, eft du 26 Août, parce qu'on croyoit à *Avignon* que le 27 du même mois, le procès criminel pourroit être jugé à *Rome* ; & qu'il étoit effentiel que M. de *Roux* fût mis en poffeffion de fa femme, avant qu'un jugement définitif l'eût déclaré fon diffa- mateur, & condamné comme tel aux réparations dues à une femme auffi cruellement outragée, & auffi publiquement des- honorée dans trois Royaumes.

C'eft

C'est ici, Messieurs, que je vous prie d'observer qu'il n'étoit pas probable qu'on refusât en *France*, à un mari pourvu d'un jugement qui l'authorisoit à s'emparer de sa femme, le *paréatis* nécessaire pour l'exécuter ; voilà ce que j'avois prévu, & ce qu'il étoit impossible de parer si j'avois laissé ma fille en *France*. Ce n'étoit plus une femme séparée provisoirement, qui demandoit au Ministre de n'être pas forcée à retourner dans un pays où elle seroit trop immédiatement exposée aux machinations de son mari ; d'un mari d'ailleurs dont l'authorité avoit été suspendue par une séparation provisoire ; le nouveau décret révoquoit la séparation ; ma fille auroit dit vainement qu'elle avoit ordonné à son Avocat d'en appeller à *Rome* ; le décret auroit été exécuté avant que le bref d'appel fut arrivé ; il eût été ridicule d'avoir la moindre espérance à cet égard, après les tentatives que j'avois faites inutilement, dans un tems où ma fille avoit des droits bien plus apparents à la protection dont on l'avoit jugée indigne.

Mais, direz-vous, nous avons appris quelque tems après que le *Paréatis* avoit été refusé ; eh, Messieurs, c'est une nouvelle horreur dont je suis forcé de vous rendre compte, & ce compte ne sera pas celui de toutes les indignités qui y sont relatives.

Le *Paréatis* dont vous parlez, a été refusé à la Chancellerie de *Paris* le 13 d'Août. Or M. *de Roux* avoit reçu dès le 29 de Juin, la signification du bref d'appel qui lui défendoit *sous peine d'attentat*, l'exécution de tous les décrets qu'il avoit obtenus contre nous : comment ose-t-il donc, au mépris de son Souverain d'*Italie*, au mépris de son Souverain de *France*, travailler auprès de ce dernier, depuis le 29 de Juin jusqu'au 13 d'Août, pour lui surprendre un ordre d'exécuter ces mêmes décrets dont l'exécution lui est défendue sous peine d'attentat ? ou plutôt, comment osera-t-il appliquer à l'exécution du décret qu'il est sûr d'obtenir le 26 d'Août, puisqu'il l'a demandé, un *Paréatis* qu'on ne lui aura accordé que pour exécuter les décrets obtenus le 23 de Mai & le 14 de Juin, mais dont il laisse ignorer l'appel ? Cherchez, Messieurs, cherchez des termes pour qualifier celui des deux projets, qui vous paroîtra le plus favorable à M. *de Roux*.

Rien ne surprend d'un pareil homme ; mais voici les idées accablantes.

Le *Paréatis* a été refusé, donc il pouvoit être refusé.

Le *Paréatis* a été refusé le 13 d'Août, 15 jours après notre départ d'*Aiguillon*, & deux jours seulement avant celui où ma fille entra dans *Rome* ; mais il pouvoit être refusé le

13,

13, le 15, le 20 de Juillet, & la nouvelle en feroit parvenue à ma fille affez tôt à *Aiguillon*, pour lui fauver un voyage qui lui a coûté la vie. Et quand ma fille a-t-elle reçu la nouvelle de ce refus du *Paréatis*? Elle ne la pas reçue; c'eſt moi qui ai décacheté la lettre par laquelle on lui apprenoit qu'elle pouvoit être tranquille à cet égard. . . . . Elle étoit bien tranquille alors; elle l'étoit à jamais; elle étoit dans le tombeau. . . . . Puiſſe le malheureux dont les calomnies lui ont procuré le repos dont elle jouit, éprouver du moins à ſon dernier jour, ce trouble affreux & ſalutaire qui produit le repentir!

La nouvelle du dernier décret, dont je viens de parler, nous parvînt à *Rome* le 8 Septembre. Voici les termes de la lettre par laquelle mon Avocat m'en inſtruiſoit à *Aiguillon* où il me croyoit encore; quiconque lira cette lettre ſans frémir, eſt bien familiariſé avec l'idée de la perverſité humaine.

Extrait d'une Lettre de M. PALUN, *du* 27 *Août* 1783.

Monſieur. Hier, Mardi 26, *le procès de Madame votre fille a été jugé par Monſieur l'Official, & jugé de manière que ſi ce procès étoit inſoutenable, ce ſeroit un bonheur qu'il eût été jugé ainſi.*

Par ſa ſentence, M. l'Official déboute Mde. la Marquiſe de ROUX *de ſa demande en ſéparation, & lui enjoint de venir cohabiter avec ſon mari en la condamnant à tous les dépens du procès.*

Je n'ai pu être entendu ni de près ni de loin dans cette affaire, & il en conſte au procès: c'eſt une nullité, une injuſtice, une précipitation, une violation de toutes les règles judiciaires, dont il n'y a pas d'exemple.

OBSERVATION

M. *Palun* ſe plaint de n'avoir pas été entendu, quelque réquiſition qu'il en ait faite; comment n'avoit-il pas vu que cette *demande en ſéparation*, avoit déjà, ridiculement ſi l'on veut, mais habilement, été préſentée & admiſe dans le procès criminel, comme mon propre fait, & qu'à ce titre elle y avoit ſervi de baſe à la condamnation & à la diffamation *in globo* du père & de la fille? Pourquoi l'Official auroit-il enſuite entendu M. *Palun* ſur une *demande en ſéparation*, 1°. cenſée nulle & comme non avenue, puiſque indubitablement je n'avois aucun droit de la faire; 2°. évidemment criminelle, puiſque je ne l'avois imaginée & faite que pour couvrir à la faveur de ce régide mes noirs projets, formés dès

avant

avant le mariage, l'enlèvement du nom de M. de Roux *& de la
dot de ma fille &c.* Pourquoi d'ailleurs l'Official auroit-il examiné le 26 d'Août, ce qu'il n'avoit probablement condamné
le 23 de Mai, qu'afin d'avoir une raison peremptoire pour
ne plus l'examiner ? Le trait est inique & d'une iniquité
sans exemple, mais il est profond & conséquent.

Suite de la Lettre de M. PALUN.

*Le Promoteur avoit donné ses conclusions qui assignoient un delai.
L'Official paroissoit satisfait de cette forme de décret, & le Greffier le couchoit par écrit; mais Monsieur l'Official lui dit qu'il
le lui dicteroit en l'absence des parties.*

OBSERVATION.

Vous allez bientôt voir la raison de l'Official ; il *parut*
satisfait parce qu'il vouloit que M. *Palun* dormît sur cette
assurance ; mais il avoit besoin de supprimer les conclusions du Promoteur, parce qu'elles auroient donné une telle
évidence d'iniquité à sa sentence, que le *Paréatis* dont M. *de
Roux* avoit également besoin pour s'emparer de sa femme,
auroit pu souffrir quelque difficulté à *Paris.* Tout est conséquent dans cette chaine de monstruosités.

Suite de la Lettre de M. PALUN.

*Je me retirai, & j'allai attendre le Greffier chez lui. Quel
fut mon étonnement lorsqu'il revint & qu'il m'apprit que le décret
n'étoit point tel que le Promoteur l'avoit requis ; & que Monsieur
l'Official avoit non-seulement changé le décret, mais encore lui
avoit remis une sentence définitive contre Mde. de Roux signée
par lui, & qu'il avoit supprimé les conclusions de M. le Promoteur.*

*Le Promoteur lui-même fut tellement indigné qu'il envoya
par écrit les conclusions verbales qu'il avoit données à l'audience,
avec ordre de les inférer tout au long dans le préambule.*

*La sentence étant censée m'être inconnue, jusqu'à ce qu'elle
m'ait été signifiée à la diligence de la partie adverse, dès que j'en
aurai une connoissance légale, j'en appellerai en Cour de Rome.*

OBSERVATION.

Voilà, Messieurs, mon digne & honnête Avocat M. *Palun*,
encore dupe des artifices de M. *de Roux* ; M. *de Roux* s'in-
quiétoit fort peu des conclusions du Promoteur, à inférer

après

après coup dans le préambule ; M. *de Roux* avoit déjà par
devers lui une sentence définitive contre sa femme, signée par
l'Official, & une sentence de laquelle il n'y avoit pas même
d'appel : au moyen de cette dernière rubrique, il n'étoit
plus possible de refuser le *Paréatis à Paris* ; & ce n'eût été
que chez Mde. la Baronne *de Clairfontaine*, que *la connoissance*
légale de ce chef-d'œuvre d'iniquité, en fut parvenue à celle
qui devoit en être la victime ; c'est à la partie elle-même qu'il
eût été signifié dans sa retraite, & non pas à son Avocat à *Avi-*
gnon. M. *de Roux* étoit constant dans ses méthodes ; rappellez-
vous, Messieurs, que le premier jugement sur le procès criminel, eût été exécuté contre ma fille & contre moi, avant
que nous eussions pu nous en douter, si un honnête homme
qui en avoit été instruit, n'en eût fait part sous le sceau du
secret à mon fils, (voyez page 58 & 59) ; ce n'est donc que
par le plus grand hasard que ma fille avoit échappé à la révolution de cette première surprise ; la seconde étoit encore
mieux ménagée ; M. *Palun* dormoit dans la sécurité de l'at-
tente d'une signification qu'on ne lui auroit pas faite, les
termes de sa lettre nous invitoient au même sommeil, ma
fille en se réveillant eût-elle résisté à cette seconde surprise ?
Je m'en flattois d'autant moins que jamais chez elle l'excès
du sentiment, quand il étoit inutile de l'exprimer, ne s'annonçoit que par le silence & l'inaction, tout le ravage alors
étoit intérieur ; j'en avois plus d'une preuve ; celle que je
vais donner eut des témoins : de l'instant où sur l'avis de M.
de Clairfontaine, la considération d'une grossesse aussi avancée,
m'eut fait, malgré moi, délibérer si je ferois seul le voyage
de *Rome*, ma fille ne prononça pas une parole jusqu'au
moment où les médecins eurent décidé qu'elle pouvoit m'ac-
compagner sans risque, & la dernière parole qu'elle m'avoit
dite, étoit celle-ci, M. de Roux *dira que vous avez abandonné*
la séquestration, (voyez pages 88 & 89) ; elle monta aussi-tôt
après dans sa chambre & se coucha jusqu'à la réponse des
médecins : sa conduite à *Rome*, où elle étoit à l'abri de toute
vexation lorsqu'elle reçut la nouvelle du dernier décret de
l'Official, (dont elle ne doutoit non plus que de son existence)
n'est pas propre à changer mon opinion sur les effets que son
exécution auroit produits ; après quelques momens de silence,
elle se leva, & dit tranquillement, *cela ne m'empêchera pas*
d'écrire à ma sœur à qui je dois une réponse ; & ce fut alors
qu'elle écrivit ce billet de mort, ce billet pour mon papa
dont j'ai parlé dans ma lettre au P. *Jaquier* : elle crut voir un
ordre supérieur dans cette accumulation d'improbabilités qui

B b   lui

lui parut au-deſſus des haſards ordinaires de la vie ; mais elle voulut m'épargner cette idée, & tout fut arrangé pour que ſon billet ne parvînt, qu'après que ſon exemple m'auroit appris l'unique reſſource qui fut en mon pouvoir, la Soumiſſion. Ce billet cependant fut écrit en ma préſence, je la quittois ſi peu ! Elle avoit pris cette lettre de ſa ſœur à laquelle elle prétendoit répondre ; je me promenois ; lorſque je m'approchois d'elle, elle me fixoit en ſouriant, pour em-pêcher mes yeux de ſe porter ſur ce qu'elle écrivoit ; & ce qu'elle me diſoit en écrivant, auroit l'air d'une fiction. . . . . Au moment de quelle maturité elle fut moiſſonnée ! Oh, M. *de Roux !*

M. PALUN *terminoit ainſi ſa Lettre :*

J'ai tout lieu de croire que vous ne trouverez pas dans les Tribunaux de Rome, *les injuſtices & les vexations que vous avez éprouvées ici.*

J'ai l'honneur d'être, &c.

PALUN.

M. *de Roux* triomphoit de la complaiſance de ſon Official, & de la ſécurité de mon Avocat ; le triomphe ne fut pas long, la poſte arrive & lui apprend que ma fille eſt à *Rome, enceinte,* & conſéquemment juſtifiée. *La cabale eſt terraſſée*, m'écri-vit alors un fort honnête homme de votre ville *; que vos amis ſont fiers de pouvoir nier plus affirmativement les propos ſcanda-leux qu'on avoit tenus ici ſur le compte de Mde. de* Roux !

M. *Palun* m'écrivit également, *ſi le voyage de Madame votre fille à* Rome, *a été utile pour détruire la calomnie qu'on y avoit répandue d'un accouchement prématuré, il a eu le même effet ici, où l'on s'étoit permis de débiter la même infamie.*

Croyez-vous, Meſſieurs, que cette horrible accuſation ait eu aſſez de publicité à *Rome,* à *Paris,* à *Avignon ? Croyez-vous qu'il exiſte un homme capable de refuſer ſon témoignage à la vérité, lorſqu'il verra que ſon ſilence favoriſeroit le crime & ſes prétentions ?* Croyez-vous qu'on puiſſe refuſer à la mémoire d'une femme calomniée, flétrie, précipitée dans le tombeau par une ſuite de ces calomnies & de cette flétriſſure, je ne dis pas des réparations proportionnées à tant d'indignités, cela eſt impoſſible, mais des réparations qui tranquilliſent du moins le public, puiſqu'il eſt impoſſible de le ſatisfaire ? Croyez-vous que M. *de Roux* pourra ſe ſouſtraire à ces répara-

rations

rations, & obtenir. . . . . Mais ce n'eſt pas encore ce dont il s'agit.

Un autre *Avignonois* m'écrivoit, *vos ennemis ſont confondus ; on dit cependant que* M. de Roux *va à* Rome ; *terminez avec lui par charité, ou pour votre tranquillité.*

M. *de Roux* venir à *Rome* pendant que j'y étois avec ma fille ! à *Rome*, où ſes derniers excès venoient de mettre le comble à la réputation qu'il s'y étoit acquiſe par ſes premières perfidies ! M. *de Roux*, que je pouvois, par l'expoſition ſeule de la vérité, réduire à la vile protection des calomniateurs *Peru* & *Caſtain* ! Jamais, jamais il ne l'eût oſé : mais il pouvoit envoyer une procuration, & je l'eſpérois de la lettre que j'avois eu l'honneur de vous écrire, lorſque nous reçumes la nouvelle du dernier décret dont j'ai parlé.

Juſqu'alors l'affaire du procès criminel m'avoit ſi peu inquiété, que je m'étois cru aſſez fort avec mon Procureur, pour obtenir tout ce que je m'étois propoſé de demander ; ce qui d'ailleurs dépendoit beaucoup des actes de réſipiſcence que j'attendois de la part de M. *de Roux*. La nouvelle du décret qui déboutoit ma fille de ſa demande en ſéparation, me détermina à prendre ſur ce décret & ſur le procès criminel, l'avis de Meſſ. *Riganti* & *Bartolucci*, deux des plus fameux Avocats de *Rome* ; je ne leur fis part d'aucune des réflexions que j'avois faites ſur ce tiſſu de monſtruoſités, de fauſſetés & de contradictions, dont les deux plaintes & les dépoſitions étoient remplies ; je les réſervois pour le tems où l'affaire ſe traiteroit à fond, ſi j'y étois forcé par l'aveuglement & l'opiniâtreté de M. *de Roux*, dont je ne voulois qu'à la dernière extrémité, dévoiler toute la turpitude : je ne prenois donc, dans le fait, l'avis des Avocats, que ſur l'expoſé de l'affaire, préſenté par M. *de Roux* lui-même ; vous ſavez maintenant, Meſſieurs, qu'il eſt loin d'être exact.

Le décret ſur la ſéparation contenoit tant de nullités viſibles, qu'il eût été facile de faire caſſer la procédure ; mais dans ce cas, c'eût été à *Avignon* qu'il eût fallu la recommencer, & vous avouerez, Meſſieurs, que j'étois cruellement payé, pour redouter la juſtice de ce pays-là. Meſſ. *Riganti* & *Bartolucci* opinèrent qu'il valoit mieux demander un bref d'appel, qui portât la connoiſſance de cette affaire au tribunal de *Monte Citorio* : je terminerai tout ce que j'ai maintenant à dire à cet égard, en ajoutant que le bref fut demandé & obtenu.

Enfin on parla du procès criminel ; vous avez vu, Meſſieurs, l'opinion des Avocats d'*Agen*, de *Bordeaux* & de *Paris* ; la

raiſon

raison de *Rome* que mes amis avoient tant redouté pour moi,
se trouva conforme à celle de tous les autres pays ; il est par
conséquent inutile de répéter ce que Mess. *Riganti* & *Bartolucci* dirent à cet égard ; le résultat fut, que le procès criminel
étoit *veramente una cosa da ridere*, une chose risible, un procès
aussi ridicule qu'insoutenable. Ils terminèrent la conférence
en félicitant ma fille sur le bonheur qu'elle avoit d'être à
Rome, & sur l'équité qu'elle pouvoit enfin se promettre de
trouver dans ses Juges ; ils ne lui dissimulèrent point les
lenteurs de la justice, mais on l'attend sans peine par-tout où
l'on peut l'attendre sans craindre de vexation ; nous fûmes
aussi-tôt déterminés à nous fixer pour toujours, s'il étoit nécessaire, dans le pays où nous étions, malgré quelques désagrémens secrets & bien sensibles sur lesquels je ne pouvois
me faire illusion : je ne cherchai pas non plus à en imposer à
ma fille à cet égard, je savois qu'il étoit inutile de la ménager quand il ne s'agissoit que de courage ; je voudrois, Messieurs, pouvoir vous représenter avec quelle force d'esprit,
cette femme qui pendant les trois premiers mois de son séjour
à *Avignon*, n'avoit paru vivre que pour donner du plaisir
chez elle, où l'aller prendre chez les autres, se décida dès
le premier mot, sur les désagrémens dont je lui parlois ; *la
justice & mon enfant*, dit-elle ; *tout le reste m'est égal*.

Il n'y avoit pas encore huit jours que le procès criminel
qui nous avoit conduit à *Rome*, avoit été taxé par Mess.
Riganti & *Bartolucci*, de procès *da ridere*, de cause risible,
lorsque ma fille expira des suites de cette atroce plaisanterie.

L'excès de la douleur peut sans doute nous dégrader : on
m'a traité sur cet article avec autant de sévérité que sur
beaucoup d'autres : je conviens qu'il est peu d'hommes qui
paient aussi exactement que je le fais, le tribut intérieur que
les circonstances fâcheuses lui imposent, mais je crois qu'il
est peu d'hommes que le paiement de ce tribut empêche moins
de satisfaire même à des devoirs minutieux dont il sembleroit
que de pareilles circonstances pourroient dispenser ; je croyois
l'avoir prouvé, j'ai vu le sort de ma fille décidé deux heures
avant qu'elle le subit, j'ai vu le mouvement forcé qui le décida, & il ne m'est échappé ni plainte ni réproche ; aucun
trait de mon visage n'a décélé mes sentimens, beaucoup moins
mes idées : je tenois la main de ma fille quand elle expira ;
je me permis à la vérité la triste consolation de la tenir encore
quelque minutes après ; je la serrai même encore ; *Agnès* rou-
loit même inutilement les paupières de ses yeux déjà ternes,
pour me convaincre qu'ils ne me voyoient plus, je les régar-
dois

dois toujours ; enfin elle les ferma. . . . Mais que fis-je
alors ? Tous pleurèrent & prièrent ; je priai comme les autres,
& je ne pleurai pas. . . . J'aurois fait plus, je l'aurois enfe-
velie moi-même, je l'aurois portée dans fa tombe, je l'aurois
couverte de terre, & pendant que je lui aurois rendu ce trifte
& dernier office, l'œil fec, l'air plus inquiet qu'abattu, uniquement occupé à me fuppofer à fa place. . . . à la confidérer à la mienne. . . . Ma fille feule au milieu des tigres
& des panthères depuis fi long-tems combinés pour la dévorer !. . . . Oui, Meffieurs, j'aurois mis avec tranfport la
dernière pierre fur fa tombe, j'aurois fini par un cantique, &
du fein de fon libérateur la voix de ma fille fe feroit jointe
à la mienne.

Cependant il eft bien vrai qu'au moment où j'écris, où je
relis, où j'attens qu'on imprime, où l'on me remet enfin les
dernières épreuves, deux mois, quatre mois, fix, huit, dix
mois n'ont pas affoibli l'impreffion de la plus horrible cataftrophe qui jamais ait frappé les yeux d'un père : le travail
feul m'enleve aux funeftes idées qui m'affiègent ; le moment
du relâche me rend toujours à ma fille ; & fi l'idée confolante de cette réfignation héroïque, de cette fimplicité fublime
& touchante qui caractérifa fes dernières heures, adoucit le
poids de quelques inftans de mes journées, c'eft toujours à l'appareil révoltant, au fpectacle affreux de cette horrible & inutile
boucherie, que je dois le réveil convulfif qui coupe fi fouvent mes nuits, & ouvre chaque matin mes yeux à la lumière.
Tout ce que je fens, tout ce que j'éprouve eft indépendant de
ma volonté ; je ne fais rien pour fortifier, mais que puis-je
faire pour affoiblir, des traits malheureufement imprimés dans
mon imagination en caractères de fang, & dans mon cœur
en caractères encore plus ineffaçables & bien plus doulou-
reux ? Avec quel courage je la vois toujours combattre &
vaincre la douleur, & quelle douleur ! & pendant que tout ce
qui l'entoure, frémit, eft déchiré, rompu comme elle. Avec
quelle tranquillité je la vois envifager la mort, & quelle mort !
& pendant que Tout pleure à l'entour d'elle, Tout, excepté le
malheureux à qui les pleurs auroient été fi néceffaires. Oh,
ma fille, je ne fuis pas le feul qui t'ait vu mourir ; ce n'eft
pas ainfi qu'on meurt à *Rome*, difoit-on, eh, pourquoi citer
Rome ? Dans quel endroit du monde fait-on mourir avec
fimplicité ? Et dans quelles circonftances encore elle quit-
toit la vie ! Ne laiffant aucun doute fur fon innocence, & fur
les atrocités de fon mari, fure par conféquent du gain de fon
procès, riant & faifant rire à huit heures. . . . Trois minutes

nutes après elle voit fon fort décidé, ne fourcille pas, ne dit
pas un mot, commande à fes fens, fait de fa raifon l'ufage
le plus fimple & le plus jufte pour tout ce qui eft indifpenfable, s'interdit tout le refte, veut être l'unique victime d'une
fenfibilité qu'elle favoit bien qu'on n'auroit que trop parta-
gée, fe refufe à tout ce qui peut la trahir, fe détermine à tout
ce qui peut en éloigner l'idée, mais pouvois-je m'abufer ? Je
m'éloigne, elle m'appelle & fe tait ; je reprens fa main, j'attens qu'elle parle. . . . Son filence me pénètre, je laiffe fa
main, je m'éloigne encore ; elle ouvre les yeux, regarde fa
femme-de-chambre, fe détourne, ferme les yeux, me rappelle
& fe tait ; je reprens encore fa main, je la ferre par un mouvement dont je ne fuis pas le maître. . . . A quelle éprouve
je la foumettois ! Quelle autre femme n'eût pas alors ferré
la main de fon père ! Non, elle raffemble toutes fes forces,
& d'un ton qui ne demandoit pas, mais qui commandoit
malgré elle, ce même fentiment qu'il repouffoit, *faites ce que
je vous ai demandé*. . . . Et l'on voudroit que ce ton, ces
paroles ne retentiffent pas encore dans le fond de mon oreille !..
Auffi-tôt qu'elle les eut prononcées, elle n'exifta plus pour
rien dans le monde ; & fi elle n'eût pas enfuite, auffi fouvent
qu'il étoit néceffaire, parlé comme elle devoit, fur l'objet
dans lequel elle s'étoit concentrée, on eût pu croire qu'elle
n'exiftoit plus du tout. Oh, M. *de Roux* !

Je ne puis me refufer un dernier trait du caractère de cette
femme. . . . C'eft une foibleffe, dira-t-on encore. . . J'en
conviens. . . . Mais qu'importe, ajoutera-t-on, elle n'exifte
plus. . . . Elle exifte toujours pour moi ; elle exifte pour
celui qui la forma, cette ame forte qu'il n'attira vers lui
qu'après m'avoir donné les moyens de la juftifier, après l'avoir
rendue digne de fon auteur, épurée par le feu des fouffrances,
de l'humiliation, & de l'injuftice.

Je lamenois en *Angleterre* il y a cinq ans ; nous étions encore
dans la jettée de *Calais*, lorfque le vent déjà très-fort, chan-
gea tout à coup & redoubla de violence ; pendant un quart-
d'heure le vaiffeau fut pouffé alternativement d'un côté de
la jettée à l'autre avec une impétuofité affreufe ; pas un choc
qui ne préfentât l'idée de la deftruction ; le Capitaine pour
éviter l'embarras des paffagers fur le pont, ferma bientôt l'écou-
tille qui conduifoit à la chambre où ils étoient, conféquem-
ment aucun efpoir d'échapper, fi quelque partie du vaiffeau
venoit à céder à la violence des coups : dès le prémier
choc, je m'étois rendu auprès de ma fille ; elle fe jette dans
me bras, *ce n'eft rien*, me dit-elle, *nous mourrons enfemble*, elle
me tient étroitement ferré, appuie fortement fa tête fur mon
épaule,

épaule, & ne parle plus ; la chambre retentiſſoit des cris de
ceux qui y étoient renfermés ; *Agnès* étoit auprès de nous,
elle n'oſoit crier pendant que nous gardions le ſilence, mais
elle pleuroit, ma fille lui dit, *Agnès, mon papa & moi nous ne
pleurons pas, embraſſe-nous auſſi, & meurs tranquille, Dieu aura
pitié de nous.* Ce trait eſt connu de pluſieurs perſonnes à
Paris, elle le raconta à ſon retour d'*Angleterre,* non pas dans
l'idée de s'en faire un mérite, ce n'eſt pas à vingt ans qu'on eſt
capable d'apprécier ce qu'on a fait ſans effort ; elle ne ſon-
geoit en le racontant, qu'à plaiſanter ſa femme-de-chambre
ſur la peur qu'elle avoit eue de mourir ; capable cependant
elle-même de paſſer au travers du feu pour échapper à un
mal qu'elle vouloit éviter, mais calme, ſans apparence de
ſenſibilité, à la minute préciſe où elle ne voyoit d'autre reſſource que de ſouffrir courageuſement. . . . Oh, M. *de Roux* !
& c'étoit une pareille tête que vous déſirez de changer ! &
c'étoit une pareille tête que vous aviez, dès le cinquième jour
de votre mariage, à la face des Autels, condamnée à changer ;
elle changera, dites-vous alors, *ou elle dira pourquoi.* . . . Elle
eſt changée ; elle eſt retournée en pouſſière ; & vous vivez,
M. *de Roux.* . . . . La vie n'eſt rien.

Permettez, Meſſieurs, que j'arrête un inſtant vos regards
ſur un des tableaux de la vie humaine qui me préſenteroit le
plus évidemment tous les caractères de la plus déſolante fatalité, ſi je n'avois pas le bonheur de reconnoître & d'adorer
dans cet enchaînement de circonſtances étranges qui ont
conduit ma fille au tombeau, la main d'une Providence ſage,
juſte, bonne, par eſſence, qui créa tout pour des fins à elle
ſeule connue, pour des fins indubitablement dignes de ſa ſa-
geſſe, de ſa juſtice, de ſa bonté, & qui ne doit compte à qui
que ce ſoit des moyens qu'elle emploie pour y parvenir.

M. *de Roux* nous accuſe ſecrètement ma fille & moi de
crimes affreux dont il ſollicite une punition diffamante &
publique ; il demande que notre procès ſoit inſtruit ſecrètement, & avec diligence ; c'eſt-à-dire que nous ſoyons promptement condamnés ſans être entendus ; il obtient effectivement
dans le plus grand ſecret, & avec une promptitude inouie,
un décret diffamatoire dont il ſe ſert pour démontrer au
Miniſtre en *France,* la vérité des infamies alléguées contre
nous ; car un gendre, un mari, voudroit-il déshonorer, oſe-
roit-il déshonorer, ſans la néceſſité la plus abſolue, ſon beau-
père & ſa femme ? Auroit-il la cruauté de dénigrer ſon propre enfant ? Deux Juges ſe prêteroient-ils ſans preuves à
de pareilles abominations ?. . . . Indépendamment de ces
préliminaires

préliminaires, tous essentiels, & jusqu'alors inouis, de combien
d'autres circonstances aussi indispensables dépendoit le triste
évènement dont je viens de vous entretenir ! Je raconterai
les principales.

1°. Il falloit que le principal Héros de la pièce, l'homme
en faveur de qui tant d'abominations alloient s'exécuter, ins-
trument & machine tout à la fois, fût d'une violence que
la considération de la grossesse de sa femme n'étoit pas même
capable de réprimer, & que les excès dont il n'avoit pas eu
honte de la menacer, ne permissent plus à cette infortunée,
d'habiter avec lui sans un danger continuel & visible pour elle
& pour l'enfant qu'elle portoit dans son sein. Voyez la
Plainte de M. *de Roux* & sa justification même par ses Avocats;
voyez le prélude de sa narration à M. le Comte *du Roure*,
la bombe a crevé.

2°. Il falloit que cet homme fût d'une cupidité assez effrénée, assez aveugle, pour rejetter la jouissance paisible qu'on
lui offroit généreusement, d'une partie considérable de la
fortune de sa malheureuse femme, & préférer à cette jouissance, l'espoir aussi odieux qu'incompréhensible, de lui arracher le Tout par les moyens les plus abominables & les
plus douteux. Voyez la réponse, TOUT OU RIEN.

3°. Il falloit que l'ame de cet homme, purement passive,
indifférente à tout, n'eût besoin pour se porter à quoi que
ce fût, que de la foible impulsion de la plus légère idée de
succès.

4°. Il falloit que cet homme, incapable de calculer les
probabilités, & de sentir que le défaut de succès le couvroit
seul & à jamais, de l'ignominie la plus complette & la plus
gratuite, eût donné sa confiance à des êtres plus prodigieux
encore, qui tranquilles sous le rideau, avoient l'impudence
d'espérer tout & de tout promettre, de la profondeur de leurs
artifices & de l'atrocité de leurs moyens.

5°. Il falloit qu'il se trouvât des Avocats sans ame &
sans honneur, comme sans probité, sans talens & sans lumières, que l'avidité la plus sordide prostituât sans difficulté
à toute espèce de travail qu'on promettroit de payer.

6°. Il falloit qu'il se trouvât un premier Juge, qui sans
intérêt personnel qui l'entraînât, sans passion qui pût l'aveugler, n'avoit besoin pour diffamer des étrangers, que de la
simple délation & du desir d'un de ses concitoyens.

7°. Il falloit qu'il se trouvât un Juge supérieur, qui s'imaginât
avoir tout fait, quand il avoit nommé des Commissaires pour confirmer ou infirmer, suivant leur bon plaisir, toute sentence du
premier

premier Juge, & crut ensuite pouvoir se laver innocemment les mains, après avoir signé sur leur parole, un jugement qui flétrissoit un homme, déshonoroit une femme, & mettoit évidemment dans le plus grand danger, la vie d'une mère & celle de son enfant.

8°. Il falloit qu'il y eût un concordat entre la Cour de *France* & celle de *Rome*, pour empêcher qu'un scélérat qui commettroit un crime à *Avignon*, pût se souftraire au glaive de la justice en traversant le *Rhône*, & qu'un gendre, un mari, eût l'intrépide bassesse d'en réclamer l'effet contre son beau-père & contre sa femme, tous les deux irréprochables.

9°. Mais comme ce concordat n'avoit été imaginé que pour enlever au crime, l'espoir dangereux de l'impunité, & que dans le cas d'une vexation pareille à celle que j'éprouvois, la moindre réclamation de la part du *François* vexé, eût suffi pour obtenir du Ministre en *France*, le sursis nécessaire pour éclaircir les faits & réprimer le brigandage ; il falloit que la *Grenade* eût été restituée à l'*Angleterre*, & qu'attendu ma qualité d'*Anglois*, je fusse déchu en *France*, du droit de protection contre un *François*, qui ne me poursuivoit qu'en qualité de scélérat étranger, convaincu sans doute, puisque j'étois flétri par la justice.

10°. Il falloit qu'après plusieurs jours d'une inquiétude très-vive, je me décidasse enfin, sur la parole d'un Avocat de *Paris*, (on le verra dans sa consultation) à rejetter l'idée du cruel effet de mon *Anglification*, parce que si j'avois persisté à le croire possible, je me serois adressé au Ministre d'*Angleterre* à *Paris*, qui eût sans doute obtenu qu'on nous présentât les chefs d'accusation allégués contre nous par M. *de Roux*, sauf à nous abandonner si nous étions aussi infâmes que M. *de Roux* le prétendoit.

11°. Il falloit que toutes les personnes dont je pouvois espérer quelque appui, tous les amis que j'avois à *Paris*, aussi effrayés du tableau de nos crimes, que le Ministre en avoit été indigné, n'osassent présumer qu'il fut assez chargé, pour leur permettre de s'intéresser pour nous sans compromettre leur propre réputation :

12°. Il falloit que dans le nombre des personnes à qui je m'étois adressé à *Rome*, pour solliciter que le procès criminel n'y fût pas jugé comme à *Avignon*, sans que nous fussions entendus, & que le jugement en fût différé jusqu'après les couches de ma fille ; il falloit, dis-je, qu'il n'y en eût pas une seule qui sur la parole de l'Avocat *Peru*, ne crût M. *de Roux* déja trop vexé de l'obligation de *reconnoître un enfant qui n'étoit*

C c

par

pas *de lui,* & qui dans cette intime persuasion ne se fut servie dans toutes ses réponses, d'expressions capables de redoubler nos craintes, de nous humilier, & de nous atterrer sans nous instruire; d'expressions enfin dans lesquelles *il étoit impossible de voir autre chose que la nécessité de nous rendre à* Rome, *pour nous justifier quand nous saurions sur quoi, & soustraire, du moins jusqu'au jugement définitif, une innocence absolue sur tous les points, à l'exécution de décrets iniques & barbares qui ne coûtoient à mon gendre que la peine de les demander,* (Lettre au P. *Jaquier*); j'avois cependant encore quelque espoir d'échapper à la nécessité de ce fatal voyage, lorsque j'écrivis à une de ces personnes, dans toute l'amertume de la douleur, de l'humiliation & de l'innocence réunies. Tout ou Rien, *a dit M. de* Roux; *justice & honneur ou mourir, me dis-je, à chaque instant du jour & de la nuit; réponse, je vous supplie, courier par courier:* la réponse tarda; qu'eut-elle produit? La voici, *j'ai vu votre Procureur & M. l'Avocat* Peru, *les loix sont contre vous, je ne fais que vous conseiller:* (est-il évident que nous étions jugés, par tout le monde sans exception, sur les calomnies de l'Abbé *Peru?*) une lettre précédente de la même personne avoit dit, *on ne peut refuser le* Paréatis *à* Versailles. Nous partîmes, nous trouvâmes en arrivant à *Rome,* justification & mort, pas une loi contre nous, & le *Paréatis* pouvoit se refuser.

　　Je pourrois, Messieurs, rapporter vingt autres circonstances aussi étranges, dont la réunion étoit nécessaire pour opérer la consommation du sacrifice de ma fille; je supprime les plus amères, je me borne à celles dont je viens de parler; chacune d'elles est presque incroyable; il falloit cependant, comme je l'écrivois au R. P. *Jaquier* huit jours après l'évènement, il falloit qu'elles se réunissent toutes pour me réduire à la nécessité de conduire moi-même cette malheureuse victime à l'autel; à l'autel sur lequel elle devoit expier, sur lequel il étoit bien juste que j'expiasse aussi par sa mort, le crime que j'avois partagé avec elle; un crime irrémissible dans notre siècle, celui d'avoir cru à l'honnêteté d'un homme même intéressé à être honnête, avant d'avoir examiné s'il n'avoit point une ame capable de desirer qu'un plus grand intérét exigeât qu'il ne le fût pas.

　　Je l'ai donc vu consommer cet affreux sacrifice, je l'ai vu: & j'atteste Dieu que du moins le secret de l'horrible & inutile boucherie eût a jamais été enseveli dans mon cœur, si j'en eusse été le seul témoin; je m'étois même flatté d'imposer silence à cet égard, en arrêtant *Agnès* & lui montrant d'où partoit l'ordre, dès le premier mot qu'elle osa m'en dire. (Voyez Lettre au P. *Jaquier*) mais le cri des autres spectateurs avoit été trop perçant, & il fut bientôt trop général, pour l'étouffer; chacun voulut m'instruire; on ne voyoit point

point qu'on eût comblé mon malheur, si je n'avois pas été instruit ; chacun ne songeoit qu'à se soulager lui-même, & à satisfaire son indignation contre le véritable auteur de la catastrophe, *qu'on ne perdra point de vue*, me disoit-on, *en suivant le convoi funèbre de sa femme*. Cette considération ne fut pas capable de m'éloigner de mes principes ; j'ordonnai que le convoi fût très-simple ; d'ailleurs je le devois ; ma fille s'étoit plusieurs fois expliquée avec moi sur le ridicule des pompes funèbres, & sur l'emploi qu'elle vouloit qu'on fît de la somme qu'on y auroit, disoit-elle, *perdue*. J'étois donc sûr de suivre ses intentions, en ordonnant un convoi très-simple, mais j'ignorois qu'elle les eût écrites ; le billet *pour mon papa* étoit précis sur ce point. Quant aux tristes lumières qu'on avoit cru me donner sur sa mort, vous avez vu, Messieurs, dans ma lettre au R. P. *Jaquier*, *s'il étoit resté dans le fond du calice, une seule particule dont le ciel eût voulu m'épargner l'amertume*. Rien ne m'étoit échappé de ce qui pouvoit porter ma sensibilité à son comble, & rien de ce qui devoit en éterniser le supplice.

Le triste adoucissement de voir le mépris changé en exécration contre le véritable auteur du sort affreux de ma fille, pouvoit-il me retenir à *Rome*, où tant d'objets m'en présentoient à chaque instant l'image ? J'en partis après avoir prié Mde. *Barrazzi* de servir de mère au malheureux enfant que je remettois dans ses mains, jusqu'au moment où je comptois revenir pour m'en charger moi-même. Croiriez-vous bien, Messieurs, qu'on a eu la barbarie de censurer mon départ ? Mon départ, il est vrai, prévenoit le renouvellement des anciennes tentatives de M. *de Roux*, dont la mort de ma fille, suivant l'Avocat *Peru*, fournissoit enfin le meilleur prétexte ; je devois donc rester à *Rome*, pour le plus grand bien des affaires de M. *de Roux* ; je devois attendre sur le tombeau de ma fille, que M. *de Roux*, instruit de sa mort, eût imaginé le meilleur moyen pour s'en assurer le fruit ; je devois respirer l'odeur du cadavre de ma fille, jusqu'au moment ou M. *de Roux*, instruit *de l'arrivée de sa bonne succession*, eût dressé toutes les batteries nécessaires pour l'arracher des mains de celui que le titre le plus sacré parmi les hommes, en établit le dépositaire & le défenseur ; & s'il ne falloit qu'un heureux hasard de plus, pour consommer avec moins de difficulté ce grand œuvre, l'unique but de tant d'atrocités, M. *de Roux* ne devoit-il pas l'attendre de l'excès d'indignation qu'auroient produit sur l'ame de son beau-père déjà si affaissé par sa douleur, les nouvelles horreurs qu'il se promettoit d'y joindre, & qu'il ne lui fit pas attendre long-tems ; le fils de ma fille fut bientôt remis à ses ordres ; & de qui, Messieurs, croyez-vous que M. *de Roux* se soit servi pour réclamer cet enfant, pour me l'enlever, pour veiller à sa conservation ? M. *de Roux* s'est servi pour réclamer cet enfant, pour me l'enlever, à moi, qui ne pouvois le méconnoître, je l'avois vu arracher du sein de ma fille. . . . Je le vois toujours, & quels expédiens, quelles secousses pour l'arracher ! Je vois aussi ce malheureux enfant, une heure encore après l'extraction, sans mouvement, sans aucune apparence de vie, abandonné dans une chambre voisine, où mes idées sur l'état de sa mère ne m'empêchoient pas d'aller pour ainsi dire à chaque instant ; on ne doutoit point qu'il fût mort, mon cœur se refusoit à cette idée, n'étoit-ce pas trop d'un double sacrifice ! Tout l'attestoit cependant ; ses Membres affaissés, insensibles, & prenant sans la moindre réaction, toutes les situations qu'on leur donnoit pour m'en convaincre, me permettoient-ils quelque espoir ? *Que risque-t-on*, dis-je enfin, *à le baptiser ?* Il est mort, me dit-on encore. . . . *Baptisez-le, ou je le baptiserai.* . . . . on le baptisa : que les témoins disent si ce n'est pas ce bain salutaire que je demandai pour lui avec tant d'opiniâtreté, qui lui rendit la vie de l'homme, en lui donnant celle du chrétien ; il me doit l'une & l'autre. . . . Eh bien, Messieurs, de qui croyez-vous que M. *de Roux* se soit servi pour me l'enlever cet enfant, qui m'appartenoit à tant de titres ? M. *de Roux* a porté l'outrage & l'indignité jusqu'à se servir pour me l'enlever, de l'Agent *Peru* qui le renioit en son nom, avant l'arrivée de sa malheureuse mère à *Rome*, & du Négotiateur *Castain* qui proposoit de casser à prix d'argent, le mariage qui constate sa légitimité : oui, Messieurs, il falloit encore boire jusqu'à la lie, cette dernière coupe d'amertumes, ou sortir de *Rome* au moment ou j'en suis sorti ; j'avois chez moi, dès le lendemain, l'Agent *Peru*, & peu de jours après, le Négotiateur *Castain*, tous les deux diffamateurs reconnus de l'innocente qu'on venoit de mettre dans le tombeau que leurs calomnies & celles de leur client avoient creusé. . . ils venoient aussi me demander au nom de M. *de Roux*, au mépris d'une séparation légale qui subsiste encore, & avec ce front insultant de l'atrocité triomphante, *mille écus de droit de survie*, qu'ils prétendent lui être acquis, par cette mort de sa femme ; droit dont l'aubaine a été préparée, ménagée, poursuivie avec tant d'habileté & d'acharnement depuis sept mois. Ils demandoient aussi les vêtemens de cette malheureuse femme, qui tous viennent de moi, vous le savez, Messieurs, personne dans votre ville ne l'ignore : ils les demandoient comme un second avantage du mariage de son diffamateur,

mateur, ces vêtemens que ma fille porteroit encore, s'il ne
l'eut pas diffamée. . . . Les préfens de la tendreſſe ſeroient-ils
donc adjugés à la perſécution ? Le prix que je n'euſſe jamais
diſputé à l'honnêteté, deviendra-t-il la récompenſe du crime ?
rendra-t-on à la calomnie qui déchira l'innocence, aux
décrets qui la flétrirent, aux atrocités qui la conduiſirent à
la mort, des avantages deſtinés à la protection & déja perdus
pour raiſon d'outrages ? Quoi, pour décider le triomphe de
M. de Roux, il lui ſuffiſoit d'accumuler atrocités ſur atrocités ?
Il ne s'agiſſoit que de les accumuler juſqu'au nombre néceſſaire pour produire enfin, d'une manière ou d'une autre,
avant la déciſion du procès, l'affreux évènement dont il
réclame le fruit, cette mort dont il eſt plus criminellement
coupable, que s'il eut dans un moment de ſes phréneſies,
maſſacré de ſa propre main, l'infortunée dont il réclame la
dépouille ? Oui, Meſſieurs, il en eſt plus criminellement
coupable ; ſuivez-le depuis l'inſtant où la menace de caſſer
les bras de ma fille, obligea cette malheureuſe femme à s'occuper des moyens de ſe garantir, elle & ſon enfant, d'une violence que la conſidération même de ſa groſſeſſe n'avoit pu
réprimer ; ſuivez-le, & peſez au poids du ſanctuaire & de la
juſtice, tous les moyens qu'il mit en œuvre pour recouvrer
ce qu'il avoit perdu par ſes extravagances ; il n'eſt pas une
ſeule action de M. de Roux qui ne porte l'empreinte du deſſein
le plus réfléchi, le plus profondément médité : & quel étoit
ce deſſein ? Quel pouvoit être le but de l'enlèvement barbare de cet enfant, *immédiatement après les couches* d'une mère
qui ne reſpiroit que pour l'allaiter, & que les loix authoriſoient
à l'allaiter ? Quel pouvoit être le but de cet appareil effrayant, odieux, inoui de Maréchauſſée, pour demander ce qu'il
pouvoit obtenir par un moyen ſimple, ſans danger pour ſa
femme, ſans inconvénient pour lui-même, & conſacré par
les loix ? Quel pouvoit être le but de ces décrets ſcanda-
leux, cruels, fondés ſur des impoſtures palpables, & qu'il
ne ſollicita qu'après avoir détruit par les calomnies les plus
affreuſes, l'unique reſſource qui reſtat à ma fille pour en empêcher l'exécution ? N'eſt-ce pas à ſes calomnies que ma fille
dut en *France* le refuſ de protection qui l'obligea d'aller ſe
faire maſſacrer à *Rome ?* Dénuée de protection en *France*,
qu'eût-elle gagné à y reſter ? L'exécution des décrets atroces qui néceſſitèrent ſon départ, n'eût-elle pas opéré ce même
évènement qui devoit ſelon les Conſeils de M. de Roux paſſer
l'éponge ſur tous les excès dont elle ſeroit la victime, & les
juſtifier en même tems eux-mêmes de leurs calomnieuſes imputations

putations ? Et fi l'on réfléchit fur-tout à l'atrocité du der+
nier décret qui la rendoit à fon perfécuteur & à fon diffamateur,
dira-t-on qu'il étoit poffible qu'elle n'expirât pas de honte
& de défefpoir, ou fur la route d'*Avignon* au milieu des fatellites à la difcrétion defquels elle devoit être remife, ou dans
les rues d'*Avignon* au milieu d'une populace attirée par un
fpectacle auffi nouveau, ou bientôt après dans la maifon & à
la vue du Tyran qui n'attendoit que fa mort pour être ab-
fous de tant d'horreurs, & en réclamer impudemment le fruit ?

M. *de Roux* fe flatte-t-il que des Juges *Romains* couronneront de pareils forfaits ? qu'ils fe croiront *obligés de favo-*
rifer, d'encourager, de récompenfer une chaîne de crimes prémi-
dités dont l'hiftoire de la dépravation & de la cupidité ne fournit aucun exemple ? d'enrichir des dépouilles de ma fille parce
qu'elle eft morte, celui qui n'auroit aucun droit à la moindre
partie de fa fortune fi elle vivoit encore ? celui qu'ils vont
déclarer fon perfécuteur & fon calomniateur pendant qu'elle
a vécu ; celui dont les perfécutions & les calomnies n'eurent
d'autre but que la récompenfe qu'il ofe réclamer !

Efpère-t-il que fes nouveaux Juges fermeront auffi leur
cœur à juftice, & leurs yeux à la lumière, ou que je les laiffe-
rai dans l'obfcurité ?

S'imagine-t-il qu'ils refuferont de punir le Criminel, du
moins par la privation de l'or dont la foif fit commettre le
crime, ou croit-il que je n'ai pas le droit de la demander,
cette punition ?

Ignore-t-il donc que la donation pour caufe de mort, faite
par ma fille, me met exactement à fa place pour tous fes
droits, noms, raifons & actions ; que je ne fuis pas homme
à trahir des devoirs auffi facrés ; & que même fi cette donation n'exiftoit pas, je ferois un infâme fi j'oubliois les réparations qui font dues à cette innocente, pour les calomnies
atroces qui l'ont conduite au tombeau ?. . . . M. *de Roux*
l'ignorer ! Non il ne l'ignore pas.

Croit-il que ma douleur fera la douleur d'un lâche, qu'elle
fera indigne de celle qui en eft l'objet, ou que le défefpoir
d'avoir perdu ma fille, m'aveuglera fur les moyens de défendre
contre la rapacité de fon perfécuteur, la fortune de l'enfant
qu'elle a laiffé ?. . . . Non il ne le croit pas.

Penfe-t-il que j'aurois pu vivre dix-huit mois dans l'opprobre, fi je n'avois pas été foutenu par l'efpoir de manifefter
enfin mon innocence & l'indignité de mon accufateur ?
Penfe-t-il qu'après avoir, fi long-tems ! laiffé à fon choix,
ou de fe juger & de fe condamner lui-même, ou de fe voir

déféré

déféré par moi au tribunal public des trois Nations inftruites
de la flétriffure qu'il a obtenue contre moi & contre ma fille,
penfe-t-il, dis-je, que j'aurai la foibleffe de m'en tenir à la
menace ?..... Non, il ne le penfe pas. ... Mais qu'importe à M. *de Roux* d'être connu, pourvu qu'il parvienne au
but de fes manœuvres ? Qu'importe à M. *de Roux* d'être déclaré calomniateur atroce de fon beau-père & de fa femme,
pendant qu'il confervera le moindre efpoir de recueillir le
fruit de fes calomnies ? Qu'importe à M. *de Roux* une donation faite par une mère tendre, mais étrangère, pour garantir la fortune de fon enfant des brigandages d'un père dénaturé, mais citoyen ? Quelle attention mérite une donation
qui empêcheroit M. *de Roux* de recueillir fous le nom de
l'enfant, le fruit des perfécutions fous lefquelles il fit périr
la mère ? *La bonne fucceffion de fa femme* n'eft-elle pas arrivée ? Qu'importe par quels moyens ? & pourvu qu'il en
jouiffe, qu'importe à quel titre ? qu'importe à quel prix ?

M. *de Roux* croit donc que fon crédit réfoudra tout, détruira
tout, forcera tout, fubjuguera tout ?... Oui, Meffieurs,
voilà l'idée de M. *de Roux*. Il feroit affreux pour M. *de Roux*
de renoncer à l'efpoir de m'étouffer fous le poids de fes
protections, ou de m'arracher tout par la crainte de fes
protections.

C'eft l'idée de la protection, qui enfanta le projet de nous
amufer pendant les trois mois dont il avoit befoin pour
effayer fes forces à cet égard, pour s'inftruire de celles que je
pouvois lui oppofer, & nous les enlever par les plus odieufes
manœuvres.

C'eft l'efpérance de la protection, auffi-tôt qu'il eût vu que
les protecteurs pouvoient être abufés & furpris, qui lui fit
refufer le tiers de ce TOUT qui pouvoit feul affouvir fa
cupidité.

C'eft l'affurance de la protection, auffi-tôt que les protecteurs
feroient perfuadés de nos crimes, qui produifit ces calomnies
affreufes, qui le préfentoient lui-même comme un homme
vil, mais comme un Etre malheureux & indigent ; calomnies improbables dans la bouche de tout autre, mais trop
impofantes dans celle d'un gendre & d'un mari.

C'eft la promeffe de la protection, auffi-tôt que les calomnies eurent produit leur effet, qui enfanta ces décrets étranges
qui en fuppofoient la preuve, & en ordonnoient la peine.

C'eft l'ivreffe de la protection, qui excita ce courroux extravagant, à chaque preuve que j'ai donnée, même depuis la
mort de ma fille, d'une modération qui n'avoit d'autre borne
que la juftice & l'honneur, & laiffoit cependant entrevoir

l2

la générosité, mais une générosité dont j'aurois souffert seul, une générosité dont l'enfant de ma fille n'auroit pas été la victime.

C'est la certitude de la protection, aussi long-tems que les protecteurs ignoreront l'infamie de leur protégé, qui enfante encore aujourd'hui le projet insensé de me présenter à *Paris*, comme *un aventurier* dont le départ précipité de *Rome*, jette *un nouveau louche* sur les motifs de son départ d'*Avignon*.

Un nouveau louche ! Quoi la mort de ma fille à *Rome*, neuf mois & trois jours après celui de son mariage, ne l'a pas assez justifiée des accusations de l'Avocat *Peru ?* Il reste encore *du louche* sur l'époque de sa grossesse ! Il reste encore *du louche* sur les atrocités de son mari ! Il est encore douteux si je dois disputer au calomniateur, au diffamateur de ma fille, suivant la volonté précise de cette digne & malheureuse mère, la fortune du malheureux enfant qu'elle a laissé. . . . De cet enfant qu'on ne renia que pour la dépouiller, & qu'on ne reconnoît aujourd'hui que pour le dépouiller lui-même !

Voilà, Messieurs, comme j'ai été attaqué, voilà comme ma fille a été attaquée ; elle est morte, & je suis un aventurier.

Il est incompréhensible que les Conseils de M. *de Roux* n'aient pas encore senti à quoi ils l'exposoient si je n'étois pas aussi méprisable que lui. . . . Je crois avoir mis le public en état de le décider ; je n'ai point déchiré le voile qui couvroit l'horreur du squelette de M. *de Roux*, sans me mettre moi-même dans la plus grande évidence ; j'ai tout publié, mes actions, mes pensées, mes sentimens, mes projets, mes résolutions les plus fixes, tout, jusqu'aux ordres donnés à mes défenseurs. . . . Qu'il se nomme maintenant celui qui rougit de m'avoir connu, il sait du moins pourquoi il rougit. Qu'il se nomme celui qui s'applaudit d'avoir protégé le plus vil, le plus dénaturé des calomniateurs. Qu'il se nomme celui qui voit avec indifférence les suites d'une protection qui empoisonna, sans ressource, les derniers jours d'un malheureux, à qui dans toute la nature, l'Auteur seul de la Nature peut faire un reproche qui ne soit pas injuste. Qu'il se nomme celui qui ne gémit pas d'avoir contribué, même innocemment, à la mort d'une innocente, d'une femme qui eût été le modèle des mères, si elle n'eut pas eu le plus extravagant, le plus atroce de tous les maris ; d'une femme (j'ai payé bien cher le droit de lui rendre justice !) d'une femme dont les grandes qualités eussent honoré la nature humaine dans quelque sexe & dans quelque état qu'elles se fussent trouvées ; d'une

femme

femme qui n'eut pas un feul défaut que le difpenfateur du
bien & du mal n'ait attaché aux plus grandes qualités.
Qu'on obferve fur-tout que c'eft au fruit des calomnies fecrètes de M. *de Roux*, à l'abandon général où elles m'ont réduit,
à la force des protections qu'elles lui ont procurées & dont
le poids alloit m'anéantir. . . . . M'anéantir, moi, ce
n'étoit rien, je fuis fur le bord de la foffe où j'ai vu tomber ma
fille. . . Mais ruiner fon enfant ! Mais dépouiller un innocent
pour enrichir fon coupable père !. . . . . Qu'on obferve
donc que c'eft à lui-même que M. *de Roux* doit enfin l'unique mefure qui put défiller les yeux de fes protecteurs, &
prévenir le dernier excès du mal, *le triomphe du crime & la*
fpoliation de l'orphelin, en leur montrant leur protégé.
Voilà l'homme. . . . ou plutôt voilà l'Etre inconcevable
qui vous abufa. . . . Et voici les victimes de fes infamies
& de vos erreurs. . . . . Mefure terrible, je l'ai déjà dit,
mais juftifiée par la néceffité ; mefure dont M. *de Roux* digé-
reroit facilement l'amertume, fi mes Juges & les fiens inftruits
malgré lui, par le feul Canal qui fût à l'abri de fes manœuvres,
pouvoient maintenant être féduits par fes artifices, & ordonner la récompenfe de fes atrocités.

Mais l'enfant de votre fille portera le nom de cet homme
que vous faites connoître. . . . J'en fuis fâché, Meffieurs ;
ce malheureux eft né fous les plus cruels aufpices ; fon père
étoit déshonoré par le fait feul du procès criminel qu'il nous
avoit intenté, fa mère étoit déshonorée avec moi par deux
jugemens diffamatoires connus dans trois Royaumes, fon
père a refufé de fe juger & de fe condamner lui-même. . . .
Qu'ai-je dû faire ? Me juftifier, juftifier ma fille, empêcher
que fa fortune ne devienne le prix de fa diffamation & la
récompenfe des atrocités qui l'ont conduite à la mort, & prouver que l'enfant qu'elle a laiffé, n'a pas du moins à rougir des
deux fources de fon origine : qu'il fe nomme celui qui ofe
me condamner ; ce ne fera, certainement, ni M. le Marquis
de Cambis ni M. le Marquis *Defachars.*

Je fuis avec refpect,

		M e s s i e u r s,

				Votre très-humble & très-
				obéiffant Serviteur,

						D e C a s a u x.

LONDRES 28 Juillet, 1784.

PREMIERE LETTRE

Du Marquis DE CASAUX *à* M. MONALDINI
son Procureur à Rome, *sur les affaires dont il l'a
chargé contre le Marquis* DE ROUX, *son gendre.*

J'AI répondu trop succinctement, Monsieur, à votre lettre
du 20 Mars ; j'y répondrai plus exactement, en récapitulant
toutes celles que j'ai eu l'honneur de vous écrire depuis mon
départ de *Rome*, & les instructions que je vous ai remises avant
d'en partir.

Les assurances que vous avez bien voulu me renouveller de
votre honnêteté & de votre zèle, n'ont point ajouté à l'intime
persuasion où j'étois de l'une & de l'autre. C'est un rien qui
décide quelquefois de notre estime ; mais il est des riens qui
équivalent aux plus grandes choses ; voici ce qui m'a donné la
plus grande idée de votre probité : je vous parlois d'un trait
de foiblesse d'un Procureur que j'avois connu, *Ah, Monsieur !*
me dites-vous, *soyez indulgent pour notre profession ; il y a des momens où j'aimerois mieux être Cordonnier que Procureur*. Un homme
capable de préférer un état réputé vil, à une profession honorable, n'est pas capable de la déshonorer : celui qui gémit sur
les dangers de son état, n'y succombera pas ; je serois sa caution.

Je ne prétends point diriger vos opérations contre M. *de Roux* ;
je ne connois les allures de la justice dans aucun pays ; quand
on n'est pas injuste, on a rarement occasion de les connoître ;
mais je sais que dans tous les pays civilisés, un homme horriblement calomnié, & diffamé ensuite par deux décrets *au criminel*, accordés sur des accusations aussi fausses qu'atroces, a
droit à des réparations publiques :

Je les demande à *Rome*, proportionnées au scandale des deux
décrets d'*Avignon* dont j'ai été la victime, & à l'atrocité comme

A a a   a

à la fauſſeté des accuſations qui leur ſervirent de prétexte ; & je ſuis bien décidé à demander ces réparations, juſqu'au moment où M. *de Roux* aura prouvé que *ſuivant les loix du pays le plus hoſpitalier de l'Europe, ſous le Prince le plus hoſpitalier de l'Europe, un étranger attiré dans ſes états par des marques diſtinguées de ſon eſtime, peut y être impunément diffamé par un de ſes ſujets, & doit encore s'eſtimer heureux d'en être quitte pour une diffamation.*

Je ſais que la religion & l'honneur m'ordonnent d'avoir ſoin de ma réputation, & de celle de mes enfans ; je ſais que nous ſommes diffamés ma fille & moi ; que nous le ſommes par deux décrets connus dans tous les pays où je le ſuis moi-même, en *Italie*, en *France*, en *Angleterre* ; je ſais que nous ſommes diffamés injuſtement ; je ſais que nous devons cette diffamation à M. le Marquis *de Roux* ; je ſens que le préjugé doit être contre nous, parce qu'il eſt contre nature qu'un homme déshonore injuſtement ſon beau-père & ſa femme :

La religion & l'honneur m'ordonnent donc de prouver à l'*Italie*, à la *France*, à l'*Angleterre*, que cette diffamation eſt injuſte ; je ferai plus, je prouverai qu'elle étoit inutile à tout, excepté au projet le plus inique & le plus barbare.

Je ſais que vous ne pouvez nous défendre avec avantage, pendant que vous ne ſerez inſtruit que par les aboyeurs de M. *de Roux*, par ſes *plaintes* & par ſes mémoires, & que je ſuis le ſeul homme capable de vous inſtruire de toutes les circonſtances d'une affaire auſſi compliquée que ſcandaleuſe :

Je fais imprimer en *Angleterre* un mémoire exact & circonſtancié des faits, qui remplira le double objet, & de vous ſervir d'inſtruction à *Rome*, & de convaincre le public par-tout ailleurs, de l'injuſtice & des motifs de notre diffamation.

Je ſais qu'une femme vexée & outragée par ſon mari, a droit de demander à la juſtice, une ſéparation qui la mette à l'abri de nouveaux outrages ; je ſais que ma fille a uſé de ce droit, & qu'elle a été ſéparée proviſoirement de ſon mari ; je ſais auſſi qu'un mari ſéparé proviſoirement de ſa femme, ne peut avoir, avant le jugement définitif, aucun droit à la moindre partie de ſa dot, ni aux avantages de ſon contrat de mariage, même en ſuppoſant qu'il y en eût un, où tous les articles euſſent été digérés & expliqués, *ce qui eſt même faux dans le cas dont il s'agit :*

Je ſuis donc autoriſé à refuſer, & je vous charge de refuſer en mon nom à M. *de Roux*, tant pour les raiſons ſuſdites, que pour d'autres à déduire, tout ce que M. *de Roux* réclame ſous le titre d'avantages réſultans d'un mariage dont il a foulé aux pieds tous les devoirs.

Je

Je sais qu'un procès criminel intenté par un mari contre sa femme & contre son beau-père, est un procès monstrueux en lui-même; je sais également qu'un pareil procès peut recevoir un nouveau degré d'atrocité, de ses motifs, & des circonstances qui l'ont précédé, accompagné & suivi :

Je demande qu'il me soit permis de prouver que le procès criminel intenté par M. de *Roux* contre sa femme & contre son beau-père, a été précédé, accompagné & suivi de toutes les circonstances capables d'en augmenter l'atrocité.

Je sais, par exemple, que ce procès criminel est composé de *deux plaintes*, & que *la première* ne contient pas une seule accu-sation réelle, dont la fausseté ne soit aussi connue de M. *de Roux* que de moi, & de beaucoup d'autres :

La première plainte de M. *de Roux* a donc tous les caractè-res de la mauvaise foi la plus révoltante.

Je sais également que la *seconde plainte* de M. *de Roux* défére à la justice *sous le titre de crime*, la demande en séparation que ma fille a faite à la justice, l'exposition que ma fille a soumise à la justice, des griefs sur lesquels elle demandoit, & sur lesquels elle a obtenu sa séparation :

La *seconde plainte* de M. *de Roux* présente donc le double phénomène,

Et d'une femme poursuivie criminellement par son mari, parce qu'elle a osé soumettre ses griefs à la décision de la justice,

Et d'une pièce aussi fondamentale *qu'une demande en sépara-tion*, enlevée impudemment d'un procès déjà existant & pen-dant, où elle devoit être examinée & discutée ; & pourquoi enlevée ? Pour servir de base à un autre procès où elle seroit jugée *secrètement, diligemment,* & sans discussion :

Je demande qu'avant de prononcer sur un point, qui peut-être ne paroîtroit que bisarre & ridicule, on me permette de dévoiler l'artifice de cette manœuvre, & le but encore plus horrible de cette prétendue absurdité.

Je sais aussi que je suis parti d'*Avignon* le 29 d'Avril 1783, que la *première plainte criminelle* de M. *de Roux* sur mon départ, est du 6 Mai suivant, & que la *seconde plainte*, encore plus révoltante, est du 14 :

M. *de Roux* n'a donc pas même en sa faveur, l'excuse de ce mouvement effréné, qui réduit pour un instant, l'homme au méchanisme de la brute ; & ses deux plaintes ne peuvent être que le produit de la noirceur la plus réfléchie & la plus calculée.

Je sais une circonstance plus incroyable, plus révoltante encore ; & lorsque je l'aurai développée, je vous prierai de la
considérer

confidérer feule, & de torturer votre imagination pour affigner à la conduite de M. *de Roux*, d'autre motif que le motif fuivant.

Déshonorer celle qu'il devoit protéger, & qu'il avoit outragée, pour démontrer qu'il étoit en droit de l'outrager ; & *diffamer fon beau-pèr e & fa femme, afin de recouvrer par leur diffamation, ce qu'il avoit perdu par fes extravagances :* la honte de s'avilir & de dégrader fon enfant, étoit comptée pour rien lorfqu'il la comparoit aux fuites de ce tendre intérêt que la confidération de fon infortune infpireroit à fes amis :

Je demande fi les avantages accordés à la protection, & bientôt après perdus légalement pour raifon d'outrages, doivent être rendus à la perfécution qui fuivit ces outrages, & à la diffamation qu'on n'imagina que pour décider le triomphe de la perfécution, pour récouvrer des avantages fi juftement perdus.

M. *de Roux* n'a rien donné à fa femme, rien, abfolument rien ; M. *de Roux* demande tous les effets de fa femme, bijoux qu'il n'a fait que promettre, carroffe & chevaux qui m'appartiennent, vêtemens que j'ai fournis :

Je demande que les vêtemens d'une infortunée qui les porteroit encore, fans les atrocités qui l'ont conduite au tombeau, ne deviennent pas la récompenfe de la perfécution, dont elle fut la victime.

Indépendamment de mon devoir de père, une difpofition teftamentaire de ma fille me met à tous fes droits :

Je demande pour elle des réparations. . . . Il eft impoffible de les proportionner aux dommages. . . Accordera-t-on une récompenfe, quand il eft même impoffible de proportionner les réparations ?

La difpofition teftamentaire de ma fille m'établit le fidéi-Commiffaire de fa fortune, pour la remettre à fon enfant; & au défaut d'iffue de cet enfant, *non pas à M.* de Roux, *de qui elle ne provient pas, non pas à moi qui la lui avois donnée, & qui ne foutiendrois pas l'idée de m'enrichir de fa dépouille,* mais à fon frère; & au défaut d'iffue de fon frère, aux enfans de ma fœur. Cette difpofition teftamentaire me prefcrit auffi de ne remettre cette fortune à fon enfant, que lorfqu'il n'aura plus befoin *de la difcrétion* de fon père, pour obtenir la moindre partie d'un tout que fa mère a voulu qu'il poffédât en fon entier. *Mais,* dites-vous, *M.* de Roux *plaide contre cette difpofition,* qui lui enlève les moyens de jouir du bien d'autrui, fous le nom de celui à qui il appartient :

Seroit-

Seroit-il bien vrai que suivant les loix du pays le plus hospitalier de l'*Europe*, sous le Prince le plus hospitalier de l'*Europe*, une malheureuse étrangère, attirée dans ses états par les bontés dont il honora son père, pût y être insidieusement, uniquement, impunément, & sur-tout *fructueusement, conduite à l'autel pour être aussi-tôt après vexée, outragée, diffamée, & persécutée jusqu'à la mort*, parce qu'on se flatte de l'avoir *à son insu*, dépouillée du droit de disposer de ses biens ?

Seroit-il bien vrai que dans le pays le plus hospitalier de l'*Europe*, il existe une rubrique pour dépouiller, *à son insu*, une étrangère du droit de disposer de ses biens, & d'en interdire l'administration à son persécuteur, & à son diffamateur ? Et s'il faut par-tout un titre *clair & précis* pour être spolié de sa fortune, seroit-il bien vrai que dans le pays le plus hospitalier de l'*Europe*, il ne faut pas un titre *clair & précis*, pour dépouiller une étrangère du droit de disposer de sa fortune & d'en disposer suivant la nature, la justice & la raison ?

Cette tentative contre la disposition testamentaire de ma fille, met le comble à tous les autres procédés de M. *de Roux*; & s'il s'est apperçu qu'elle suffisoit pour en dévoiler le mystère, il a encore plus d'intrépidité que je ne croyois.

Appellez, Monsieur ; je n'ai cessé de vous l'enjoindre positivement depuis mon départ de *Rome*, appellez de tout jugement qui accorderoit à M. *de Roux* la moindre partie d'une succession.... qui n'est ouverte que par une suite des indignités de celui qui ose la réclamer.

Je vous ai prié aussi de faire assigner M. *Zanobetti*, M. & Mde. *Digne*, & quiconque peut vous donner des lumières sur une calomnie affreuse qui faisoit le scandale public de *Rome* lorsque j'y suis arrivé. Soyez sûr, Monsieur, que les informations que vous recevrez, jointes à celles que j'ai déjà, me conduiront jusqu'à la source empoisonnée de cette première base de la diffamation de ma fille; diffamation qui n'a que trop évidemment occasionné sa mort. Voyez maintenant s'il est possible de séparer des objets aussi intimement unis. Tout doit aller de front dans une affaire aussi compliquée : je ne veux point, en divisant mes chefs de défense & d'attaque, mettre au hasard un succès infaillible, si tout est pesé dans une seule balance.

J'insiste donc sur le moyen essentiel & victorieux de ne point diviser. J'ignore les allures de la justice, je n'ai pas honte de le répéter ; mais il est impossible qu'elle ordonne de diviser, quand il est impossible de bien juger sans réunir: car enfin choisissez tel article qu'il vous plaira des prétentions de M. *de Roux* ; si

je

je laisse le Juge dans l'idée qu'il ne s'agit que de prononcer fur une prétention ordinaire d'un mari peu délicat, fur une prétention d'ailleurs qui paroît foutenue par un titre, obfcur à la vérité, mais qu'il eft aifé d'éclaircir, n'eft-il pas vifible que le Juge ignorera la plus grande partie & la partie la plus effentielle de ce qu'il doit favoir pour juger avec équité ? N'eft-il pas vifible que ce feroit expofer ce malheureux juge à rougir de fon jugement, lorfqu'il apprendroit enfuite qu'il exifte une féparation provifoire, contraire aux demandes de M. *de Roux*, & que depuis cette féparation, M. *de Roux* n'a fait que multiplier, & aggraver les motifs fur lefquels elle avoit été fondée ; lorfqu'il fauroit que M. *de Roux*, fut, non-feulement un mari peu délicat, mais un mari injufte & cruel ; qu'il fut même le perfécuteur & le diffamateur de celle dont il veut envahir la fucceffion ; & qu'il fut vifiblement, injufte, cruel, perfécuteur & diffamateur, pour envahir cette fucceffion qu'il ne rougit point de réclamer ? Mais que diroit ce Juge, s'il apprenoit qu'un Avocat de M. *de Roux*, après avoir fuppofé une infamie de ma fille, m'a fait propofer la caffation de fon mariage avec M. *de Roux*, moyennant une fomme d'argent que je donnerois à M. *de Roux* ? que diroit-il lorfqu'il réfléchiroit fur toutes les conféquences d'une pareille propofition, & d'une pareille propofition faite par un Avocat de M. *de Roux* ? que diroit-il, lorfqu'il feroit inftruit qu'un Avocat, & un agent de M. *de Roux* calomnioient & déshonoroient de concert ma fille à *Rome* & à *Paris*, & procuroient par ce moyen à M. *de Roux*, leur client, l'intérêt humiliant & vif qu'une groffeffe antérieure au mariage de deux à trois mois, dont ils accufoient ma fille, infpiroit pour un homme qu'ils prétendoient fi indignément trompé ? Or ma fille, par un excès de zèle, par une méprife, dont je réponds que l'auteur gémit autant que moi, a été maffacrée en accouchant à *Rome*, à la connoiffance de tout *Rome*, neuf mois & trois jours après fon mariage; & fon voyage à *Rome* avoit été néceffité par cette horrible calomnie, & par les autres calomnies correfpondantes, que M. *de Roux* avoit eu l'impudence détablir dans fon procès criminel contre ma fille.

Oui, Monfieur, le Juge qui m'auroit condamné fur un chef, par l'ignorance de fa liaifon néceffaire avec tant d'autres, feroit en droit de me réprocher à moi-même l'injuftice qu'il auroit commife, lorfqu'il apprendroit par mon mémoire devenu public, cet enchaînement de vérités affreufes, dont la connoiffance doit précéder & diriger fon jugement.

En attendant ce mémoire, dont l'impreffion eft d'une lenteur qui me defsèche, je prends la liberté d'envoyer à Sa Sainteté

teté, à M. fon Auditeur, à M. le Cardinal *de Bernis*, & à M. l'Ambaffadeur d'*Efpagne*, une copie de la lettre que je vous écris.

J'ai ordonné auffi qu'elle fût traduite, imprimée & publiée, afin qu'il ne reftât aucune équivoque, *aucun louche* fur mes idées & mes réfolutions; il eft tems qu'on les juge avec quelque connoiffance de caufe.

Je fuis fâché que M. *de Roux* ait refufé de fe juger lui-même, comme je l'ai propofé tant de fois. Si j'étois capable d'appliquer aux opérations de la juftice divine, ce miférable compas qui doit régler celle des hommes, je croirois qu'elle veut punir, par la publicité des plus odieufes manœuvres, l'auteur de tant de calomnies affreufes & fecrettes, fous lefquelles une innocente a fuccombé. Celui qui *aveugle* & *endurcit* les Princes, quand il veut les humilier & les punir, ne peut-il pas, par la même raifon, aveugler auffi & endurcir un particulier ? Aux yeux de l'Immenfité, quelle différence peut-il y avoir entre un point & un autre ?

J'ai l'honneur d'être, M O N S I E U R, votre très-humble & très-obéiffant Serviteur,

Le Marquis de CASAUX.

A *Londres*, 25 Mai, 1784.

P. S. Si quelques-unes des expreffions dont je me fuis fervi, vous paroiffent un peu fortes, relifez les deux plaintes de M. *de Roux*, vous verrez que je n'ai fait que les emprunter de M. *de Roux*, dans fon procès *criminel, fecret,* & plein de fauffetés, pour les mettre à leur place, dans une juftification légitime & publique, dont je fais actuellement imprimer les preuves.

SECONDE LETTRE

Du Marquis DE CASAUX *à M.* MONALDINI *son Procureur à* Rome, *sur les affaires dont il l'a chargé contre M. le Marquis* DE ROUX *son gendre.*

RIEN ne prouve mieux, Monsieur, la nécessité de réunir toutes mes affaires sous le même point de vue, & l'impossibilité de prononcer avec justice sur une seule, avant d'être instruit de toutes les autres dans le plus grand détail, que les lettres que vous m'avez écrites le 22 de Mai & le 7 de Juillet; le Juge auroit-il paru d'avis d'accorder à M. *de Roux*, les mille écus de son prétendu droit de survie, s'il eut su par quels moyens il s'étoit procuré cette affreuse aubaine, s'il eut su qu'il existe une séparation provisoire qui suspend tous les droits de cet homme, & que cette provision ne peut être révoquée sans établir pour principe, *qu'un citoyen d'*Avignon *qui épouse une étrangère, est en droit de l'outrager & de la diffamer sans risquer de perdre les avantages de son mariage?* car de citoyen à citoyenne, les loix sont précises contre M. *de Roux*. Je ne parle que de cette raison, & vous savez que j'en ai d'autres; j'ai déboursé au-delà de ces mille écus, M. *Barazzi* vous en donnera le compte & la preuve.

Il est vrai que mon Juge *Romain*, très-différent de celui d'*Avignon*, attend du moins pour donner sa sentence, que mes Avocats aient répondu *aux écritures* de M. *de Roux*: j'ai donc lieu d'espérer qu'il voudra bien attendre qu'ils aient reçu mon Mémoire, sans lequel il leur seroit impossible de répondre; mes Avocats y trouveront tous les moyens de prouver que les deux *Plaintes* diffamatoires de M. *de Roux*, ne contiennent pas une seule assertion qui ne soit fausse; & je me flatte qu'alors ils n'hésiteront pas à demander pour ma fille & pour

moi

moi, toutes les réparations dues à l'innocence calomniée & per-
fécutée ; je le répète, je ne faurois me perfuader que deux
malheureux étrangers, attirés dans les états de fa Sainteté
par des marques diftinguées de fa bonté & de fon eftime, puiffent y être impunément diffamés par un de fes fujets, & que
pour obtenir à cet égard la plus entière & la plus prompte
juftice, ils aient d'autre befoin que celui de prouver qu'ils
ont été diffamés injuftement ; mon Mémoire prouvera plus, il
prouvera que M. *de Roux* ne les a diffamés que pour les dépouiller, & que la mort de ma fille n'eft que l'effet de cette diffamation ; voilà le fecond titre de M. *de Roux* au droit de
furvie qu'il demande.

Ce Mémoire eft enfin achevé d'imprimer ; vous en recevez
vrez 150 exemplaires, par la première occafion fûre ; je fuis
fâché que la plus expéditive ne foit pas à l'abri des manœuvres que j'ai tant de raifon de redouter : l'expérience augmente ma circonfpection à cet égard.

Si j'avois eu la moindre inquiétude fur l'opinion de mon
Juge actuel, lorfqu'il fera parfaitement informé, vous m'auriez tranquillifé, Monfieur, en m'apprenant le peu de cas
qu'il a fait des raifons alléguées par M. *de Roux*, pour lui perfuader que ma fille n'avoit pas le droit de tefter, quoique
ce droit appartint à toutes les femmes d'*Avignon*; *les raifons de
M. de Roux, dites-vous, ne firent aucune impreffion fur fon efprit;*
il feroit en effet bien étonnant, ou que la qualité d'étrangère
eût privé ma fille d'un droit naturel, ou qu'elle en eût été
dépouillée *à fon infu*, & moi en même tems, également dépouillé
fans que je m'en doutaffe, du droit de l'authorifer à faire ce que
la coutume lui permettoit de faire fous mon authorifation,
*même en fuppofant (ce que je fuis bien loin d'admettre) que fon
entrée dans le* Comtat *l'eût dépouillée* ipfo facto, fans acte pofitif
de fa part, *de ce droit précieux de difpofer de fes biens, qu'elle avoit
inconteftablement avant d'entrer dans le* Comtat. J'ai dit que
j'étois bien loin d'admettre une pareille doctrine, parce
qu'il me paroît impoffible que ma fille née dans un pays où
elle pouvoit difpofer de fes biens à 25 ans, ait perdu ce droit
auffi-tôt qu'elle eft entrée à *Avignon*, & parce qu'il me paroît
abfurde que ma fille qui pouvoit à *Paris* difpofer malgré
moi de fon capital & de fon revenu même pendant fa vie,
ait été dès le moment de fon entrée dans le *Comtat, ipfo facto*,
dépouillée du droit d'en difpofer même en cas de mort. Quelle
récompenfe de la piété filiale qui l'avoit engagée à me fuivre !
J'étois donc devenu fans le favoir maître de la fortune de ma
fille en entrant à *Avignon* ! Ma fille fans le favoir avoit donc
perdu

perdu le droit de la retirer de mes mains, & d'en jouir contre ma volonté, si j'eusse été un homme injuste ! . . . Je ne crois pas, Monsieur, que M. *de Roux* réussisse dans ses demandes ni dans ses défenses, parce qu'il en résulteroit :

1°. Qu'un Père peut avec succès entraîner insidieusement ses enfans à *Avignon*, pour les dépouiller de leur fortune.

2°. Qu'un enfant auroit à *Avignon* pour se venger, ou si l'on veut, pour compensation de ce Brigandage, le pouvoir de flétrir impunément son père par une procédure criminelle fondée sur les délations les plus fausses & les plus atroces, puisque M. *de Roux* m'auroit flétri impunément, moi qu'il n'avoit à punir que de ma générosité.

3°. Qu'il ne s'agit à *Avignon* que de poursuivre l'innocence jusqu'au tombeau pour être sûr de récueillir le fruit des atrocités qui l'y ont conduite.

Mais que direz-vous, Monsieur, lorsque vous observerez que M. *de Roux* lui-même a déjà reconnu dans la conclusion de sa première Plainte, le droit que sa femme avoit de tester, car il se borne dans cette conclusion à demander au Juge que sa femme *assure la part d'enfant dont elle est enceinte*, ce sont ses termes. Or cette part d'enfant n'est autre chose que la légitime à laquelle un père & une mère ont droit de réduire un enfant s'ils le jugent à propos : ma fille auroit-elle eu le droit de réduire son enfant à la légitime, si elle n'avoit pas eu le droit de disposer de ses biens ? Remarquez aussi que lors que M. *de Roux* fit cette demande dans son procès criminel contre sa femme, il craignoit encore d'effrayer le Juge par des prétentions extravagantes ; les premiers pas vers l'injustice sont toujours chancelans ; la marche ne s'affermit qu'à mesure qu'on avance, & ce n'est jamais que par degrés qu'on arrive sans rougir au comble de l'infamie : M. *de Roux* ne craint aujourd'hui de révolter personne.

Vous ajoutez, Monsieur, que le Juge a été affecté *du motif de haine transversale*, qui, selon M. *de Roux*, a déterminé ma fille à disposer de ses biens. M. *de Roux* n'a point ajouté *que ma fille a disposé de ses biens, de la seule manière qui pût les faire parvenir en entier à son enfant*, à qui ils appartiennent sans doute, à qui on ne peut les enlever sans injustice, & à qui il seroit bien odieux de les enlever pour en gratifier *son dénigrateur* & le diffamateur de sa mère & de son grand-père de qui il tient cette fortune. Vous aurez soin, Monsieur, de suppléer à l'inexactitude de M. *de Roux :* il ne manquoit à la folle atrocité de cet homme, que de calomnier sa femme sur un point aussi aisé à prouver que sa tendresse pour son malheureux enfant. Mon Mémoire prouvera de quel côté fût la haine :

les

les faits seuls peuvent le décider, & l'incertitude du Juge sur cet article est une nouvelle preuve de la nécessité où je suis de l'éclairer, & de l'opiniâtreté comme de la mal-adresse de M. *de Roux*, à me réduire à cette nécessité. Lorsque le Juge sera instruit, je crois qu'il sera difficile de lui persuader que ma fille a fait par haine, soit directe, soit transversale, ce qu'elle étoit obligée de faire par prudence & par amour pour son enfant. Je dis par prudence & par amour pour son enfant, car enfin, Monsieur, (en raisonnant même indépendamment de la conduite de M. *de Roux* après son mariage) si ma fille n'eut point testé, & que j'eusse eu assez peu de bon sens pour placer sa dot à *Avignon*, sans stipuler, lors du placement, toutes les clauses de justice, de prudence & de raison, n'est-il pas vrai que M. *de Roux* eût immédiatement après la mort de sa femme, envahi le revenu de cette dot, & que s'il eut vécu cent ans, le fils de ma fille parvenu à soixante, n'auroit pas même à cet âge, pu contraindre son père à lui donner quinze louis d'or à compte de quinze mille livres de rente que j'avois assurées à ma fille, & que le Juge ne présumera jamais que j'aie eu l'intention de donner pour en gratifier M. *de Roux*, sa famille & ses Conseils, au détriment des héritiers naturels de celle à qui je les donnois. Or d'après cet exposé, quel est le Juge qui sur la parole de M. *de Roux*, trouvera de la haine où il est évident qu'il n'y a que de la justice & de l'amour maternel ? On ne peut voir dans ma fille qu'une mère tendre & juste, qui veut que son enfant jouisse de toute une fortune que je ne lui ai donnée que pour son enfant, qui veut que son enfant en jouisse aussi-tôt qu'il aura atteint l'âge & la capacité d'en jouir, & qui porte l'attention jusqu'à autoriser son fidei-Commissaire *à désemparer une partie de cette fortune au moment où il trouvera un établissement avantageux pour cet enfant, soit charge, mariage,* &c. Et sur qui cette digne mère se repose-t-elle du soin de remplir des vues aussi louables, des intentions aussi justes ? Sur celui de qui elle tient cette fortune ; sur celui qui ne la lui avoit donnée qu'à cet effet ; sur celui qu'il seroit absurde de supposer capable de la lui avoir donnée pour toute autre raison ; sur celui enfin dont la bonté, la tendresse, & la générosité lui sont si connues, sur son père. Tout ce que les Juges pourront observer dans une pareille disposition, c'est que ma fille aimoit plus son enfant que son mari ; *cela seroit-il injuste ?* C'est qu'elle avoit moins de confiance dans son mari que dans son père ; *la conduite de l'un & de l'autre n'a-t-elle pas justifié cette idée ?* C'est qu'elle n'a pas voulu abandonner la fortune de son enfant à la discrétion d'un homme qu'on qu'on ne prétendra pas sans doute qu'elle eût jusqu'alors aucune raison de regarder comme discret ; *le Juge instruit des faits prononcera-t-il qu'elle avoit tort ?*

Une autre observation que vous ne manquerez pas de mettre sous les yeux du Juge, c'est que le testament de ma fille est du 14 d'Avril ; or M. *de Roux* n'avoit jusqu'alors donné à ma fille, que des preuves d'extravagance & d'emportement qui obligeoient à la vérité cette malheureuse femme, à mettre sa personne hors de la disposition d'un phrénétique, mais ce phrénétique ne s'étoit pas encore rendu coupable des atrocités par lesquelles il a voulu depuis réparer le tort qu'il s'étoit fait par ses phrénésies ; ma fille n'avoit donc aucun sujet de le haïr lorsqu'elle a fait son testament : il faut que le cœur de M. *de Roux* soit bien ouvert à la haine, pour supposer sa femme capable de le haïr sans cause ; les pages 51, 158, & beaucoup d'autres de mon Mémoire, prouveront, à la honte de M. *de Roux*, à quel point l'ame de cette infortunée étoit inaccessible à de pareils sentimens ; la page 65 arrachera peut-être des larmes à la vue d'un trait d'héroïsme maternel, dont la preuve est dans les mains de M. le Comte *de Vergennes*, & l'on verra pages 12, 13, 197 & 198, par tout ce qu'elle fit dans ce moment terrible où elle se préparoit avec tant de tranquillité à rendre compte au grand Juge de toutes les actions de sa vie, si elle eut hésité à révoquer une disposition dont elle se fût reproché le principe.

Supposons maintenant que les atrocités de M. *de Roux*, eussent précédé la disposition testamentaire de ma fille ; quel est l'homme de bon sens qui prétendra qu'une antériorité de date dans les cruautés, les extravagances, & les injustices d'un mari, suffit pour dépouiller une femme du droit de disposer de son bien, suivant la nature, la justice, & la raison ? Comment ! Si M. *de Roux* eût traité sa femme avec honnêteté, décence, & amitié, elle auroit eu le droit de disposer de ses biens comme elle a fait, & elle auroit perdu ce droit au moment précis où M. *de Roux* lui a fait un procès criminel ? Si cela étoit, Monsieur, un procès criminel intenté à *Avignon* par un mari contre sa femme, procureroit deux grands avantages à celui qui auroit l'adresse d'en user à propos, car, 1°. il enléveroit à sa femme le moyen d'avoir justice pendant son vivant (voyez mon Mémoire, pages 131, 132, & 133) 2°. il priveroit une malheureuse mère du droit d'assurer contre tout évènement après sa mort, la subsistance & le bien-être de celui à qui elle auroit donné la vie.

Vous

Vous avez vu, Monsieur, que le cas de ma fille est encore plus favorable ; son testament a précédé l'atrocité du procès criminel, & la connoissance des calomnies de l'Agent *Peru*, & du Négotiateur *Costain*, que nous n'apprîmes qu'à *Rome* le 16 d'Août suivant, voyez pages 10, 94, 97, & 98. Vous y trouverez aussi les différens moyens de convaincre l'Agent, de ses calomnies ; & j'espère que la confession du Négotiateur & l'aveu de ses authorités, me dispenseront de recourir au témoignage d'un honnête homme, qu'il voulut associer à son infamie ; vous n'hésiterez donc pas alors, à prendre tous les moyens que la loi fournit pour arriver à la connoissance pleine & entière d'une vérité si importante, car il ne peut être que très-important de prouver que les Avocats de M. *de Roux* calomnioient de concert sa malheureuse femme pour prouver que leur client étoit en droit de la dépouiller, & il importe également de savoir, qui avoit dit à l'un & à l'autre que ma fille étoit enceinte deux mois avant son mariage, & qui avoit dit à M. *Peru* qu'elle en avoit fait la confidence à son mari.

Mais ce qui mérite toute votre attention, c'est que la conduite de M. *de Roux*, qui ne vous avoit peut-être paru qu'extravagante lorsque vous l'aviez considérée en détail, doit nécessairement changer de caractère à vos yeux, grace à la tentative de cet homme contre le testament de sa femme : vous observerez donc (page 19 de mon Mémoire) beaucoup plus particulièrement que vous ne l'eussiez fait sans cette indignité, que c'est M. *de Roux* lui-même & ses Conseils, qui ont rédigé *les articles du mariage*, & qu'il est visible aujourd'hui qu'ils se flattoient de les avoir rédigés de manière à nous dépouiller, *à notre insu*, savoir, ma fille du droit de tester, & moi du droit de l'y authoriser. Ce point une fois connu, grace au procès contre le testament, tout ce cahos de manœuvres inconcevables se développe avec la plus grande facilité ; rien de plus évident aujourd'hui que le but de cette condition barbare que M. *de Roux* avoit imposée à ma fille, (voyez page 33) ; de cette attention à rejetter tous les arrangemens qui pouvoient conduire à une réunion entre ma fille & lui, (voyez page 34) ; de cette inflexibilité sur toutes les clauses qui devoient faire trembler ma fille à l'idée seule d'une réunion, (voyez pages 34, 35, 36) ; de ce refus constant & opiniâtre *du tiers* de la fortune de ma fille, après les outrages qui le rendoient indigne de la moindre de ses parties (voyez page 27 & suivantes, jusqu'à la page 48) ; de cette déclaration impudente *(qu'il n'y avoit que le Tout qui pût le satisfaire)* déclaration faite dans l'instant même où il n'osoit demander au Juge que l'assu-

rance

rance pour l'avenir, de ce même tiers dont il refuſoit la jouiſſance actuelle, & le placement ſous ſes yeux (voyez page 53 & 115); de ces projets odieux de Maréchauſſée (voyez pages 110, 111, & 112) ; de ce procès criminel fondé ſur les calomnies les plus horribles (voyez pages 99 & ſuivantes, juſqu'à la page 176); de ces décrets auſſi atroces que ſcandaleux (voyez pages 58, 63, 189, 191 & ſuiv.) ; de ces intrigues ſourdes & affreuſes qui ont enlevé à ma fille l'unique moyen qui pût, *ſans expoſer ſa vie & celle de ſon enfant,* ſouſtraire cette malheureuſe femme, aux ſuites infaillibles de décrets auſſi cruels (voyez page 55, 67, & bien d'autres) : tout ce myſtère d'abominations incompréhenſibles, ſe dévoile maintenant de la façon la plus lumineuſe ; *il falloit pourſuivre juſqu'à la mort, l'infortunée dont la mort ſeule pouvoit rétablir M. de* Roux *dans la poſſeſſion d'une fortune qu'il avoit perdue par ſes extravagances, & qu'on ſe flattoit de lui avoir aſſurées à notre inſu, par les articles de ſon mariage, quelque extravagance qu'il pût faire, quelque atrocité qu'il pût commettre après s'être marié.* . . . . L'adjudication de cette fortune, point eſſentiel, l'objet de tous les autres, eſt le ſeul qui manque à l'accompliſſement de ce plan infernal; tout le reſte eſt conſommé, *je ſuis diffamé, ma fille eſt diffamée, elle eſt morte, ſon enfant ſera probablement eſtropié, il ne s'agit plus que de remettre ſa fortune à ſon diffamateur, à l'auteur de ſa mort.* . . . . Mais heureuſement ce n'eſt plus M. l'Official d'*Avignon* qui doit l'ordonner.

Je paſſe à un autre article de votre lettre ; il ſeroit inutile de répondre ici en détail à toutes les demandes de M. *de Roux,* dont vous ſentirez encore mieux l'injuſtice & la futilité lorſque vous aurez lu mon Mémoire ; mais j'ai admiré l'impudence de cet homme à demander les 5,000 liv. que j'avois promiſes de payer à ma fille, 15 mois après la paix, en augmentation de dot; ces 5,000 liv. jointes à cinq mille autres du premier terme de la dot, étoient deſtinées à lui former un trouſſeau ; or M. *de Roux* n'ignore pas, *que tout* Avignon *ſait,* que j'ordonnai ce trouſſeau à *Paris* dès la première ſemaine du mariage, & que ma fille le reçut à *Avignon,* au commencement de Mars, qu'il eſt peu de perſonnes de ſa connoiſſance qui ne l'aient vu alors, & ne l'ait trouvé ſuperbe, qu'ainſi donc il eſt de notoriété publique à *Avignon,* que j'ai anticipé de quinze mois une partie du paiement total que j'en devois faire, & que je n'ai pas retardé l'autre d'une minute ; il eſt même probable que M. *de Roux* n'aura pas négligé de s'inſtruire que le compte entier de ma fille, tant pour le trouſſeau, que pour la layette de ſon enfant que M.

Barazzi

Barazzi a reçue à *Rome*, monte à onze mille quelques cens livres, au lieu de dix mille francs ; il est également impossible qu'il ignore que la plus précieuse partie de ce trousseau fait partie elle-même des vêtemens de ma fille, que les Avocats de M. *de Roux* réclament comme s'il les eût fournis, quoiqu'il sache bien que c'est moi qui les ai tous donnés. . . . Mais celui qui demandoit les diamans de ma fille qu'il avoit promis, quoiqu'il ne les eût pas donnés, devoit me demander aussi l'argent de son trousseau, quoique je l'eusse déjà payé, même avant le tems où j'avois promis de le faire : il faut être *tout d'une pièce* dans la vie, & vous verrez effectivement, Monsieur, que je suis sur tous les points, toujours très intact, & M. *de Roux* toujours très-injuste : vous verrez également que plus il me fournira d'occasions de lui répondre & de développer ses manœuvres, plus il me donnera de moyens de le convaincre lui-même des infamies, & *des perfidies* dont il avoit accusé sa femme & son beau-père.

J'ai l'honneur d'être bien sincèrement, MONSIEUR, votre très-humble & très-obéissant Serviteur,

Le Marquis DE CASAUX.

Londres, 28 Juillet, 1784.

P. S. J'aurois mauvaise opinion de moi-même, si je croyois qu'il fût nécessaire de vous assurer, Monsieur, que j'ai la plus grande confiance dans la probité, l'habileté & le zèle de mes défenseurs, & que je ne doute point qu'ils ne trouvent des raisons bien plus fortes que celles que je viens de donner ; mais dénigré comme je l'ai été dans le public, il m'est essentiel de ne laisser aucun louche non-seulement sur mes actions passées, mais encore sur tous ceux de mes procédés subséquens qui peuvent y avoir rapport. Moins d'ardeur, sur-tout dans les instances que je fais pour les réparations qui sont dues à ma fille & à moi, supposeroit de ma part quelque crainte de ne pas les obtenir ; je n'ai cependant rien à vous prescrire sur les moyens de les procurer, & rien à ajouter sur la nécessité d'instruire le Juge de tous les faits, avant qu'il tire aucune conséquence.

PIECES JUSTIFICATIVES.

Nº. I.

Billet de M. DE ROUX *remis le 24 de Février, en préfence de M. le Marquis* DE CAMBIS.

M. DE ROUX ne demande point une féparation ; bien au contraire il y répugne.

Il demande 4,000 liv. à préfent, & cinq mille francs lorfque l'enfant qui naîtra aura atteint l'âge de 8 ans.

Il exige que Mde. *de Roux* faffe fes couches ici, & ne forte point d'*Avignon* jufqu'à cette époque.

Il confent qu'elle demeure avec Monfieur fon père tant qu'elle reftera ici, & qu'elle aille dans un Couvent qu'elle choifira par-tout ailleurs, fi elle quitte *Avignon* après fes couches.

M. *de Roux* recevra toujours Mde. *de Roux* quand elle voudra revenir chez lui.

On a vu page 13, *ma réponfe à ce Billet, par lequel M. de Roux demandoit* 4000 *liv. pour entretenir fon propre enfant, pendant qu'il feroit à la mamelle, &* 5000 *liv. auffi-tôt qu'il auroit 8 ans.*

Nº. II.

Plainte de ma fille.

L'an 1783, & *le premier de Mars*, par-devant M. le R.me Vicaire & Official Général de Mgr. *l'Illuftriffime* Archevêque d'*Avignon*, &c. a comparu Noble *Bertrand* Avocat aux Cours de cette ville, pour & au nom de Mde. la Marquife *de Roux*, née *Marie Marthe de Cafaux*, & affifté d'icelle & de M. le Marquis *de Cafaux* fon père, fa dite fille en tant que de befoin affiftant & authorifant, &c. a dit & expofé que la Dame Marquife *de Roux* fa principale depuis le 21 de Décembre dernier, n'a ceffé d'effuyer en fecret, de la part de fon mari, les défagrémens les plus forts & les plus fenfibles pour une femme qui n'avoit pas le moindre reproche à fe faire.

Que quelques-uns de ces défagrémens ne lui ont pas même été épargnés en public, dans l'églife le 24 Décembre dernier

C c c
veille

veille de Noël, à la messe de minuit, & plusieurs autres fois dans la salle de spectacle, d'où il l'a fait sortir une fois avec violence & menace.

Que jusqu'au 6 Janvier dernier elle a dévoré ses chagrins, & s'est bornée à représenter à son mari la singularité de sa conduite, qu'elle cachoit sur-tout avec le plus grand soin à son malheureux père, qui répugnant à ce mariage n'y avoit consenti que dans l'idée qu'un homme de l'âge & de la naissance de M. le Marquis *de Roux*, auroit du moins pour sa femme, les égards dont les gens de l'extraction la plus commune, ne se font pas même un mérite.

Que la Dame Marquise *de Roux* espérant porter quelque remède à ses maux sans percer le cœur de son père, étoit allée vers le 6 de Janvier chez M. le Comte *du Roure*, pour le prier de faire part à Mde. la Marquise *de Roux* sa belle-mère, de la conduite du Marquis *de Roux* son fils, & la supplier de lui en faire préssentir les suites.

Que le Marquis *de Roux* qui avoit vu descendre sa femme de son carosse, s'étoit caché pour entendre ce qu'elle diroit au Comte *du Roure*, & qu'après qu'il l'eût entendu, il s'étoit présenté à elle comme un furieux; qu'elle lui avoit dit qu'elle alloit répéter mot pour mot tout ce qu'elle avoit dit au Comte *du Roure*, & qu'il étoit trop honnête homme pour le nier : & elle le répéta en effet.

Que le Marquis *de Roux* sans égard pour l'état de grossesse où étoit sa femme, s'étoit jetté sur l'épée du Comte *du Roure*, qu'il tira de son fourreau, & que M. le Comte *du Roure* n'avoit eu que le tems de se jetter sur M. *de Roux* pour l'empêcher de s'en servir ; mais que le coup étant lancé, M. *du Roure* avoit failli d'en être percé lui-même, & qu'il en avoit été long-tems dans un tremblement si considérable, que la Marquise *de Roux* à peine revenue d'un évanouissement causé par sa frayeur, eut cependant la force de reprocher à son mari, qu'il ne portoit aucun secours à son ami, qu'il avoit lui-même réduit dans l'état où il étoit.

Que M. le Marquis *de Casaux* instruit par le public d'une scène dont sa fille lui avoit caché la plus grande partie, scène qui avoit attiré dans la chambre de M. *du Roure*, le laquais & la femme-de-chambre de la dite Dame Marquise *de Roux*, & plusieurs passans à la porte de la rue, avoit voulu la savoir au juste, & en avoit été instruit par M. le Comte *du Roure* dans le plus grand détail ; que depuis ce tems M. le Marquis *de Casaux* n'avoit cessé d'employer les raisons & les sentimens pour rasseoir l'esprit de M. le Marquis *de Roux*; & lui faire sentir
qu'il

qu'il ne manqueroit pas d'aliéner par de pareils excès, l'esprit & le cœur d'une femme auſſi ſenſible, aux mauvais, qu'aux bons procédés.

Que peu de jours après M. le Marquis *de Roux* donna chez M. le Marquis *de la Chapelle*, dans une aſſemblée de cent perſonnes, une ſcène de violence ſcandaleuſe envers ſa femme, qu'il termina par lui annoncer qu'il ne la verroit de ſa vie, & qu'à cet effet il fit enlever à deux heures après minuit, les couvertures qu'il avoit fait porter dans la maiſon de ſon beaupère, qu'il les fit remporter chez lui & y alla coucher.

Que M. le Comte *du Roure* fit le lendemain honte à M. *de Roux* de cette extravagance, & l'engagea à retourner coucher chez ſon beau-père, qui feignit d'ignorer l'outrage fait à ſa fille, quoiqu'il eût été obligé de ſe lever au bruit affreux que fit M. *de Roux* en abandonnant ſa maiſon à une heure auſſi indue, & que ſes gens lui en euſſent rendu compte.

Que ce fait n'eſt ignoré de perſonne. Que la Dame *de Roux* feignit, comme ſon père, de n'être inſtruite que d'une partie de ce que ſon mari avoit fait, mais que le Marquis *de Roux* quelques jours après entra lui-même dans le plus grand détail à ce ſujet avec elle, en ajoutant en préſence du Marquis *de Caſaux* qu'il ne ſe reprochoit que d'avoir ſuivi le mauvais Conſeil que le Comte *du Roure* lui avoit donné de retourner avec elle, & beaucoup d'autres propos que Mde. *de Roux* rougiroit de rapporter, & qu'un père auſſi modéré que le ſien pouvoit ſeul avoir la force de ſupporter ſans faire autre choſe que repréſenter continuellement & inutilement à M. *de Roux* que ſes domeſtiques paſſoient & repaſſoient dans la chambre.

Que le Marquis *de Roux* promit à ſon beau-père de ſe gouverner par ſes Conſeils, & de ne plus ſe livrer aux ſaillies de ſon imagination, & à la violence de ſon caractère.

Que cependant depuis lors les ſcènes, les violences, les emportemens & les mauvais traitemens ſont devenus encore plus fréquens, que c'eſt dans de pareilles tribulations que ſe ſont écoulées les ſept premières ſemaines de ſon mariage, tribulations que l'état de groſſeſſe où ſe trouvoit la dite Marquiſe *de Roux* rendoit encore plus dangereuſes, tant pour elle-même que pour ſon fruit.

Qu'enfin M. *de Roux* couronna ſes excès par une dernière ſcène, dont M. *de Leutre*, le Sr. *Claret* Coëffeur de Mde. *de Roux*, *Geneviève le Méle*, ſa femme-de-chambre, & *Antoine le Méle* laquais de la dite Dame furent témoins.

M. *de Roux* avoit été deux jours ſans voir ſa femme: il vint le troiſième ſe mettre à table; le dîner ſe paſſa en plaiſanteries & en gaieté; après dîner la dite Dame *de Roux* ayant

prié

prié son mari & M. *de Leutre*, de passer dans la chambre à côté, parce qu'elle vouloit faire sa toilette. M. le Marquis *de Roux* dit à sa femme qu'elle étoit une insolente, une impertinente, qu'elle ne seroit pas contente qu'il ne lui eût cassé les bras, & (en lui présentant les poings au visage) qu'elle s'en repentiroit, & qu'elle le verroit.

Mais d'autant que de pareils sevices donnent lieu à la dite Dame Marquise *de Roux*, dont la vie n'est pas en sureté auprès de son mari, de demander d'en être separée de corps & de biens, de lit & de table, le dit Sr. *Bertrand* a requis sur le contenu aux présentes, ses annexes, connexes, circonstances & dépendances quelconques, être par la Seigneurie *Romaine* sommairement informé, pour l'information prise être ensuite provisoirement ordonné ce que de droit & raison appartiendra. A ce a conclu *Casaux de Roux*, de *Casaux*, *Bertrand*; ainsi signés à l'original.

Lors le dit Sgr. Vicaire & Official Général, ayant vu & lu la susdite exposition, a ordonné sur icelles ses annexes, &c. être sommairement informé, décernant pour raison de ce toutes provisions en forme. *Bonneau*, Prevôt d'*Avignon*, Vicaire & Official Général; ainsi signé à l'original.

N°. III.

Acte de Notoriété des Principaux Habitans de la Grenade *sur ma prétendue apostasie, voyez page 77.*

Nous Commandans des quartiers, & Principaux Habitans de la *Grenade* tant anciens que nouveaux sujets, assemblés du consentement de M. le Comte *de Durat*, déclarons qu'il est faux que M. *de Casaux* ait jamais renoncé à la religion Catholique Romaine; qu'il est vrai au contraire qu'il a été jusqu'à son départ de cette Isle, un des Membres de l'Assemblée & l'un des Juges de *Paix* Catholiques Romains, deux des places pour l'obtention desquelles il avoit été député à *Londres*, & que sa Majesté *Britannique* avoit accordées à sa sollicitation; qu'enfin il s'est acquitté de sa députation avec tout le zèle d'un bon & digne patriote; que ce n'est que par une méprise de sa part & de celle du Prevôt Maréchal, que son nom se trouve sous le serment du Test, qui lui fut présenté au lieu de celui d'allégiance & de suprématie, & que ce fait est à leur pleine & entière connoissance.

Après la signature des dits Commandans & Principaux Habitans est écrit,

Vu

Vu par nous, Gouverneur Lieutenant Général de la Grenade, 28 Mars 1782, DURAT.

Et ensuite

Vu par nous Commissaire Général des Ports & Arsenaux
de Marine, Ordonnateur à la *Grenade*, BARRY.

M. le Comte de Durat & *M. Barry sont actuellement l'un &
l'autre en France.*

Les deux scélérats qui m'avoient accusé d'apostasie, & dont l'un
fut ensuite obligé de s'expatrier pour ses méfaits, *parce qu'ils furent prouvés*, & l'autre récompensé malgré ses méfaits, *parce qu'il
eut l'adresse d'en rejetter le blâme sur son complice dont il n'avoit été
que le sous-ordre*, m'avoient aussi accusé d'être absolument livré aux
Anglois, & grâces à ces imputations, je perdis une seconde députation de la Grenade. Je dois exposer les faits sur lesquels cette dernière
accusation étoit fondée ; ils prouveront peut-être que je parlois &
agissois comme si j'eusse appartenu à toutes les Nations.

En 1779, la Grenade *fut prise par M. le Comte* Desteing ;
le Gouverneur à qui il en donna le commandement, fit saisir &
sequestrer jusqu'à nouvel ordre de sa Cour, tous les biens des
Anglois de cette colonie, qui résidoient à Londres. Je n'avois
point oublié les généreuses sollicitations que ces malheureux dépouillés
avoient jointes aux miennes, dans le tems de la députation dont il
est parlé dans l'acte de notoriété qu'on vient de lire : je leur promis service pour service ; voici tous ceux que je leur rendis ; je
présentai à *M.* de Sartines, alors Ministre de la Marine, les
députés qu'ils envoyèrent à Paris, & *M.* de Sartines voulut bien
leur dire qu'ils pouvoient lui remettre avec confiance tous
les Mémoires que j'aurois approuvés... *Chargé en quelque
façon par ces paroles, de diriger les députés Anglois dans leurs
demandes*, & responsable de leurs Mémoires, je les considérai uniquement comme habitans d'une Colonie Américaine, dont le sort
alloit fixer la destinée de toutes les autres, & décider si le droit
des gens alloit enfin s'étendre au-delà des tropiques ; je les
engageai à demander à titre de justice, ce qu'ils n'osoient demander qu'à titre de grace ; & je conviens que je les engageai à diriger
sur les principes suivans, tous ceux de leurs Mémoires sur lesquels
ils me demandèrent mon avis.

La Grenade s'étoit rendue à discrétion. La discrétion du vain-
queur pouvoit-elle lui permettre de s'emparer en Amérique, des
propriétés particulières, si respectées en Europe ? Il est vrai que
jusqu'alors, l'affirmative n'avoit pas même été mise en délibéra-
tion ; Isle prise sans capitulation ; Isle pillée ; cela ne souffroit pas
la moindre difficulté ; les dépouillés, les expulsés n'avoient même
jamais eu l'idée de se plaindre ; ils se bornoient à chercher les occasions

sions de se venger, & de quelque nation que fussent & les vain-
queurs & les vaincus, tous brûloient, pilloient & saccageoient à
l'envi, pour la plus grande gloire & le plus grand avantage de
leurs métropoles respectives.

Cependant il étoit reçu par des publicistes les plus accrédités,
qu'il n'y a d'autre différence dans l'état d'un peuple, avant
& après une conquête, même sans capitulation, si ce n'est
que ce peuple étoit sujet d'un Prince, & qu'il devient sujet d'un
autre.

Etoit-il de l'intérêt, je ne dis pas des Anglois ou des François,
à qui je ne voulois pas songer privativement, mais de toutes les
Nations Européennes, que le droit barbare de spoliation au-delà
des mers, fût à jamais consacré par un exemple connu de toute
l'Europe, & donné par un Prince sage & modéré, qui vouloit établir une Police maritime, universelle, & fixée sur des principes
d'équité & d'égalité? Circonstance grave qui alloit donner tout
le poids & toute l'authenticité possible à la décision qu'il s'agissoit de
solliciter : plus ou moins on alloit faire en faveur de la Grenade,
plus ou moins on feroit certainement dans une circonstance pareille,
à l'égard de toute autre colonie, soit Françoise, Angloise, Da-
noise, Espagnole, &c. Le crédit de toutes les colonies du monde,
& les suretés du commerce que toute l'Europe avoit osé y faire,
dépendoient donc de cette décision ; je dois rendre justice à M. de
Sartines, il vit toutes ces choses comme il dut les voir ; mais je
trouvai dans un certain Ordonnateur, nommé Le Mort qui devoit
faire les fonctions d'Intendant dans cette malheureuse colonie,
toute l'opposition, toutes les viles manœuvres, tous les petits sophismes que l'intérêt prétendu national, & la basse vengeance qu'il
prétendoit si glorieuse, purent fournir à sa cupidité.... Il s'étoit
enyvré si long-tems de l'espoir de dévorer tant d'effets sequestrés
dont l'administration devoit naturellement lui être confiée ! Ce Le
Mort est un des deux scélérats qui m'ont dénigré en Europe & en
Amerique, pour raison de la conduite dont je viens de rendre
compte : c'est celui qui s'est expatrié de crainte de pis.

Cependant le Roi déclara, que tous les Habitans de la Grenade sans distinction, & dans quelque pays qu'ils résidassent,
étoient ses sujets ; & il ordonna que tous les biens sequestrés
fussent remis à leurs propriétaires.

Je conviens que dans la grace que j'avois sollicitée, & que sa
Majesté accorda, l'intérêt de quelques Anglois étoit joint à la
gloire & à la justice de la France ; mais si j'avois été plus Anglois
que François en sollicitant cette grace, le Roi de France lui-même
avoit été bien plus Anglois que moi, puisqu'il l'avoit accordée, &
qu'il ne tenoit qu'à lui de la refuser.

Ce

Ce premier succès dans une tentative où j'avois vu le bien uni-
versel aussi intimement lié à celui de quelques particuliers, m'en-
couragea malheureusement à donner les premières idées d'un ou-
vrage digne d'une main plus habile que celle que j'avois osé y ap-
pliquer; le 2 de Février 1780, j'envoyai à M. de Sartines, encore
Ministre de la Marine, quelques RÉFLEXIONS SUR L'INTÉRÊT
DE L'EUROPE RELATIVEMENT A L'AMÉRIQUE; *en voici*
la substance.

Le premier acte d'indépendance des *Américains*, porte une
invitation assez précise à tous ceux qui se croiront vexés dans
le pays de leur naissance ou de leur établissement, de venir en
Amérique jouir de tous les avantages de la liberté & de l'égalité. Il suffit, suivant le règlement qu'ils ont eu soin de répandre dans toute l'*Europe*, de croire en Jesus Christ, pour être en
droit d'aspirer chez eux, après une résidence assez bornée,
même aux premiers postes de l'état. Ce seroit une des erreurs
du siècle passé, que d'imaginer qu'avec des loix prohibitives
ou oppressives, on balancera l'effet d'un règlement aussi sage;
il ne seroit possible de le prévenir qu'en établissant le même
règlement en *Europe*; & cet acte de virilité seroit trop fort
pour l'adolescence de cette partie du monde: les *Américains*
sont le seul Peuple connu qui se soit fait homme dès son
berceau; l'exclusion qu'ils ont donnée aux *Juifs* ne prouve
rien contre ce que j'avance; l'on peut aisément prévoir que
cette exclusion ne soutiendra pas long-tems l'examen d'une
politique aussi hardie que celle dont ils ont donné des preuves.
Il est probable aussi qu'en deça des mers, on se bornera encore pendant bien des années à adoucir le sort des mécontens, quoiqu'on
doive toujours, sans craindre de se tromper, supposer tel,
quiconque est homme & voit à sa porte un autre homme plus
libre que lui; mais il faut bien ne cesser que par degrés,
de gêner les Catholiques dans tous les pays Protestans & les
Protestans dans tous les pays Catholiques; non pas assurément
pour le plus grand avantage de la Religion Catholique & de
la Religion Protestante (l'exposition seule de la balance démontre la fausseté de l'idée, & le ridicule du prétexte), mais pour
ne pas effaroucher le bas peuple des deux Religions, par le
spectacle trop subit d'une fraternité dont il a perdu depuis
si long-tems l'idée. L'*Amérique* continuera donc pendant bien
des années à se peupler aux dépens de l'*Europe*.

Indépendamment de cette raison d'accroissement de puis-
sance, d'autres avantages qu'elle ne doit qu'à son climat &
à ses mœurs, y favorisent la population à un point dont on
peut juger par un fait qu'il n'est pas possible de révoquer en
doute; depuis un siècle cette population a régulièrement
doublé tous les vingt ans; elle contient aujourd'hui trois
millions

millions d'habitans originaires d'*Europe* ; qu'on se figure ce qui doit arriver s'ils réuffiffent à policer les indigènes, & qu'on obferve qu'il eft de leur intérêt de les policer.

Suppofons maintenant qu'au lieu du projet de réduire & de contenir les *Américains* par la force, l'*Angleterre* ne fe fût occupée que du foin de multiplier & de fortifier les liens qui attachoient naturellement ces deux Peuples ; qu'arriveroit-il, on peut dire, néceffairement ? Or toute la prudence politique confifte peut-être à diftinguer le néceffaire du poffible, & à fe preparer au premier, au lieu de chercher à le contrarier : toutes les contrariétés imaginables ne peuvent qu'éloigner de quelques inftans ce qui doit néceffairement arriver.

Dans 80 ou 100 ans, tout au plus, terme fort court, lorfqu'il s'agit d'un Etat, la *Grande Bretagne* ne prétendroit pas fans doute gouverner quarante millions d'hommes avec dix, placés à une diftance de 1300 & de 1600 lieues ; le bâton du Commandement, de quelque métal qu'il puiffe être, doit plier à de pareilles diftances ; il eft même probable que plus on prendroit de précautions, plus on imagineroit de moyens, pour fortifier & endurcir la main chargée d'en foutenir l'extrémité, & plus on fourniroit aux mécontens de raifons, ou fi l'on veut de prétextes, pour travailler à le rompre : la *Grande Bretagne* alors, au lieu de fonger à châtier quarante millions de mutins, ou quelques malheureux Commandans qui n'auroient agi qu'en conféquence de leurs pouvoirs, feroit donc obligée de tranfporter le fiège de fon empire en *Amérique*, & l'ancienne métropole ne feroit plus qu'une Province *Américaine* ; Province à la vérité précieufe, & dans laquelle l'*Amérique* conferveroit avec foin tous les vaiffeaux néceffaires pour en impofer à l'*Europe*, pendant qu'elle prépareroit au-delà des mers, tous ceux dont elle auroit befoin pour étonner enfin le refte du monde, par le fpectacle d'une puiffance, je ne dis pas, capable de l'afservir, mais très-capable de ne lui laiffer dans le partage qu'elle feroit des richeffes de l'*Inde* & des deux *Amériques*, que la modique portion que fon intérêt jugeroit fuffifante pour fe procurer les jouiffances que fon fol lui refuferoit ; s'il eft bien vrai qu'il y ait quelque jouiffance qu'elle ne puiffe fe promettre de quelqu'une de fes immenfes poffeffions, fituées fous toutes les latitudes productrices.

L'idée que je préfente ne peut paroître gigantefque, qu'à ceux qui ne fe donneront pas la peine d'obferver que je ne fuppofe rien à l'égard de cette progreffion de population *Américaine*, que la continuation de ce qui eft arrivé depuis cent ans, & que pour combattre mon opinion, il faut fuppofer

tout

tout le contraire : sur quoi se fonderoit-on pour le suppofer ?

L'effet néceffaire de l'union primitive, comme d'une réunion actuelle de l'*Angleterre* avec l'*Amérique*, feroit donc, 1°. pour l'*Angleterre*, fa réduction future en Province *Américaine*; elle ne pourroit l'éviter ; & 2°. pour le refte de l'*Europe*, la perte de toutes fes poffeffions ultra-maritimes.

Il faut donc fe réunir à l'*Angleterre* pour détruire & anéantir l'*Amérique*, où déterminer l'*Angleterre* à reconnoître l'indépendance de l'*Amérique*, parce que cette partie du monde abandonnée à elle-même, ne parviendra, du moins qu'un peu plus-tard, au degré de puiffance qui lui eft deftiné.

La deftruction abfolue de tout ce qui érige cette vafte contrée en Nation, n'eft pas fans doute encore au-deffus du pouvoir de l'*Europe* réunie : mais qu'en réfulteroit-il aujourd'hui ? La perte du fuperflu de l'*Amérique*, fi fouvent néceffaire à l'*Europe*, & la perte d'un débouché immenfe pour cette partie du fuperflu *Européen* que l'*Amérique* eft encore obligée de confommer.

Il faut donc non-feulement reconoître l'indépendance de l'*Amérique*, mais encore chercher les moyens de la renfermer le plus long-tems poffible, dans la jouiffance des avantages dont aucune autre Nation ne pourroit la priver fans fe nuire à elle-même.

Cela eft impoffible, dit-t-on ; c'eft ce qu'il faut examiner.

Je poferai comme un premier principe, que toute liaifon nationale, autre que l'intérêt, eft chimérique ; & que l'intérêt fera fûr d'être obéi, même lorfqu'il commandera l'union entre les ennemis les plus invétérés, parce que les plus invétérés aujourd'hui, doivent être les plus fatigués des préjugés abfurdes dont ils ont été fi long-tems les victimes.

L'*Angleterre*, la *France*, l'*Efpagne*, la *Hollande* fe réuniront donc infailliblement par un traité dont l'intérêt commun & la néceffité dicteront les articles ; & il fera ftipulé dès la première étincelle de raifon que les nuages actuels permettront de paroître, que ces quatre puiffances garantiffent à jamais aux *Américains* cette indépendance à laquelle ils fe bornent aujourd'hui, & à laquelle on peut les borner pour toujours, par la condition expreffe qu'on peut mettre à leur indépendance, *qu'ils n'auront jamais un feul vaiffeau, au-deffus du port qui fera jugé capable de tranquillifer les parties contractantes.*

Mais interdira-t-on à un Peuple libre, la Marine Militaire fi néceffaire pour protéger fon commerce ?

D. d. d.

Pour décider cette importante question j'ai recours à un second principe aussi certain que celui qui m'a conduit à la conséquence que je viens de tirer.

Dans tous les états, on ne laisse à chaque particulier, que cette portion de liberté qui ne peut nuire aux autres. Il est dédommagé du sacrifice, par la force générale qui le garantit du même excès de liberté dans autrui. D'Etat à Etat on se doit les mêmes précautions & les mêmes dédommagemens. Telle est entre toutes les Nations, la base ou le prétexte de toutes les alliances offensives & défensives. Je conviens que, dans le cas dont il est ici question, c'est la force qui donne la loi, mais une loi que la prudence dicte, que la justice ne désavoue point, & que la bonne foi ne peut refuser ; car enfin si l'*Angleterre*, la *Hollande*, l'*Espagne* garantissent l'indépendance de l'*Amérique* contre l'ambition de la *France* ; la *France*, la *Hollande*, l'*Espagne*, contre l'ambition de l'*Angleterre* ; l'*Angleterre*, la *Hollande*, la *France* contre l'ambition de l'*Espagne* ; quel besoin l'*Amérique* aura-t-elle d'une Marine Militaire ? Voici maintenant un dédommagement bien ample aux yeux de l'humanité, pour cette branche de liberté qu'on ne lui refusera que parce qu'elle peut nuire ; l'argent immense qu'une Marine Militaire exige & absorde, & les hommes qu'elle enlève aux autres conditions, seront appliqués à d'autres objets d'un utilité réelle, générale, & qui augmenteront les jouissances du monde entier, au lieu de donner peut-être, dans le premier cas, les folles & trop séduisantes idées, ou de l'asservir, ou d'en envahir tout le commerce ; idées funestes qui pendant deux siècles ont produit la conjuration de toute l'*Europe*, d'abord contre la maison d'*Autriche*, ensuite contre la *France*, & qui produit aujourd'hui l'insensibilité générale à la détresse de l'*Angleterre*.

*Quelques mois après que j'eus remis ce Mémoire à M. de Sartines, j'eus la sotte vanité de le communiquer à une autre personne, qui me demanda si j'étois authorisé à proposer un pareil projet : il est probable que celui qui me fit cette question me regardoit aussi comme un Agent secret de l'*Angleterre* : j'aurois été plus heureux, (car il ne m'auroit pris que pour un fou) si j'avois répondu que mes réflexions sur l'*Amérique*, n'étoient qu'une espèce d'épisode dans un ouvrage, où je prétendois examiner toutes les parties qui composent le Méchanisme des sociétés, & pouvoir conclure d'après cet examen,*

" *que le plus grand avantage possible d'une Nation, devoit à la fin*
" *se réduire au plus grand avantage possible de toutes les autres ; que*
" *même le plus grand avantage possible d'un individu quelconque*
" *dans toutes les sociétés particulières, ne pouvoit être que le fruit*
" *du plus grand avantage possible de la société universelle ; que*

le

" le chef-d'œuvre de la politique actuelle ne pouvoit s'étendre au-
" delà des moyens de retarder une révolution qu'il n'étoit plus
" maintenant au pouvoir humain d'empêcher ; que cette idée
" méritoit du moins le plus sérieux examen, & deviendroit peut-
" être la base de tous les règlemens futurs, en attendant le moment
" où il seroit possible d'abroger la plus grande partie des règlemens
" passés ; que si les deux Nations les plus capables d'imposer une
" pareille loi par leur exemple, vouloient se réunir dans cet esprit,
" il faudroit bien que les autres pliassent sous cet heureux joug,
" & que l'humanité ne gémiroit jamais d'un pareil triomphe"...
J'extravagois peut-être, mais il étoit bien pardonnable à un
homme qui n'avoit jamais fait de mal à personne, de s'enyvrer
dans ses derniers jours de la folie de faire du bien à tout le monde,
& il n'eût pas été pardonnable à un homme qui appartenoit alors
à la France, d'être l'agent secret de l'Angleterre.

Nº. IV.

Décret de l'Official d'Avignon.

Il est inutile de le transcrire ici une seconde fois ; on l'a vu
page 58, & sa prétendue modération par le Vice-Légat, page 63.

Nº. V.

PRECIS

De la consultation de Paris sur les décrets de l'Official & du
Vice-Légat, qu'on a vu page 58 & 63.

Le Conseil soussigné &c.

Est d'avis qu'il n'est point de tribunal qui ne doive être
profondément affecté de la situation d'un père, qui possesseur
d'une fortune considérable a été trompé par la fatalité des
circonstances, dans un pays étranger où il a fait contracter
à une fille appellée à une fortune considérable, un mariage
avec une personne dont le caractère impétueux & capable de
toute sorte de violences s'est manifesté dès les premiers jours
u mariage. Quel renversement subit de toutes les idées &
de tous les sentimens dans un cœur vraiment paternel !

S'il s'agissoit aujourd'hui de s'expliquer sur le fond même
de la demande en séparation, il faudroit connoître la plainte
& les informations ; mais l'état actuel de la procédure criminelle est plus particulièrement l'objet du Mémoire à con-
sulter, & il offre trois questions.

La

La première, si le père peut être obligé de payer aujour-d'hui le premier terme de la dot, échu le 18 de Mars. Les Conseils du Sr. *de Casaux* sur les lieux, lui ont dit *très-sage-ment* qu'il ne pouvoit payer entre les mains ni du mari ni de la Dame sa femme, car à l'égard du mari, il seroit obligé, si sa femme réussit, de lui restituer ce qu'il auroit reçu; il n'est donc pas convenable de lui payer prématurément ce qu'il seroit *tenu*, mais ce qu'il seroit probablement dans l'im-possibilité de rendre, suivant cette règle de droit, *dolo petit, quod mox redditurus est;* ce n'est que par fraude qu'on demande ce qu'on peut être bientôt obligé de restituer. En payant la Marquise *de Roux*, il ne seroit pas libéré vis-à-vis de son mari, s'il réussissoit, raison décisive pour ne payer ni l'un ni l'autre, ni sur-tout au mari, puisque la dot n'est que pour soutenir le ménage & que le ménage a été presque aussi-tôt rompu.

La seconde question est celle de la sequestration de la Mar-quise *de Roux* pendant le procès, & elle doit être traitée sui-vant les principes.

Nous ne doutons point qu'en *France*, la Marquise *de Roux* ne fût authorisée dans tous les Tribunaux écléfiastiques & féculiers, à demeurer chez la Baronne *de Clairfontaine* sa tante, parente de M. l'Archevêque de *Lyon*, Primat des *Gaules*, chez laquelle le père, la fille, le mari même sont assurés qu'une femme enceinte de sept mois aujourd'hui, trouvera tous les secours pour elle & pour un fruit malheureux.

Les loix positives d'*Avignon* n'ont rien de contraire à ces loix de justice & de raison, comme on peut le voir dans l'ouvrage du Docteur *Avignonois, François Condotti Sgr. de St. Leger,* & Consulteur du *St. Office, Quæstiones & resolutiones legales.* Chap. 55. La femme séparée doit être sequestrée *in loco commodo seturo & honesto ;* un lieu commode pour les circonstances d'une femme, un lieu sur, où le mari, ses parents & affidés, ne puissent user de violence & lui faire injure, *in qua dolho, vir vel ejus affines, vel consanguinei, aliquam injuriam aut violentiam inferre non possint.* Il semble que cette description ait été faite pour la maison de la Baronne *de Clairfontaine,* & ses Auteurs n'ont pas imaginé sur-tout, qu'une femme de l'état de la Marquise *de Roux* pût être sequestrée chez une ma-trone, encore moins *chez un Accoucheur son mari,* qui n'auroit pas la confiance & qui pourroit obtenir trop facilement celle du *Marquis* de Roux?

Cependant comme le Sr. *de Casaux* s'est toujours montré dans cette affaire avec la franchise la plus généreuse, qu'il

continue

continue en faisant des offres sous sa caution juratoire, de repréſenter ſa fille à ſon mari, ſi malheureuſement il réuſſit contre elle.

Mais dans quel Tribunal fera-t-il cette offre ? C'eſt à *Rome*, que le Sr. *de Caſaux* doit la faire en demandant l'infirmation des décrets qui ont décerné contre lui, & l'ajournement perſonnel, & l'injonction de remettre, ſous peine d'empriſonnement, ſa fille à l'officier chargé de cette commiſſion *dure*, *barbare*, pour la dépoſer enſuite chez un Accoucheur.

Aux queſtions du Mémoire, nous croyons devoir ajouter quelques obſervations particulières ſur les craintes que le Sr. *de Caſaux* pourroit avoir que le Marquis *de Roux* & ſa famille priſſent des voies ſecrètes, & ne ſurpriſſent l'autorité Royale, en préſentant le Sr. *de Caſaux*, comme *raviſſeur* de la Marquiſe *de Roux*, comme *décrété pour rapt par les Tribunaux d'Avignon*, & cela en diſſimulant la nature de la conteſtation qui y eſt pendante, & en prêtant d'autres couleurs à cette affaire. Il ſeroit donc prudent de prévenir de pareils Mémoires (*), & d'en préſenter au Miniſtre des affaires étrangères, un autre dans lequel on expoſeroit les faits tels qu'ils ſont, & l'on demanderoit qu'il plût au Roi mettre le Sr. *de Caſaux* ſous ſa protection & ſauvegarde. Le Sr. *de Caſaux* a droit à cette protection. *Il eſt né François*, & quoique la *Grenade* vienne d'être rendue à l'*Angleterre*, il réſide en *France*, ce ſeroit donc en vain que le Marquis *de Roux* tenteroit de le préſenter à notre Miniſtère comme *un étranger raviſſeur de ſa femme*.

Délibéré à *Paris* le 6 Juillet.

(ſigné)   DOILLOT, LEON.

Lorſque cette conſultation fut délibérée à Paris (le 6 Juillet) il y avoit déjà 8 jours que ma fille avoit écrit à M. le Comte de Vergennes, la lettre qu'on a vûe page 70. Mais une lettre de ma fille ne pouvoit pas balancer les calomnies de ſon mari, étayées de deux décrets qui ſuppoſoient la preuve des infamies dont il nous avoit accuſés.

N°. VI.

Précis de la Conſultation d'Agen ſur le même objet.

Le Conſeil ſouſſigné &c.

Eſt d'avis qu'aucune ordonnance *n'ayant enjoint au Marquis* de Caſaux *de réſter lui-même en ſequeſtre à Avignon*, ni dans l'enceinte

---

(*) M. *de Roux* ne pouvoit être prévenu ſur rien.

l'enceinte du *Comtat*, rien ne gênoit en lui la liberté naturelle que chacun à de changer de domicile.

Ce n'eſt point en déplaçant un dépôt qu'on le viole, ce ſeroit plutôt en ne lüi choiſiſſant pas le lieu qu'on croit le plus propre à ſa conſervation, & en laiſſant la choſe ſequeſtrée là où l'on ceſſe de faire ſa demeure. En un mot le Marquis *de Caſaux* ne peut être taxé d'infidélité, tout autant qu'il conſerve ſa fille avec lui, qu'il en prend ſoin, & qu'il ne ſera point en demeure de la repréſenter lorſqu'il en ſera dûment réquis par ſon mari s'il réuſſit contre elle.

Le Marquis *de Caſaux* & la Marquiſe *de Roux* ne peuvent être taxés du deſſein de ſe ſouſtraire à la juriſdiction d'*Avignon*, puiſqu'ils y ont un Avocat chargé de continuer la procédure en ſéparation, & de défendre à toutes demandes que le Marquis *de Roux* pourroit leur faire.

Les lettres écrites par le Marquis *de Caſaux* à M. le Vice-Légat & à M. l'Archevêque, pour leur apprendre le ſujet qui avoit occaſionné ſon départ, & leur apprendre l'aſile reſpectable qu'il avoit cru convenable à ſa tranquillité & à celle de la Dame ſa fille, *ne laiſſe aucune excuſe au Marquis de* Roux; dès-lors il n'a pu ſe méprendre ſur le motif de leur retraite, qui ne pouvoit être que celui de s'épargner pendant le procès en ſéparation, le déſagrément de luter ſans ceſſe contre de nouveaux procédés, *dont les ſuites auroient pu être funeſtes, principalement par rapport à la Marquiſe de* Roux, *qui ſe trouvoit dans un état de groſſeſſe.*

Enfin le Marquis *de Roux* pouvoit encore moins à cette occaſion prendre la voie rigoureuſe de la Plainte criminelle; les loix ne permettent pas au fils d'accuſer ſon père, de même le gendre ne le peut pas, *nurus, gener, parentum & liberorum loco ſunt*: les mêmes motifs de bienſéance & d'honnêteté *publique* s'oppoſoient à ce que le Marquis *de Roux* dénonçât ſon beau-père avec la même méfiance, la même violence & le même éclat, qu'il auroit porté contre des ayenturiers qui ſe ſeroient évadés, & dont il auroit perdu les traces.

Le décret de l'Official & du Vige-Légat ſont aſſis l'un & l'autre ſur une procédure *choquante dont l'honnêteté & les bonnes mœurs ſollicitent la caſſation.*

Il eſt bien *extraordinaire* que les Juges d'*Avignon* aient cru plus convenable de mettre la Marquiſe *de Roux* en ſequeſtre chez un Accoucheur, que de la laiſſer auprès de ſon père chez de reſpectables parentes.

Il n'eſt pas moins *inconcevable* qu'ils aient trouvé de la décence à lui faire faire un trajet de 70 ou 80 lieues, dans l'état où elle ſe trouve, d'une groſſeſſe auſſi avancée, ſans autre

dédommagement

dédommagement que celui d'être forcément *& scandaleusement traduite par des Officiers subalternes de justice.*

On est encore plus *révolté* quand on voit qu'en cas de difficulté, le Marquis *de Roux* est authorisé à faire prendre & *emprisonner son beau-père.*

Par tous ces motifs le Marquis *de Casaux* & la Dame sa fille ont lieu d'espérer que l'appel par eux interjetté à *Rome,* des décrets de l'Official & du Vice-Légat d'*Avignon,* sera suivi d'un succès favorable.

On est très-persuadé que si le Ministère de *France* est parfaitement instruit de cette affaire, il prendra des moyens pour rappeller un homme de qualité à son devoir, plutôt que de lui permettre l'exécution d'un pareil décret sur la personne de son beau-père & sur celle de sa femme, d'un décret d'ailleurs qui ouvre à cette dernière *un motif infaillible de séparation :* un mari ne peut pas faire une injure plus cruelle à sa femme, que d'accuser le père de celle-ci, d'un crime qui compromet son honneur & sa liberté (*) : Ce seroit fouler aux pieds tous les devoirs de la piété filiale que d'obliger une fille à dissimuler un pareil affront, *c'est se montrer bien peu digne d'obtenir sa femme, que de la réclamer par des procédés aussi violens & aussi capables d'ulcérer son cœur. Il est bien singulier du moins que les Conseils de M. de Roux ne s'en soient pas apperçus.*

Une seconde question qui naît du décret de l'Official consiste à savoir si pendant l'instance, le Marquis *de Casaux* peut être forcé par son gendre à lui payer le montant du terme échu.

La négative ne souffre pas de difficulté.

Mais on demande si le Marquis *de Casaux* ne feroit pas bien de consigner la somme ?

La consignation seroit sujette à deux inconveniens.

Le premier, est que la somme consignée ne produiroit aucun intérêt : il en résulte qu'il ne peut consigner volontairement sans se préjudicier, & que les Juges ne peuvent l'y obliger sans blesser toutes les règles de la justice.

Le second inconvénient vient de ce qu'après la consignation, il feroit *très à craindre que des Juges mal disposés,* n'en accordassent la main levée au Marquis *de Roux,* qui donne-

roit

_____

(*) Qu'auroit dit cet Avocat s'il avoit lu la Plainte de M. *de Roux,* & qu'il eût vu que mon gendre cherchoit non-seulement à m'enlever l'honneur & la liberté, mais encore invoquoit tout uniment contre moi, *les conséquences meurtrières dues au rapt* dont il m'accusoit.

roit caution fans doute, mais perfonne n'ignore qu'il y a plus de fureté dans la poffeffion de la chofe que dans un caution-nement, & c'eft fur ce fondement que les loix décident que celui qui tient une chofe n'eft pas obligé de s'en deffaifir en faveur de celui qui fera peut-être obligé de la rendre. La loi 133, *de régulis* dit, *dolo facit qui petit quod ftatim rediturus eft.*

Délibéré à *Agen* 12 Juillet, (*figné*). BORRY.

N°. VII.

Précis de la Confultation de Bordeaux, *fur le même objet.*

Le Confeil fouffigné &c.

Eftime que le Sr. *de Cafaux* n'auroit point à s'allarmer de cette affaire malheureufe, fi elle fe fut pourfuivie dans les Tri-bunaux de *France*, les aftes qui excitent fes allarmes n'auroient jamais vu le jour.

D'après les principes des loix qu'on connoît, & qui fondées en raifon & en équité devroient être celles de tous les pays, on répondra d'abord au Sr. *de Cafaux* qu'il a fort bien fait de s'éloigner d'*Avignon*, avec la Dame fa fille, dont l'état de groffeffe dans les circonftances où elle fe trouvoit, devoit encore plus l'allarmer comme père, que comme homme.

L'afile refpectable qu'il a choifi, la lettre qu'il a écrit de là au Vice-Légat & à l'Archevêque, la procuration qu'il a envoyée conjointement avec fa fille, à fon Avocat d'*Avignon* pour y fuivre la procédure de féparation, ne permettent de foupçonner dans cette retraite du Sr. *de Cafaux* & de la Dame fa fille, ni enlèvement, ni aucune violation de l'ordonnance de fequeftration que l'Official d'*Avignon* avoit rendue le 25 d'Avril.

Cette ordonnance n'avoit pu raifonnablement entendre priver le Sr. *de Cafaux* de fa liberté de droit de quitter quand il voudroit l'habitation qu'il avoit alors à *Avignon*. La femme que cette ordonnance féparoit provifoirement de fon mari, devoit, attendu fa jeuneffe, être foumife pendant cette fépa-ration, à une infpection qui remplaçât celle de fon mari. Nulle autre infpection ne pouvoit mieux que celle d'un père s'attirer toute la confiance de la juftice ; nulle autre com-pagnie ne pouvoit remplacer plus décemment que la fienne, celle du mari devenue dangereufe ; c'eft cette compagnie que l'ordonnance eft cenfée lui avoir donnée pour fequeftration ; elle oblige dès-lors la fille à fuivre fon père dans tous les lieux

Hieux où celui-ci usant à cet égard de la liberté de droit, voudra transporter son habitation.

La Plainte portée contre le Sr. *de Casaux* en crime d'en lèvement d'une personne séquestrée, *est donc d'une atrocité & d'une déraison sans exemple* ; l'Official & le Vice-Légat ont marqué leurs jugemens aux mêmes caractères, lorsqu'ils se sont réunis pour appuyer cette Plainte *atroce & extravagante* par des ordonnances qui sous peine de saisie & emprisonnement de sa personne, enjoignent au Sr. *de Casaux* de remettre sa fille à l'Officier chargé de la conduire dans la maison d'un Accoucheur d'*Avignon*, chez lequel les mêmes ordonnances prescrivent maintenant sa séquestration.

Le Sr. *de Casaux* doit espérer que si l'on respecte encore à *Rome* les droits de citoyen, & les droits d'un père sur ses enfans, l'appel qu'il y a interjetté de ces ordonnances sera accueilli.

Cette Plainte outrage la Nature, on ne conçoit pas qu'il puisse exister dans aucun pays civilisé, de loi qui l'autorise. D'ailleurs encore une fois, *l'atrocité de la calomnie est frappante au fond*.

On ne peut conseiller au Sr. *de Casaux* de faire faire par procuration un acte d'offre de consignation du pacte de la dot, échu le 18 de Mars : *son gendre infailliblement en obtiendroit la main levée provisoire*; & en suite, lorsque la séparation seroit définitivement prononcée, la restitution pourroit devenir trop difficile (*)

Délibéré à *Bordeaux*, le 10 Juillet 1783. (*Signé*) GARAT.

Nº. VIII.

Consultation de Bordeaux *sur les moyens de séparation, allégués par ma fille dans sa plainte, & sur le moyen additionnel du procès criminel intenté par M.* DE ROUX, *même dans la supposition que ce procès étoit intenté contre moi seul.*

On trouvera cette consultation page 101, *il est inutile de la transcrire ici de nouveau.*

_____

(*) Les Avocats d'*Agen* & de *Bordeaux*, avoient senti qu'un homme qui avoit eu assez de crédit pour obtenir les décrets sur lesquels on les consultoit, n'avoit qu'à ordonner pour en obtenir de toutes les espèces.

FIN DES PIÈCES JUSTIFICATIVES.